Ellen Berg

Blonder wird's nicht

atb aufbau taschenbuch

Ellen Berg, geboren 1969, studierte Germanistik und arbeitete als Reiseleiterin und in der Gastronomie. Heute schreibt und lebt sie mit ihrer Tochter auf einem kleinen Bauernhof im Allgäu. Was ihre Haare angeht, so hat sie an 365 Tagen im Jahr einen bad hair day. Zurzeit lässt sie mal wieder wachsen, wie eigentlich immer.

Außerdem von Ellen Berg bei atb lieferbar:
»Du mich auch. Ein Rache-Roman«
»Das bisschen Kuchen. (K)ein Diät-Roman«
»Den lass ich gleich an. (K)ein Single-Roman«
»Ich koch dich tot. (K)ein Liebes-Roman«
»Gib's mir, Schatz! (K)ein Fessel-Roman«
»Zur Hölle mit Seniorentellern! (K)ein Rentner-Roman«
»Ich will es doch auch! (K)ein Beziehungs-Roman«
»Alles Tofu, oder was? (K)ein Koch-Roman«
»Mach mir den Garten, Liebling! (K)ein Landlust-Roman«

Majas Salon heißt *Haare gut, alles gut* – rund läuft es allerdings nicht in ihrem Leben. Zwar hat sie ein untrügliches Gespür dafür, wie sie die natürliche Schönheit ihrer Kundinnen zum Vorschein bringt, aber auch eine Menge Probleme an der Hacke: Ihr pubertierender Sohn Willi schwänzt die Schule und raubt ihr den letzten Nerv, ihr Freund Robin ist in der Rolle der starken Schulter eine absolute Fehlbesetzung. Und dann sorgt auch noch die hochblondierte Azubine Olga für Verwirrung. Sie verschandelt den schwierigen Kunden Alexander von Maybach, der Maja prompt auf Schadensersatz verklagen will. Tja, auch Friseure können Pechsträhnen haben. Unterstützung bekommt sie zwar von Tante Ruth, die ihr mit Witz und Weisheit zur Seite steht. Doch richtig haarig wird es, als Maja entdeckt, dass Willi in gefährliche Gesellschaft geraten ist und ihre Hilfe braucht. Sie muss hart kämpfen: um das Renommee ihres Salons, um ihre Beziehung und um ihren Sohn.

Ellen Berg

Blonder wird's nicht

(K)ein
Friseur-Roman

atb aufbau taschenbuch

FSC
www.fsc.org
MIX
Papier aus verantwortungsvollen Quellen
FSC® C083411

ISBN 978-3-7466-3190-5

Aufbau Taschenbuch ist eine Marke
der Aufbau Verlag GmbH & Co. KG

2. Auflage 2016

Umschlaggestaltung © Mediabureau Di Stefano, Berlin
unter Verwendung einer Illustration von © Gerhard Glück
Gesetzt in der Garamond Pro durch die LVD GmbH, Berlin
Druck und Binden CPI books GmbH, Leck, Germany
Printed in Germany

www.aufbau-verlag.de

Für alle Frauen, die gerade wachsen lassen.

Für alle Frauen, die trotz eines bad hair day ihren Mann stehen müssen.

Und für alle Frauen, die auf der Suche nach ihrer natürlichen Schönheit sind.

Kapitel 1

Es war einer dieser magischen Momente. Mit angehaltenem Atem setzte die rundliche Mittfünfzigerin im Hemdblusenkleid ihre Brille auf und sah in den Spiegel. Gespannte Stille. Ungläubiges Staunen.

»Oh – das bin wirklich ich? Was haben Sie mit der grauen Maus gemacht, die hier vor zwei Stunden reingekommen ist?«

»Gesträhnt, geschnitten, weggeföhnt«, sagte Maja lächelnd.

Himmel, wie sie ihren Job liebte! Seit Jahren führte sie ihren eigenen Friseursalon, doch nie hatte sich das Lampenfieber gelegt, wenn sie einer Kundin das neue Ebenbild präsentierte. Und nie war sie seliger als in jenen Augenblicken, wenn sie jemanden beglücken konnte, vom therapeutischen Effekt des Shampoonierens bis zur Extradosis Selbstbewusstsein, die eine gelungene Frisur bescherte. Nicht von ungefähr hieß ihr Salon *Haare gut, alles gut*. Klar, das klang vielleicht ein wenig übertrieben, und außerdem kam es ja auch auf die inneren Werte an – aber wer beachtete die schon, wenn sie schlecht verpackt waren?

»Ich weiß gar nicht, wie ich Ihnen danken soll«, hauchte die Frau und stand auf. Sie umarmte Maja überschwänglich. »Heute Abend feiere ich mit meinem Mann unseren dreißigsten Hochzeitstag. Ehrlich gesagt, hatte ich ein bisschen Bammel davor. Der Lack ist ab, falls Sie verstehen, was ich meine. Aber jetzt fühle ich mich wie neu!«

»Oh, da gratuliere ich Ihnen.« Maja seufzte. »Dreißig Jahre, das muss wunderbar sein.«

Wunderbar? Nein, ein einziges Rätsel. Bei ihren eigenen Beziehungen hatte sie es gerade mal auf maximal drei, vier Jahre gebracht. Mit Männern, die viel versprochen, wenig gehalten und definitiv nicht durchgehalten hatten. Tja, es schien so, als habe sie ein Abo auf schwierige Kandidaten. Selbst ihr Ehemann hatte wenig mehr hinterlassen als einige Dellen auf ihrer Seele, einen Haufen Schulden und einen Sohn, der gerade zu einem pubertierenden Monster mutierte.

Umständlich kramte die Kundin ihr Portemonnaie heraus.

»Ganz ehrlich? Es war nicht alles toll in unserer Ehe. Mein Mann …« Sie hielt inne, unschlüssig, ob sie weiterreden sollte.

Maja kannte dieses Zögern. Es bedeutete, dass jetzt ein echter Klopfer kam. Ein Friseursalon war nicht einfach eine Haarverschönerungsanstalt. Es war ein Epizentrum der Emotionen, halb Beichtstuhl, halb Klatschnest, und deshalb gehörten brisante Geständnisse ebenso hierher wie Shampoo und Haarspray.

»Mein Mann hatte eine – Affäre«, fuhr die Frau mit gedämpfter Stimme fort. »Ausgerechnet mit der Kellnerin des Lokals, in dem wir heute Abend essen gehen. Er weiß nicht, dass ich es weiß. Aber sie weiß es, diese … diese …«

»Glauben Sie mir, eine tolle Frisur ist die beste Rache«, befand Jeremy, Majas Mitarbeiter, der sich mit untreuen Männern bestens auskannte. »Und was Maja da hingezaubert hat, ist wirklich phantastisch.«

»Ja, Sie haben recht.« Tapfer lächelnd hielt die Kundin Maja einen Geldschein hin. »Trotzdem, es hat sich gelohnt durchzuhalten. Mein Mann und ich, wir sind nicht gerade eine Verabredung von Geist und Schönheit, aber wir halten es ganz gut zusammen aus. Also, vielen Dank noch mal, Sie Engel auf Erden. Ich komme bestimmt bald wieder.«

Sichtlich beflügelt durch ihre raffiniert gesträhnte, schnittig hingeföhnte Frisur, tänzelte sie davon. Ja, so sahen Frauen aus, die sich Maja anvertrauten. Denn wenn sie mit Kamm, Schere und

Föhn loslegte, hatte sie immer den ganzen Menschen im Blick, nicht nur die durchschnittlich hunderteinundzwanzigtausend Haare, die Europäerinnen auf dem Kopf spazieren führten. Es war ein Spiel mit der wahren Natur einer Frau: Ich sehe was, was du nicht siehst. Ich sehe dich so, wie du gemeint bist.

Von der Ausstrahlung und der Statur bis hin zu Gesichtsform, Teint und Augenfarbe bezog Maja alle Faktoren mit ein, wenn sie über eine Frisur nachdachte. Im Grunde war sie eine Künstlerin. Einst hatte sie drei Semester an einer Kunstakademie absolviert, ihr Spezialgebiet war das Porträt gewesen. Daher rührte ihr sicheres Gespür für die stimmige Gesamtwirkung der Erscheinung. Hinzu kam ihr psychologisches Einfühlungsvermögen, eine weitere wichtige Voraussetzung für ihren Beruf. Sie liebte es, mit Menschen zu arbeiten. Deshalb hatte sie erst das Kunststudium, dann eine Tischlerlehre und schließlich auch den Plan verworfen, im Internet Antiquitäten zu verkaufen. Sie wollte Menschen berühren und beglücken. Ihnen etwas geben – das Gefühl, dass Inneres und Äußeres in Balance waren und dass sich wahre Schönheit durch den Mut zur unverwechselbaren eigenen Persönlichkeit entfaltete.

Aber all das war es nicht, was Maja jetzt bewegte. Nachdenklich stand sie an der gläsernen Eingangstür und sah der Kundin hinterher. Wie machten das die anderen Frauen? Wie schafften sie es, jahrzehntelang mit demselben Mann auszuharren, trotz der üblichen Turbulenzen in einer Beziehung, trotz Theater und Trara? Na ja, immerhin hatte Maja es geschafft, ihren Salon sechs Jahre lang über die Runden zu bringen. Da blieb nur zu hoffen, dass das nächste kein verflixtes siebentes Jahr werden würde.

Ihr Blick schweifte über die hellrot gestrichenen Wände, die goldgerahmten Spiegel, die Original-fünfziger-Jahre-Friseurstühle, den alten, leicht erblindeten Kronleuchter vom Flohmarkt. Aus der überfüllten Warteecke mit den durchgesessenen Couchen und den Regalen voller alter Kristallvasen hörte sie Stimmengewirr und Gelächter. Wie jeden Nachmittag hatte sich der Salon in eine Partyzone verwandelt.

Neben den wartenden Kunden saßen auch Bekannte aus der Nachbarschaft, die regelmäßig auf ein Schwätzchen vorbeikamen: Bernd, der in die Jahre gekommene Kioskbesitzer von nebenan, Helena, die notorisch überarbeitete Zahnärztin von gegenüber, Viktor, der verklemmte junge Jurastudent aus dem Souterrain. Sie waren ein weiterer Beweis dafür, dass Haare Geschichten erzählten. Bernds fast kahler Schädel, auf dem drei, vier flusige Strähnen miteinander um Aufmerksamkeit rangen – er lehnte jede fachgerechte Optimierung vehement ab –, verriet den verschrobenen Junggesellen. Helena tröstete sich nach jeder gescheiterten Beziehung mit einem neuen Styling, das eine bessere Phase mit einem viel besseren Mann einläuten sollte. So weit der Plan. Nach langen roten Locken und einem schulterlangen dunkelblonden Zwischenspiel trug sie das Haar jetzt schwarz und kinnkurz, ein Look, den Maja nur zähneknirschend umgesetzt hatte, weil die dunkelblonde Variante die einzig typgerechte gewesen war. Viktor hingegen trug das blonde Haar seit seinem sechsten Lebensjahr kurz und streng gescheitelt und hatte nicht die Absicht, jemals etwas daran zu ändern. Maja gewährte ihm stets einen großzügigen Rabatt, weil sie wusste, dass Studenten normalerweise kein Geld für Friseurbesuche übrig hatten.

Sie schloss die Augen. Dies war ihre kleine Welt. Hier war sie zu Hause, hier fühlte sich das Leben richtig an. Aber sonst …

»Läuft«, lächelte Jeremy, der zu ihr getreten war. »Du bist die ungekrönte Queen der haarigen Zunft.«

Sein aufrichtiges Lob freute sie. Von Anfang an hatte Jeremy ihr zur Seite gestanden, mit seiner unerschütterlich guten Laune und seinem Faible für extravagante Schnitte. Wie sie war er Ende dreißig, ein drahtiger, fast magerer Typ, der eine rote Lederjeans zu einem blauen Tanktop kombinierte. Eine gewagte Wahl zu seinen gelben Sneakers und dem asymmetrischen Haarschopf in der Trendfarbe Wilde Aubergine.

»Ach, Maja, ich hätte gern dasselbe wie du«, seufzte er.

Mit dem Handrücken wischte sie einen Spritzer Blondierungscreme von ihrer Stirn.

»Dasselbe wie ich? Das heißt, du willst bindungsschwache Männer an deiner Seite, einen pubertär verpeilten Sohn und einen Salon, der den ersten Preis für betreutes Wohnen verdient hätte?«

»Bin ich jetzt endlich auch mal dran? Mir ist langweilig!«, rief Frau Kampeter dazwischen, eine Kundin, die Maja noch von ihrer Vorgängerin geerbt hatte. Nach wie vor bestand die rüstige Rentnerin auf einer zartlila Seniorenheimdauerwelle. Maja respektierte das. Ältere Frauen wollten oft am Altbewährten festhalten, weil es ihnen Sicherheit verlieh und weil sie auf diese Weise eine goldene Vergangenheit in die Gegenwart retteten. Auch Kompromisse gehörten manchmal zu Majas Beruf.

»Geht sofort los«, versicherte sie. Da die hochbetagte Bewohnerin des nahen Altenheims weniger ihrer Haare als ihrer Einsamkeit wegen herkam, übte sie sich in geduldiger Freundlichkeit. »Noch ein Glas Sekt vielleicht?«

Frau Kampeter war bereits beim dritten. Und gelangweilt hatte sie sich ganz bestimmt nicht, denn wie die meisten Kunden und Nachbarn betrachtete sie den Salon als persönlichen Spaßbereich. Voller Wonne hatte sie ihre Zuhörer mit den unappetitlichsten Symptomen unaussprechlicher Krankheiten unterhalten. Jetzt erhob sie sich von der roten Wartecouch, strich ihren Pullover glatt und nahm wie eine Fürstin auf einem der beiden Friseurstühle Platz.

»Gern noch ein Gläschen, schmeckt köstlich, Ihr Prossetscho. Hach, war das nicht schön, die Dame gerade mit ihrem dreißigsten Hochzeitstag? Mein eigener Mann, Gott hab ihn selig, hat es sogar neunundvierzig Jahre mit mir ausgehalten, stellen Sie sich das mal vor. Wenn sein Schlaganfall nicht gewesen wäre, hätten wir goldene Hochzeit gefeiert. Warum sind Sie eigentlich nicht verheiratet, Fräulein?«

Wie stets überhörte Maja das »Fräulein« und band den Frisierumhang fest.

»Wozu heiraten? Für ein paar Gramm Wurst muss man doch nicht gleich das ganze Schwein kaufen.«

Frau Kampeter dachte einige Sekunden über diesen Satz nach, bevor sie säuerlich den Mund verzog.

»Würde Ihnen aber guttun, in festen Händen zu sein. Oder vergraulen Sie die Männer absichtlich?«

Ruhig Blut, ermahnte Maja sich. Lass dich nicht provozieren. Die ältere Generation hat nun mal andere Vorstellungen davon, wie gelungene Zweisamkeit aussieht. Wobei Maja es durchaus begrüßt hätte, wenn endlich eine gewisse Stetigkeit in ihr hakeliges Beziehungsleben gekommen wäre, ganz gleich, ob mit oder ohne Ehering. Leider war ihr aktueller Lover in dieser Hinsicht nicht gerade vielversprechend. Seit zwei Jahren teilte sie Tisch und Bett mit Robin, einem umwerfend charmanten und leicht chaotischen Web-Designer. Er brauchte viel Freiraum. Eigentlich zu viel Freiraum für Majas Erwartungen an eine Beziehung. Doch das hätte sie niemals offen zugegeben, und schon gar nicht hier im Salon, wo alle die Ohren spitzten, wenn es um ihre Männer ging.

»Privatangelegenheiten heißen Privatangelegenheiten, weil sie privat sind«, erklärte sie zum gefühlt tausendsten Mal.

Frau Kampeter zog einen beleidigten Flunsch. Natürlich hätte sie nur zu gern mehr über Majas Liebesleben erfahren und sicherlich jede Menge ungebetene Ratschläge in petto gehabt.

»Soso. Na ja, Schwamm drüber. Dann bitte waschen und legen, so wie immer. Bloß keinen neumodischen Kram. Was ist das überhaupt für eine Farbe, die Sie da tragen, Fräulein?«

»Haselnuss, Frau Kampeter.«

Über die schütteren lila Löckchen der Seniorin hinweg betrachtete Maja ihr Spiegelbild. Ihr gefiel der fransige Bobschnitt in sanften Brünett- und Goldabstufungen. Die Farbe passte zu ihrer hellen, zarten Haut und den dunkelblauen, fast veilchenfarbenen Augen. Zudem bildete sie einen reizvollen Kontrast zu den weißen T-Shirts, die sie bei der Arbeit trug. Vor einem Jahr hatte Maja die ersten grauen Haare entdeckt und sich zunächst erschrocken. Dann hatte sie die Frage aller Fragen – Färben oder Nichtfärben? – nach einigen Experimenten mit einem warmen Goldbraun beantwortet. Den aparten Bobschnitt trug sie schon länger, weil er zu ihrem herzförmigen Gesicht passte.

»Und Sie?«, wandte sich Frau Kampeter an Jeremy. »Was soll das für eine Farbe sein?«

»Wilde Aubergine. Macht einen schlanken Fuß.«

»Auberginen gehören in den Kochtopf«, grummelte Frau Kampeter. Sie drohte ihm scherzhaft mit dem Finger. »Was kommt als Nächstes? Gurkengrün?«

»Spitzenidee!« Jeremy wackelte verzückt mit den Hüften. »Wilde Gurke, mein lieber Herr Gesangverein, das klingt vielversprechend!«

Das elektronische Glöckchengebimmel der Eingangstür beendete das Gespräch, bevor es eine allzu schlüpfrige Wendung zu nehmen drohte. Über die Schulter hinweg registrierte Maja, dass so etwas wie ein Naturereignis den Salon heimsuchte. Ein ziemlich unnatürliches Naturereignis, wie sie jetzt sah. Sie drehte sich um. Vor ihr stand der schrillste Männertraum seit der Erfindung des Pin-up-Girls. Sehr blond. Sehr vollbusig. In einem sehr, sehr kurzen Kleid in schreiendem Pink, von den glitzernden Highheels ganz zu schweigen. Aber am auffälligsten war die platinblonde auftoupierte Mähne, die wie eine Wolke über dem stark geschminkten Gesicht schwebte. Es wurde still in der Warteecke. Alle starrten das seltsame Wesen an.

»Oha, eine Frisur, als hätte sie mit 'nem Föhn gebadet«, raunte Jeremy Maja zu. »Blonder kann's gar nicht werden.«

»Das hier Salooon?«, fragte die junge Frau in blasiertem Ton. »Sieht aus wie Laden mit Krimskrams. Sagt man so? Krimskrams?«

»N-nein, sagt m-man nicht«, stammelte Maja überrumpelt. »Wie kommen Sie überhaupt dazu …«

Wieder erklang das Glöckchengebimmel, und hinter dem Alptraum in Pink tauchte eine vertraute Gestalt auf. Maja kniff die Lider zusammen. Ja, sie kannte diese Frau in den besten Jahren – gertenschlank, grauer Bubikopf und ein Lächeln, das in tausend kleinen Falten rund um die hellen Augen nistete.

»Tante Ruth!« Wie ein Pfeil flog Maja auf sie zu. »Du bist wieder da? Seit wann? Wie geht's in Italien? Wie lange bleibst du?«

»Ja. Seit gestern. Gut. Weiß noch nicht«, schmunzelte die ältere Dame, während sie ihre Nichte in die Arme schloss. »Alle Fragen zufriedenstellend beantwortet?« Neugierig spähte sie in die volle Warteecke. »Offenbar ist dein Salon erfolgreich. Wie erfreulich.«

»Kein Salooon, Laden mit Krimskrams«, wiederholte die Blondine.

Wie bitte? Maja löste sich aus der Umarmung. Mit der gusseisernen Contenance, die sie als Chefin eines Kleinstunternehmens brauchte, zwang sie sich, höflich zu bleiben.

»Entschuldigen Sie bitte vielmals, das ist kein Krimskrams, sondern Vintage-Chic, und soweit ich weiß, haben Sie keinen Termin. Also möchte ich Sie in aller Form bitten, meinen Salon zu verlassen.«

»Aber dalli«, bekräftigte Jeremy.

»Genau, jetzt bin ich nämlich dran!«, legte Frau Kampeter nach.

Mit großen Augen schaute Tante Ruth erst die Blondine, dann Maja an und räusperte sich ausgiebig.

»Wie ich sehe, habt ihr euch bereits kennengelernt.«

Maja stemmte die Hände in die Hüften.

»Wie jetzt – kennengelernt?«

»Nun ja«, verlegen nestelte Tante Ruth an ihrem rot-weiß gepunkteten Kleid herum, »du hattest dich doch erboten, eine Auszubildende zu nehmen. Die Enkelin einer Bekannten.«

Maja wurde flau.

»Äh – ja?«

»Das ist sie.«

Fassungslos musterte Maja von neuem die absolut unmögliche Person, die mit hochgerecktem Kinn dastand, ihre dick getuschten Wimpern senkte und den pinkfarben geschminkten Mund zu einem triumphierenden Grinsen verzog.

»Das ... ist ...?«

»Olga«, erwiderte Tante Ruth lapidar.

»Olga Anuschka Jelisaweta Anastasia Viktoria Orlowa aus Odessa«, ergänzte das hochblondierte Wesen.

In das verspannte Schweigen, das sich anschloss, platzte Jeremys Gelächter.

»Ein Alien aus Odessa! Ich befürchte, Olga muss hierbleiben, damit das Mutterschiff, das sie ausgesetzt hat, sie wiederfindet!«

»Sehr witzig«, zischte Maja, der überhaupt nicht nach Lachen zumute war.

Ja doch, sie erinnerte sich, dass sie Tante Ruth versprochen hatte, die Enkelin einer Bekannten unter ihre Fittiche zu nehmen. Aber da hatte sie an ein nettes junges Mädchen gedacht, nicht an etwas, was man ein wenig salopp, aber überaus treffend als Obertussi bezeichnen musste.

»Willst du den Charakter eines Menschen ergründen, so gib ihm eine Arbeit«, philosophierte Tante Ruth. »Olga ist hochmotiviert. Nicht wahr, Olga? Olga?«

Momentan war von der Motivation wenig zu bemerken. Die junge Frau hatte ihr Handy herausgeholt, ein strassverziertes Riesenteil, tippte mit ihren beängstigend langen feuerroten Nägeln darauf herum und begann, ohne Punkt und Komma auf Russisch loszusprudeln. Die Umstehenden würdigte sie keines Blicks mehr.

»Als Erstes bringen wir sie ins Krankenhaus und lassen ihr das Handy operativ vom Ohr entfernen«, lachte Jeremy, »anschließend könnten wir sie vielleicht zum Kaffeekochen einsetzen.«

Höchste Zeit zu handeln, fand Maja. Sie holte tief Luft.

»Tante Ruth, entschuldige, das sollten wir unter vier Augen besprechen. Jeremy, sei so gut und wasch bitte Frau Kampeter die Haare. Bin gleich wieder da.«

Resolut nahm sie ihre Tante an der Hand und zog sie in die Teeküche, einen winzigen gelb gekachelten Abstellraum, wo außer Geschirr und Gläsern auch Shampoos, Haarkuren und ganze Paletten voller Haarspraydosen lagerten. Nachdem sie geräuschvoll die Tür geschlossen hatte, setzte sich Maja neben ein paar benutzte Kaffeetassen auf die Arbeitsfläche.

»Mal im Ernst – das ist ein Scherz, oder?«

»Ach, Kind.« Tante Ruth legte den Kopf schräg, und Maja fiel auf, dass sie mittlerweile eher belustigt als verlegen wirkte. »Olgas eigenwillige Aufmachung entspricht vielleicht nicht dem mitteleuropäischen Stilempfinden, aber sie ist ein lieber Mensch. Beurteile sie bitte nicht nur nach dem Äußeren. Auch ich war anfangs irritiert, aber wenn man sie erst einmal näher kennt …«

»Besten Dank, darauf verzichte ich gern«, schnaubte Maja.

Anmutig wie ein junges Mädchen schwang sich Tante Ruth neben ihre Nichte auf den Küchentresen. Obwohl sie schon über siebzig war, spürte man die Spannkraft ihres schlanken Körpers. An der gebirgigen italienischen Amalfiküste, wo sie seit einigen Jahren lebte, erklomm sie die steilen, verwinkelten Gassen mühelos wie eine Gazelle, wie Maja bei ihrem letzten Urlaub festgestellt hatte. Sie liebte ihre patente, lebenskluge Tante, doch es war ihr schleierhaft, warum sie sich für eine grässliche Person wie Olga einsetzte.

»Sie hat sogar schon eine Friseurlehre gemacht in ihrer Heimat«, sagte Tante Ruth und legte begütigend eine Hand auf Majas Arm. »Hier in Deutschland wird die Lehre nicht anerkannt, deshalb braucht sie diese Ausbildung. Gib ihr eine Chance, mir zuliebe. Und glaub mir, sie hat mehr Grips, als man ihr ansieht.«

Maja lächelte dünn.

»Mit dem Grips ist es wie mit einer Fahrkarte – er hat nur dann einen Sinn, wenn man ihn benutzt. Falls diese Olga überhaupt einen Funken Verstand besitzt, hat er jedenfalls noch kein Licht in ihrem durchgeknallten Köpfchen entzündet. Deshalb …«

Ein heftiges Klopfen unterbrach sie, und Jeremy steckte den Kopf zur Tür herein.

»Es spricht nicht nur, es – wäscht!«, gluckste er.

Wie vom Donner gerührt, starrte Maja ihn an. Dann glitt sie vom Küchentresen und lief in den Salon. Jeremy hatte nicht geschwindelt. Hingebungsvoll massierte Olga schäumendes Shampoo in die Kopfhaut von Frau Kampeter. Die wiederum verdrehte genüsslich die Augen.

»Hmmm, das machen Sie sehr gut, Kindchen. Danach könnte ich richtig süchtig werden.«

Nein, nein, nein, wollte Maja rufen, Schluss mit dem Spuk! Doch ihr blieben die Worte im Halse stecken. Hinter dem Tresen lümmelte ihr Sohn Willi herum, ganz in gruftiges Schwarz gekleidet und mit diesem missgelaunten Gesichtsausdruck, der ihr schon seit Monaten auf die Nerven ging. Gerade langte er so ungeniert in die Kasse, als handle es sich um einen öffentlichen Geldautomaten. Innerlich kochend baute sich Maja vor ihm auf.

»Was soll das denn bitte schön bedeuten?«

»Brauch 'n bisschen Kohle«, antwortete er mürrisch.

»Mach sofort die Kasse zu! Du bist sechzehn, bekommst genug Taschengeld und kannst jobben, wenn du Extrawürste willst.«

Er zuckte mit den Schultern und schob die Unterlippe vor.

»Fuck, was ist denn schon dabei …«

Maja spürte, wie sich die Blicke sämtlicher Anwesenden in ihren Rücken bohrten. Dies war weder der passende Moment noch die passende Kulisse für eine Mutter-Sohn-Debatte. Doch das war ihr egal. Sie schäumte vor Wut.

»Ich schufte mich ab, um dir ein komfortables Leben zu ermöglichen, und zum Dank bestiehlst du mich und wirst auch noch ausfallend. Nach allem, was ich für dich tue.«

Trotzig vergrub Willi die Hände in den Hosentaschen seiner schwarzen Jeans, der er einige Tage zuvor mit Hilfe eines Brotmessers den angesagten Fetzenlook verpasst hatte.

»Jetzt hör mal auf, die Mutter des Jahres zu spielen, okay?«

»Und du solltest dir mal die Zähne putzen, meine Augen tränen schon«, fauchte Maja, die hinter den Tresen gehuscht war und schwungvoll die Kassenschublade zuwarf. »Auch duschen wäre angebracht. Ist wirklich ein starkes Stück, wie du hier aufschlägst.«

In der Tat war das Thema Hygiene in Willis Universum eine zu vernachlässigende Größe. Ebenso wie pünktlich aufstehen, Hausaufgaben erledigen und sein vermülltes Zimmer aufräumen.

Langsam wurde es unruhig im Salon. Aus der Warteecke drang indigniertes Geräusper und Gemurmel. Frau Kampeter schüttelte unablässig den Kopf, wobei nach allen Seiten Schaumflöckchen durch die Luft flogen. Diese unerfreuliche Szene war ganz nach ihrem Geschmack. Und eine saftige Geschichte, die sie nun wochenlang zum Besten geben würde.

»Die Jugend hat einfach keinen Respekt mehr«, empörte sie sich und zeigte auf Olga, die gerade den Wasserhahn anstellte, um das Shampoo auszuspülen. »Da, Willi, nimm dir mal ein Beispiel an der jungen Dame. Die packt richtig an.«

Feixend streckte Olga ihm die Zunge heraus, woraufhin Willis rechter Mittelfinger hochschoss. Prompt entlud sich die Entrüstung des gesamten Salons auf ihn. Alle redeten nun durcheinander auf ihn ein, nur Maja stand mit hängenden Schultern da und wünschte sich weit, weit weg. Es war so peinlich und ziemlich niederschmetternd, einen Sohn zu haben, der quasi nicht gesellschaftsfähig war. Währenddessen marschierte Tante Ruth, vollkommen unbeeindruckt von der allgemeinen Aufregung, auf Willi zu und drückte ihn an sich, was er ohne Protest über sich ergehen ließ. Sie war schon immer seine Lieblingstante gewesen.

»Willi, mein Goldschatz«, lächelte sie, »lass es gut sein. Komm, wir gehen eine Cola trinken, und dann erzählst du mir, wieso du in Geldnöten bist. Einstweilen kann deine Mutter sich mit ihrer neuen Azubine anfreunden.«

Auch das noch. Maja stand kurz vor einer Explosion. Hatte sie sich denn nicht deutlich genug ausgedrückt? Tante Ruth in allen Ehren, doch bei solchen Entscheidungen hatte schließlich die Inhaberin des Salons *Haare gut, alles gut* das letzte Wort.

»Sorry, wir brauchen niemanden.«

»Ach, wirklich?« Tante Ruth zwinkerte ihr zu. »Hast du mir nicht neulich erzählt, du müsstest dir dringend mehr Zeit für die Familie nehmen?«

Die Art und Weise, wie sie das Wort »Familie« aussprach und dabei Willi sanft in die Seite knuffte, ließ keinen Zweifel daran, was sie wirklich meinte. Maja schluckte nervös. Es stimmte ja, sie hatte Tante Ruth am Telefon ihr Leid über Willi geklagt. Nicht nur sein Äußeres und seine Umgangsformen ließen zu wünschen übrig. Seine Schulnoten waren in den letzten Wochen ins Bodenlose gerutscht, unter seinen Augen lagen tiefe Schatten, weil er die halbe Nacht vor dem Computer verbrachte, und wenn sie abends heimkam, drückten sich seltsame neue Freunde im Haus herum, die den Kühlschrank plünderten und Brandflecken auf dem Teppich hinterließen. Besonders einer dieser Freunde war ihr ein Dorn im Auge: Boris, ein paar Jahre älter als Willi, ein halbseidener, irgendwie unheimlicher Typ, der schon Auto fuhr, Markenklamotten und eine dicke Goldkette trug und von Willi glühend bewundert wurde. In ihre Wut mischten sich Schuldgefühle. Hatte sie ihre Mutterpflichten vernachlässigt? Zu viel gearbeitet und zu wenig hingeschaut?

»Bin ich keine Azur-Biene«, trällerte Olga. »Bin ich Azur-Schmetterling!«

Mit flinken Bewegungen, als hätte sie nie etwas anderes getan, drehte sie winzig kleine Lockenwickler in Frau Kampeters schüttere Haare. So etwas beherrschten sonst nur noch pensionierte Friseurinnen, doch in Olgas Heimat gehörte diese altmodische Technik offenbar noch zum Standardrepertoire eines Friseurlehrlings. Und Maja suchte seit Wochen vergeblich eine Aushilfe, um häufiger zu Hause sein und Willi wieder auf Spur bringen zu können.

»Also schön«, lenkte sie ein. »Wir versuchen es. Aber eine Woche Probezeit muss sein, erst danach entscheide ich, ob Olga hier eine Ausbildung machen kann.«

»Du wirst es nicht bereuen.« Tante Ruth hakte Willi unter. »Komm, mein Junge, wir sprechen uns aus. Und heute Abend lade ich dich und deine Mutter zum Essen ein. Um sieben in der Trattoria Sorrentina!«

Sie winkte Maja fröhlich zu, bevor sie mit Willi abzog. Alle sahen nun zu Olga, die eindeutig als Siegerin aus dem Scharmützel hervorgegangen war. Sichtlich zufrieden lächelte sie in die schweigende Runde, wobei sie ein Strasssteinchen im linken oberen Eckzahn entblößte.

»Brauche ich keine Probezeit«, behauptete sie und ließ Frau Kampeters Kopf unter einer Trockenhaube verschwinden, Majas Zugeständnis an die ältere Kundschaft. »Bin ich schon Friseuse.«

»Das werden wir ja sehen«, sagte Maja. »Und übrigens heißt es Friseurin.«

Olga warf den Kopf in den Nacken.

»Bin ich sowieso Stylistin, mache Haare kreativ. Kann helfen, Krimskrams-Saloooon erfolgreich.«

An Selbstbewusstsein mangelte es ihr offenbar nicht. Maja war einfach nur sprachlos über so viel Unverfrorenheit.

»Die hat 'nen Lattenschuss, ist aber voll das lecker Törtchen für die männlichen Kunden«, flüsterte Jeremy. »Schau mal, wie die sie anglühen.«

Er hatte recht. Die Herrenfraktion in der Warteecke starrte gebannt auf Olgas pinkverpackte Kurven. Auch Bernd, dem fast kahlen Kioskbesitzer von nebenan, fielen förmlich die Augen aus dem Kopf. Schwerfällig hievte er seine gut hundert Kilo hoch, die er in eine unförmige braune Cordhose und ein kariertes Hemd gepresst hatte, dann schlurfte er in seinen Adiletten zu Olga. Er reichte ihr gerade mal bis zum offenherzigen Dekolleté.

»Einmal waschen und schneiden, bitte.«

Maja meinte, sich verhört zu haben. Schließlich hatte Bernd noch nie ihre Dienste in Anspruch genommen. Wie er jedem Anwesenden unzählige Male erklärt hatte, schnitt er sich seine spärlichen Flusen immer daheim vor dem Badezimmerspiegel mit einer Nagelschere.

»Särr, särr gern«, gurrte Olga.

Bernd sank erfreut auf den freien Friseurstuhl und legte seinen fast kahlen Schädel an die Kopfstütze.

»Eine schöne Massage möchte ich auch. Genau so eine wie Frau Kampeter.«

»Mache ich Massage, hören Engelein singen in Himmel«, erwiderte Olga mit einem filmreifen Augenaufschlag.

Es grenzte fast an Beleidigung, was hier passierte. Als hätte Maja nicht jahrelang alles getan, um ihre Kunden zufriedenzustellen. Als sei sie nicht eine engagierte Friseurin, die keine Wünsche offenließ, und eine großzügige Gastgeberin, der es nichts ausmachte, dass ihr Arbeitsplatz einem Nachbarschaftstreff glich. Doch plötzlich stand Olga im Mittelpunkt. So was nannte man wohl feindliche Übernahme.

»Krisengespräch«, grummelte sie und bedeutete Jeremy mit einem Fingerschnippen, er möge ihr folgen.

In der Teeküche ließ Maja ihrem Frust freien Lauf. Es waren keine netten Vokabeln, die ihr zu Olga einfielen. Quatschkartoffel, Dorfhupe und Ballermannbarbie waren noch die freundlicheren. Normalerweise legte sie nicht derart heftig los, doch heute lagen ihre Nerven blank. Wegen Willi und ein bisschen auch wegen Robin, der sich wegen einer Kanutour seit zwei Tagen nicht hatte blicken lassen. Die Zumutungen der letzten Viertelstunde brachten nun das Fass zum Überlaufen. Eine Weile hörte sich Jeremy alles an, dann strich er sich bedächtig durch seinen auberginefarbenen Schopf.

»Du bist eifersüchtig, und ich versteh's. Aber das ist nur der Reiz des Neuen. Wenn Olga erst mal ein paar Tage hier ist, interessiert sich kein Schwein mehr für sie.«

»Das glaubst auch nur du.« Schwer atmend lehnte Maja an einem Regal voller Schachteln mit Haartönungen. »Die Brave und die Bitch, das geht doch immer gleich aus – die Bitch macht das Rennen.«

Tröstend legte Jeremy einen Arm um sie.

»Lass locker, Maja. Ich weiß, dass dein vorletzter Lover mit genauso einem superblonden Biest durchgebrannt ist, aber das hier ist nicht dein Schlafzimmer, das ist dein Salon. Alle lieben dich. Alle schwärmen von deinen tollen Frisuren. Bisher hat diese Olga nur den Glitzerweibchen-Bonus, aber das Wasser kann sie dir ganz bestimmt nicht reichen. Schon vergessen, dass du bei der letzten Friseurmeisterschaft den zweiten Platz gemacht hast? Für dein Topstyling mit Bio-Produkten?«

Nein, Maja hatte es nicht vergessen. Die gerahmte Urkunde hing vorn im Salon, und es erfüllte sie jedes Mal mit Stolz, wenn ihr Blick darauf fiel. Jawohl, Maja-Marie Müller, die nur eine unspektakuläre kleine Klitsche in einer biederen Gegend führte, hatte fast alle anderen Friseure ausgestochen. Sogar einige superarrogante Promifriseure, die sie zunächst belächelt hatten.

»Danke, Jeremy«, seufzte sie. »Du bist der beste Freund und der genialste Coach unter der Sonne.«

»Na also. Kopf hoch. Tante Ruth meint es gut mit dir. Und wenn du mich fragst – Willi braucht dich wirklich. So lässig, wie der tut, ist er nämlich gar nicht. Ich glaube mittlerweile, er hat ein paar echte Probleme an der Backe.«

Die letzten Worte machten Maja hellhörig.

»Von welchen Problemen redest du? Dass er aufsässig ist? Dass er müffelt wie ein Iltis? Oder dass er schlechte Noten hat?«

Fahrig zupfte Jeremy an dem schwarzen Nietenarmband herum, das seinen rechten Arm schmückte.

»Eigentlich wollte ich es dir ja nicht sagen, aber ich habe Willi mehrmals am helllichten Vormittag auf der Straße rumlungern sehen. Mit, na ja, zwielichtigen Gestalten.«

Maja wurde blass. Schon lange hatte sie ein mulmiges Gefühl wegen Willis schlechter Zensuren, doch bisher hatte sie das Offensichtliche lieber verdrängt als zu Ende gedacht.

»Das heißt, er … er schwänzt die Schule?«

»Sieht ganz so aus. Bestimmt hattest du längst Post von seinem Klassenlehrer, aber weil du erst abends nach Hause kommst, hat Willi vermutlich die Briefe abgefangen. Nun schau nicht so entsetzt, das kommt alles wieder ins Lot. Was allerdings voraussetzt, dass du dich von dieser Olga entlasten lässt. Also entspann dich. Sag ihr, sie soll was Anständiges anziehen, verpass ihr eine akzeptable Frisur, den Rest erledige ich, versprochen. Ich werde sie im Auge behalten. Apropos – ich schaue mal kurz, was sie da vorn macht.«

Als er hinausgegangen war, blieb Maja ziemlich durcheinander zurück. In ihrem Kopf wirbelten die Gedanken umher wie ein Laubhaufen, den eine Windbö erfasst hatte. Mehr Zeit für Willi, das war dringend nötig. Und auch mehr Zeit für Robin war durchaus angebracht. Schon öfter hatte er sich bei Maja beschwert, dass ihr Leben nur noch aus Arbeit bestehe und zu wenig Raum für die kleinen Verrücktheiten bleibe – die er sich daher stets allein genehmigte. Der hatte gut reden. Maja musste ja nicht nur den ganzen Tag lang im Salon stehen, den sie abends selber putzte, oft erledigte sie bis spätnachts auch noch die Buchhaltung oder schrieb Bestelllisten für Shampoos und Haarkuren. Ein wenig Entlastung käme da gerade recht.

»Alles okay«, sagte Jeremy, als er zurückkehrte. »Nur der Proseccoverbrauch ist heute ungewöhnlich hoch. Und? Hast du dich entschieden?«

»Ja, es ist wohl das Beste, wenn wir es doch mit Olga probieren«, gab Maja widerstrebend zu.

»Dann lass uns weitermachen. Ein paar Kunden werden schon unruhig, und Olga hat einen besonders ungeduldigen Kandidaten auf dem Stuhl. Na ja, bisher scheint es glattzugehen. Aber wir müssen ihr das Parfum verbieten. So wie sie riecht, fallen sogar die Schafe in Ostfriesland um, und …«

Ein Aufschrei beendete seinen Satz. Er entstammte einer Männerkehle und war so markerschütternd, als würde jemand auf dem offenen Feuer gegrillt. Ein kurzer Blickwechsel, und beide rannten sie los nach vorn in den Salon. Wild mit den Armen fuchtelnd, stand ein Herr im eleganten dunkelgrauen Zweireiher im Raum, der wüste Verwünschungen ausstieß und immer wieder auf seine Haare deutete. Maja musste nicht lange fragen. Das Bild, das sich ihr bot, sprach für sich. Mit schuldbewusst gesenktem Kopf stand Olga in der Ecke und wischte sich die Wimperntusche von den tränennassen Wangen.

»Orange!«, brüllte der Mann sie an. »Meine Haare sind orange! Gleich habe ich einen sehr, sehr wichtigen Businesstermin mit einem Neukunden! Ich werde Sie verklagen! Auf mindestens zehntausend Euro Schadensersatz! Wenn ich mit Ihnen fertig bin, können Sie diese schräge Bude dichtmachen!«

Kapitel 2

»Mein Gott, Olga, was hast du getan?«, stöhnte Maja.

Sie hatte einige Stylingunfälle gesehen in ihrem langjährigen Friseurleben, aber dieser hier war besonders gruselig. Unregelmäßig breite knallorangefarbene Streifen zogen sich durch das braune Haar, das an den Seiten millimeterkurz geschoren war und auf dem Kopf in Stacheln abstand. Zu einer Halloweenparty hätte die Frisur wunderbar gepasst. Nicht aber zu einem Mann, der größten Wert auf Seriosität legte, wie seinem klassisch geschnittenen Anzug und der dezenten grauen Seidenkrawatte zu entnehmen war. Was Olga auf seinem Kopf fabriziert hatte, wirkte in etwa so seriös wie ein Totenkopftattoo auf dem Po. Schlimmer hätte es kaum kommen können.

»Wollte er coole Look«, schluchzte Olga.

»Das ist Körperverletzung!«, brüllte der Mann. »Und Geschäftsschädigung!«

Inzwischen waren die wartenden Kunden sowie die hereingeschneiten Nachbarn aufgestanden und umringten den aufgebrachten Mann. Es war ein veritabler Skandal, der sich hier ankündigte.

»Jetzt mal halblang«, schaltete sich Jeremy ein. »Okay, das Ding ist voll in die Hose gegangen, aber ich kann Ihnen eine dunkle Tönung auf die Schnelle drübergeben, und nach Ihrem Termin kommen Sie noch mal vorbei, damit ich Sie fachgerecht umfärben kann.«

»Auf die Schnelle …«, grollte der Mann. Vorwurfsvoll zeigte er auf sein teures Chronometer am Handgelenk. »Ich habe mein Meeting in zehn Minuten!« Er fingerte eine Visitenkarte aus seinem

Jackett und warf sie Jeremy vor die Füße. »Hier, Sie Chefkomiker, Sie hören von meinen Anwälten.«

»Stopp, ich bin hier die Chefin!«, rief Maja. »Selbstverständlich haben Sie das Recht, eine misslungene Frisur zu reklamieren, aber wir müssen doch nicht gleich vor den Kadi ziehen.«

Verblüfft starrte der Mann sie an. Begutachtete ihren braungoldenen Fransenschnitt, das weiße T-Shirt, die verwaschene Jeans darunter und die weißen Sneakers, die nicht gerade taufrisch wirkten, wie Maja in diesem Moment bewusst wurde.

»Sie sind also die Chefin? Dann verraten Sie mir doch mal, wie Sie dazu kommen, so eine stümperhafte Idiotin auf die Menschheit loszulassen.«

»Sie ist keine Idiotin«, murmelte Bernd.

»Bin ich Stylistin«, schmollte Olga.

Maja fuhr herum.

»Du bist still. Wir reden später. Herr im Himmel, ich fasse es nicht, dass du dir einfach einen Kunden schnappst und ihn …«

»… verstümmeln ist wohl das richtige Wort«, giftete der Mann.

Mit einer schnellen Bewegung hob Maja seine Visitenkarte vom Boden auf. *Dr. Alexander von Maybach* stand darauf, *AvM International Consulting and Project Managing Incorporated.* Beeindruckend. Nur, dass Maja von volltönenden Namen und hochtrabenden englischen Ausdrücken so was von gar nicht zu beeindrucken war.

»Werter Herr von Maybach«, sie rang sich ein schwaches Lächeln ab, »wir werden eine Lösung finden, da bin ich ganz sicher. Ich drücke Ihnen jetzt die Daumen für Ihren Termin, und danach besprechen wir ganz in Ruhe bei einem Glas Prosecco, wie es weitergeht.«

Er trat so dicht an sie heran, dass sie sein unglaublich gutduftendes Rasierwasser riechen konnte, bevor ihr Lächeln am stahlharten Blick seiner blauen Augen abbrach.

»Sie träumen wohl.«

Damit rauschte er ab. Klirrend fiel die Glastür hinter ihm zu.

»Eitler Fatzke«, murrte Bernd. »Dabei hat sich unsere Olga so viel Mühe gegeben.«

»Der denkt wohl, ihm gehört die Welt«, schloss sich Frau Kampeter an.

Auch die anderen schlugen sich nach und nach auf Olgas Seite. Dass sie einen groben Fehler begangen hatte, darüber war man sich einig, dennoch überwog die Empörung über das arrogante Auftreten ihres Opfers. Währenddessen starrte Maja auf die Visitenkarte, die schon ganz verknittert war, so krampfhaft hielt sie das Stückchen elfenbeinfarbene Pappe umklammert. Zehntausend Euro Schadensersatz. Ob das ernst gemeint war? Wenn ja, musste sie ihren Laden tatsächlich dichtmachen. Und dieser Typ wirkte nicht so, als ob er die Angelegenheit auf sich beruhen lassen würde.

»Wie ist das eigentlich passiert, Olga?«, fragte sie mit bebender Stimme.

»Sie hat keine Schuld, das alles kam nur, weil der blöde Lackaffe das so wollte!«, nahm Bernd sie ritterlich in Schutz.

»Ja, und Bienen summen, weil sie den Text vergessen haben«, ätzte Jeremy.

Mittlerweile glich Olgas Gesicht einem missglückten Aquarell. Wimperntusche und Rouge bildeten fleckige Schlieren auf ihrer Haut, der Lippenstift war verschmiert. Sie wischte sich eine Träne aus dem Augenwinkel.

»Kommt feine Herr rein, will coole Frisur, ich sag, machen schöne Schnitt und Strähnchen, gibt gaaanze frische Look wie Urlaub an Meer, und er sagt, ja, ich sollen machen.«

»Genauso war's!«, bestätigte Frau Kampeter.

»Weiter«, befahl Maja.

»Muss lange einwirken, Creme, damit hell«, fuhr Olga schniefend fort. »Aber Herr sagen, müssen gehen, haben Termin, ich sagen, nein, noch nicht fertig, aber er wollen sofort runter mit Creme. Deshalb orange.«

Aus den Umstehenden löste sich Viktor, der Jurastudent, der bislang noch keinen Ton gesagt hatte. Wie immer trug er einen dunkelblauen Pullover mit V-Ausschnitt, eine dicke Hornbrille und das blonde Haar akkurat gescheitelt.

»Wenn der Schwachmat dich verklagt, wird es eng«, orakelte Viktor düster. »Zwar trägt er selbst eine Mitschuld an dem Desaster, weil er die Einwirkzeit der Blondierung eigenmächtig unterbrochen hat. Andererseits war es natürlich nicht korrekt, dass eine ungelernte Kraft ihn in die Mangel nimmt. Das nennt man Verletzung der Aufsichtspflicht.«

»Ich würde Olga ja auch nicht mit einem Bohrer in der Hand auf meine Patienten loslassen«, bekräftigte Helena, die Zahnärztin von gegenüber.

»Die kommen sonst alle ohne Zähne wieder raus«, bemerkte Frau Kampeter überflüssigerweise.

Maja hörte gar nicht mehr richtig hin. Erschöpft ließ sie sich auf einen der beiden Friseurstühle fallen. Innerhalb einer Stunde war so viel geschehen, dass sie erst einmal ihre Gedanken sortieren musste. Was tun? Am dringlichsten war die Sache mit diesem vermaledeiten Maybach. Gleich danach stand Willi auf ihrer Prioritätenliste, und dann war da noch Olga, die Problemtussi, wie Maja sie innerlich nannte.

»Schluss für heute«, sagte sie und stand auf. »Alle Kunden, die noch nicht dran waren, bitte ich, morgen oder an einem anderen Tag wiederzukommen – als Ausgleich für die Unannehmlichkeiten werde ich kein Geld nehmen. Einverstanden?«

Niemand widersprach. Einer nach dem anderen verabschiedete sich von Maja, bis der Salon leer war. Nur Jeremy und Olga blieben übrig. Olga, verflixt! Maja hätte dieses pinkfarbene Grauen in Menschengestalt am liebsten im hohen Bogen rausgeworfen, nur die Erinnerung an Tante Ruths Worte und die Tatsache, dass sie dringend jemanden für den Salon brauchte, hielten sie davon ab, es nicht sofort zu tun. Noch immer stand Olga wie ein Häuflein Elend in der Ecke. Mit einem Kleenex rieb sie sich die verlaufene Schminke vom Gesicht und traute sich nicht, Maja oder Jeremy anzusehen.

»Ich entschuldigen«, flüsterte sie. »Ich werden arbeiten umsonst. Ich alles tun für hierbleiben.«

Von ihrer blasierten Attitüde war absolut nichts übrig geblieben. Ohne das dicke Make-up sah sie auf einmal wie ein kleines Mädchen aus, das bei einem dummen Streich erwischt worden war. Vermutlich war sie nur wenig älter als Willi. Irgendwie rührend, fand Maja jetzt.

»Wie alt bist du eigentlich?«

»Siebzehn«, schluchzte Olga.

»Also zu jung, um hier große Töne spucken zu dürfen, aber alt genug, um Verantwortung zu übernehmen«, merkte Jeremy an.

Maja gab sich einen Ruck.

»Okay, klare Ansage: Morgen früh erscheinst du pünktlich um neun im Salon, in gepflegter, unauffälliger Kleidung. Keine Eigenmächtigkeiten mehr. Ich sage dir, was du zu tun hast. Jeremy und ich werden genau darauf achten, wie du deine Aufgaben erledigst. In einer Woche entscheide ich dann, ob du bleiben kannst. In Ordnung?«

Durch einen Tränenschleier hindurch schaute Olga auf und nickte. Dann griff sie zu einem rosa Hello-Kitty-Handtäschchen und stöckelte auf ihren Glitzer-Highheels davon. Sobald sie verschwunden war, brach Jeremy in Lachen aus.

»Was ist denn bitte schön so komisch?«, fragte Maja.

»Ich bewundere dich«, kicherte er. »Im nächsten Leben solltest du Bewährungshelferin werden. Jedenfalls kenne ich niemanden, der so großzügig reagiert hätte wie du. Oder steckt mehr dahinter? So was wie – Olga, die Tochter, die du nie hattest?«

Damit traf er einen wunden Punkt. Es stimmte ja, Maja hatte sich lange eine Tochter gewünscht. Doch nachdem sich Willis Erzeuger aus dem Staub gemacht hatte, war ihr nie wieder ein Mann begegnet, mit dem sie sich Kinder vorstellen konnte. Wie über vieles andere, was in ihrem Leben unrund gelaufen war, sprach sie allerdings nicht gern über diese Dinge.

»Schnickschnack«, wehrte sie ab. »Ich folge nur deinem Rat. Auszubildende sind heute schwer zu bekommen. Olga verfügt bereits über Grundkenntnisse des Friseurhandwerks, und wenn sie sich wider Erwarten gut macht, hält sie mir den Rücken frei, damit ich mich besser um Willi kümmern kann.«

Jeremy hob eine Augenbraue.

»Also eine vollkommen unsentimentale Entscheidung.«

»Du sagst es.«

Der versonnene, ein wenig besorgte Blick, mit dem er sie bedachte, behagte Maja überhaupt nicht. Jeremy kannte sie besser als jeder andere. Kein Wunder, er hatte ja auch mehr Zeit mit ihr verbracht als jeder Lover.

»Was hast du auf dem Herzen?«, fragte sie.

»Mit Ende dreißig zieht man Bilanz, beruflich wie privat, das geht mir übrigens genauso«, bekannte Jeremy. »Ich frage mich: Was habe ich eigentlich erreicht? Wo stehe ich? Wo will ich hin? Du bist ein bisschen durch den Wind, Schatz. Könnte das auch daran liegen, dass du endlich ankommen willst, eine richtige Familie haben und so weiter?«

»Ich habe bereits eine richtige Familie«, antwortete Maja heftiger als gewollt. »Einen Mann und ein Kind. Schon vergessen?«

Jeremys Augenbrauen rutschten hoch.

»Verspielte Männer wie Robin werden maximal elf, danach wachsen sie nur noch körperlich. Du hast einen Kerl, der sich nicht zu hundert Prozent für dich entscheidet, weil er nicht erwachsen werden will, und einen Sohn, der nicht auf dich hört, weil er sich für irre erwachsen hält. Sorry, ich sehe da mehr Baustellen als ein trautes Heim.«

Mit verschlossener Miene begann Maja herumliegende Bürsten, Kämme und diverse Lockenwickler in ein Rollschränkchen einzuräumen. Sie mochte solche Gespräche nicht. Natürlich wusste sie, dass nicht alles im Lot war. Aber was half es schon, darüber zu lamentieren?

»Ach Jeremy, du hast recht, aber wie soll ich das ändern? Ich wurschtele mich schon irgendwie durch.«

»Na, dann – einen schönen Abend«, sagte Jeremy achselzuckend. »Grüß Tante Ruth von mir.«

»Mach ich. Und vergiss bitte nicht, dass ich morgen Vormittag einen Termin für Hochzeitsfrisuren außer Haus habe. Pass um Gottes willen auf Olga auf.«

»Kennst mich doch – zu nichts zu gebrauchen und zu allem fähig.« Er gab ihr einen Kuss auf die Wange. »Und du passt auf dich auf, meine Kleine. Ciao, ich gehe.«

Eine Minute später fand sich Maja allein im Salon wieder und machte sich daran, aufzuräumen. Als sie einige herumstehende Shampooflaschen in den Rollwagen einsortierte, fiel ihr Blick in den Spiegel. Sie hielt in der Bewegung inne. Gedankenverloren betrachtete sie ihr Gesicht. Es war immer noch hübsch, trotz einiger Linien, die sich in ihre Haut eingegraben hatten. Täglich sah sie Kundinnen, die mit starkem Geschütz die Spuren des Alters bekämpften, mit chemischen Peelings, Unterspritzungen, Botox. Bewusst hatte Maja darauf verzichtet. Sie wollte keinen Wettlauf mit dem Alter um den Preis, dass man seine individuelle, gereifte Schönheit gegen ein geklontes Lächeln eintauschte, mit einer künstlich geglätteten, unpersönlichen Maske. Sie wollte auch den entwürdigenden Contest nicht mehr, ob sie dem Vergleich mit jüngeren Frauen standhielt, sondern setzte darauf, dass Ausstrahlung wichtiger war als ein paar Falten. Sicher, ein junges, glattes Gesicht wie das von Olga hatte seinen Reiz. Doch es war ein austauschbarer, noch nicht durch Erfahrung geformter Reiz.

Maja betastete die zarten Linien rund um ihre Augen. Warum nicht das gelebte Leben akzeptieren, das ihr buchstäblich ins Gesicht geschrieben stand? Die wilden Jugendjahre, das abgebrochene Kunststudium, die Friseurlehre, der lange Weg zum eigenen Salon, das Kind, das sie zur Welt gebracht hatte? Und die Beziehungen, die ihr, abgesehen von anstrengenden Trennungsphasen, auch so viele glückliche Momente, so viel Lebendigkeit und Intensität beschert hatten? Nein, sie stand dazu. Am Glanz ihrer Augen und an den Lachgrübchen in den Wangen hatte sich ja nichts geändert, genauso wenig wie an ihrem stets ein wenig spitzbübischen Gesichtsausdruck.

Im Grunde habe ich meinen Beruf ergriffen, weil ich Frauen auf dem Weg zu ihrer natürlichen, authentischen Schönheit begleiten möchte, dachte sie. Typgerechte Frisuren sind so viel hilfreicher als brutale Beauty Treatments. Und so viel individueller.

Noch einmal betrachtete sie ihr Spiegelbild. Die tiefe Sorgenfalte zwischen ihren Augenbrauen war neu. Leider gab es nur Spritzen gegen Falten, nicht gegen Sorgen.

Nachdem sie feucht durchgewischt und das benutzte Geschirr abgewaschen hatte, schaltete sie überall das Licht aus und schloss die Eingangstür ab. Anschließend schwang sie sich auf ihr Fahrrad, das sie an einen Laternenmast vor dem Salon gekettet hatte. Während sie losradelte, kreisten ihre Überlegungen um Punkt eins auf ihrer Prioritätenliste. Die Visitenkarte des klagewütigen Herrn hatte sie in die hintere Tasche ihrer Jeans gesteckt. Alexander von Maybach. Wie war er überhaupt in ihren kleinen Laden geraten? Einer wie der ließ sich doch normalerweise in den angesagten Friseursalons verwöhnen. Jetzt hatte sie ihn an der Backe, und das konnte ihren Ruin bedeuten. Ob sie ihm und seinen Anwälten zuvorkommen sollte? Ihn anrufen, die Wogen glätten?

Vor einem Blumenladen, der noch geöffnet hatte, bremste sie ab. Es war eine spontane Idee. Fünf Minuten später verließ sie den Laden mit einem Arm voller leuchtend gelber Sonnenblumen und einer handgeschriebenen Entschuldigungskarte nebst ihrer Handynummer. Zehn Minuten später stand sie vor einem imposanten Bürogebäude, auf dem ein Messingschild mit dem Schriftzug *AvM International Consulting and Project Managing Incorporated* prangte. Ihre Uhr zeigte halb sieben. Nicht dass sie erwartete, Dr. Alexander von Maybach jetzt noch im Büro anzutreffen, aber bestimmt konnte sie die Sonnenblumen für ihn abgeben. Er würde sie dann gleich am nächsten Morgen vorfinden, und zwar bevor er seine Anwälte in Bewegung setzte. Vielleicht ließ er sich damit besänftigen. Einen Versuch war es wert.

Die Blumen eng an den Körper gepresst, schob Maja mit der Hüfte einen Flügel der großen gläsernen Schwingtür auf, die in das Gebäude führte. Ihre Sneakers quietschten bei jedem Schritt auf dem polierten grauen Marmor des Empfangsbereichs, der so schick und edel wirkte wie die Lobby eines Luxushotels. Ein paar beigefarbene Ledercouchen standen in dem weitläufigen Raum, neben mannshohen Bodenvasen aus Perlmutt, in denen verschwenderisch dekorierte weiße Lilien ihren feinen Duft verbreiteten. Hinter dem Empfangstresen entdeckte sie einen dunkelblau uniformierten Sicherheitsmann und hielt auf ihn zu.

»Hallo, ich möchte etwas für Herrn Maybach abgeben.«

Misstrauisch betrachtete der Mann erst die Blumen, dann ihr vom Radeln gerötetes Gesicht.

»Für Herrn Doktor von Maybach«, korrigierte sie sich.

»Das müssen Sie schon selbst übernehmen, ich bin kein Laufbursche, sondern von der Security. Oben müsste noch jemand sein«, blaffte der Uniformierte. »Ausweis?«

Maja holte ihr Portemonnaie heraus und zeigte ihm ihren Personalausweis, den er mit seinem Handy abfotografierte.

»Dritter Stock.«

»Herzlichen Dank, sehr freundlich«, flötete sie.

Als sie in dem voll verspiegelten Aufzug auf die Taste mit der 3 drückte, bereute sie ihren Entschluss schon wieder. Einer wie dieser Maybach hielt sicherlich nichts von netten Gesten. Der war eiskalt, ein aggressiver Macher, der alles wegnietete, was ihm in die Quere kam. Sobald der Lift mit einem überirdisch sanften Pling anhielt, drückte sie deshalb die Taste fürs Erdgeschoss, doch die Türen glitten zur Seite, und ein Herr kam zum Vorschein. Ein Herr im dunkelgrauen, eleganten Zweireiher mit knallorangefarbenen Strähnen im Haar. Unwillig runzelte er die Stirn.

»Sie?«

»Ja, äh, ich.«

Mehr fiel Maja gerade nicht ein. Irgendetwas nahm ihr den Atem. Die Aura von Macht? Der Duft des rasend gutriechenden Rasierwassers? Der stahlharte Blick aus unwirklich blauen Augen? Nackte Angst? Schwer zu sagen. Hinter Alexander von Maybach tauchten zwei weitere Männer in dunklen Anzügen auf, die sie neugierig musterten. Er wandte sich zu ihnen um.

»Das ist diese unsägliche Friseuse, deren Mitarbeiterin mich verunstaltet hat.«

»Friseurin«, warf Maja ein, obwohl sie ahnte, dass ihm solche Feinheiten herzlich egal waren.

»Was bedeutet, meine Herren, dass Sie ihr das Schreiben mit der Schadensersatzforderung persönlich überreichen können«, sagte Alexander von Maybach denn auch, ohne auf Maja zu achten.

Ihr fiel auf, wie beflissen die beiden Männer hinter ihm wirkten. Als ob sie die persönlichen Sklaven dieses dominanten Primaten seien. Leicht vorgebeugt standen sie da, fast unterwürfig. Ekelhaft. Es musste die Hölle sein, für solch einen Chef zu arbeiten.

»Wie viel ist mir noch mal entgangen, weil der Kunde abgesprungen ist?«, erkundigte er sich. »Zehntausend?«

»Zwanzig«, antwortete einer der beiden knapp.

Ihr sank das Herz in die Hose. Auf einmal fühlte sie sich nur noch lächerlich mit ihren Sonnenblumen. Was hatte sie denn erwartet? Dass dieses bretthare Alphamale sich vom Anblick eines Blumenstraußes erweichen ließ? Im selben Augenblick flammte brennender Zorn in ihr auf. So nicht! Entschlossen straffte sie ihre Schultern.

»Jetzt hören Sie mir mal gut zu, Sie arroganter Schnösel!« Drei Augenpaare richteten sich wie geladene Pistolen auf Maja. »Tag für Tag muss ich mich durchschnippeln, schlechte Laune wegföhnen, verschattete Gemüter erblonden lassen. Viel kommt nicht dabei rum. Vermutlich verdienen Sie in einer schlappen Stunde so viel wie ich in einem ganzen Monat. Trotzdem wollen Sie mir mehr Geld aus der Tasche ziehen, als ich jemals besitzen werde. Wie krank ist das eigentlich? Sie sollten sich schämen, Sie … Sie Pfeife!«

Alexander von Maybach blieb der Mund offen stehen. Schwungvoll warf Maja ihrem Peiniger die Sonnenblumen zu, die er reflexhaft auffing, und zwar mit einem derart verdatterten Gesichtsausdruck, dass sich die Aktion wenigstens für diesen Anblick gelohnt hatte. Jetzt nichts wie weg. Als führe eine höhere Macht Regie, schlossen sich die Lifttüren für den perfekten Abgang, und Maja sauste abwärts, den zitternden Körper an eine der Spiegelflächen gelehnt. Super in die Grütze gesemmelt, zeterte ihre innere Stimme, jetzt hast du ihn so richtig verärgert, herzlichen Glückwunsch, Dramaqueen.

Im Erdgeschoss angekommen, durchquerte sie die Eingangshalle im Laufschritt. Dies war nicht ihre Welt, dieser geschniegelte Bürokasten mit dem gewienerten Marmor, wo nur Geld zählte, keine Menschen, keine Schicksale. Zwanzigtausend Euro, hallte es in ihrem Kopf. Das überlebst du nicht. Keuchend bestieg sie draußen ihr Fahrrad. Mit aller Kraft trat sie in die Pedale, überfuhr eine rote Ampel und bog wie von allen sieben Teufeln getrieben in eine Nebenstraße ab.

Ihr Herz hämmerte immer noch hart gegen die Rippen, als sie

verschwitzt und mit fünfzehn Minuten Verspätung die Trattoria Sorrentina betrat. Es war ihr Stammitaliener, ein kleines, gemütliches Lokal mit alten Reklameschildern aus Blech an den Wänden und einer bodenständigen, aber vorzüglichen toskanischen Küche. Doch so sehr sie sich auch auf Tante Ruth gefreut hatte, nach feiern war ihr definitiv nicht zumute. Und irgendwie hatte sie es ja auch ihrer Tante zu verdanken, dass sie in diesen Riesenschlamassel geschlittert war.

»Maja, hierher!«, hörte sie eine vergnügte Stimme.

Tante Ruth saß am Fenster. Neben ihr stand der Wirt und erläuterte mit großen Gesten diverse Tagesgerichte, die mit Kreide auf eine große Schiefertafel geschrieben waren. Seinen runden Wangen und dem Bäuchlein unter der weißen Schürze sah man an, dass ihm die Kreationen der Trattoria auch selbst bestens schmeckten.

»Ciao, Cara, schön, dass du da bist«, begrüßte er Maja. »Die Seezunge ist sehr zu empfehlen, nach Art des Hauses in Butter und Weißwein gedünstet, mit einer Spur Knoblauch und gegrilltem Gemüse. Dazu ein gutgekühlter Pinot Grigio, und die Welt ist in Ordnung.«

»Ist sie nicht«, ächzte Maja und nahm am Tisch Platz. »Hallo, Tante Ruth, hallo, Antonio. Wo ist Willi?«

»Zu Willi kommen wir später«, erwiderte ihre Tante. »Ich hoffe, du hast Hunger mitgebracht. Wie unser wunderbarer Küchenchef gerade verlautbart hat, ist bereits eine große Platte mit gemischten Vorspeisen in Arbeit.«

»Passt zu meinen gemischten Gefühlen«, stöhnte Maja.

»Oh, la bella Signorina braucht eine kleine Stärkung? Einen Aperol Sprizz vielleicht?« Antonio lächelte verschmitzt. »Oder etwas Hochprozentiges?«

»So viel Schnaps, um meine Probleme darin zu ertränken, hast du garantiert nicht. Gern einen Sprizz, bitte.«

Nachdem er sich entfernt hatte, griff Tante Ruth über den Tisch hinweg nach Majas Hand. Seltsam, schon die einfache Berührung gab ihr ein wenig von der Energie zurück, die sie an diesem Tag verloren hatte.

»Herzchen, was ist los?«, erkundigte sich Tante Ruth. »Was Willi betrifft …«

»Wenn es doch nur Willi wäre«, fiel Maja ihr ins Wort.

»Oh. Wer denn noch?«

»Eine gewisse Olga Hoffentlich-haben-Sie-heute-keinen-wichtigen-Termin Romantschowa.«

In groben Zügen berichtete Maja von der Strähnchenkatastrophe und dem rachsüchtigen Alexander von Maybach. Mit unbewegter Miene hörte Tante Ruth zu, nur bei der Schilderung von Majas Lift-Auftritt kräuselten sich ihre Lippen zu einem amüsierten Lächeln.

»Das hast du dem wirklich gesagt? Dass er sich schämen soll?«

»Ja«, bestätigte Maja kleinlaut. »Schlau war das nicht, aber es hat gutgetan.«

»Ach, Kind, manchmal muss man eben einfach mutig sein und für seine Überzeugungen einstehen.«

Tante Ruth lehnte sich zurück. Auf ihren gebräunten Zügen erschien ein träumerischer Ausdruck, und Maja wusste, woran sie dachte: wie sie vor wenigen Jahren äußerst mutig alles hinter sich gelassen hatte, um im Süden zu leben, bei Freunden, die in Amalfi ein kleines Restaurant betrieben. Wenn es jemanden gab, der so etwas wie Lebenskunst beherrschte, dann Tante Ruth. Schleierhaft war Maja allerdings, wie Olga in dieses Bild passte. Als hätte Tante Ruth ihre Gedanken erraten, sprach sie das Thema an.

»Du wunderst dich sicher, dass ich dir Olga empfohlen habe. Ich erspare dir die ellenlange Vorgeschichte. Tatsache ist, dass sie vor kurzem in Amalfi, sagen wir – gestrandet ist. Ich hatte Gelegenheit, sie näher kennenzulernen, weil sie in unserem Restaurant gearbeitet hat.«

»Ach ja? Wie viele Gläser hat sie zerbrochen, wie viele Teller fallen lassen, wie viele Gäste in die Flucht getrieben? Oder habt ihr sie als spektakuläre Scherz- und Spaßmaschine beschäftigt?«

Zwischen den Fingerspitzen ihrer linken Hand zerkrümelte Tante Ruth ein Stück Brot. Forschend sah sie Maja ins Gesicht.

»Du klingst, als fehle dir eine gute Portion Gelassenheit. Was ist los mit dir, meine Kleine?«

Nachdem Maja eine Weile stumm aus dem Fenster geschaut hatte, hob sie die Achseln.

»Ich weiß es selber nicht. Dieser Tag war einfach ein Griff in den Mülleimer.«

»Bitte sag so etwas nicht«, entgegnete Tante Ruth mit weicher Stimme und der gleichen Besorgnis im Blick, die Maja schon bei Jeremy aufgefallen war. »Jeder, absolut jeder Tag ist ein Geschenk. Manchmal ist es nicht sonderlich attraktiv verpackt, und dann ist man enttäuscht oder wütend, aber später, im Rückblick, stellt man oft fest, was für ein wundervolles Geschenk sich in der merkwürdigen Verpackung befunden hat.«

Das war mal wieder typisch Tante Ruth. So ganz nebenbei ließ sie ihre Mitmenschen an Weisheiten teilhaben, die es in sich hatten. Maja wusste nicht so recht, was sie darauf antworten sollte, weil weder Olga noch Alexander von Maybach und schon gar nicht Willis pubertäre Unverschämtheiten nach Geschenken aussahen. Glücklicherweise näherte sich Antonio mit zwei Gläsern Sprizz und einer Flasche Mineralwasser, so dass sich eine Antwort erübrigte. Nachdem er die Gläser auf den Tisch gestellt hatte, prosteten die beiden Frauen einander zu.

»Nun, um auf Olga zurückzukommen – lass ihr ein bisschen Zeit«, sagte Tante Ruth und trank einen Schluck Sprizz. »Sie hat das Herz auf dem rechten Fleck und wird sich prächtig entwickeln, glaube mir. Übe dich einfach in Geduld. Das Gras wächst ja auch nicht schneller, wenn man daran zieht.«

»Schon gut, ich werde es mit ihr versuchen. Aber normal ist sie nicht, das musst du zugeben. Eher ein bisschen verhaltensgestört.«

»O nein, nicht gestört, sondern verhaltensoriginell.« Tante Ruth kicherte wie ein Backfisch. »Ich sage immer: Die Normalität ist wie eine ordentlich asphaltierte Straße. Man kann bequem darauf fahren, aber es wachsen keine Blumen darauf.«

Dabei beließ sie es vorerst. Während sie die opulente Vorspeisenplatte plünderten, den Pastagang mit Trüffeln vertilgten und die Seezunge kosteten, tauschten Maja und ihre Tante Neuigkeiten über die Familie und gemeinsame Bekannte aus. Zum Beispiel über Majas Cousine Luisa, zu der Maja nur sporadisch Kontakt hatte, weil sie viele Hundert Kilometer entfernt wohnte, in Tante Ruths Heimatstadt. Bevor Tante Ruth nach Italien gegangen war, hatte sie Luisa einen Schrebergarten geschenkt, und genau dort hatte sie ihr Glück gefunden: Eddy. Jetzt war Luisa schwanger. Ein Wunschkind, wie Tante Ruth beteuerte, und nicht etwa eine Folge der biologisch erzeugten Kondome, die Eddy in seinem Ökoladen verkaufte. Erst beim Espresso nahm das Gespräch wieder eine ernsthafte Wendung.

»Mein Kind, was ich noch sagen wollte«, Tante Ruth kniff die Augenbrauen zusammen, »wenn mich nicht alles täuscht, steckt Willi in ernsthaften Schwierigkeiten.«

Maja rührte in ihrem Espresso herum, als wollte sie die Tasse in ihre Einzelteile zerlegen.

»Ich weiß, ich weiß, er schwänzt die Schule.«

Ich bin im Bilde, sollte das besagen. Doch Tante Ruth knabberte derart angestrengt auf ihrer Unterlippe herum, dass das noch nicht die ganze Wahrheit sein konnte. Im selben Moment erinnerte sich Maja daran, was Jeremy erzählt hatte. Bisher hatte sie nur auf den ersten Teil geachtet – Willi treibe sich am helllichten Vormittag auf der Straße herum. Allerdings gab es noch einen zweiten Teil. Zwielichtige Gestalten.

»Du meinst – seine Freunde?«, fragte sie.

»Gegenfrage: Kennst du sie eigentlich näher?«

»Na ja, soweit ich weiß, sind das alles ungelüftete Nerds, die immer nur auf irgendwelchen Spielkonsolen rumdaddeln oder im Internet unterwegs sind. Klemmig, aber harmlos, denke ich.«

Tante Ruth schien anderer Meinung zu sein. Nachdem sie den hausgemachten Mandelkeks vertilgt hatte, den Antonio immer zum Espresso servierte, legte sie die gefalteten Hände aufs Tischtuch.

»Willi wurde eben von zwei Typen abgeholt. Zwei ziemlich unheimlichen Typen. Wenn du mich fragst, hatte er ein bisschen Angst vor ihnen.«

In Majas Ohren schrillten alle Alarmglocken. Das waren sie also, die zwielichtigen Gestalten. Sofort versuchte sie, Willi auf seinem Handy zu erreichen, jedoch erfolglos.

»War einer dabei, der Markenklamotten und eine dicke Goldkette trug?«

Tante Ruth nickte.

»Das ist dieser Boris«, stöhnte Maja. »Er kam mir immer schon verdächtig vor, aber Willi will nichts davon hören. Für ihn bedeutet Boris die große weite Welt – er hat ein dickes Auto, immer Geld in der Tasche und macht Party, Party, Party. Willi hatte Angst, sagst du? Und was«, ihre Stimme brach fast, »könnte dahinterstecken?«

Weit beugte sich Tante Ruth über den Tisch. Um ihren Mund spielte ein bekümmerter Zug, den Maja noch nie an ihr gesehen hatte.

»Schon mal was von Kiffen gehört?«

Schock. Die Vorstellung, Willi könnte in Drogenkreise geraten sein, raubte Maja fast den Verstand.

»Hat … hat er dir das erzählt?«, flüsterte sie, starr vor Entsetzen.

»Nicht direkt. Aber ich kann eins und eins zusammenzählen. Die Ringe unter seinen Augen, die ich übrigens auffallend gerötet fand. Seine Lethargie. Der Griff in deine Kasse. Und dann diese beiden Kerle, die ihn eben regelrecht einkassiert haben. Irgendwas ist da faul.«

Ein Alptraum. Es war ein einziger Alptraum. Maja wurde schwindelig. Nichts fürchtete sie mehr als den schlechten Einfluss falscher Freunde, die Willi zu Drogen verführten. Man kannte doch diese Geschichten. Mit einem vermeintlich harmlosen Joint fing alles an, und dann …

»Ich lasse einen Drogentest machen!«, rief sie. »Und wenn sich dein Verdacht bestätigt, bekommt er Hausarrest! Besuchsverbot! Computerverbot! Handyverbot!«

Kopfschüttelnd fegte Tante Ruth ein paar Brotkrümel auf dem rot-weiß karierten Tischtuch zusammen.

»In welchem Jahrhundert leben wir noch mal? Im neunzehnten? Ach richtig, im einundzwanzigsten. Mit Druck und Strafen wirst du ihn von gar nichts abhalten. Such seine Nähe. Rede mit ihm. Unternimm etwas mit ihm. Er braucht dich, gerade jetzt.«

»Aber er ist ein Nichtsnutz! Ein Hängertyp, ein …«

»Noch etwas.« Tante Ruth legte einen Zeigefinger an die Lippen. »Bitte schimpf nicht drauflos, wenn du mit ihm sprichst, sonst erreichst du nur, dass er sich ganz von dir zurückzieht. Ein kluger Mann hat mal gesagt: An bösen Worten, die man ungesagt hinunterschluckt, hat sich noch niemand den Magen verdorben. Weißt du, was ich mache, wenn mir die Hutschnur reißt? Ich denke an ein rosa Kaninchen, an so ein ganz niedliches, flaumigweiches, putziges Exemplar.«

Maja verzog die Mundwinkel.

»Ein rosa Kaninchen. Was du nicht sagst.«

»Probier's aus. Man kann gar nichts Böses mehr von sich geben, wenn man sich das bildlich vorstellt. Oder zumindest drückt man sich etwas, nun ja, netter aus.«

Der Klingelton einer WhatsApp-Nachricht ließ Maja zusammenfahren. Ob das Willi war? Vor ihrem inneren Auge sah sie ihn bereits benebelt in einer Ecke liegen, in der Hand dieser schrecklichen Typen, voller Verzweiflung eine SOS-Nachricht schreibend. Doch die Nachricht war nicht von Willi.

Ihr Auftritt heute war eine bodenlose Unverschämtheit. Für die »Pfeife« hänge ich Ihnen obendrein eine Beleidigungsklage an. AvM

Eines stand für Maja fest: Diesen Tag hatte sie nicht aus einem Mülleimer, sondern aus einer Giftmülldeponie gezogen. Mit brennenden Augen las sie die Nachricht ein zweites Mal. So ein elender Mistkerl! Dabei war sie mit den allerbesten Absichten in seinem Büro erschienen. Und wenn auch das Ganze in Ermangelung von rosa Kaninchen aus dem Ruder gelaufen war, musste man ihr doch nicht gleich die nächste Klage anhängen. Maja stand kurz vor einem Tränenausbruch, doch sie riss sich zusammen. Wortlos zeigte sie ihrer Tante das Handydisplay.

»Dio mio!«, entfuhr es ihr, ein sprachliches Zugeständnis an ihre neue Heimat.

Maja schlang ihre zitternden Finger ineinander.

»Was soll ich denn nun machen?«

»Nicht der Wind bestimmt die Richtung, sondern das Segel«, befand Tante Ruth. »Was so viel heißt wie: Jetzt müssen wir klug navigieren und alle Klippen umschiffen.«

»Wir?«, wiederholte Maja ungläubig.

»Ja, was dachtest du denn? Dass ich dich mit deinen Problemen alleinlasse? Kommt überhaupt nicht in Frage! Ich reise nicht eher nach Italien zurück, bis alles geklärt ist.«

Jetzt rollten doch noch Majas Tränen, Tränen der Rührung und der Erleichterung. Immer hatte sie alles ganz allein stemmen müssen, den Salon, die Erziehung ihres Sohnes, den Haushalt, kurz, den aufreibenden Alltag einer berufstätigen alleinerziehenden Mutter. Nach der starken männlichen Schulter hatte sie vergeblich Ausschau gehalten. Aber jetzt gab es auf einmal eine starke weibliche Schulter.

»Hier.« Tante Ruth öffnete ihre Handtasche und zog einen Zettel heraus. »In Amalfi habe ich einen buddhistischen Mönch kennengelernt, er war zu Gast in unserem Restaurant. Wir kamen ins Gespräch und haben eine ganze Nacht lang über Gott und die Welt geredet. Die Sonne ging schon auf, als er mir ein Mantra für alle Fälle gegeben hat. Ein Notfall-Mantra sozusagen. Ich glaube, du brauchst es nötiger als ich.« Sie schob den Zettel über den Tisch. »Trag ihn immer bei dir, für dunkle Stunden.«

Maja hielt nichts von Esoterikkrempel, doch was sie spürte, war das grenzenlose Wohlwollen ihrer Tante. Ergriffen steckte sie den Zettel ein.

»Und natürlich kannst du mich jederzeit anrufen, wenn's mal richtig dicke kommt«, sagte Tante Ruth.

»Danke.« Maja schnäuzte sich ausgiebig. »Warum tust du das für mich?«

Gedankenverloren betrachtete Tante Ruth den Schaumrest in ihrer Espressotasse. Man merkte, dass es ihr schwerfiel, über das zu reden, was nun folgen würde. Etwas Feierliches lag in ihrer Stimme, als sie schließlich antwortete.

»Als deine Mutter starb, musste ich ihr etwas versprechen – nämlich, dass ich mich um dich kümmere, wenn Not am Mann ist. Da dein Vater nicht mehr lebte, habe ich es meiner geliebten kleinen Schwester selbstverständlich fest zugesagt. Und obwohl ich selbst keine Kinder habe und letztlich keine Expertin in diesen Dingen bin, halte ich mein Versprechen – nach bestem Wissen und Gewissen. In den letzten Jahren war ich viel zu wenig für dich da, das weiß ich. Du hättest mehr Rückhalt gebraucht, ganz auf dich selbst gestellt, mit Kind und Job. Durch meinen Umzug nach Italien wurde es noch schwieriger, mich um dich zu kümmern. Doch ich glaube, jetzt ist es an der Zeit, dir die Unterstützung zu geben, die ich deiner Mutter damals versprochen habe.«

Jäh kehrte die Erinnerung an den dunkelsten Tag in Majas Leben zurück. Sie war gerade mal elf gewesen, als ihre Mutter den erbitterten Kampf gegen den Krebs verloren hatte. Unbegreiflich für Maja, die ihre Mutter immer als die Starke, Strahlende erlebt hatte, als eine Frau, die sich von nichts und niemandem einschüchtern ließ. Danach war Maja durch mehrere Pflegefamilien gereicht worden, die allesamt ihre Schwierigkeiten mit dem zunehmend aufsässigen Teenager hatten – Schule geschmissen, Jungsgeschichten, das volle Programm. Wiederholt hatte sie darum gebettelt, bei Tante Ruth wohnen zu dürfen, doch die sei zu alt für eine Adoption, lautete das notorische Urteil des Jugendamts. So lange Maja zurückdenken konnte, war ihre Tante jedoch immer wie ein Schutzengel präsent geblieben, auch als ihre Nichte von einer rebellischen Phase in die andere taumelte. Sogar den nachgeholten Schulabschluss verdankte Maja Tante Ruth, die darauf bestanden und sogar einen Nachhilfelehrer für Maja engagiert hatte.

»War nicht immer einfach mit mir, was?«, hauchte sie.

»Tja, scheint so, als ob Willi so einiges von dir geerbt hat.« Tante Ruth trank ihr Mineralwasser aus. »So, ich muss jetzt los.«

»Wohnst du denn nicht bei mir?«, fragte Maja erstaunt.

»Ach, weißt du, ich wollte dir und Robin nicht so dicht auf die Pelle rücken. Deshalb habe ich ein Zimmer in einer kleinen Pension genommen. Das teile ich mir mit Olga. Bestimmt wartet sie schon auf mich.«

»Wenn du mich fragst, bist du reif fürs Bundesverdienstkreuz. Wird dir das nicht zu viel, dich um alle zu kümmern? Um Olga, um Willi und jetzt auch noch um mich?«

Schelmisch lächelnd stand Tante Ruth auf und zog einen hellen Blazer über ihr rot-weiß gepunktetes Kleid.

»Ich habe gelernt, dass Liebe und Zuwendung geben viel mehr Spaß macht, als faul auf der Couch rumzusitzen. Und Liebe heißt, den Kuchen so zu teilen, dass jeder denkt, er hätte das größte Stück bekommen.«

Kapitel 3

Die laue Spätsommernacht war sternenklar. Ein seidenweicher Wind streichelte Majas Wangen, als sie durch fast menschenleere Straßen auf dem Fahrrad nach Hause fuhr. Halb elf, das bedeutete in dieser Kleinstadt gemütliche Friedhofsruhe. Nur wenige Autos waren um diese Uhrzeit noch unterwegs und eine einzelne alte Dame, die ihren dicken Dackel Gassi führte.

Noch immer klang der Abend in Maja nach, der grenzenlose Optimismus, den Tante Ruth verbreitete, das Urvertrauen ins Leben. Dennoch wurde mit dem Sirren der Reifen auf dem Asphalt auch das Hintergrundgeräusch ihrer Probleme wieder lauter. Ob Willi inzwischen zu Hause war? Ob Robin wohl bald von seiner Kanutour zurückkehrte? Und was mochte dieser Blödmann von Maybach noch alles im Schilde führen? Wie so oft verstärkte die Dunkelheit der Nacht Majas Sorgen. Alles schien vergrößert, riesenhaft und unüberwindbar. Sicher, sie wusste Tante Ruth an ihrer Seite, aber selbst ihre wundervolle Tante konnte nicht zaubern.

Nach einer knappen halben Stunde war Maja endlich vor dem kleinen Häuschen am Stadtrand angelangt, wo sie seit ein paar Jahren wohnte. Hexenhäuschen nannte sie es, weil es klein, verwinkelt und von Efeu überwuchert war. Während sie das verrostete Tor des Vorgartens aufschob, bemerkte sie plötzlich eine dunkle Silhouette zwischen den Büschen. Sofort stellten sich die Härchen auf ihren Unterarmen senkrecht. Wie erstarrt blieb sie stehen.

»Hallo? Ist da jemand?«

Keine Antwort. Nur das Aufglühen einer Zigarette.

»Hey! Was soll das? Wer ist da?«

Majas Kopfkino war oscarreif. Diebe und Mörder marschierten in ihrem inneren Film auf, bereit, sie auszurauben oder gleich auszuknipsen. Oder war das etwa einer von Willis unheimlichen Freunden, die Tante Ruth erwähnt hatte? Ihr Herz klopfte bis zum Hals. Mit der Fahrradlampe leuchtete sie in die Richtung des rotglühenden Punktes und näherte sich Schritt für Schritt dem dunklen Umriss, bis sie im trüben Licht der Fahrradlampe Willis blasses Gesicht erkannte.

»Mein Gott, du hast mich erschreckt! Was machst du hier im Dunkeln?«

»Schlüssel vergessen«, nuschelte Willi.

»Und dann rauchst du auch noch! Du bist sechzehn, also minderjährig, und ich dulde nicht, dass du dich vergiftest!«

Willi reagierte nicht, trat nur seine Zigarette aus. Schweigend folgte er Maja zum Haus, wo sie zunächst das Fahrrad an den Stützpfeiler der Holzveranda kettete, bevor sie die drei knarrenden Stufen zum Eingang hochstieg und die Tür aufschloss. Der Schreck saß ihr noch in allen Gliedern, und sie hätte gern ein Donnerwetter vom Stapel gelassen, dennoch zwang sie sich zu Zurückhaltung. Hatte Tante Ruth nicht gesagt, dass Schimpfen nichts half? Also gut, denk an das rosa Kaninchen. Wie einen Schatten spürte sie Willi hinter sich. Als sie den kleinen Flur betraten, dessen Wände Maja mit alten Regenschirmen vom Flohmarkt dekoriert hatte, wollte er sich mit einem »Na dann« in sein Zimmer verziehen.

»Stopp.« Die Hände wie ein Verkehrspolizist erhoben, stellte sie sich ihm in den Weg. »In die Küche, bitte.«

Willi blies die Backen auf.

»Hab keinen Hunger. Oder willst du mir etwa ein Mutter-Sohn-Gespräch reindrücken?«

»Ganz genau«, presste Maja zwischen zusammengebissenen Zähnen hervor. »Sag mir bitte, was los ist. Du hast Mist gebaut, oder? Richtig großen Mist.«

Willis ohnehin blasse Haut nahm einen kalkigen Ton an.

»Wie meinst du das?«

Mit sanftem Druck schob sie ihn in die Küche, einen niedrigen Raum, den ein monströser alter Gasherd und ein geschnitzter antiker Küchenschrank dominierten. Um einen runden Tisch aus rotem Kunststoff, original sechziger Jahre, gruppierten sich bunt zusammengewürfelte Stühle, in der Ecke am Fenster stand ein stählerner mannshoher Kühlschrank mit integriertem Eiswürfelautomaten, eine Erwerbung von Robin und eindeutig sein Lieblingsspielzeug. Ermattet ließ sich Maja auf einen hellbraunen Korbstuhl fallen.

»Du kiffst, stimmt's?«

Ertappt. Willis Mienenspiel war sehenswert. Schuldbewusstsein, Trotz und Entsetzen wechselten einander ab.

»Ich … ich …«, stotterte er.

Also ja. Für Maja war dieser Tag endgültig im Eimer. Das Einzige, was ihr noch einfiel, war Galgenhumor.

»High sein heißt frei sein, oder was?«

Er brachte es tatsächlich fertig, ein kleines freches Grinsen zu zeigen.

»So in etwa.«

Denk an das rosa Kaninchen. Denk an das rosa Kaninchen. Denk an das rosa Kaninchen. Vorsichtshalber zählte Maja außerdem bis zehn, bevor sie weitersprach.

»Du bist wirklich der beste Beweis dafür, dass ein komplett ausgeschaltetes Hirn nicht zum Tod führt, sondern in die Irre. Marihuana ist eine Droge, Willi! Mit massiven negativen Auswirkungen wie Antriebsschwäche und verminderter geistiger Leistung. Denk doch mal nach. Oder google es, was bei dir ja so ziemlich aufs Selbe rauskommt. Wie willst du die Schule beenden und einen Beruf erlernen, vielleicht sogar studieren, wenn du weiterhin kiffst?«

»Das mit der Schule kannste dir von der Backe putzen, Mum, da gehe ich sowieso nicht mehr hin«, knurrte er. »Boris hatte auch irgendwann kein' Bock mehr auf Schule, und der fährt jetzt 'nen BMW.«

»Boris, klar. Der Super-Boris. Also, die Schule hinschmeißen ist in etwa so schlau wie einen Brennholzverleih aufmachen. Frag mich mal. Wo wäre ich heute ohne Schulabschluss? Was ist denn dein Berufsziel? Rumhängen und in der Nase bohren?«

Willi verdrehte die Augen zur Decke. Dann verschränkte er abweisend seine Arme vor der Brust, direkt unter dem dämlichen Schriftzug *Kritik zur Kenntnis genommen, Ignoriervorgang eingeleitet,* der in gelben Lettern auf sein schwarzes T-Shirt gedruckt war.

»Jedenfalls kein hohes Tier. Wenn die Mutter ein Zwergpudel ist, kann der Sohn kein Schäferhund werden. Oder denkst du etwa, ausgerechnet jemand wie du hat ein Superbrain in die Welt gesetzt?«

Seine Worte trafen Maja wie Faustschläge in den Magen. Auf einmal stieg eine würgende Übelkeit in ihr hoch, gleichzeitig traten ihr Tränen in die Augen.

»Jemand wie – ich? Was meinst du damit? Ich war fleißig, habe gelernt, mir etwas aufgebaut, einen eigenen Salon und jede Menge Stammkundschaft!«

Er verzog verächtlich den Mund.

»Das ist kein Salon, das ist ein Behindertenparkplatz.«

Es hätten schon mindestens hundert rosa Elefanten sein müssen, um Majas Selbstbeherrschung weiterhin aufrechtzuerhalten. Sie spürte, wie ihr das Blut in die Wangen schoss, heller Zorn loderte in ihr auf. Impulsiv sprang sie vom Sessel und rüttelte mit beiden Händen an Willis Schultern.

»Jetzt reicht es aber! Was habe ich dir getan, dass du mich so verletzt? Wer gibt dir das Recht, deine eigene Mutter zu beleidigen?«

Als müsse er lästige Insekten entfernen, nahm Willi ihre Hände von seinen Schultern. In seinem schmalen, blassen Gesicht zeigte sich ein spöttisches Lächeln.

»Jetzt tick mal nicht aus, ja? Du denkst, du bist die supercoole

Mum, aber in Wirklichkeit lebst du in einer bescheuerten Spießerwelt. Immer nur ackern und ackern, total verspannt und spaßbefreit. So will ich nicht enden. Ich will was erleben.«

Majas Zorn verrauchte allmählich und machte einer tiefen Traurigkeit Platz. Sie wusste, dass Willi unrecht hatte, dennoch schmerzte es, dass er mit Füßen trat, was sie sich aufgebaut hatte. Dummerweise argumentierte ihr Freund ganz ähnlich. Auch Robin war ja der Meinung, sie arbeite zu viel und lebe zu wenig. Sahen die beiden denn nicht, dass Maja es auch für sie tat? Dass sie auf Freizeit verzichtete, auf ausgedehnte Urlaube und zeitraubende Hobbys, weil sonst alles zusammenbrechen würde?

»Das Leben ist kein Videospiel«, sagte sie mit tränenerstickter Stimme. »Man muss sich ziemlich ins Zeug legen, damit man was erreicht. Und falls ›was erleben‹ für dich bedeutet, dass du dich mit Drogen ins Nirwana beamst, ist es mit meiner Toleranz vorbei.«

»Drogen! Wie sich das anhört!«, begehrte Willi auf. »Ist doch nur ein bisschen Gras für Spaß!«

»Und die Typen, die dich heute in der Trattoria abgeholt haben? War dieser Boris dabei? Was wollten die von dir?«

Willi presste die Lippen aufeinander. Auf einmal veränderte sich sein Gesichtsausdruck. Was Maja darin las, war etwas Gehetztes, Panisches. Offenbar stand es noch schlimmer um ihn, als sie nach dem Gespräch mit Tante Ruth befürchtet hatte.

»Schuldest du denen etwa Geld?«, fragte sie bang.

Er senkte den Kopf. Und obwohl das jetzt nicht das Thema war, ärgerte sich Maja wieder einmal darüber, dass Willi seit Monaten einen anständigen Haarschnitt verweigerte. In unregelmäßigen verfilzten Strähnen fiel ihm das dunkle Haar in die Stirn.

»Oder steckt mehr dahinter? Willi, antworte mir! Bitte!«

»Du würdest es sowieso nicht verstehen«, stieß er heiser hervor. »Ich regle das selber, Mum. Gib mir dreihundert Tacken, dann ist erst mal alles easy.«

»Dreihundert!«, rief Maja erschrocken aus. »Um Himmels willen! Bist du verrückt geworden?«

Sie wollte noch mehr fragen, doch in diesem Moment zerriss das Klirren zerberstender Fensterscheiben die Luft, Glasscherben rieselten auf den Küchentisch, und ein faustgroßer Stein landete direkt neben ihren Füßen. Maja war so perplex, dass sie wie gelähmt dastand. Willi hingegen ging instinktiv in die Hocke. Mit weit aufgerissenen Augen starrte er in die nächtliche Schwärze hinter dem kaputten Fenster.

»Die sind hinter mir her!«, rief er. »Ich brauch die Kohle! Bitte gib mir was, sonst …«

Eine Gänsehaut kroch über Majas Rücken. Vielleicht auch kalter Schweiß. Sie konnte es nicht genau ausmachen, weil ihr Körper unkontrolliert zitterte. Sie spürte nur, wie ihr eiskalt wurde.

»Was – sonst?«

»Keine Ahnung. Jedenfalls läuft es knallhart da draußen, anders als in deiner beknackten Bambiwelt.«

Knallhart. Das Wort blieb wie eine Drohung in der Luft hängen. Noch nie hatte Maja etwas Derartiges erlebt – die Invasion der Gewalt in ihre Privatsphäre. Zwar hatte sie im Laufe der Jahre einige Hürden nehmen und so manchen Konflikt meistern müssen, doch von einem Stein, mit dem jemand auf sie zielte, fühlte sie sich restlos überfordert. Währenddessen hatte Willi sich aufgerichtet. Wortlos nahm er einen Besen, der an der Wand neben dem Kühlschrank lehnte, und kehrte die Scherben zusammen. Maja sah ihm zu, unfähig, einen Finger zu rühren.

»Wir müssen die Polizei verständigen«, flüsterte sie.

»Auf keinen Fall!«, wehrte er heftig ab. »Mach das bloß nicht! Die Typen hauen mich in die Pfanne, wenn sie schnallen, dass ich mit den Bullen rede, und dann krieg ich richtig Ärger!«

»O Willi …«

Maja erfasste kalte Angst um ihren Jungen, Angst vor dem Unbegreiflichen, was hier passierte. Mindestens genauso furchtbar war, dass Willi sich abkapselte, dass sie ihn nicht erreichte. Wie hatte es so weit kommen können? Vor ihrem inneren Auge sah sie ihn als Baby in einem blau-weiß gestreiften Strampelanzug, als Kindergartenkind mit Eimer und Schaufel auf dem Spielplatz, als Erstklässler, der stolz eine riesige bunte Schultüte im Arm trug …

Ein leises Knacken und Schritte im Flur holten sie in die Gegenwart zurück. Um Gottes willen, was kam jetzt? Die Schritte wurden lauter. Unwillkürlich schrie Maja auf und griff zum nächstbesten Gegenstand, um sich zu verteidigen. Mit der erhobenen rechten Hand eine volle Wasserflasche umklammernd, erwartete sie das Schlimmste. Auch Willi wappnete sich, indem er den Besen wie einen Speer vor sich hielt.

Die Küchentür wurde aufgeschoben. Ein etwa vierzigjähriger, breitschultriger Mann, der einen Overall mit Tarnmuster trug, betrat die Küche.

»Hallihallo, ich bin wieder da!«, lachte er.

Langsam ließ Maja die Wasserflasche sinken. Dann stürzte sie schluchzend auf Robin zu und warf sich in seine Arme.

»Ich bin ja so froh, so froh«, schniefte sie.

Beruhigend strich er ihr übers Haar. Mit der anderen Hand umfasste er Majas Kinn und drehte ihren Kopf so, dass er ihr in die Augen schauen konnte.

»Was ist denn los? Ich meine, ich freu mich ja, wenn meine Rückkehr so viel Begeisterung auslöst, aber …« Er sah an Maja vorbei und stutzte. »Was sind das für Scherben? Hattet ihr Streit? Seit wann tauscht ihr schlagende Argumente aus?«

»Seit Willi kifft und von Drogendealern verfolgt wird«, stöhnte Maja.

Völlig entgeistert sah Robin sie an.

»Hört sich eher so an, als hättest du was genommen. Was ist das für eine krasse Geschichte?«

Als hätte er nur darauf gewartet, sich endlich verdrücken zu können, ließ Willi den Besen fallen und rannte aus der Küche. Man hörte, wie er die Treppe zum ersten Stock hinaufstürmte, und krachendes Türenschlagen. Sekunden später wummerten die Bässe eines aggressiven Technotracks los.

»Zwei Tage ohne Herr im Haus, und schon bricht die Hütte zusammen, was?«, witzelte Robin. »Komm schon, erklär mir, was hier abgeht.«

Kraftlos wankte Maja zum Tisch, entfernte mit dem Besen ein paar Glasscherben aus dem Korbsessel und ließ sich hineinfallen.

»Ich weiß gar nicht, wo ich anfangen soll.«

»Das ist immer ein guter Anfang«, bemerkte Robin trocken. »Was zu trinken?«

Ohne weitere Aufforderung nahm er zwei Gläser aus dem Küchenschrank und ging damit zum Kühlschrank. Nachdem er einen Fingerbreit Gin und Tonic Water in die Gläser gegossen hatte, hielt er sie nacheinander in das kleine Fach der linken Kühlschranktür, drückte auf einen Knopf und freute sich wie ein Kind, als Eiswürfel hineinplumpsten.

»Immer wieder toll, oder? Das Ding ist genial. Okay. Einmal Gin Tonic für die gestresste Dame.« Er reichte Maja ein Glas und lehnte sich an den Küchentisch. »Jetzt erzähl.«

Stockend berichtete sie von den Ereignissen des Tages. Mittlerweile war so viel passiert, dass es eine Weile dauerte, bis sie fertig war. Danach rieb sich Robin sehr lange die Stirn.

»Hm, das treibt deine persönliche Pannenstatistik ganz schön nach oben«, sagte er schließlich. »Wird schon alles, keine Sorge. Noch einen Gin Tonic?«

Maja entging nicht, dass er in Wahrheit ziemlich ratlos war. Kein Wunder. Robin bezeichnete sich gern als Lebenskünstler, beherztes Krisenmanagement war seine Sache nicht. Und die starke Schulter, die sie sich wünschte und jetzt dringend brauchte, war er genauso wenig. Nachdenklich betrachtete sie ihren Drink, an dem sie nur genippt hatte.

»Nein, danke. Was machen wir denn jetzt?«

Nervös ließ er die Eiswürfel in seinem leeren Glas kreisen, so dass sie leise klirrten. Ein Geräusch, das Maja unliebsam an die zerbrochene Fensterscheibe erinnerte. Statt seine Antwort abzuwarten, stand sie auf und holte einige Bogen Packpapier aus dem Küchenschrank. Mit Klebestreifen befestigte sie die Streifen an dem leeren Fensterrahmen, bis alles notdürftig abgedichtet war. Untätig hatte Robin zugesehen.

»Sehr gut, das hält für eine Nacht. Und jetzt sollten wir unser Wiedersehen feiern. Hab dich vermisst, Engelchen.«

So nannte er sie, wenn er in zärtlicher Stimmung war – Engelchen. Männer, dachte Maja. Unfassbar. Ich plage mich gerade mit richtig ernsthaften Problemen herum, und er möchte mit mir ins Bett? Andererseits ging es auf Mitternacht zu, am anderen Morgen musste sie früh raus, und wie auch immer die Lösung für ihre Probleme aussehen mochte, im Moment konnte sie nichts Konkretes unternehmen.

»Hab dich auch vermisst«, erwiderte sie matt. »Wie war eigentlich deine Kanutour?«

»Hammer. Aber du bist der Oberhammer.«

Er stellte sein Glas in die Spüle und kam mit federnden Schritten auf sie zu. Ein verführerisches Lächeln überzog sein tiefgebräuntes, männlich kantiges Gesicht, als er seine Arme unter sie schob, sie einfach hochhob und ins Schlafzimmer trug. Eng schmiegte sie ihr Gesicht an seinen Hals. Er roch so gut. Und er liebte sie, auch wenn er das nie ausdrücklich gesagt hatte.

Vorsichtig ließ er sie aufs Bett gleiten und entzündete einige Kerzen, die auf der antiken, mit Intarsien geschmückten Kommode standen. Honigfarbenes Licht erhellte den Raum. Majas Schlafzimmer trug eindeutig eine weibliche Handschrift. Davon zeugten das breite Doppelbett mit den schmiedeeisernen Schnörkeln, der mit Rosen bemalte Bauernschrank, die Schaufensterpuppe aus den dreißiger Jahren, die als Kleiderständer diente, und die rosa-blau geblümten Vorhänge, die sich im sacht hereinwehenden Nachtwind bauschten. Augenblicklich dachte sie wieder an die Scherben in der Küche, an die Gefahr, in der sie schwebten.

»Sei so gut, und mach das Fenster zu, ja?«

Verschmitzt und eine Spur durchtrieben grinste er sie an.

»Verstehe. Könnte gleich laut werden im Bett, was?«

Tja, Männer eben. Aber auch Maja wollte jetzt nicht mehr an die Debakel und Desaster dieses Horrortages denken, nur noch Robin spüren, seine zärtlichen Hände, seine sanften Küsse, wollte sich der Leidenschaft hingeben, die dieser Mann wie eine Stichflamme in ihr entfachte, vom ersten Moment ihres Kennenlernens an – damals, vor zwei Jahren, als er in ihren Salon geschlendert kam und etwas von einem haarigen Notstandsgebiet gemurmelt hatte.

»Komm her«, hauchte sie.

Nachdem er das Fenster geschlossen hatte, hockte er sich zu ihr auf die Bettkante.

»Ich sollte vielleicht vorher duschen. War ein langer Tag.«

»Frag mich mal.« Sie schlang ihre Arme um seinen Hals. »Knick die Dusche. Ich liebe deinen Duft, ich liebe deine Berührungen, ich liebe …«

Der Rest ging in einem Kuss unter, der eine heiße Welle der Erregung in Maja auslöste. Aufstöhnend presste sie sich an Robin, vergrub ihre Finger in seinen verstrubbelten blonden Locken, atmete seinen Kuss förmlich ein, mit weit geöffneten Lippen. Seine Hände umfassten ihr Gesicht, sein muskulöser Körper legte sich auf sie, und sie genoss es, das Gewicht auf sich zu spüren, knapp achtzig Kilo reines Testosteron.

Nach einer köstlichen kleinen Ewigkeit löste er seine Lippen von ihrem Mund, um sie südwärts wandern zu lassen, ihren Hals entlang, bis in die weiche Mulde zwischen ihren Schlüsselbeinen. Stoßweise atmend, bewegte er sich auf ihr. Seine Hände glitten unter ihr T-Shirt, und sie bäumte sich auf, als er sie in die Schalen ihres BHs schob. Vor ihren Augen drehten sich glühende Kreise. Gegenseitig rissen sie sich die Klamotten vom Leib. Geschmeidig wie eine Katze rollte Maja sich auf diesen schönen nackten Mann, beugte sich über ihn, öffnete ihre Schenkel, und sie gaben sich dem Rhythmus ihrer beiden Körper hin, die sich wie in geheimem Einverständnis völlig synchron bewegten, bis sie mit einem zweistimmigen Schrei in die Erlösung taumelten.

Fragloses Glück. Größte Seligkeit. Frieden, tiefer Frieden. Maja segelte immer noch auf einer flaumigen Wattewolke, als Robin plötzlich aufstand und nach seinem Tarnanzug griff.

»Na? Wie war ich? Hoffentlich nicht zu schnell?«

Eine kalte Dusche hätte nicht effektiver sein können. Die Wattewolke löste sich auf, und Maja landete hart in der Realität. Was redete er da? Und wieso begann er, sich anzuziehen? Ihr fehlten die Worte.

»Du kennst mich ja.« Mit einem Ruck zog er den Reißverschluss seines Overalls zu. »Ist wie beim Autofahren – ich hupe nicht lange, ich raste sofort aus. Na ja. Egal. Muss noch mal los, was erledigen.«

»Was? Um diese Uhrzeit?«

Wie der Blitz schlüpfte er in seine Sneakers. Funkelnagelneue Sneakers, wie Maja irritiert feststellte, und blütenweiß. Nicht gerade das Schuhwerk, das man auf einer Kanutour trug.

»Ich erklär's dir ein andermal. Ciao, Süße, warte nicht auf mich, kann später werden.«

Er warf ihr eine Kusshand zu und war im nächsten Moment auch schon verschwunden. Maja hörte das eilige Tappen seiner Schritte auf dem Flur, die Haustür fiel ins Schloss. In die sich anschließende Stille drang nur das dumpfe Wummern von Willis Musik. Konsterniert sah sie auf das Zifferblatt des Weckers. Halb eins. Was zum Kuckuck gab es für Robin um halb ein Uhr nachts zu erledigen?

Ermattet schleppte sie sich ins Badezimmer, um zu duschen und sich die Zähne zu putzen. Der anschließende Blick in den Spiegel fiel ernüchternder aus als am frühen Abend. Nicht nur, dass man ihr die wechselvollen neununddreißig Jahre ansah. Plötzlich fragte sich Maja, was eigentlich Robin von natürlich gereifter Schönheit hielt. Er war ein paar Jahre jünger als sie, und in seinem Freundeskreis wimmelte es nur so von jungen, durchtrainierten Frauen, die joggten, surften, skateten und glatt wie Supermarktäpfel aussahen.

Wo stehe ich? In meiner Beziehung, in meinem Leben, als Frau? Komme ich jetzt in das Alter, in dem ich für Männer unsichtbar werde, trotz meiner goldbraunen Haare? Sollte ich mich vielleicht doch ein bisschen weiblicher anziehen – nicht so aufreizend wie Olga, aber eben auch nicht so burschikos wie bisher?

Ehefrauen hatten es leichter. Die alterten gemeinsam mit ihrem Partner, und die Vertrautheit vieler gemeinsamer Jahre erübrigte die ängstliche Frage, ob man noch eine Chance auf dem Beziehungsmarkt hatte.

Ja, Maja war verunsichert und fühlte sich auf einmal uralt. Mit einem tiefen Seufzer machte sie sich auf den Weg zurück ins Schlafzimmer und sank ins Bett. Stets hatte sie Robin den verlangten Freiraum zugestanden, obwohl sie zusammenlebten wie ein Paar. Was er sich allerdings herausnahm, war der Freifahrtschein, zu kommen und zu gehen wie ein flüchtiger Gast. Welche Freiheiten genehmigte er sich wohl sonst noch auf diesem Ticket? Etwa eine andere Frau?

Der Gedanke erschreckte sie. Bisher war Maja völlig selbstverständlich davon ausgegangen, dass die Beziehung zu Robin zwar ein Verfallsdatum haben könnte, aber monogam bleiben würde. Eine naive Annahme? Sie wusste es nicht. Nur, dass sie todmüde war und am nächsten Morgen eine glückliche Braut sowie diverse weibliche Hochzeitsgäste frisieren musste, in einem Hotel im Grünen, weit abseits der Stadt. Wie von ferne hallten Jeremys Worte in ihren Ohren.

Könnte es sein, dass du endlich ankommen willst, eine richtige Familie haben und so weiter? Du hast einen Kerl, der sich nicht zu hundert Prozent für dich entscheidet, weil er nicht erwachsen werden will, und einen Sohn, der nicht auf dich hört, weil er sich für irre erwachsen hält.

Auch wenn sich alles in ihr dagegen sträubte, war das die Wahrheit und nichts als die Wahrheit. Wie eine schwere graue Wolldecke legte sich jetzt die Müdigkeit über ihren Körper. Noch während sie den Wecker auf sechs Uhr stellen wollte, fielen ihr die Augen zu.

Kapitel 4

Eine grellscheppernde Melodie riss Maja aus dem Schlaf. Die Musik klang nach Jahrmarktslärm und Zirkuskapelle, kombiniert mit dem penetranten Gedudel eines Spielautomaten. Schlaftrunken hob Maja den Kopf. Ihr erster Blick fiel auf den Wecker. Im nächsten Moment sprang sie hektisch aus dem Bett, suchte ihr Handy und nahm sich zum hundertsten Mal vor, einen anderen Klingelton zu programmieren. Robin hatte einen reichlich schrägen Geschmack. Er war es gewesen, der diese Dudelmelodie eingestellt hatte, weil Maja nie Zeit fand, sich mit der Bedienungsanleitung ihres neuen Smartphones auseinanderzusetzen. Hastig klaubte sie das Handy aus ihrer Jeans, die noch auf dem Boden lag, und nahm das Gespräch an.

»Hier von Hardenberg«, ertönte eine unterkühlte Frauenstimme. »Sie wissen, dass Ihre baldige Anwesenheit erwünscht ist?«

»Bin unterwegs«, schwindelte Maja.

Es war so peinlich, so furchtbar peinlich. Helena, die Zahnärztin, hatte ihr den Job vermittelt. Sophie-Charlotte von Hardenberg war ihre Patientin und hatte Helena am Tag zuvor ihr Leid geklagt, dass der seit Monaten fest gebuchte Promifriseur im letzten Moment abgesagt habe. Gleichwertiger Ersatz sei nicht zu finden. Daraufhin hatte Helena derart von Maja geschwärmt, dass man die unbekannte Friseurin aus dem kleinen, unbedeutenden Salon für eine glanzvolle Society-Hochzeit engagiert hatte. Gleich früh um acht. Was bedeutete, dass Maja um sechs hätte aufstehen und um sieben losradeln müssen, um den weiten Weg zu bewältigen. Hätte. Jetzt war es fünf nach sieben.

»Und wann gedenken Sie einzutreffen?«, fragte Sophie-Charlotte von Hardenberg spitz.

Maja versuchte, putzmunter und taufrisch zu wirken.

»Natürlich pünktlichst! Acht Uhr, wie vereinbart! Zurzeit stehe ich im Stau, aber der wird sich bestimmt gleich auflösen, seien Sie unbesorgt.«

Schnell drückte sie das Gespräch weg und lief ins Badezimmer. Jetzt aber Turbomodus, redete sie sich gut zu, du musst das schaffen, du musst einfach! In Windeseile absolvierte sie ihr morgendliches Programm, putzte sich unter der Dusche die Zähne, warf einige Make-up-Utensilien in ihren Rucksack und riss ihr einziges vorzeigbares Kleid aus dem Kleiderschrank. Es war ein kobaltblaues Etuikleid aus dem Secondhand-Shop, das sie mit einer ausgefallenen Kette vom Flohmarkt kombinierte, rotfunkelnde Strasssteine, in unechtes Rotgold gefasst. Blau und Rot, zweifellos eine gewagte Wahl. Um den Farbkontrast etwas zu neutralisieren, zog sie beigefarbene Ballerinas an. Ihre einzigen Highheels kamen nicht in Frage, wenn sie stundenlang stehen musste. Diesen Fehler hatte sie genau ein Mal begangen, anlässlich eines Balls, für den sie weibliche Gäste frisieren musste, und ihre falsche Entscheidung mit münzgroßen Blasen bezahlt.

Während sie in die Küche hastete, horchte sie, ob sich im ersten Stock etwas tat. Immerhin schien Willi wach zu sein, wie man aus dem Geknatter irgendeines Ballerspiels schließen konnte.

»Willi! Aufstehen! Schule!«, rief sie.

Leider blieb keine Zeit mehr zu kontrollieren, ob er sich tatsächlich zur Schule aufmachte. Ebenso wenig konnte sie ihn beschützen – vor den Dummheiten, die er anstellte, und vor Dealern, die ihn in die Mangel nahmen. Erneut erwog sie einen Anruf bei der Polizei, verwarf diese Option aber wieder, weil Willis Worte eindeutig gewesen waren: dass er dann erst recht Ärger bekam. Das wollte sie nicht riskieren.

Halb acht schon! Mit dem Fahrrad würde sie es nicht mehr pünktlich schaffen. Wenn doch nur Robin da gewesen wäre, dann hätte sie sich seinen Wagen ausleihen können. Doch der Schuft war nicht nach Hause gekommen. Schweren Herzens bestellte Maja ein Taxi, trank im Stehen ein Glas Orangensaft, dann schnappte sie sich ihren Rucksack und den Friseurkoffer. Sie verließ das Haus in der unerfreulichen Gewissheit, dass ein großer Batzen ihres Honorars für die Taxifahrt draufgehen würde.

Wenigstens musste sie nicht lange auf das Taxi warten. Schon nach einer Minute bog es in die Straße ein und hielt mit laufendem Motor am Gartenzaun.

»Glück gehabt, junge Frau«, sagte der Fahrer, ein mittelalter, glatzköpfiger Mann in einer schwarzen Lederweste, als Maja einstieg. »Hatte gerade eine Tour hier um die Ecke. Lustiger Typ. Hat mir was von Kanurafting erzählt. Sind Sie schon mal Kanu gefahren?«

Ihr Herz krampfte sich zusammen. Intuitiv drehte sie sich um und sah von weitem Robin herantrotten, die Hände in den Taschen seines Overalls vergraben. Warum hatte er ein Taxi genommen, obwohl er ein Auto besaß? Und warum ließ er sich um die Ecke absetzen statt direkt vor dem Haus?

»Adresse?«, fragte der Fahrer.

»Wie bitte?« Maja brauchte einen Augenblick, um sich daran zu erinnern, warum sie in diesem Taxi saß. »Ach so, Romantikhotel Lindenhöhe, bitte. Ehrlich gesagt habe ich es wahnsinnig eilig. Könnten Sie netterweise ein bisschen auf die Tube drücken?«

»Muss ja ein total romantisches Date sein«, brummte der Fahrer. »Hoffentlich ist es Ihr Lover wert.«

Während er mit quietschenden Reifen losfuhr, holte Maja Puderdose, Lippenstift und dunkle Tusche mit Applikator aus ihrem Rucksack. Sie bekam sogar einen einigermaßen akkuraten Kussmund hin, trotz des rasanten Fahrstils, den der Mann an den Tag legte, nur der Lidstrich sah aus wie das Werk eines betrunkenen jungen Künstlers. Nun ja. Niemand würde sie groß beachten, sie war ja nur die Friseurin und für die Society quasi unsichtbar, so wie Kellner und Zimmermädchen. Ihre Frisur saß zum Glück auch ohne Föhn und Haarspray, einem raffinierten Schnitt sei Dank.

Nachdem sie ihr Äußeres in eine einigermaßen passable Form gebracht hatte, widmete sich Maja ihrem Innenleben. Und da saß gar nichts. Das Bild von Robin, der sich heimlich anschlich, noch dazu morgens um halb acht, ging ihr nicht mehr aus dem Kopf. War das der Anfang vom Ende?

Der Fahrer gab alles. Schleudernd hielt er eine halbe Stunde später vor einem zweistöckigen vanillegelb gestrichenen Gebäude, das einem alten Gutshaus ähnelte. Rechts und links des wuchtigen, mit Sandstein eingefassten Holzportals erstreckten sich zwei Gebäudeflügel mit stuckatierten Fenstersimsen und schmiedeeisernen Balkonen. Maja ging das Herz auf. Was für ein herrlicher Bau. Allerdings zeigte das Taxameter eine derart schwindelerregende Summe an, dass ihre Euphorie sofort wieder in sich zusammensank. Es tat weh, so viele sauer verdiente Scheine nach vorn zu reichen. Und das alles nur, weil man nach einem anstrengenden Tag wie dem gestrigen weder den Wecker richtig stellen konnte noch ganz von selbst frisch und munter aus den Federn stieg.

»Soll ich Sie später wieder abholen?«, erkundigte sich der Fahrer. »Nach Ihrem Date?«

Gequält lächelnd verstaute Maja das geplünderte Portemonnaie in ihrem Rucksack.

»Nein, vielen Dank. Ich werde mich nach einer Mitfahrgelegenheit umschauen.«

»Na, dann viel Spaß.«

Fünf nach acht. Sie stieg eilig aus, griff nach ihrem Rucksack und dem Friseurkoffer und lief auf den Eingang zu. Dort wartete bereits ein hagerer, ungewöhnlich großer älterer Herr im dunkelblauen Anzug, der mit hochgezogenen Augenbrauen ihren Koffer musterte.

»Sind Sie die Friseuse?«

»Friseurin«, korrigierte Maja ihn.

»Sie sind zu spät. Gräfin Hardenberg ist außer sich. Pünktlichkeit ist die Höflichkeit der Könige und das Kennzeichen der Professionalität, wenn ich das bemerken darf.«

Und wer sind Sie? Der König der Profis?, hätte Maja am liebsten gefragt. Der Typ ahnte bestimmt nicht, dass er es einem rosa Kaninchen verdankte, eine freundliche Antwort zu bekommen.

»Ich bitte vielmals um Entschuldigung. Mein Name ist Maja-Maria Müller, ich freue mich sehr, Ihre Bekanntschaft zu machen, Herr ...?«

»Freiherr von Besten. Bitte folgen Sie mir.«

Maja musste ein Kichern unterdrücken. Freiherr von Besten – warum nicht gleich Freiherr vom Feinsten? Oha, so eine Adelshochzeit war eine schwer verspannte Angelegenheit. Da blieb nur zu hoffen, dass die Braut nicht allzu sehr zickte. Nach Majas Erfahrung waren Bräute die neurotischsten Wesen unter der Sonne. Gereizt, unsicher und ungeheuer anspruchsvoll, weil der Druck auf ihnen lastete, gefälligst perfekt und rundum glücklich auszusehen. Stoisch folgte sie dem älteren Herrn durch lange Flure, in denen Kellner umherflitzten und letzte Verschönerungsaktionen tätigten. Die Messinggriffe der Türen wurden poliert, Blumengebinde aufgestellt, goldgerahmte Gemälde abgestaubt.

Nachdem sie im Gänsemarsch einen gefühlten Kilometer absolviert hatten, jedenfalls Majas schmerzendem rechtem Arm nach zu schließen, mit dem sie den schweren Friseurkoffer schleppte, öffnete Freiherr von Besten eine Tür und trat einen Schritt beiseite.

»Hier entlang. Bitte sehr.«

Ein Schwall unterschiedlichster Parfums schlug Maja entgegen, angereichert mit den schnatternden Stimmen so vieler elegant gekleideter Frauen, dass sie sich fragte, wie sie all diese Köpfe bis zur Trauung um zwölf Uhr hochzeitstauglich machen sollte. Doch die üppige antike Möblierung des Raums ließ ihr Herz höherschlagen. Diese wundervollen Sessel, Tischchen, Récamieren im Empirestil! Diese gelbseidenen Stores! Und damit nicht genug, genauso entzückten sie die blau-gelb-weiß gemusterten Teppiche, die beiden ausladenden Kristallkronleuchter und die Vogelmotive auf den chinesischen Vasen, die mit champagnerfarbenen Rosen gefüllt waren.

Wenn es jemanden gab, der diese Pracht untergegangener Epochen zu schätzen wusste, dann Maja. Ihre knappe Freizeit verbrachte sie vorzugsweise auf Flohmärkten, in Trödelläden und Antiquitätengeschäften. Und was in diesem Salon versammelt war, gehörte zum Schönsten, was sie jemals gesehen hatte. Wie ein Kind, das einen Spielzeugladen betritt, bestaunte sie die Schätze.

»Die Friseuse!«, rief Freiherr von Besten hinter ihr. »Maja-Maria Müller!«

»Friseurin«, flüsterte Maja mechanisch.

Eine überschlanke, fast knochige und nicht mehr ganz junge Frau in einem bodenlangen, perlenbestickten weißen Seidenkleid löste sich aus der Gruppe der Frauen. Mit herabgezogenen Mundwinkeln musterte sie Majas Erscheinung, dann den Rucksack und schließlich den Friseurkoffer. Es war einer jener unerbittlich prüfenden Blicke, bei denen man sich unwillkürlich fragte, ob man womöglich einen Fleck auf dem Kleid, eine Laufmasche im Strumpf oder sonst irgendeinen Makel hatte. Fakt war, dass Majas Secondhand-Kleidchen und ihr Vintage-Modeschmuck nicht im Entferntesten mit den Designer-Outfits der weiblichen Gäste konkurrieren konnten. Warum auch? Sie musste ihr Geld zusammenhalten und war in dieser Liga quasi das Aschenputtel.

»Wurde aber auch Zeit, dass Sie kommen!«, zeterte die Braut los. »Was bilden Sie sich bloß ein, derart unpünktlich zu sein? Ich habe einen bad hair day! Heute! Am Tag meiner Hochzeit! Serge, mein Lieblingsfriseur, hat abgesagt, obwohl ich extra für einen Probetermin zu ihm nach Paris geflogen bin. Es ist schrecklich. Einfach schrecklich. Und nun Sie. Herrgott noch mal!«

Ein rosa Kaninchen hoppelte an Maja vorbei, schnupperte kurz am Saum des weißen Seidenkleids und hüpfte hakenschlagend davon.

»Sie werden die schönste, unwiderstehlichste Braut der nördlichen Hemisphäre sein, glauben Sie mir«, strahlte sie.

»Wie denn? Schauen Sie sich meine fürchterlichen Schnittlauchhaare an! Ich hasse meine Haare! Ich hasse Sie! Ich hasse alle!«

In Sekundenschnelle scannte Maja die Aufgabenstellung. Hm. Schwerer Fall. Sehr dünnes, ausgefranstes, schulterlanges Blondhaar, das dringend hätte geschnitten werden müssen. Ausgerechnet solche Frauen wollten immer den Dolly-Parton-Look, eine voluminöse Mähne. Doch Maja war vorbereitet. Sie stellte ihren Koffer neben dem Frisiertisch mit dem silbern eingefassten Spiegel ab und deutete mit einer Geste an, die Braut möge sich setzen.

»An was hatten Sie denn gedacht? Möchten Sie Ihr Haar offen tragen oder eine Hochsteckfrisur?«

»Keine Ahnung.« Tränen standen auf einmal in den grünen Augen, die bereits mit einem scheußlichen lilafarbenen Lidschatten geschminkt waren. »Serge war für fluffige Locken, meine Mutter will eine Hochsteckfrisur. Ich hätte lieber etwas Weiches, Schwingendes. Und mein zukünftiger Ehemann – ach, ich weiß es einfach nicht.«

Geduldig hörte Maja zu. Vor ihrem geistigen Auge nahm bereits eine phantastische Frisur Gestalt an. Etwas Einzigartiges, nie Dagewesenes, das dem schmalen Gesicht mit den hohen Wangenknochen schmeicheln und diese Frau um Jahre verjüngen würde.

»Sie haben sehr feines Haar«, sagte sie ruhig. »Ich könnte Ihnen ein paar Extensions einkleben, die Spitzen nach außen föhnen, mit dem Glätteisen im vorderen Bereich asymmetrische Korkenzieherlocken formen und zum Schluss einen Perlenhaarreif einflechten, dem wir mit champagnerfarbenen Rosenknospen einen Hauch Woodstock verleihen. Was halten Sie davon?«

Alle anwesenden Frauen starrten die Braut an, die wiederum starrte Maja an.

»W-was?«

»Ich würde es Hollywood trifft Hochadel nennen«, erklärte Maja. »Eine Prise Diva, eine Prise Prinzessin, aktualisiert durch Hippie-Anmutungen. Sie wissen schon, Flowerpower und so, damit es nicht zu trutschig wird.«

Die verweinten Augen der Gräfin weiteten sich, eine leichte Röte überzog ihre gepuderte Haut, und dann lächelte sie so dankbar, als hätte Maja sie soeben aus einer Feuersbrunst errettet.

»Ja, ja, ja, machen Sie das. Machen Sie einfach, ich vertraue Ihnen.«

Es war genau das, was Maja hören wollte. Sie brauchte dieses Vertrauen, um ihre Kreativität ausleben zu können.

»Darf ich den Spiegel verhängen?«, fragte sie. »Es wäre besser, wenn Sie nur das Endergebnis sehen, nicht den Weg dorthin.«

Sophie-Charlotte von Hardenberg nickte ergeben.

»Einverstanden.«

Mit routinierten Bewegungen öffnete Maja den Koffer und holte alle zweckdienlichen Utensilien heraus – Kamm, Schere, Bürsten, Klammern, Haarteile, Extensions, Haarreifen, Glitzergel, Haarspray, Satinbänder und diverse Accessoires aus ihrer Sammlung. Den Spiegel verdeckte sie mit einem Frisierumhang, und der gesamte Raum verfiel in gespanntes Schweigen. Niemand aus der Damenrunde wagte auch nur zu flüstern, alle beobachteten gebannt, was Maja mit der Braut anstellte. Konzentriert arbeitete sie die mitgebrachten Extensions und Haarteile ein, föhnte und toupierte das Haar, betonte einzelne Partien mit Glitzergel, lockte ein paar Schläfensträhnen, setzte der Braut den mitgebrachten Perlenreif auf, den sie raffiniert einflocht, und knipste von den herumstehenden Sträußen ein paar Rosenknospen ab, die sie mit winzigen goldenen Klammern an dem Reif befestigte.

Jetzt war das Braut-Make-up an der Reihe. Maja freute sich sogar darauf, weil die Kundinnen ihres Salons nur äußerst selten geschminkt werden wollten. Doch wie hieß es so schön? Gelernt ist gelernt. Der Friseur, bei dem sie ihren Meister gemacht hatte, war ein Visagist vor dem Herrn gewesen, was er zuweilen auch an sich selber getestet hatte. Nie würde sie vergessen, wie er einmal mit dramatischem Rouge und künstlichen Wimpern Brötchen holen gegangen war, was in einer Kleinstadt wie dieser einiges Aufsehen erregt hatte. Leider lebte er nicht mehr. Maja schickte ihm innerlich einen Gruß. Lieber Otto, in welchem Himmel auch immer du gerade herumturnst, wünsch mir Glück.

Also los. Mit Wattepads und einem Make-up-Entferner trug sie zunächst die viel zu dunkle, viel zu kompakte Grundierung und den lilafarbenen Lidschatten ab. Danach verteilte sie ein wenig Feuchtigkeitscreme auf dem Gesicht, kaschierte Rötungen mit Concealer, bestäubte die Haut mit einem leichten Bräunungspuder und setzte mit hellroséfarbenem Highlighter Glanzlichter unter die Augenbrauen und auf die oberen Wangenknochen.

Das dauerte natürlich seine Zeit. Ein Braut-Make-up war die ultimative Herausforderung – es sollte natürlich wirken, aber vor dem gnadenlosen Blick blitzlichtbewaffneter Fotografen bestehen, es sollte möglichst bis zur Hochzeitsnacht halten, doch nicht maskenhaft aussehen. Ganz wichtig war auch die tränenfeste Wimperntusche, für die rührenden Augenblicke, die so sicher kamen wie der Ringetausch.

Eineinhalb Stunden später war Maja fertig. Jetzt kam der besondere Moment. Wieder spürte sie das Lampenfieber, heute im fast tödlichen Bereich. Würde sie den riesigen Ansprüchen genügen?

Mit feierlichem Gesicht entfernte sie den Umhang vom Spiegel.

Die Stille vibrierte förmlich. Draußen hätte ein Flugzeug abstürzen können, niemand hätte darauf geachtet. Da war er wieder, der magische Moment. Sophie-Charlotte von Hardenberg fing an zu schluchzen.

»O Gott, ogottogottogott, wie schön, wie wunderschön!«

Die übrigen Frauen applaudierten. Es war Maja ein wenig unangenehm.

»Ist doch nur eine Frisur«, murmelte sie.

»Keine falsche Bescheidenheit«, widersprach die Braut und tupfte sich mit einem Taschentuch die Tränen ab. »Sie sind ein Genie! Ich kann es kaum erwarten, dass mein Zukünftiger mich so sieht! Leider darf er das ja erst vor dem Altar, aber mein Bruder darf mich doch schon vorher anschauen, das bringt doch kein Unglück, oder?« Sie hatte bereits ihr Smartphone in der Hand und tippte eine Nummer im Speicher an. »Alex? Stell dir vor, meine Frisur ist eine Sensation! Was? Du brauchst noch ein bisschen? Beeil dich!«

Sie beendete das Gespräch, flirtete ein wenig mit ihrem Spiegelbild und wandte sich wieder an Maja.

»Jetzt verschönern Sie bitte meine Freundinnen. Was für ein Glücksfall, dass meine Zahnärztin Sie empfohlen hat. Zugegeben, ich hegte eine gewisse Skepsis, weil Sie bisher nie öffentlich in Erscheinung getreten sind, doch glauben Sie mir: Ab heute geht Ihr Stern auf!«

Jetzt mal halblang, dachte Maja. Selbstverständlich freute sie das Lob, doch sie wusste auch, dass man sie am Ende des Tages vergessen haben würde. Sie kannte das wohlkomponierte Programm, das folgte, weil Helena ihr davon erzählt hatte. Nach Trauung, Champagnerempfang, Lunch, Kutschfahrten, Aperitif, Dinner und rauschendem Hochzeitsfest würde sich niemand mehr daran erinnern, wer am frühen Morgen irgendwelche Frisuren hingebogen hatte. Nicht, dass ihr das etwas ausmachte. Sie kannte ihre Rolle in diesem

Spiel, und es war eindeutig eine Statistenrolle. Dennoch lächelte sie höflich und zeigte auf den leeren Stuhl vor dem Spiegel.

»Vielen Dank. Wer möchte als Nächstes?«

Etwa zehn ausgestreckte Zeigefinger flogen gleichzeitig in die Luft. Die Damen standen Schlange, und jede wollte natürlich etwas ganz Besonderes, Individuelles. Eine echte Herausforderung, zumal in der kurzen Zeit. Aber Maja war in ihrem Element. Für jede Kundin hatte sie ein Extra, das sie unverwechselbar machte, mal eine Schmetterlingsspange, mal eine Satinschleife, mal ein Stückchen Tüll, das sie in einen Dutt integrierte. Sie konnte aus einem reichen Fundus von Accessoires schöpfen, weil sie eben einen Blick für dekorative Kleinigkeiten hatte, die andere auf Flohmärkten und in Trödelläden links liegenließen. All das konnte Maja nun wunderbar einsetzen, und das Entzücken der Kundinnen sprach für sich.

Es war halb zwölf, Maja frisierte gerade die letzte Dame aus der Gästerunde, eine rothaarige, schlanke junge Frau in einem giftgrünen Satinkleid, als es klopfte und die Tür aufflog.

»Alex!«, juchzte die Braut.

»Sophie-Charlotte, Darling!«, hörte Maja eine Männerstimme ausrufen. »Du siehst ja phantastisch aus!«

Komisch, irgendwoher kannte sie die Stimme. Aus dem Augenwinkel sah sie schwarze Schuhe aus feinstem glatten Leder über den Teppich laufen, hob den Blick, registrierte einen tadellos sitzenden Cut, bestehend aus einer anthrazitfarbenen Nadelstreifenhose, einem dunkelgrauen Gehrock und einer hellgrauen Weste, bemerkte eine rosa Orchidee im Knopfloch, darüber eine grauseidene Schleife und … o nein. Sie schluckte.

»Das kann doch nicht wahr sein!«, schnaubte der Mann. »Sie?«

Maja wusste nicht, wo sie hinschauen sollte, also bürstete sie das rote Haar der Kundin, bürstete und bürstete es geradezu verbissen, ohne sich ihre Verblüffung und ihren Ärger anmerken zu lassen.

Warum musste ausgerechnet dieses Scheusal in Menschengestalt der Bruder der Braut sein? Gut, es gab nicht viele Adlige in ihrer Heimatstadt, und letztlich konnte man davon ausgehen, dass sie alle irgendwie miteinander verwandt waren. Trotzdem. Es war krass.

»Du kennst Frau Müller?«, fragte Sophie-Charlotte von Hardenberg verdutzt.

Finster blickte er in Majas Richtung.

»Das kann man wohl sagen.«

Nun hatte Maja die volle Aufmerksamkeit aller Anwesenden. Der hochwohlgeborene Herr und die kleine Friseuse. Was lief denn da? Sie wurde rot. Mist, verdammt! Mit Komplikationen hatte sie gerechnet bei so einer hochgestochenen Adelshochzeit, nicht aber mit dieser Begegnung. Ihr einziger Trost bestand darin, dass seine Haare zwar unverändert kurz, aber gleichmäßig dunkelbraun waren. Offenbar hatte er Jeremys Angebot angenommen, sich umfärben zu lassen, und nur ein Profi wie Maja nahm wahr, dass manche Strähnen rötlich schimmerten.

»Du weißt doch, Darling, ich habe dich gestern bei deiner Zahnärztin zum Bleaching abgeliefert«, sagte er eisig. »Da fiel mir der Salon gegenüber auf. Wie heißt der noch mal?«

»Haare gut, alles gut«, zischte Maja.

Alexander von Maybach funkelte sie wütend an, die Braut lächelte zuckersüß.

»Es könnte keinen passenderen Namen geben.«

»Wie man's nimmt«, knurrte er.

Die Anspannung, die in der Luft lag, war mittlerweile fast körperlich zu spüren. Verständnislos sah Sophie-Charlotte von Hardenberg erst Maja, dann ihren Bruder an.

»Alex, gibt es irgendetwas, was ich wissen sollte?«

Unwillig zerrte er an seiner grauseidenen Schleife. Offenbar rief Majas Anblick akute Atemnot bei ihm hervor.

»Nein, nur, dass ich jetzt ein Glas Champagner brauche.«

Kein rosa Kaninchen in Sicht. Nicht ein einziges.

»Und ich dachte, herrschsüchtige Chefs trinken Leitungswasser, um ihre Leitungskompetenzen zu betonen«, rutschte es Maja keck heraus.

Es war einfach ein Hochgenuss, diesen Mann herauszufordern. Auch wenn er unausstehlich war, spürte Maja den Drang, es mit ihm aufzunehmen. Sie wollte ihn aus der Fassung bringen, diesen selbstgewissen Macho, der sich offenbar für unwiderstehlich hielt. Attraktiv war er, ohne Frage. Nur eben unmöglich. Aber sie hatte es kaum gesagt, als sie auch schon merkte, dass sie zu weit gegangen war. Die Damen tuschelten, der Teint ihres Widersachers färbte sich erst dunkelrot, dann fast violett.

»Also, das ist doch wohl ...!«

»Herrlich, einfach herrlich!«, zwitscherte die Braut. »Endlich mal eine Frau, die dir Paroli bietet!« Demonstrativ legte sie einen Arm um Majas Schulter. »Alex ist zauberhaft, aber zuweilen ein Despot. Da ist es gut, wenn ihm mal jemand die Luft rauslässt.«

Von Luft rauslassen konnte überhaupt keine Rede sein. Eher von einem Heißluftballon, der sich kurz vor dem Platzen befand. Deshalb war Maja heilfroh, als nun Freiherr von Besten erschien, der offenbar das Amt des Zeremonienmeisters bekleidete. Gewichtig zeigte er auf seine Armbanduhr.

»Meine Damen, werter Herr, die Trauung beginnt in zwanzig Minuten. Wenn ich Sie dann bitten dürfte, sich in die Schlosskapelle zu begeben? Ich nehme an, das Styling ist abgeschlossen.«

»Nur eine Minute noch«, bat Maja. »Dann sind alle fertig.«

Gekonnt formte sie das rote Haar zu einer länglichen Rolle, steckte sie mit verdeckten Klammern am Hinterkopf fest und verzierte die sogenannte Banane mit einer altmodischen Hutnadel, auf der eine smaragdgrüne Perle glänzte. Zum Schluss zupfte sie ein paar Strähnchen an den Schläfen heraus, die locker das Gesicht umspielten.

»Wow! Einfach perfekt!«, seufzte die junge Frau, während sie sich seitlich im Spiegel begutachtete.

»Haare gut, alles gut, sag ich doch«, lächelte Maja mit einem vorwitzigen kleinen Seitenblick auf Alexander von Maybach.

»Nein, wir haben den Schleier vergessen!«, schrie die Braut.

Aufgeregt zeigte sie auf eine weiße Tüllwolke, die über einer Stuhllehne hing. Hoppla, jetzt musste es aber wirklich schnell gehen. Deshalb befestigte Maja den Schleier kurzerhand mit Heißkleber an dem Perlenreif, so dass Haarreif und Stoff in Sekundenschnelle zu einer Einheit verschmolzen. Ein Trick, den sie schon öfter angewandt hatte, der hier jedoch unerwartete Begeisterung auslöste.

»Sie haben es wirklich drauf«, hauchte Sophie-Charlotte von Hardenberg und drückte Maja einen Fünfzig-Euro-Schein in die Hand. »Das ist für Ihre Kaffeekasse. Das Honorar regelt Freiherr von Besten mit Ihnen.«

»Womit wir dann endlich von der unliebsamen Gegenwart dieser dösigen Friseuse befreit wären«, grummelte ihr Bruder.

Eine völlig überflüssige Bemerkung, fand Maja, und die Braut schien derselben Meinung zu sein.

»Wo sind deine Manieren, Alex?«, wies sie ihn scharf zurecht. »Wahre Höflichkeit bemisst sich nicht nach dem vermeintlichen Rang des Gegenübers, sondern nach der inneren Haltung dessen, der sich ihrer rühmt. Ich hasse dünkelhafte Attitüden und erwarte, dass du dich auf der Stelle entschuldigst!«

Totenstille. Freiherr von Besten wippte ungeduldig auf seinen Fußspitzen herum, die rothaarige junge Dame schlug eine Hand vor den Mund, Maja spielte nervös mit der Heißklebepistole. Alexander von Maybach ballte die Fäuste.

»Da kannst du lange warten, Darling«, sagte er gefährlich leise, machte auf dem Absatz kehrt und verließ den Raum.

»Werte, äh, Gräfin«, hüstelte Freiherr von Besten. »Wir müssen jetzt wirklich in die Kapelle gehen.«

Sophie-Charlotte von Hardenberg starrte noch immer die offene Tür an, durch die ihr Bruder den Salon verlassen hatte. Dann warf sie den Kopf in den Nacken.

»Ja, wir sollten gehen. Und Frau Müller kommt mit.«

Dem Freiherrn entgleisten die Gesichtszüge. Plötzlich sah er sehr, sehr unglücklich aus. Vermutlich zerbrach er sich seit Wochen den Kopf über die Sitzordnung in der Kapelle, und ein unvorhergesehener Gast, noch dazu eine unstandesgemäße Person, brachte seine ausgeklügelten Pläne empfindlich ins Wanken. Majas Pläne sahen ohnehin anders aus. Sie musste in den Salon, wo man schon sehnlichst auf sie wartete. Das Bestellbuch war randvoll, und die Vorstellung, Olga könnte frohgemut die Stammkunden verunstalten, lag wie ein Stein in ihrem leeren Magen.

»Nein, nein, war doch halb so schlimm, ich fahre einfach heim«, wiegelte sie ab.

Sie hatte nicht mit der wilden Entschlossenheit der Gräfin gerechnet.

»Keine Ahnung, was zwischen Ihnen und Alex vorgefallen ist, doch ich dulde ein derartig ausfallendes Benehmen nicht, schon gar nicht am Tag meiner Hochzeit. Sie sind mein Gast, bis dieser Dämlack von Grobian Sie um Verzeihung gebeten hat!«

»Aber ich habe heute Nachmittag Kunden, man braucht mich, meine Mitarbeiter schaffen das nicht allein«, insistierte Maja.

»Papperlapapp. Ohne Sie sähe ich aus wie ein Schluck Wasser in der Kurve, vermutlich hätte ich sogar die ganze Hochzeit gecancelt, Sie müssen heute mein persönlicher Ehrengast sein. Basta.«

Sie fackelte nicht länger, sondern zog Maja einfach an der Hand aus dem Raum. Mit großen Schritten ging es die festlich geschmückten Flure entlang, gefolgt von zehn Damen der Gesellschaft, die erregt, wenn auch mit gedämpften Stimmen über die Ereignisse diskutierten. Neben Maja wuselte Freiherr von Besten herum, der unablässig auf die Braut einredete, ein iPad voller Tabellen schwenkend.

»Zwölf Uhr: Einsetzen der Orgelmusik, zwölf Uhr eins: Beginn des Einzugs in die Kapelle am Arm Ihres Vaters, zwölf Uhr sechs: Ankunft vor dem Altar, zwölf Uhr …«

Sophie-Charlotte von Hardenberg blieb abrupt stehen, so dass hinter ihr ein rempeliges Gedränge entstand.

»Du liebe Güte, haben Sie meine Hochzeitsnacht etwa auch durchgetaktet? Zwei Uhr zwei: Kuss, zwei Uhr drei: Der Bräutigam geht der Gattin an die Wäsche, zwei Uhr vier: Sex nach Stoppuhr?«

»Oh, äh …«

Der Freiherr verstummte. Maja überlegte, ob dies ein guter Zeitpunkt sein könnte, die Braut in die Rosa-Kaninchen-Strategie einzuweihen, und zwar bevor deren Nervenkostüm endgültig zerfetzt war.

»Also, ich hätte da einen kleinen Tipp für Sie, Frau von Hardenberg.«

»Also, ich hätte da einen großen Tipp für Sie, Frau Müller: Versuchen Sie bloß nicht zu heiraten«, stöhnte die Gräfin. »Man wird ganz konfus! Ich bin völlig am Ende! Dabei ist das schon meine dritte Hochzeit!«

»Dann wird die vierte bestimmt ein Knaller«, sagte Maja.

Ohne Vorwarnung brach die Gräfin in Gelächter aus. Sie lachte so heftig, dass die aufgenähten Perlen an ihrem weißen Kleid auf und nieder hüpften.

»Unbezahlbar!«, japste sie. »Diese Frau ist unbezahlbar!«

»Weitergehen«, kommandierte Freiherr von Besten, und alle gehorchten, auch die Braut.

Sie gluckste und kicherte immer noch, als sie die Kapelle erreichten. Ein ausgesprochen distinguiert wirkender Herr mit eisgrauem Haar stand bereits am Eingang. Er trug den gleichen Cut wie der Bruder der Braut, hatte aber eine weiße Rose ins Knopfloch seines Gehrocks gesteckt.

»Wie immer zu spät, Sophie-Charlotte, typisch«, raunte er enerviert.

»Ach, Papi, halb so schlimm, ich übe nur für meine … meine … vierte …«

Weiter kam die Gräfin nicht. Wieder erschütterte lautstarkes Gelächter ihren überschlanken Körper. Entschuldigend hob Freiherr von Besten die Hände, die begleitenden Damen lächelten verkrampft, der Brautvater drohte seiner Tochter mit dem Zeigefinger.

»Reiß dich zusammen! Was ist los mit dir? Hast du zu viel Champagner getrunken?«

»N-nein, a-alles okay.« Allmählich fand Sophie-Charlotte von Hardenberg zu ihrer Contenance zurück. »Es kann losgehen.« Auf Zehenspitzen spähte sie zu den gutgefüllten Sitzreihen in der Kapelle. »Frau Müller, Sie setzen sich nach vorn neben Alex. Keine Widerrede, sonst weiß ich nicht, was ich tue. Schreien vielleicht?«

Eins stand fest: Dies war die überdrehteste Braut, die Maja jemals frisiert hatte. Dennoch gefiel ihr die Gräfin. Etwas Verrücktes, Anarchisches schlummerte in dieser Frau, die vermutlich von Kindheit an immer wohlerzogen hatte auftreten müssen. Jetzt, auf dem Höhepunkt des Hochzeitsstresses, poppte dieses Potenzial auf. Interessant.

»Setzen Sie sich endlich rein, wer auch immer Sie sind!«, donnerte der Brautvater Maja an. »Das Orgelvorspiel beginnt gleich!«

»Aber nur, wenn Freiherr vom Feinsten einverstanden ist«, merkte sie an.

Ein erneuter Heiterkeitsausbruch der Braut folgte. Maja hörte das Lachen noch, als sie durch den Mittelgang nach vorn gehuscht war und sich neben Doktor Alexander von Maybach drückte, der in der allerersten Reihe saß.

»Tut mir leid«, wisperte sie, »die Braut wollte es so.«

Vollkommen unbeweglich sah er geradeaus zum Altar, der in ein Meer weißer Rosen getaucht war.

»Das werden Sie noch bereuen.«

Kapitel 5

Hui, geschafft. Aufatmend lehnte sich Maja im Fond einer schweren dunkelblauen Limousine zurück. Sophie-Charlotte, geschiedene Gräfin Hardenberg, frisch vermählte Fürstin Gernsheim, hatte darauf bestanden, dass Maja den Shuttle-Service in Anspruch nahm, den Freiherr von Besten für an- und abreisende Gäste organisiert hatte. Er nickte ihr zum Abschied säuerlich zu, bevor er sich umdrehte und zurück ins Hotel ging.

Unwirklich leise setzte sich der Wagen in Bewegung, nur die Reifen knirschten sacht auf der kiesbestreuten Auffahrt. Maja hätte jetzt in Ruhe die Aussicht genießen können, die schnurgerade Lindenallee beispielsweise, die vom Hotel zur Landstraße führte, die hügelige Landschaft, über der sich ein strahlend blauer Himmel wölbte, den kleinen See zur Linken, auf dem schnittige Segelboote dahinglitten. Doch sie hatte nur Augen für ihr Handy. Mit fliegenden Fingern klickte sie sich durch die eingegangenen Nachrichten.

Engelchen, du bist die Beste. XXX R

Guten Morgen, ich hoffe, Du bist gestern gut nach Hause gekommen. Bitte kümmere Dich um Willi, ich behalte Olga im Auge. Sie ist erst um vier Uhr nachts nach Hause gekommen, hat mir aber versprochen, pünktlich im Salon zu sein. Treffen wir uns später? Liebe Grüße, Deine Tante Ruth

Hi mum, sorry, ohne kohle bin ich am a.!! willi

Hey, wo bleibst du? Bisher alles ok so weit, aber allmählich klemmt's gewaltig. Kuss, Jeremy

Herrje, in jeder dieser Nachrichten verbarg sich ein kleiner Sprengsatz, der jederzeit losgehen konnte. Es war, als hätten dunkle Kräfte beschlossen, Majas Leben in einen Hürdenlauf zu verwandeln, bei dem jeder Sprung in einen neuen Abgrund führte.

»Ist Ihnen nicht gut?«, fragte der Fahrer, der sie im Rückspiegel beobachtete. Er war schätzungsweise Mitte zwanzig, trug sein Haar nach hinten gegelt und wirkte in seinem dunkelgrauen Flanellanzug mindestens so vornehm wie die Hochzeitsgäste. »Sie sehen blass aus. Soll ich ein Fenster öffnen? Oder die Klimaanlage kühler stellen? In der Minibar der Mittelkonsole finden Sie Mineralwasser und Säfte, falls Sie etwas trinken wollen.«

»Nein, nein – das heißt, ja, ein Wasser wäre toll. Vielen Dank, sehr nett von Ihnen.«

Der Fahrer drückte eine Taste neben dem Armaturenbrett, und wie von Geisterhand öffnete sich eine Klappe zwischen den getrennten Rücksitzen. Nachdem Maja eine kleine blaue Wasserflasche aus der Minibar herausgenommen hatte, schloss sich die Klappe wieder.

»Hightech, was?«, lächelte sie matt und schraubte die Flasche auf.

»Ja, macht Spaß, so einen Luxusschlitten zu fahren«, erwiderte er. »Leider sind nicht alle Gäste so angenehm wie Sie. Vor zwei Stunden hatte ich einen Krawallheini da hinten drin – also mal ehrlich: Muss man gleich rumbrüllen, weil ich mich weigere, jeden LKW trotz Gegenverkehr zu überholen? Ich riskiere doch nicht mein Leben für so einen Typen.«

»Hatte der Heini einen grauen Cut an, sehr kurze braune Haare und eine rosa Orchidee am Revers?«, fragte Maja.

»Woher wissen Sie das?«

»Eingebung.« Sie nahm einen Schluck aus der Wasserflasche. »Fahren Sie mich bitte dorthin, wo Sie ihn abgeholt haben.«

Der Fahrer schaute auf das Display des Navis.

»Herderstraße drei?«

»Genau. Salon *Haare gut, alles gut.*«

»Langsam werden Sie mir unheimlich«, grinste der Fahrer. »Sind Sie Hellseherin oder so was?«

»Nein, Friseurin.«

»Aha.« Kurzes Schweigen. »Was meinen Sie, hätte ich einen Haarschnitt nötig?«

Es war immer dasselbe: Sobald sie ihren Beruf erwähnte, wollten die Leute eine Stylingberatung. Nun ja, wäre sie Ärztin gewesen, hätte man sie wahrscheinlich gefragt, ob sie sich mal den fiesen Ausschlag am Bauch ansehen könnte. Insofern musste sie eigentlich froh sein, dass ihr Handwerk die Haare betraf. Rasch schickte sie Jeremy eine kurze Nachricht, dass sie auf dem Weg sei.

»Sie sehen sehr gut aus«, antwortete sie danach. »Vielleicht demnächst mal den Nacken ausrasieren lassen, ansonsten alles im Lack.«

»Na, da bin ich aber beruhigt.«

Er stellte Musik an und erwischte einen Song von Dean Martin: »Everybody Loves Somebody Sometime«. Total romantisch und wunderbar sentimental. Maja summte leise mit, und ihre Gedanken wanderten zurück zu der Trauung. Ob die Braut glücklich werden würde? Sie hatte eher aufgelöst als freudig erregt ausgesehen. Fast empfand Maja schwesterliche Besorgnis, auf jeden Fall aber Sympathie für diese leicht ausgetickte Frau. Was offenbar auf Gegenseitigkeit beruhte. Die Fürstin Gernsheim hatte sogar darauf bestanden, dass Maja am Abend zum Ball erschien – was sie dankend abgelehnt hatte. Der Hochadel war nicht ihre Welt, und auf eine neuerliche Begegnung mit Mister Fürchterlich verzichtete sie gern.

Das Knurren ihres Magens erinnerte sie daran, dass sie noch nichts gegessen hatte. Aus ihrem Rucksack fischte sie einen Müsliriegel, den sie quasi einatmete. Oft wurde sie gefragt, wie sie es schaffte, ihre Figur zu halten – das Geheimnis bestand schlicht darin, dass sie selten dazu kam, in Ruhe zu essen.

Ein ungelöstes Geheimnis blieb indes, wie Geschwister so unterschiedlich sein konnten. Die Schöne und das Biest. Alexander von Maybach hatte sich keineswegs entschuldigt, sondern war nach der Zeremonie einfach aufgestanden und grußlos gegangen. So ein Flegel. Ein gefährlicher Flegel. Maja mochte gar nicht daran denken, wie viel Zeit, Geld und Nerven die gerichtliche Auseinandersetzung mit ihm kosten würde.

Apropos Geld. Ihr fiel ein, dass sich im Rucksack auch das Kuvert befand, das der gestrenge Freiherr vom Feinsten ihr überreicht hatte, bevor sie in den Wagen gestiegen war. Sie griff danach und riss es auf. Schon während sie begann, die Scheine zu zählen, wusste sie, dass es viel zu viele waren. Sechshundert Euro? Dreihundert Euro waren ihr zugesagt worden. Sie zählte noch einmal nach. Doch es blieb dabei: Man hatte ihr ein unfassbares Trinkgeld von weiteren dreihundert Euro gezahlt. Im Ergebnis entsprach das haargenau der Summe, die Willi brauchte.

»Vielleicht doch etwas frische Luft?«, erkundigte sich der Fahrer.

Maja war nicht in der Lage zu antworten, drehte nur langsam den Kopf hin und her. Irgendwie wurde sie das Gefühl nicht los, nicht verdient zu haben, was in dem Kuvert lag. Wer gab denn schon dreihundertfünfzig Euro Trinkgeld für ein paar Hochzeitsfrisuren? Dass sie diesen Geldsegen nicht dem Freiherrn zu verdanken hatte, verstand sich von selbst. Also musste es die Braut gewesen sein. Oder lag eine Verwechslung vor? Wieder schaute sie in den Umschlag, und jetzt erst entdeckte sie die kleine elfenbeinfarbene Visitenkarte zwischen den Scheinen.

Fürstin Sophie-Charlotte Katharina Elisabeth Carmen von Gernsheim stand in erhabenen dunkelblauen Lettern unter einem eingeprägten Wappen, das zwei Löwen auf den Hinterbeinen zeigte. Als Maja die Karte umdrehte, las sie in winziger, wie gestochener Handschrift die Worte: *Ohne Sie wäre ich heute verloren gewesen. Danke. SC*

Eine nette Geste. Und sehr viel Geld, dringend benötigtes Geld, mit dem Maja wenigstens einen Teil von Willis Problemen hätte lösen können. Doch irgendetwas daran behagte ihr nicht. Erstens wollte sie es Willi nicht zu leicht machen, sonst änderte er nichts an seinem Verhalten. Die Sache mit den Drogendealern war nur die Spitze des Eisbergs. Er musste dringend die Finger vom Marihuana lassen, wieder täglich zur Schule gehen und erträgliche Umgangsformen einhalten. Zweitens hatte Maja letztlich nur einen Job erledigt, zwar engagiert und kreativ, aber das war eine Frage ihrer Berufsehre. Deshalb …

»So, da wären wir«, unterbrach der Fahrer ihre Überlegungen. »Geht's Ihnen besser?«

»Wir sind schon da?«, wunderte Maja sich.

»Sie sind eingedöst. Ich wollte Sie nicht wecken, weil Sie offen gestanden ziemlich fertig aussahen. Soll ich Ihnen mit dem Koffer helfen?«

»Gern, vielen Dank.« Maja stieg aus, etwas steif vom langen Sitzen. »Wissen Sie was? Schauen Sie doch demnächst mal vorbei. Sie bekommen einen Gratishaarschnitt. Weil Sie mich so nett gefahren haben.«

Er schien sich darüber zu freuen, wie sie zufrieden feststellte. Als er den Friseurkoffer zum Salon schleppte, tauchte hinter der Glasscheibe der Eingangstür ein blondes Etwas auf. Zwei dick mit Kajal umrandete Augen richteten sich abwechselnd auf den Fahrer und die Limousine. Im nächsten Moment öffnete sich die Tür, und Olga stolzierte heraus. Was sie unter »anständiger Kleidung« verstand, war ein tiefdekolletiertes Minikleid im wilden Leopardenmuster, das wenig Raum für Spekulationen über ihre weiblichen Formen ließ. Das Haar hatte sie zu einer absurden Bienenkorbfrisur aufgetürmt, als sei sie die blonde Version von Amy Winehouse.

»Oh, hat Maja super Freund mit schicke Auto«, gurrte sie. »Oder ist noch frei, schöne reiche Mann?«

»Das ist nicht mein Freund, und das ist auch nicht sein Auto. Geh bitte wieder rein, Olga, hier kannst du nichts reißen«, erwiderte Maja kühl.

Der Fahrer war stehen geblieben, ohne den Koffer abzusetzen. Wie hypnotisiert starrte er Olga an.

»Hallloooo, wer ist das denn?«

In diesem Moment kam Willi angeschnürt, der reichlich übernächtigt aussah.

»Sieht man doch – eine voll getunte Barbie auf Speed. Echt abgefahren, die schräge Schnecke. Manchmal redet sie auf Russisch mit sich selbst, und danach kichern die beiden.«

Auch Maja war nach Kichern zumute, was sie jedoch nicht gerade für pädagogisch wertvoll hielt. Wie sollte sie ihrem Sohn Respekt beibringen, wenn sie sich über seine frechen Bemerkungen amüsierte?

»So was sagen wir hier nicht, Willi. Wir sagen, Olga ist was ganz Besonderes.«

»Zweifellos«, ergänzte der Fahrer hingerissen. »Ich hätte dann gern gleich morgen einen Termin.«

Es war offensichtlich, wie sehr Olga das lebhafte Interesse genoss, das er ihr entgegenbrachte. Um sein Interesse zu steigern, reckte sie ihren Busen nach vorn und formte ihre Lippen zu einem großen runden O, was ihrem Gesicht einen lasziven Ausdruck verlieh.

»Voll Porno«, grinste Willi.

Wie absichtslos spielte Olga mit einem riesigen blaugrünen Schmuckstein, der an einem Goldkettchen zwischen ihren ausladenden Brüsten baumelte.

»Wollen coole Frisur? Ich machen schöne Schnitt und Strähnchen, gibt gaaanze frische Look wie Urlaub an Meer.«

O nein, nicht wieder diese Nummer. Einmal Orange reichte Maja. Ganz sicher war sie nämlich nicht, ob Olga bei Alexander von Maybach tatsächlich die Einwirkzeit unterschritten hatte. Möglicherweise hatte sie die Blondierung falsch angerührt. Auch die Frage, ob es überhaupt eine gute Idee gewesen war, einem dunkelhaarigen Mann blonde Strähnchen zu verpassen, wollte sie jetzt nicht erörtern.

»Das reicht, rein jetzt«, kürzte sie das Geplänkel ab. »Es gibt jede Menge zu tun.«

Mit einem unvergleichlichen Hüftschwung drehte sich Olga um. Dann warf sie dem Fahrer über die Schulter hinweg einen letzten Blick zu, unter kunstvoll gesenkten Lidern.

»Do swidanija und do sawtra. Das heißen auf Wiedersehen und bis morgen.«

»Russisch für Anfänger beendet.« Resolut schob Maja Olga und Willi vor sich her in den Salon. »Jetzt ist der Grundkurs ›Menschen bei der Arbeit‹ dran.«

Drinnen empfingen sie ein ziemlich gestresster Jeremy und gleich fünf wartende Kunden. Alle Plätze in der Warteecke waren besetzt, weil sich obendrein die üblichen Verdächtigen eingefunden hatten. Sowohl Helena als auch Bernd verbrachten ihre Mittagspause meist im Salon, und Frau Kampeter, die im Seniorenheim immer schon um halb zwölf aß, genehmigte sich hier ihren anschließenden Kaffee. Nur Viktor fehlte.

»Ich habe gerade eine Nachricht von der Fürstin bekommen«, rief Helena Maja zu. »Die ist ja komplett aus dem Häuschen. Lief gut, oder?«

»Ich denke, ja.«

Die Zahnärztin strahlte mit ihrem weißen Kittel um die Wette. Sie zog ihn auch während ihrer Pausen nicht aus, ebenso wenig wie ihre weiße Hose darunter und die weißen Schuhe.

»Nichts anderes habe ich erwartet. Du bist spitze!«

»Oh, danke schön. Sehr lieb, dass du mich empfohlen hast.«

Seltsam, für Maja war das Hotel mitsamt der Hochzeit schon wieder weit weg, wie ein skurriler Traum, an den man sich nach dem Aufstehen allenfalls vage erinnerte. Hier im Salon war ihr Zuhause. Selig atmete sie den vertrauten Nestgeruch ein, Shampoo, Haarspray, Kaffee und Parfums. Nur das Kuvert beschäftigte sie nach wie vor. Maja wollte nicht mit Geld erdrückt werden. Oder handelte es sich um Schmerzensgeld? Wusste Sophie-Charlotte mehr über die Pläne ihres Bruders, sie zu verklagen, als sie zugab?

Gedankenverloren schlenderte sie hinüber zu Jeremy, der einem jungen Mann in Baggy Pants und mit einem Schlangentattoo um den Hals seine neueste Kreation verpasste – einen rasierten Kopf, auf dem nur oben ein Haarbüschel stehen blieb, das man später zu einem Knoten drehen konnte. Die ausgefallene Frisur passte zu dem Kunden. Nicht nur die Schlange, die sich um seinen Hals ringelte, war besonders, auch das Sterntattoo über der Schläfe. Jeremy, der selber eine Madonna auf seinem Bizeps spazieren führte, schien sehr angetan zu sein.

»Hübsches Kleid«, sagte er, als Maja zu ihm trat. Er nahm sie ein Stück beiseite. »Puh, hier brennt die Hütte. Zwei Herrenschnitte, ein Damenschnitt, eine Tönung Wilde Kastanie, einmal Föhnen schulterlang mit Rundbürste. Such dir was aus.«

»Ich nehme den Damenschnitt, das magst du ja nicht so«, wisperte Maja. »Danke, dass du die Stellung gehalten hast.«

»Dann bedank dich auch gleich, dass ich hier den Kindergarten-Cop spiele. Olga hat sowieso nur Unsinn im Kopf, und jetzt auch noch Willi … Na ja, Willi ist eben – Willi.«

Entnervt betrachtete Maja ihren Sohn, der wie bestellt und nicht abgeholt mitten im Salon herumstand und gähnend auf sein Handy schaute. Er trug dasselbe T-Shirt und dieselbe schwarze Jeans wie am Vortag sowie seine gewohnt missmutige Miene zur Schau.

»Willi, komm doch mal«, sagte sie. »Es ist ein Uhr. Warum bist du nicht in der Schule?«

»Mann, verschlafen, was sonst«, maulte er.

Jeremy schüttelte den Kopf.

»Willi und sein Bett, das ist echt eine super Beziehung.«

»Nur mein Wecker kommt nicht damit klar und haut immer dazwischen«, grinste Willi. »Deshalb haue ich morgens auf den Wecker und hab mein Bett wieder lieb.«

»Das wird sich bald ändern«, verkündete Maja. »Aber da du schon mal hier bist, wirst du dich nützlich machen. In der Teeküche findest du einen Besen, damit kannst du die abgeschnittenen Haare vom Boden auffegen. Danach spülst du das benutzte Geschirr.«

Ungläubig blinzelte er sie an.

»Hä?«

»Wenn mich nicht alles täuscht, brauchst du eine größere Summe Geld. Die wirst du hier im Salon abarbeiten, jeden Tag nach der Schule. Kannst gleich damit anfangen.«

»Ach nee, ich dachte, dafür hast du die scharfe blonde Torte.«

Mit dem Kopf deutete er auf Olga. Verführerisch lächelnd himmelte sie den Fahrer an, der ihr in den Salon gefolgt war. Er war so fasziniert, dass er sogar vergaß, den schweren Friseurkoffer abzustellen. Auf Majas Stirn schwoll eine Zornesader. Denk an das rosa Kaninchen. Sie bohrte zusätzlich die Fingernägel in ihre Handflächen, um nicht zu explodieren.

»Willi, das ist mein letztes Wort. Keine Arbeit, kein Geld.«

Auf einmal kam Leben in seine schlaffe, magere Gestalt. Erbost hob er die Hände und fuchtelte damit vor Majas Nase herum.

»Hast du sie noch alle? Ich sag dir was: Such dir einen neuen Deppen, ich such mir ein neues Irrenhaus!«

Bevor sie ihn aufhalten konnte, ließ er Maja einfach stehen und rannte aus dem Salon. Klirrend fiel die Glastür hinter ihm zu. Allmählich hatte Maja den Eindruck, dass sie Willi nur noch im

Fluchtmodus erlebte. Kaum richtete sie das Wort an ihn – zack, war er weg, trotz Tante Ruths Kaninchentaktik. Sie fand einfach keinen Zugang zu ihm. Und wenn sie ehrlich war, fand sie auch nach wie vor nicht den richtigen Ton, um ihn zu erreichen. Dabei war ein Grundsatzgespräch überfällig. Was, wenn weitere Steine flogen?

»Peng, puff, klonk, abgeschossen – das lässt du dir doch wohl nicht länger von ihm bieten!«, wetterte Jeremy los. »Der gehört in so ein Erziehungsdings, so ein Bootcamp, wo die kleinen verwöhnten Mistkerle um fünf Uhr aufstehen und erst mal hundert Liegestütze durchziehen müssen.«

»Entschuldigung, ich kann nicht ewig warten«, meldete sich eine Frau im maskulinen grauen Hosenanzug zu Wort, die sich von der Wartecouch erhoben hatte und schnurstracks auf Maja zueilte. »Mein Termin war schon vor einer halben Stunde.«

Maja ahnte, dass sie die Geduld dieser Dame nicht weiter strapazieren durfte. Allein die Art, wie sie an ihrem grauen Pagenkopf herumzupfte und an ihrer Unterlippe nagte, signalisierte die gleichsam elektrisch geladene Anspannung, mit der man eine mittlere Kleinstadt hätte beleuchten können.

»Die Verzögerung tut mir leid, wir fangen sofort an«, beteuerte Maja. »Nehmen Sie bitte vor dem Spiegel Platz, neben dem jungen Mann dort. Einen Kaffee? Oder ein Glas Sekt?«

»Einen Kaffee, ja, den hätte ich gern.«

Eine wunderbare, kinderleichte Aufgabe für Olga. Eigentlich. Maja winkte sie zu sich heran.

»Würdest du der Dame bitte eine Tasse Kaffee bringen?«

»Bin ich Stylistin, bin ich nix Kellnerin«, antwortete sie schnippisch.

Himmel noch mal! Maja lächelte eisern, weil sie in Gegenwart der Kundin keine Szene machen wollte. Jeremy dagegen gehörte zu den Zeitgenossen, die kein Blatt vor den Mund nahmen, auch nicht im vollen Salon. Mit gezückter Schere baute er sich drohend vor Olga auf.

»Bist du gar nix hier, wenn du dir zu fein für solche Aufgaben bist!«

Wie bei einem Tennismatch flogen die Blicke der Zuschauer zwischen den beiden hin und her. Na, die haben sich gesucht und gefunden, schoss es Maja durch den Kopf, Kampfhahn gegen Krampfhenne, wenn das mal ohne Tote abgeht.

»Im Übrigen hast du heute zwar eine sehr gute Maniküre hinbekommen und einen recht passablen Kinderschnitt, warst aber eine Stunde zu spät im Laden und erst nach drei doppelten Espresso zu gebrauchen«, legte Jeremy nach.

»Tante Ruth sagt, du warst erst um vier Uhr morgens zu Hause«, schaltete sich Maja nun doch noch ein. »Wo warst du denn gestern Nacht?«

Olga legte den Kopf schräg. Es war unterhaltsam, ihr beim Nachdenken zuzusehen. Angestrengt runzelte sie die hübsche Stirn.

»War ich … Internet.«

»Ja, und Autos essen am liebsten Parkplätzchen«, höhnte Jeremy. »Zweimal hast du es vergeigt. Gestern bei diesem Anzugtypen und heute durch mangelnde Motivation. Okay. Letzte Chance. Entweder du zeigst ab jetzt vollen Einsatz, oder ich werde Maja so lange bearbeiten, bis sie dich rauswirft.«

»Oookidoooki«, säuselte Olga nach einer Schrecksekunde.

Sie machte dem Fahrer Zeichen, dass sie nun leider Sklavendienste verrichten musste. Achselzuckend trollte er sich, und Olga verschwand hüftschwingend in der Teeküche. Ob sie jemals eine gute Mitarbeiterin werden würde, eine echte Entlastung? Im Moment war selbst die Wahrscheinlichkeit, dass sie einen Nobelpreis für Quantenphysik bekam, größer.

Stumm legte Maja der Kundin einen Frisierumhang um und befühlte den grauen Pagenkopf, der durch Unmengen Haarspray hart wie ein Helm war. Schade. Kein Mann würde jemals in diesen Haaren wühlen wollen, er hätte sich die Hand gebrochen. Während Maja noch darüber nachsann, wie sie der Dame die Helmfrisur ausreden könnte, shampoonierte sie die Haare, gönnte der Kundin eine ausgiebige Kopfmassage und spülte den Schaum aus. Drahtiges graues Haar, überlegte sie, was könnte man damit anstellen? Ein Stufenschnitt? Eine ausdrucksvolle Farbe? Ja, das war es. Graue Haare hatten durchaus einen gewissen Reiz, wie man bei Tante Ruth sehen konnte, doch ein sanftes Brünett in Kombination mit leicht gestuften Konturen würde dem etwas verhärmten Gesicht weichere Züge verleihen.

»Ich rate Ihnen zu einer dezenten Farbveränderung, sagen wir, zu einem nussigen Braun mit hellen Highlights«, erläuterte sie ihre Idee, nachdem sie einen Conditioner aufgetragen hatte. »Um Ihre Haargesundheit müssen Sie sich keine Sorgen machen, wir benutzen nur Bio-Produkte.«

»Das trifft sich gut.« Die Kundin suchte Majas Blick im Spiegel. »Ich bin nämlich Bio-Lehrerin. Willis Bio-Lehrerin.«

Unversehens erreichte Majas Wut auf Willi neue Dimensionen. Das war nun wirklich ein starkes Stück. Er hatte doch gerade im Salon gestanden, aber nicht mal seine eigene Lehrerin unter den Wartenden erkannt? Etwa, weil er zugedröhnt gewesen war?

»Ihr Sohn wurde bereits mehrmals ermahnt wegen ungebührlichen Verhaltens, unentschuldigten Fehlens und Beleidigung des Lehrkörpers.«

Schreck, Schock, Scham. Maja schwankte leicht.

»Lehrkörper«, echote sie mechanisch, denn ihr Kopf war plötzlich so leer wie der Kühlschrank daheim, wenn Willi Besuch von seinen Freunden gehabt hatte.

»Frau Müller, ich habe Ihnen mehrere Briefe geschrieben und um ein Gespräch gebeten, leider ohne jegliche Reaktion Ihrerseits«, setzte die Frau ihre vernichtenden Enthüllungen fort. »Seit Wochen besucht Willi nur noch sporadisch den Unterricht, und wenn er überhaupt anwesend ist, schläft er meist oder wirkt so unkonzentriert, dass ich gemeinsam mit der Schulleitung beschlossen habe, Ihnen einen Termin beim Amtsarzt vorzuschlagen.«

Maja tauschte einen Blick mit Jeremy, der schweigend zugehört hatte. Seit zwei Minuten hing seine Hand mit der Schere bewegungslos in der Luft. Auch in der Warteecke herrschte absolute Stille.

»Weil Willi …«, Maja wagte kaum weiterzusprechen, »… immer so müde ist?«

»Weil wir Gewissheit erlangen wollen, ob sein Fehlverhalten durch Verstöße gegen das Betäubungsmittelgesetz begründet ist – was wir an unserer Schule nämlich nicht tolerieren.«

Bis der Satz seine volle Wirkung entfaltete, dauerte es einige Sekunden. Dann hatten auch sämtliche Kunden und Nachbarn den Sinn begriffen.

»Drogen, sie meint Drogen«, hörte man Helenas heiseres Geflüster.

»Außerdem raucht er und trinkt Bier, hab ich selber gesehen«, ließ sich Bernd mit Grabesstimme vernehmen.

»Unglaublich!«, regte sich Frau Kampeter auf. »Hat der Mensch Töne!«

Als sei es damit nicht genug, kam jetzt auch noch Olga herein, die in der Teeküche auffällig lange mit der Kaffeemaschine gekämpft hatte und nun eine Espressotasse mit einem winzigen breiartigen braunen Klecks auf die Ablagefläche vor dem Spiegel stellte. Die Lehrerin musterte Olga von oben bis unten, mit einem strafenden Ausdruck, der Maja an ihren alten Mathepauker erinnerte. Nun ja, alles, was Recht war – ein unbefangener Beobachter konnte durchaus auf die Idee kommen, dass Olga ihr Geld in der Horizontalen verdiente, so kurz war ihr Kleid, so rot ihr Lippenstift, so ordinär hingedonnert ihr platinblondes Haar.

»Was ist das hier für ein … Salon?«, fragte die Lehrerin pikiert.

Olga warf sich in Positur und zeigte ihre rotlackierten Krallen. »Machen Massage, hören Englein singen in Himmel.«

»Es ist nicht so, wie Sie denken«, sagte Maja lahm.

Nachdem die Lehrerin ein weiteres Mal Olgas aufreizende Erscheinung begutachtet hatte, richtete sie ihre Aufmerksamkeit auf Jeremys schwarzes Netztop, das seine muskulösen Oberarme mit dem Madonnatattoo freiließ, und rundete ihre Eindrücke damit ab, dass sie die tätowierte Schlange des jungen Manns studierte.

»Hier stimmt was nicht«, grantelte sie. »Das ist … ein Halbwelt-Etablissement!«

Majas Augen wurden schmal. Ja, Willi machte eine unausstehliche Phase durch. Ja, er schwänzte die Schule, war respektlos und probierte Dinge aus, die ihm nicht guttaten. Aber auf ihren Salon ließ sie nichts kommen.

»Frau – äh …«

»Hase-Johannsen!«

Der Name hätte ihr eine Warnung sein müssen, schließlich waren Hasen und Kaninchen gewissermaßen nahe Verwandte. Doch Maja sah nicht rosa, sie sah rot.

»Also, Frau Hase-Johannsen, dies ist ein inhabergeführter Friseursalon, den ich mit Herzblut und harter Arbeit aufgebaut habe. Möglich, dass Ihnen das Styling des einen oder anderen Kunden oder Mitarbeiters nicht gefällt, doch wir leben in einem freien Land. Die einen mögen graue Hosenanzüge, die anderen Minikleider, Netz-Shirts und Tattoos. Hier ist jeder willkommen, auch Sie. Das bedeutet aber nicht, dass Sie voreilige Schlüsse ziehen sollten. Und es bedeutet keinesfalls, dass Sie mich beleidigen dürfen.«

»Sie haben das alleinige Sorgerecht für Ihren Sohn. Das schließt eine gewisse Aufsichtspflicht ein«, konterte Frau Hase-Johannsen ungerührt. »Wie ich mich mit eigenen Augen überzeugen konnte, sind Sie als berufstätige alleinerziehende Mutter damit überfordert. Vielleicht haben Sie vergessen, dass es eine gesetzliche Schulpflicht gibt. Willi kommt ihr nicht nach, und Sie sind offenkundig nicht in der Lage, für geordnete Verhältnisse zu sorgen. Noch dazu arbeiten Sie hier in einem Umfeld«, sie wedelte fahrig mit einer Hand herum, »das für einen jungen Menschen denkbar ungeeignet ist.«

Mit einer heftigen Bewegung riss sie sich den Frisierumhang vom Hals. Die Lippen hart aufeinandergepresst, stand sie auf und preschte erhobenen Hauptes zum Ausgang.

»Sie haben noch Conditioner im Haar!«, rief Maja ihr hinterher.

»Irrelevant.«

Als Frau Hase-Johannsen die Tür öffnete, prallte sie mit einem übereleganten Herrn im edlen grauen Cut zusammen, der eine rosa Orchidee im Knopfloch trug.

»Nee«, stöhnte Jeremy. »Nicht Sie schon wieder. Ich habe Ihnen heute Morgen die ultimative Haarfarbe hingezaubert, Olga hat Ihnen eine Eins-a-Maniküre verpasst – was wollen Sie denn noch?«

»Frau Müller abholen«, bellte Doktor Alexander von Maybach. »Meine Schwester hat mich dazu gezwungen.«

Kapitel 6

Trotz des warmen Spätsommerwetters herrschte ein ausgesprochen frostiges Klima in der Limousine. Zweieinhalb Stunden hatte Alexander von Maybach auf Maja warten müssen, da sie nur unter der Bedingung eingewilligt hatte mitzukommen, dass sie zunächst ihre restlichen Kunden bediente. »Job ist Job«, hatte sie ihm entgegengeschleudert, woraufhin er so etwas wie »blödes Friseusengetöse« gemurmelt hatte. Durchaus ein gelungener Auftakt für eine gemeinsame Landpartie.

Immerhin hatte der Fahrer seinen Spaß. Immer wieder schaute er in den Rückspiegel, dann und wann zwinkerte er Maja zu. Natürlich wusste sie, dass er dabei an Olga dachte. Alexander von Maybach wusste es nicht.

»Achten Sie gefälligst auf die Straße!«, blaffte er den Fahrer an. »Schneller fahren könnte auch nicht schaden. Und hören Sie sofort auf, uns auf diese impertinente Weise anzuglotzen!«

»Ich finde ihn nett«, flötete Maja.

Sie empfand ein diebisches Vergnügen an der miesen Laune ihres Begleiters. Seine Schwester war ein echtes Teufelchen. Wie Maja erfahren hatte, gab sie sich nicht mit dem Fauxpas ihres Bruders zufrieden, sondern hatte gedroht, ihn von der abendlichen Hochzeitsfeier samt Dinner und Tanz auszuschließen, falls er sich nicht in aller Form und im Kreise der Gäste bei Maja entschuldigte. Es wäre ein Skandal gewesen, wenn er dies verweigert hätte, da er als Trauzeuge firmierte und die Vermählung wie ein Staatsakt zelebriert wurde. Also saß er jetzt neben einer Frau, die er auf den Tod nicht ausstehen konnte und gegen die er gleich zwei Prozesse anzustrengen gedachte. Für ihn musste das Ganze so angenehm wie eine Wurzelbehandlung sein.

Nervös zupfte er an der armen Orchidee herum, die bereits leicht ramponiert wirkte, und wandte sich an Maja.

»Herrgott, ich fass es nicht, dass man sich so aufführen kann wie Sie. Dieser Abend hat eindeutig Potenzial, nach hinten loszugehen.«

Seelenruhig schnippte sie zwei lange blonde Haare von ihrem Kleid. Olga hatte sie zum Abschied umarmt und unter Tränen Besserung gelobt.

»Sie sind ein richtiger Sonnenschein, was?«

»Wie bitte?« Seine stahlharten Augen gefroren zu bläulichen Eiskugeln. »Ich hab mich wohl verhört.«

»Nun, Sie verfügen über den Charme eines Schirmständers, die Manieren eines Neandertalers und die Sensibilität eines Serienkillers, aber sonst ist bei Ihnen alles in bester Ordnung.«

Das verschlug ihm die Sprache. Er warf Maja einen mörderischen Blick zu und betrachtete dann sehr lange seine geballten Fäuste. Im Rückspiegel sah sie die übermütig blitzenden Augen des Fahrers. Keine Frage, für ihn war es ein Hochgenuss, dass Maja diesen versnobten Choleriker frohgemut abtropfen ließ. Wie schon auf der vorherigen Fahrt stellte er Musik an. Wieder Dean Martin, diesmal war es der Klassiker »That's Amore«. Und wieder summte Maja mit, während sie ihr Handy aus dem Rucksack zog, um einige Nachrichten zu schreiben.

Liebe Tante Ruth, ja, wir sollten uns heute Abend sehen, unbedingt. Mit Willi. Ich habe noch einen Termin, danach melde ich mich. Alles Liebe, M

Hi Robin, ich …

Sie zögerte. Sollte sie sein nächtliches Verschwinden thematisieren? Oder besser nicht? Im Stillen wunderte sie sich darüber, wie wenig sie eigentlich über ihn wusste, und das nach zwei Jahren Beziehung. War es überhaupt eine Beziehung, die diesen Namen verdiente? Seufzend löschte sie Buchstabe für Buchstabe der angefangenen Nachricht und schrieb die nächsten.

Hallo, Willi, so geht es nicht weiter. Die Schule will, dass du einen Drogentest machst. Heute Abend müssen wir uns aussprechen. Mum

Jeremy, mein Lieber, nochmals danke für deine großartige Unterstützung. Du bist mein Fels in der Brandung! Big hug, M

Ja, dachte sie, wenn ich es recht betrachte, ist Jeremy genau das, was ich mir von Robin ersehne: der Fels in der Brandung, der Partner, der unerschütterlich zu mir hält, durch dick und dünn mit mir geht. Dummerweise stand Jeremy nicht auf Frauen.

»Sie müssen nicht so tun, als hätten Sie ein erfülltes Sozialleben«, schreckte Alexander von Maybach sie aus ihren Gedanken auf.

»Wie bitte?«

»Sie schreiben eine Nachricht nach der anderen. So was machen nur einsame Menschen.«

»Oh, Hobbypsychologe sind Sie also auch noch«, lächelte Maja. »Aber welche unbekannten Verdienste berechtigen Sie dazu, unverschämt zu werden?«

Wütend verschränkte er die Arme.

»Sie haben einen schauderhaften Humor.«

»Ist mir eine Ehre, das aus Ihrem Mund zu hören«, erwiderte Maja sarkastisch.

Die weitere Fahrt verbrachten sie schweigend. Dean Martin schluchzte sich durch weitere Liebessongs, draußen flog die besonnte

Landschaft vorbei, und Maja nahm sich vor, es bei einem sehr kurzen Gastspiel auf der Hochzeitsfeier zu belassen. Im Grunde war sie nur mitgekommen, um der Braut einen Teil des Geldes zurückzugeben, danach würde sie sich besser fühlen. Und sie musste dringend etwas essen. Ihr Magen gab rumpelnde Geräusche von sich, ihr war schon etwas flau.

»Endstation, alles aussteigen«, sagte der Fahrer, als er nach einer gefühlten Ewigkeit vor dem Hotel anhielt.

»Nur, damit wir uns richtig verstehen«, schnarrte Alexander von Maybach, »ich habe gesellschaftliche Verpflichtungen und keinesfalls vor, den Abend mit Ihnen zu verbringen.«

»Dito.«

Er starrte sie an.

»Was?«

»Dito bedeutet ebenfalls«, erklärte Maja ruhig. »Dachten Sie, eine Fri-seu-se«, sie sprach das Wort überdeutlich aus, »kenne keine Fremdwörter?«

»Fri-seu-rin«, verbesserte er sie und grinste auf einmal wie ein kleiner Junge.

Es ging Maja durch und durch. Hey! Was sollte das? Sie blickte in seine unwirklich blauen Augen, aus denen jede Feindseligkeit verschwunden war. Stattdessen war da ein Flirren und Flirten, das ihr den Atem nahm. Sie spürte, wie sie rot wurde. Was machte dieser Mann mit ihr? Und warum klopfte ihr Herz so heftig, dass sie fürchtete, er könne es hören? Verwirrt öffnete sie den Wagenschlag und stapfte über den geharkten Kies der Auffahrt, als müsse sie ihn festtreten. So ein Blödmann. So ein Scheusal. So ein bescheuerter Klappspaten.

»Warten Sie!«

Nein, sie wartete nicht auf ihn, sondern beschleunigte ihren Schritt. Vermutlich der Grund, warum ihr Herz jetzt noch schneller klopfte und ihre Haarwurzeln kribbelten. Im Foyer des Hotels folgte sie dem Schild *Hochzeitsfeier* und gelangte zur rückwärtigen Terrasse, hinter der sich ein weitläufiger Park erstreckte. Unter gelb-weißen Markisen wurden Stehtische aufgebaut, Kellner öffneten Champagnerflaschen, zwei junge Hostessen in bodenlangen gelben Gewändern stellten mit Folie abgedeckte Tabletts voller Fingerfood auf ein Buffet.

»Der Aperitif beginnt erst in einer Stunde, um sechs Uhr«, sagte eine der Hostessen, die Majas fragenden Blick aufgefangen hatte. »Die Herrschaften haben heute Nachmittag Kutschfahrten unternommen, jetzt machen sie sich frisch und kleiden sich für den Abend um.«

»Also haben wir die Kutschfahrten verpasst«, knurrte es hinter Maja.

Gespielt affektiert legte sie die Fingerkuppen an die Schläfen und rollte mit den Augen.

»Ich bin untröstlich. Aber das Beste kommt immer zum Schluss, wussten Sie das nicht?«

»Der Dresscode schreibt für Dinner und anschließendes Fest allerdings elegante Abendgarderobe vor«, bemerkte die zweite Hostess.

Maja sah an sich herab. Ein kniekurzes Secondhand-Fähnchen, abgelaufene Ballerinas und ein unförmiger Rucksack waren sicherlich nicht das, was man sich hier unter Abendgarderobe vorstellte. Als sie aufblickte, schaute sie direkt in das feixende Gesicht des ekelhaften Widerlings.

»Sie können sich gern in meiner Suite umziehen und Ihr Ballkleid anlegen«, griente er. »Bin schon gespannt, mit welcher ausgefallenen Robe Sie mich überraschen.«

Haha. Maja erweiterte ihre unhörbaren Beschimpfungen um die Wörter Käsekopf, Luftpumpe und Gesichtselfmeter. Es war so billig, sich über ihre Garderobe lustig zu machen, so furchtbar billig. Und obwohl sie normalerweise ein dickes Fell hatte, spürte sie jetzt auch noch, wie sich ihre Kehle zuschnürte und Tränen in ihre Augen stiegen.

»Ich ziehe es vor, spazieren zu gehen«, krächzte sie. »Die Luft ist etwas stickig hier.«

Damit drehte sie sich um und lief die geschwungene Treppe hinunter, die von der Terrasse in den Park führte. Atmen konnte sie erst wieder, als sie den weichen Rasen unter ihren Schuhsohlen spürte. Sie zog die Ballerinas aus. Barfuß rannte sie über das akkurat gestutzte Grün, vorbei an verschwenderisch blühenden hellblauen Hortensien und prächtigen königsblauen Schwertlilien, bis sie zwischen zwei Rosenbeeten eine Bank entdeckte und sich darauf niederließ. Jetzt erst merkte sie, dass sie am ganzen Körper zitterte. Vor ihren Augen tanzten Sterne. Niemals hätte sie mit Alexander von Maybach hierherfahren dürfen. Sie war vollkommen durcheinander.

Schwer atmend zog sie die Knie ans Kinn und umschlang sie mit den Armen. Maja-Maria Müller, du spinnst. Dein Leben ist ein einziges Chaos, aber du fährst puppenlustig zu einer Feier, wo du nicht hingehörst, mit einem Mann, der dich von ganzem Herzen hasst, zu Hause hast du einen Kerl, der kommt und geht, wie es ihm gerade einfällt, und dann wäre da noch dein Herr Sohn, der mit einem Bein im Heim und mit dem anderen im Knast steht. Hallo? Gibt es irgendeinen Anlass, Champagner zu trinken?

Tränen rollten auf einmal über ihre Wangen. Das Leben war verdammt ungerecht. Schluchzend sah sie zwei Zitronenfaltern zu, die zwischen den gelben Rosenstöcken umherflatterten. Ein betäubender Duft stieg ihr in die Nase, wie eine Liebkosung strich der warme Wind über ihre Haut. Es war so schön hier, so idyllisch. Warum taten manche Menschen alles dafür, andere unglücklich zu machen? Warum handelten sie fahrlässig und rücksichtslos, aggressiv und hinterhältig? Kraftlos sank ihr Kopf auf die Knie. Sieh den Tatsachen ins Auge, Maja – du weißt nicht weiter.

»Störe ich?«, fragte eine wohlbekannte Männerstimme.

Sie zuckte zusammen. Wieso ließ er sie nicht in Ruhe, verdammt? Sie schämte sich, weil sie geweint hatte, und hielt den Kopf gesenkt, ohne zu antworten. Sollte der doch warten, bis seine verdammten Füße in den verdammten sündteuren Lederschuhen im Rasen Wurzeln schlugen.

»Frau Müller, ich habe Sie etwas gefragt.«

Die Kopf-in-den-Sand-Taktik fruchtete nicht. So wurde sie ihn nicht los.

»Ja, Sie stören gewaltig«, erwiderte sie mit dumpfer Stimme, die Stirn weiterhin an ihre Knie gepresst.

»Es ist nämlich so«, Alexander von Maybach räusperte sich ausgiebig, »dass ich …«

Nun hob Maja doch den Kopf, und es war ihr plötzlich so was von egal, dass er ihre geröteten Augen sah, ihren verlaufenen Lidstrich, ihr klägliches, verheultes Ich.

»Sagen Sie mal, hören Sie gelegentlich zu, wenn andere Leute was sagen?«

»Denke schon.« Erschrocken betrachtete er ihr Gesicht. »Meistens jedenfalls.«

Maja dachte an seine hochtrabende Visitenkarte, an den gewienerten Marmorpalast, in dem er residierte, an die beflissenen Herren in dunklen Anzügen, die ihm zu Diensten waren, an dieses ganze aufgeblasene Machtding, an dem Männer sich hochzogen und meinten, sie seien die Könige der Welt. Wo waren die rosa Kaninchen? Alle weg. Sie sah auf ihre Uhr.

»Es ist halb sechs. Um sechs werde ich Ihre alberne Komödie mitspielen, Ihre fadenscheinige Entschuldigung annehmen und dann verschwinden. Bis dahin will ich allein sein. Von mir aus können Sie mich vor sämtliche Gerichte der Stadt schleifen, aber eins werden Sie nie schaffen: mich rumzukommandieren wie Ihre Lakaien, die Ihnen bestimmt auch noch das Klopapier dreieckig falten, wenn Sie Lust darauf haben.«

Unter seinem linken Auge zuckte ein winziger Nerv. Ansonsten war ihm keine Gemütsregung anzusehen.

»Ich ... ich wollte mich eigentlich nur für die Blumen bedanken. Die Sonnenblumen, Sie wissen schon.«

Verdammter Heuchler.

»Die liegen doch längst im Müll«, erwiderte Maja finster. »Wirklich, Sie müssen hier nicht so schmierlappig rumstehen. Auch ohne Ihre verlogene Charmeoffensive werde ich gleich grundentspannt auf der Terrasse erscheinen, Sie ziehen Ihre Show ab, und das war's.«

Ein feiner Schweißfilm zeigte sich auf seiner gerunzelten Stirn. Die rosa Orchidee hatte endgültig schlappgemacht und hing trostlos auf seinem Revers herum.

»Ich weiß, dass ich manchmal zu aufbrausend bin. Das tut mir ehrlich leid. Und als Sie gestern mit den Sonnenblumen im Aufzug standen«, er wagte einen kurzen Blick, der Maja direkt ins Herz traf, »da habe ich ...«

Seine Stimme erstarb. Nachdem er mit einer Schuhspitze einen unsichtbaren Kreis ins Gras gemalt hatte, machte er kehrt und ging davon.

War ich zu hart?, fragte Maja sich. Hätte ich einen rosa Filter über meine Worte legen müssen? Im selben Augenblick schalt sie sich für ihr Zartgefühl. Einer wie Alexander von Maybach war ein Macho aus Stahl, da durfte man keine Schwäche zeigen. Sie stutzte. Welche Schwäche? Ich habe doch keine Schwäche für diesen hochwohlgeborenen Rüpel. Sie wollte sich vormachen, dass sein unvermutet weicher Tonfall sie kaltgelassen habe, doch es gelang ihr nicht. Plötzlich wurde ihr schwindelig. Geht's noch, Frau Müller? Die nächste halbe Stunde würde sie damit verbringen, ihr Gesicht in die Sonne zu halten und sich zu sammeln. Was Tante Ruth wohl zu diesen Ereignissen sagen würde?

Plötzlich fiel Maja der Zettel ein, den ihre Tante ihr am Abend zuvor gegeben hatte. Der Zettel mit dem Mantra. Wo war er nur?

Sie wühlte eine Weile in ihrem Rucksack herum. Als Erstes fand sie eine Plastikbox, gefüllt mit selbstgebackenen Keksen von Willi. Er ernährte sich fast ausschließlich von Süßkram und hortete stets einen Vorrat in der Küche, bei dem sie sich manchmal bediente. Kauend suchte sie weiter und fand ein zerknittertes Stück Papier. Neugierig strich sie es glatt.

Möge ich in meinem Herzen wohnen. Möge ich sicher und geborgen sein. Möge ich Heilung und Frieden finden. Möge ich glücklich sein.

Sprechen Sie dieses Mantra hundert Mal am Tag, und verbeugen Sie sich jedes Mal danach.

Buddhistisches Pillepalle, dachte Maja, dennoch lösten die Worte einen eigentümlichen Sog in ihr aus. Halblaut las sie die Zeilen noch einmal. Eigenartig. Sie fühlte sich schon ruhiger. Vorsichtshalber sah sie sich um, ob sie auch von niemandem beobachtet wurde, bevor sie aufstand, das Mantra ein weiteres Mal vorlas und eine kleine Verbeugung andeutete. Wie von selbst fing sie an zu lächeln. Noch mal.

Maja war ungefähr bei der zwanzigsten, vielleicht auch bei der dreißigsten Wiederholung angelangt, als sie ein Rascheln im Gebüsch hörte.

»Verzeihung, alles in Ordnung mit Ihnen?«

Wie aus dem Nichts stand auf einmal Freiherr von Besten neben ihr, in seinem korrekten dunkelblauen Anzug, das hagere Gesicht zur Maske erstarrt. Er verzog keine Miene, während er Maja durchdringend fixierte. Wie ertappt zerknüllte sie den Zettel in ihrer Hand.

»Hallo, Herr, äh, Freiherr.«

»Man hat mich beauftragt, Sie abzuholen«, sagte er förmlich. »Der Aperitif hat soeben begonnen, und man legt Wert auf Ihre geschätzte Anwesenheit.«

Bei jedem anderen hätte Maja diese Ansage für pure Ironie gehalten, doch Freiherr vom Feinsten wirkte so, als habe er im Laufe seines Lebens so ziemlich alles gesehen und sei durch nichts mehr zu erschüttern. Auch nicht durch eine Frau in einem leicht zerknitterten kobaltblauen Kleid, die, vor sich hin murmelnd, neben einem Rosenbeet stand und sich verbeugte. Von seiner formvollendeten Gelassenheit hätte sich so mancher eine Scheibe abschneiden können.

»Ist mir ein Vergnügen«, erwiderte sie.

Galant bot er Maja seinen Arm. Sie nahm ihren Rucksack, hakte sich bei ihm unter und schwebte förmlich über den Rasen, während sie gemeinsam den Park durchquerten, an Hortensien und Schwertlilien vorbei, beschienen von der abendlichen Sonne.

»Sie sind eine außergewöhnliche Frau«, befand er, den Blick geradeaus gerichtet. »Ihre Natürlichkeit ist erfrischend, Ihr Selbstbewusstsein beeindruckend. Wenn ich mir die Bemerkung erlauben darf.«

»Sie dürfen«, lächelte Maja.

Sie fühlte sich stark wie lange nicht mehr. Ob das an dem Mantra lag oder an diesem Mann, der ihr auf seine unaufdringliche Art eine gewisse Sympathie signalisierte, war schwer zu entscheiden.

Je näher sie der Terrasse kamen, desto lauter schwoll das Stimmengewirr der Hochzeitsgesellschaft an, vermischt mit klimpernden Harfenklängen und dem feinen Klirren von Gläsern. Schon von weitem erkannte Maja Alexander von Maybach und seine Schwester, die den glänzenden Mittelpunkt des Empfangs bildeten. Hochelegant gekleidete Gäste, die Damen in Abendkleidern, die Herren im Smoking, umringten sie. Nur der Bräutigam war nicht zu sehen. Am Fuß der Freitreppe blieb Freiherr von Besten stehen und nickte Maja unmerklich zu.

»Viel Glück«, raunte er.

Was meinte er denn damit? Auf jeden Fall war es nett gemeint, denn ein winziges Lächeln kräuselte die Fältchen um seine klugen Augen. Unwillkürlich musste Maja an Tante Ruth denken. Die lächelte ganz genauso – mit den Augen.

»Danke«, wisperte sie und straffte ihre Schultern, »ist heute wohl mein Glückstag.«

Noch mehr Fältchen erschienen rund um die Augen des Freiherrn. Er biss sich auf die Lippen. Himmel, er musste sich das Lachen verkneifen!

»Ich bewundere Ihre Contenance«, sagte er fast unhörbar.

Dann schritten sie gemessen die Treppe hoch. Mit jeder Stufe, die sie erklommen, wurde das Stimmengewirr ein wenig leiser, bis es ganz erlosch. Alle starrten die Frau an, die sich am Arm des Zeremonienmeisters zur Terrasse geleiten ließ, den Rucksack lässig über eine Schulter geworfen. Maja fuhr sich durchs Haar. Sie passte hierher wie Currywurst ins Drei-Sterne-Restaurant. Egal. Ich bin, was ich bin, dachte sie. Möge ich in meinem Herzen wohnen. Fast hätte sie sich verbeugt.

Oben angekommen, vollführte Freiherr von Besten eine einladende Geste und zog sich zurück.

»Frau Müller! Da sind Sie ja endlich.«

Mit einem Juchzer stürmte Sophie-Charlotte von Gernsheim auf Maja zu und hauchte Küsschen in die Luft rechts und links von ihren Wangen. Die Frisur hatte phantastisch gehalten, wie Maja fachmännisch feststellte. In lockeren Kaskaden fielen die gewellten seitlichen Strähnen auf die Schultern der Braut, der Perlenreif mit den Rosenknospen saß unverändert gerade auf dem duftig toupierten blonden Haar, das im Abendlicht golden schimmerte.

»Nun«, die Fürstin wandte sich zu ihrem Bruder um, der Majas Auftritt mit distanziertem Interesse verfolgt hatte. »Ich glaube, Alex hat Ihnen etwas zu sagen.«

Er trat einen Schritt vor, mit jenem neutralen Lächeln, das alles und nichts bedeuten konnte. Sein Smoking stand ihm ausgezeichnet. Ein Lichtreflex der tiefstehenden Sonne tanzte auf seinem rechten schwarzen Lackschuh. Die verendete Orchidee hatte er mit einer roten Rose vertauscht, die keck aus dem Knopfloch der Smokingjacke herauslugte. Instinktiv spannte Maja ihre Bauchmuskeln an. Nicht aus Eitelkeit, sondern um sich zumindest körperlich gegen mögliche Angriffe zu wappnen. Denn dass dieses Ekelpaket die erzwungene Entschuldigung mit einem fiesen Seitenhieb versehen würde, war ja wohl klar wie Korn.

»Werte Frau Müller«, begann er mit merkwürdig belegter Stimme zu sprechen, »Hochzeiten zeitigen im Allgemeinen die Nebenwirkung, dass nicht nur die Braut, sondern auch die Gäste in einen emotionalen Ausnahmezustand geraten.«

Es wurde mucksmäuschenstill auf der Terrasse. Untätig standen die Kellner im Hintergrund, die Arme auf dem Rücken verschränkt. Sogar die Harfenspielerin hatte aufgehört zu klimpern. Du liebe Zeit, dachte Maja, warum so viel Aufhebens wegen einer unbedeutenden Friseurin? In welchen Film bin ich geraten? Es schien ihr plötzlich, als sei sie die Einzige, die das Drehbuch nicht kannte.

»Wie gesagt, im Allgemeinen«, fuhr Alexander von Maybach fort. »Im Besonderen trifft dies auf die nächsten Angehörigen des Brautpaars zu. Als Bruder der heute Vermählten hat mich die notorisch auftretende emotionale Verwirrung daher zu Aussagen hinreißen lassen, die den Regeln des guten Benimms zuwiderlaufen.«

»Jetzt komm mal langsam auf den Punkt«, warf seine Schwester ein.

Maja versuchte, das Ganze unterhaltsam zu finden, doch irgendwie gelang es ihr nicht. Dafür war die Atmosphäre zu angespannt. Was ging hier ab? Sie schaute zu Alexander von Maybach, der die Fingerspitzen aneinanderlegte und leicht theatralisch die Augen schloss. Also war er nicht nur ein Heuchler, sondern besaß auch noch das schauspielerische Talent eines Trickbetrügers. Nach einer Kunstpause ging es weiter.

»Es ist mir ein großes Anliegen, mich bei Frau Müller in aller Form für mein Betragen zu entschuldigen. Überdies möchte ich betonen, dass mir sehr daran gelegen ist, Frau Müller als Gast auf dieser Hochzeit zu wissen, und heiße sie daher aufs herzlichste willkommen.«

Amen. Endlich war er fertig mit seiner dummen kleinen Lügengeschichte. Gönnerhaft breitete er die Arme aus, und Maja zog ihren Bauch noch ein bisschen fester ein. Der erwartete ja wohl keine tränentreibende Versöhnungsszene, oder? Aber selbst wenn, sie hatte nicht die Absicht, eine hollywoodtaugliche Darbietung abzuliefern. Den Gefallen würde sie ihm nicht tun. Und Körperkontakt kam schon gar nicht in die Tüte, auch wenn sie sich unpassenderweise zu fragen begann, wie es sich anfühlen mochte, von ihm umarmt zu werden.

»Entschuldigung angenommen«, nuschelte sie beiläufig und schaute demonstrativ an ihm vorbei. »Besten Dank auch für die Einladung, leider habe ich heute Abend schon etwas anderes vor.«

Sie hätte hinzufügen können, dass es sich dabei um eine Krisenkonferenz wegen ihres vermutlich drogensüchtigen Sohns handelte, dessen gefährliche Freunde ihr nachts die Fenster einschmissen. Doch das ging niemanden hier etwas an. Weder Alexander von Maybach, der sich nach seiner gelungenen Theatervorstellung sichtlich erleichtert unter die anderen Gäste mischte, noch Sophie-Charlotte von Dingenskirchen, die etwas enttäuscht aus der Wäsche guckte.

»Wir respektieren das natürlich«, sagte sie. »Aber ich lasse Sie nicht gehen, ohne ein Glas Champagner mit Ihnen getrunken zu haben.«

»Okay, ein Glas«, lenkte Maja ein.

Wie aufs Stichwort flitzte ein Kellner mit einem Silbertablett heran, auf dem mehrere gefüllte Champagnerkelche standen. Die Braut nahm zwei Gläser vom Tablett, reichte eines Maja und prostete ihr zu.

»Auf Sie, meine Liebe! Ich habe in meinem ganzen Leben noch

nie so gut ausgesehen wie heute! Und noch nie war es mir so wichtig!«

»Meine Frau spricht die reine Wahrheit«, stimmte ein älterer Herr zu, der so gar nicht zu dieser Sophie-Charlotte passte.

Viel zu steif, viel zu konventionell, dachte Maja. Seine nass zurückgegelten grauen Haare klebten an einem mächtigen Schädel, seine Miene wirkte gelangweilt. Schon in der Kapelle war Maja aufgefallen, dass dieses Paar nicht sonderlich glücklich aussah.

»Danke.« Sie nippte an dem Champagner. »Aber wir wollen mal nicht übertreiben.«

»Doch, doch, Sie haben magische Hände«, sagte Sophie-Charlotte. »Vor allem haben Sie Einfühlungsvermögen. Glauben Sie mir, ich war bei den besten Friseuren dieser Welt, in Paris, Monaco und New York, ich hatte schon jeden Schnitt, jede erdenkliche Farbe, jede Haarlänge. Doch niemand hat erkannt, mit welcher Frisur ich mich wohlfühle.«

»Stimmt genau«, pflichtete ihre rothaarige Freundin ihr bei, die sich zu ihnen gesellt hatte. »Diese Banane mit der grünen Perle ist nicht nur ungeheuer gekonnt gemacht, sie drückt aus, wie ich bin, und gibt mir Selbstvertrauen.«

»Das sind doch nur Haare«, spielte Maja das überschwängliche Lob herunter, obwohl sie es besser wusste.

Sophie-Charlotte von Gernsheim nahm ein Blätterteiggebäck von dem Tablett, das eine der beiden Hostessen an ihnen vorbeitrug, und drückte es Maja in die Hand.

»Essen Sie was. Sie sind ganz blass um die Nase. Zu schade, dass Sie nicht bleiben können. Freiherr von Besten hat meinem Wunsch entsprochen und Tony Henderson samt seinem Swingorchester engagiert, das meine Lieblingsmusik spielt, die wunderbaren alten Songs von Frank Sinatra und Dean Martin.«

Dean Martin. That's Amore. Jetzt bedauerte Maja aufrichtig, dass sie gehen musste. Zu gern hätte sie nach dieser Musik getanzt und alles um sich herum vergessen, auch die Probleme, die zu Hause auf sie warteten. Hungrig biss sie in das Gebäck. Mmmhhh, es war mit Räucherlachs und Frischkäse gefüllt, der ein leichtes Dillaroma hatte.

»Nehmen Sie noch eins«, sagte die Braut lächelnd und gab der Hostess ein Zeichen.

Während Maja das nächste Gebäck verschlang, gefüllt mit Scampi und einer exquisit gewürzten Currycreme, wie ihr entzückter Gaumen erkannte, genoss sie für einen Moment die Illusion, das hier sei das wahre Leben – ein unbeschwertes Fest an einem lauen Spätsommerabend, das man damit verbrachte, an Köstlichkeiten zu knabbern, ein Glas Champagner zu trinken, sich des Lebens und an sich selbst zu freuen. Doch dies war nicht mehr als eine Illusion. Schlagartig erinnerte sie sich daran, warum sie hergekommen war.

»Da wäre noch was«, druckste sie herum.

»Ja?«

»Sie haben mir zu viel Geld gegeben. Ich kann das nicht annehmen. Und ich will es auch nicht.«

Sophie-Charlotte von Gernsheim, die sich ebenfalls ein Gebäckstück zwischen ihre rosigen Lippen geschoben hatte, hörte auf zu kauen.

»Sie wollen es nicht?«

»Nein.«

Verblüffte Stille.

»Aha.«

Auf einmal meinte Maja den Duft eines bestimmten Rasierwassers wahrzunehmen. Seltsam, was ein simpler Geruch bewirken konnte. Er beschwor Erinnerungen an Gefühle herauf, so echt und lebensnah, als seien sie gegenwärtig. Noch seltsamer war der Mix – Wut, Ärger, aber auch ein wenig Spott und eine Spur Versuchung. Ihr Herz klopfte, etwas kitzelte in ihrem Sonnengeflecht. Sie erschauerte, als sie begriff, wem sie diese Empfindungen zu verdanken hatte.

»Wie schön, dass Sie doch noch ein wenig Ihrer kostbaren Zeit für unsere bescheidene kleine Festivität abzweigen konnten«, sagte Alexander von Maybach, der plötzlich direkt neben ihr stand. »Hier ist jemand, der Sie sprechen möchte.«

Ein zweiter Duft mischte sich in den ersten. Ein Duft, der so schwer und süß war, dass die Schafe in Ostfriesland umfielen. Maja riss die Augen auf. Nein. Nicht das. Bitte nicht! Doch Naturkatastrophen hatten es nun mal an sich, dass sie ohne jede Rücksicht auf Anstand und Sitte über die Menschheit hereinbrachen und alles nach Belieben verwüsteten. Ein keuchendes Stöhnen entrang sich Majas Kehle.

»Mein Gott, Olga!«

Kapitel 7

Sie war es tatsächlich. In hautenges, bodenlanges Goldlamee gepresst, mit einem Dekolleté nach dem Motto »Alles muss raus« und einem Glitzerschleifchen in der platinblonden Bienenkorbfrisur. Die Handgelenke mit unzähligen klappernden Armreifen geschmückt, hielt sie ein Glas Champagner zwischen den gespreizten Fingern und entblößte breit lächelnd den funkelnden Strassstein in ihrem linken oberen Eckzahn. Mit der anderen Hand schlenkerte sie eine große goldfarbene Tasche, die an die Luxusausgabe eines Turnbeutels erinnerte.

»Ach, hallo, Maja«, hauchte sie hoheitsvoll, als habe sie rein zufällig ihre Putzfrau getroffen.

Hinter ihr tauchte mit einem schiefen Grinsen der Fahrer auf.

»Olga meinte, es wäre superwichtig. Sie möchte Sie nur kurz sprechen. Es geht um einen Willi, mehr weiß ich auch nicht. Und auf dem Handy waren Sie ja nicht erreichbar.«

So ein raffiniertes kleines Biest. Himmelherrgott noch mal! Von Anfang an hatte Maja den Verdacht gehegt, Olga habe es letztlich nur darauf abgesehen, sich einen stinkreichen Mann zu angeln. Sie konnte sich haargenau vorstellen, wie Olga durch den Fahrer von der glanzvollen Hochzeit erfahren und ihn überredet hatte, sie hierherzubringen. Natürlich nicht, ohne sich vorher nach allen Regeln des schlechten Geschmacks aufzudonnern. Fehlte nur noch ein Tattoo auf dem Dekolleté: Bin zu haben, spätere Heirat nicht ausgeschlossen, Kreditkarte erwünscht.

Die anderen Gäste wirkten sichtlich irritiert. Überall wurde getuschelt und gewispert, nicht anders als bei Olgas Auftritt in Majas

Salon. Einige Herren machten Stielaugen. Ebenfalls ein Verhalten, das unabhängig von Klasse und Milieu einer Sexbombe wie Olga entgegengebracht wurde, ganz gleich, ob es sich nun um Bernd, den Kioskbesitzer, oder um ein männliches Mitglied erlauchter Kreise handelte.

»Wollen Sie uns die junge Dame nicht vorstellen, Frau Müller?«, fragte Alexander von Maybach schadenfroh, obwohl er ganz genau wusste, wer die »junge Dame« war.

Währenddessen heftete seine Schwester ihren Blick an den riesigen blaugrün glitzernden Schmuckstein, der zwischen den üppigen Brüsten baumelte. Maja öffnete den Mund und holte Luft, doch Olga war schneller.

»Bin ich Großfürstin Olga Anuschka Jelisaweta Anastasia Viktoria Orlowa.«

Großfürstin! Herrschaftszeiten! Hochstapelei gehörte also auch zu Olgas zweifelhaften Talenten! Es wurde immer peinlicher. Maja wäre am liebsten im Erdboden versunken.

»Und ich bin der Kaiser von China«, murmelte Alexander von Maybach.

»Der Stein – der ist aber nicht echt, oder?«, fragte die Braut ohne jede Herablassung.

»Ist Naaachbildung von Orrrlow-Diamant. Ist berrrüühmteste Diamant von Welt!«

»Also genau das Richtige für eine Dame von Welt«, spottete der Bruder der Braut.

»Eine Nachbildung des Diamanten, den Gregor Graf Orlow, Generalfeldzeugmeister der zaristischen Armee, seiner heißblütigen Geliebten Katharina der Großen geschenkt hat. Die ihn wiederum in das Zepter der russischen Zaren einfügen ließ.« Sophie-Charlotte von Gernsheim nahm Haltung an, als müsse sie Olga den gebührenden Respekt erweisen. »Alle Achtung.«

»Ja, ist Historia«, bestätigte Olga stolz. »War Fürst Grigori Grigorjewitsch Orlow sehr, sehr schöne Mann. Hat Zarin Liebe machen mit schöne Grigori den ganzen Tag.«

»Und abends mit Beleuchtung«, ächzte Maja.

Ihr schwirrte der Kopf. Was war das hier? Eine Halluzination? Hatte sie aus Versehen einen Haschkeks von Willi erwischt und delirierte jetzt im Drogenrausch?

»Dann liegt die Schönheit ja in der Familie«, grinste Alexander von Maybach.

Was er damit meinte, konnte man unschwer erraten, da er damit beschäftigt war, den berrrüühmten Orrrlow-Diamanten auf Olgas umfangreichem Busen zu betrachten.

»Sie fragen sich sicherlich, warum ich mit der Geschichte des Fürsten Orlow vertraut bin«, richtete die Braut das Wort an Maja.

Nee, eigentlich nicht. Maja war komplett bedient. Dennoch brachte sie ein halbherziges »Allerdings« zuwege.

»Der europäische Hochadel ist im Grunde genommen eine einzige große Familie, die sich immer weiter verzweigt hat. Je weiter man sie zurückverfolgt, desto enger werden die Familienbande. Einer meiner Vorfahren war Graf Bobrinski. Er entstammte der Liaison des Grafen Orlow mit der Zarin, war also dessen illegitimer Sohn.«

»Das heißt«, ein leicht panischer Ton schlich sich in die Stimme Alexander von Maybachs, »wir sind entfernt mit dieser, dieser …«

»… verwandt, ja«, bestätigte seine Schwester.

»Sofern sie die Wahrheit sagt«, ergänzte er.

»Das müsste recherchiert werden. Ein Fall für einen Genealogen, würde ich sagen. Doch bevor nicht das Gegenteil bewiesen ist …«

Olga machte sich ganz gerade. Ihre Augen sprühten zornig, ihre grellrot geschminkten Lippen zitterten.

»Sag ich immer Wahrheit! Bin ich Großfürstin Orlowa!«

Hinter ihr entstand ein kleiner Tumult. Offenbar gab es einen weiteren Gast, der für Aufsehen sorgte. Maja spähte zwischen den gereckten Köpfen hindurch und entdeckte eine gertenschlanke ältere Dame in einem rot-weiß gepunkteten Sommerkleid, die halblaut mit dem Fahrer diskutierte. Sie schien ziemlich aufgebracht zu sein. Kopfschüttelnd wandte sie sich von ihm ab und bahnte sich durch die Umstehenden einen Weg zu dem Goldlamee-Ereignis.

»Olga. Was machst du hier?«, fragte sie ungewohnt streng.

»Oh, sie gehört quasi zur Familie«, frotzelte Alexander von Maybach, womit er sich einen strafenden Blick seiner Schwester einfing. »Und Sie sind …? Vermutlich auch ein Mitglied des russischen Hochadels?« Seine Stimme triefte vor Ironie. »Oder eine Vertreterin der baltischen Linie?«

»Das ist Tante Ruth aus Amalfi«, sagte Maja und kam sich ganz schön dämlich dabei vor.

Es war einfach zu blöd, in die Rolle des Party-Crashers gedrängt zu werden. Weder sie noch ihre Tante noch Olga hatten hier etwas zu suchen. Sie waren Fremdkörper, unerwünscht, fehl am Platz. Umso mehr erstaunte Maja, dass die Braut mit unnachahmlicher Grandezza ihre zarte Hand, an der ihr funkelnagelneuer Ehering blinkte, in Tante Ruths Richtung ausstreckte.

»Angenehm. Sophie-Charlotte Gernsheim.«

»Sehr unangenehm, Ruth Minnemann.«

Verspanntes Händeschütteln. Eine Pause entstand. Maja spürte den Drang, etwas zu sagen, irgendetwas, um diese absolut unterirdische Situation aufzulösen.

»Meine Tante ist nur gekommen, um mich abzuholen«, schwindelte sie. »Wir haben nämlich einen Termin.«

Sie hasste Alexander von Maybach dafür, wie unerträglich blasiert er den Mund verzog und an der Rose in seinem Knopfloch schnupperte.

»Huch, wie romantisch, ein Mädelsabend? Machen Sie sich gegenseitig die Haare, lackieren sich die Nägel und schauen eine Soap? Damit können wir selbstverständlich nicht konkurrieren.«

»Wer sind Sie denn?«, schnaubte Tante Ruth.

Maja bebte vor Zorn. Jetzt war das Maß voll. Nicht genug, dass er sie drangsalierte und mit süffisanten Bemerkungen zur Weißglut brachte, jetzt musste er sich unbedingt auch noch über Tante Ruth lustig machen! Sie konnte nicht anders, sie explodierte.

»Du willst wissen, wer das ist, liebe Tante Ruth? Das ist Doktor Alexander von Maybach, A-Vau-Em International Consulting and Project Managing Incorporated, der mir zwei Klagen an den Hals gehängt hat und es darauf anlegt, mich für alle Zeiten zu ruinieren.«

Eine weitere, sehr peinliche Pause entstand. Maja hatte laut und deutlich gesprochen, so dass jeder der Umstehenden ihre Worte hören konnte. Selbst dem Begriffsstutzigsten ging nun auf, dass die große Entschuldigungsarie dieses Herrn eine scheinheilige kleine Komödie gewesen war. Wie ein begossener Pudel stand Alexander von Maybach da, Sophie-Charlotte von Gernsheim schnappte nach Luft.

»Alex«, zischte sie. »Ich verlange eine Erklärung!«

Trotzig warf er den Kopf zurück und bleckte die Zähne.

»Sie ist unmöglich! Sie ist impertinent! Sie ist eine lausige Friseuse!«

»Friseurin!«, riefen Maja, Olga und Tante Ruth im Chor.

»Erstens ist das nicht wahr, zweitens nimmst du es zurück«, sagte Sophie-Charlotte von Gernsheim kalt. »Und zwar sofort.«

Er schwieg verstockt. Mit einer Hand zerquetschte er die rote Rose in seinem Knopfloch und ließ die Blütenblätter auf den Boden rieseln.

»Wir wollten sowieso gerade gehen.« Maja holte ihr Portemonnaie aus dem Rucksack. »Kommen wir zum Geschäftlichen. Wir hatten dreihundert Euro Honorar ausgemacht, also gebe ich Ihnen dreihundert zurück, Frau Fürstin.«

Entgeistert starrte die Braut die drei Hundert-Euro-Scheine an, die Maja ihr hinhielt. Sie sah aus, als stehe sie kurz vor einem Schreikrampf. Oder vor einer Ohnmacht. Oder Schlimmerem. Das Champagnerglas entglitt ihrer Hand und zerbarst auf den edlen Terrakottafliesen der Terrasse. In diesem Moment teilte sich die Gästeschar, und Freiherr von Besten hastete heran. Er war völlig außer Atem.

»Bitte vielmals um Verzeihung, ich hatte mit der Tischordnung des Dinners zu tun, hörte jedoch, dass es hier Komplikationen gibt.« Seine Augen wanderten zu den Scherben auf dem Boden, dann zur Braut und schließlich zu Olga. »Guten Abend. Meiner Erinnerung nach stehen Sie nicht auf der Gästeliste. Oder wie war noch der werte Name?«

Olga drückte die Brust raus und hob ihre Schultern an, so dass ein goldener Spaghettiträger herunterrutschte. Ihre Lippen formten ein O.

»Unwichtig, weil die junge Dame auf der Stelle dieses gastliche Haus verlassen wird«, kam Tante Ruth ihr zuvor, bevor sie etwas erwidern konnte. »Zusammen mit mir und meiner Nichte.«

Jetzt erst bemerkte Freiherr von Besten die Frau im gereiften Alter mit dem rot-weiß gepunkteten Kleid. Ein unmerklicher Ruck ging durch seinen hageren Körper, seine Lider verengten sich. Der Anflug eines Lächelns umspielte seine Mundwinkel und verebbte sofort wieder. Alles in allem ein Temperamentsausbruch für seine Verhältnisse.

Auch Tante Ruth war nicht ganz sie selbst. Noch nie hatte Maja sie so baff und gleichzeitig so weich und verletzlich gesehen. Unverwandt schauten die beiden einander an.

»Aha«, sagte Freiherr von Besten. Einfach nur »aha«.

»Ah – ja«, erwiderte Tante Ruth.

Zeitgleicher Ausfall des Sprachzentrums, dachte Maja, magnetischer Augenkontakt, was ist denn da los? Wenn sie es nicht mit zwei älteren Herrschaften zu tun gehabt hätte, wäre sie auf den Gedanken gekommen, dass sie Zeugin einer Liebe auf den ersten Blick wurde. Aber wer sagte eigentlich, dass man sich nicht auch jenseits des Renteneintrittsalters verlieben konnte?

Sophie-Charlotte von Gernsheim schien genug von diesem Zauber zu haben. Überhaupt wirkte sie auf einmal äußerst erschöpft.

»Dann geleiten Sie die drei Damen bitte hinaus, Freiherr von Besten. Danach kann das Dinner beginnen. Und suchen Sie bitte meinen Gatten.« Sie streifte Maja mit einem bedauernden Blick. »Das überzählige Geld können Sie mir überweisen, Frau Müller. Oder aber, das stelle ich Ihnen frei, wir betrachten es als Vorauszahlung für weitere Friseurbesuche. Denn eines muss ich gestehen – nur höchst ungern würde ich in Zukunft auf Ihre Künste verzichten.«

»Ha!«, rief ihr Bruder, der zwischendurch auffällig still geblieben war. »Auf so eine fällst du rein?«

Sie lächelte dünn.

»Dank Frau Müller und ihrer Entourage war dieser Aperitif ein einmaliges Erlebnis, das musst du zugeben.«

»Das kann man genauso gut von einem Auffahrunfall behaupten. Der ist auch ein einmaliges Erlebnis.«

»Hüte deine Zunge«, fuhr sie ihm über den Mund. »Ich dulde nicht länger, dass du den guten Namen unserer Familie beschmutzt.«

Maja spitzte die Ohren. Schon die ganze Zeit über schwante ihr, dass dieser honorige Herr Doktor von Flegel einigen Dreck am Stecken hatte und als schwarzes Schaf der Familie galt. Anders konnte sie sich nicht zusammenreimen, warum Sophie-Charlotte von Gernsheim auf einer öffentlichen Entschuldigung bestanden hatte. Leider kam es nicht zu einer eingehenderen Aufklärung. Freiherr von Besten umfasste ihren Unterarm, hob entschuldigend die Achseln und bugsierte sie sanft in Richtung Ausgang. Olgas Abgang war weniger geräuschlos. Maja hörte im Hinausgehen, wie sie mehrfach »Do swidanija!« juchzte. Man konnte davon ausgehen, dass sie diese Abschiedsformel mit Kusshänden und Hüftschwüngen begleitete.

Als sie alle vier vor dem Hotel standen, fuhr die Limousine vor, und der völlig zerknirschte Fahrer stieg aus.

»Sorry. War ein Fehler, oder?«

Niemand antwortete, weil er das Offensichtliche aussprach. Freiherr von Besten räusperte sich eine Weile, ohne jemanden anzusehen.

»Auch Fehler können Geschenke sein. Man muss sie nur auspacken.«

»Und wenn sie auch schief eingewickelt sein mögen, im Nachhinein erkennt man bisweilen, dass es Geschenke waren«, ergänzte Tante Ruth.

Wieder schauten die beiden einander an, und Maja bekam eine Gänsehaut. Die gleichen Lachfältchen um die Augen, die gleichen Ansichten über das Leben und seine schrägen Geschenke. Wenn das nicht nach einem Dream-Team aussah …

»Also, wir müssten dann mal los. Ich muss noch späte Gäste vom Bahnhof abholen«, sagte der Fahrer.

»Ich sitzen vorn, sitzen bei Olaf, erzählen von tolle Party«, jubilierte Olga, die offenbar überzeugt war, einen ungeheuer imposanten Eindruck hinterlassen zu haben.

Maja hatte nicht mehr die Kraft, sie über gewisse Unstimmigkeiten zu informieren. Wenn man so schmerzfrei wie Olga war, nützten die besten Erläuterungen nichts.

»Okay, die Fürstin nach vorn, das Gesinde nach hinten«, scherzte sie matt. »Komm, Tante Ruth, wir checken jetzt die Minibar in der Rückbank. Vielleicht ist ja außer Wasser auch ein anständiger Schluck zu trinken drin.«

Sie saßen längst im Wagen und fuhren die Allee entlang, als Tante Ruth immer noch aus dem rückwärtigen Fenster schaute.

»Er winkt. Ist das nicht süß?«

Das Wort »süß« wäre Maja niemals im Zusammenhang mit dem Freiherrn vom Feinsten eingefallen. Doch sie staunte nur und beließ es dabei.

»Was machen wir denn nun mit Olga?«, raunte sie.

»Die Zügel fester anziehen.« Tante Ruth strich mit der flachen Hand über den weichen schwarzen Ledersitz. »Sie ist wie ein Fohlen. Manchmal schlägt sie aus und vergaloppiert sich, aber je älter und erwachsener Pferde werden, desto klüger und sensibler werden sie in der Regel. In jungen Jahren brauchen sie halt Führung.«

Ob sie ihren eigenen Worten glaubte? Im Moment schien sie mehr mit anderen Dingen beschäftigt zu sein.

»Und die Geschichte mit dem russischen Adel?«, fragte Maja flüsternd. »Ist doch Humbug, oder? Klingt nach einer gewissen Realitätsverschiebung.«

»Die Realität ist eine Illusion, die durch einen Mangel an Phantasie hervorgerufen wird«, lächelte Tante Ruth. »Olga hat viel Phantasie. Vielleicht ein bisschen zu viel. Aber letztlich ist das doch ungeheuer komisch, findest du etwa nicht?«

»Saukomisch.«

Zeitgleich brachen sie in Lachen aus. Sie lachten, bis Maja Seitenstechen bekam und nur noch japsen konnte. Unter konvulsivischen Zuckungen beugte sie sich nach vorn zu Olaf, dem Fahrer.

»Hä-hätten Sie vie-hilleicht die Lie-hibenswürdigkeit, die Sehesam-öffne-dich-Ta-haste für die Getränke zu betätigen?«

»Aber gern doch.«

Die Klappe öffnete sich, und Maja durchforstete die Minibar nach einem Drink, der diesen Namen verdient hatte. Sie wählte ein Fläschchen Wodka und ein Tonic Water.

»Gläser finden Sie im Seitenfach«, ließ Olaf sich vernehmen, der alle Hände voll zu tun hatte, den Wagen zu steuern, auf den Verkehr zu achten, Getränkewünsche zu erfüllen und Olga zuzuhören, die ohne Punkt und Komma auf ihn einredete. Aufgekratzt berichtete sie von ihrer ruhmreichen Familiengeschichte, die durch die russische Revolution jäh beendet worden sei, von ihrem dereinstigen Aufstieg in höchste Kreise, von Champagner und einer formidablen Zukunft.

Im Handumdrehen mixte Maja zwei Wodka Tonic. Auch Tante Ruth schien etwas Starkes zu brauchen, denn sie machte keinerlei Einwände, obwohl sie selten Hochprozentiges trank. Schmunzelnd prosteten sie einander zu. Dann ließen sie sich in die lethargische Stimmung fallen, die sich auf längeren Autofahrten einstellte. Schläfrig lauschte Maja Olgas Geplapper. Erst als sie zwei Wodka Tonic intus und die Stadtgrenze erreicht hatten, wagte sie, ihre Tante auf die merkwürdigste Begegnung des Abends anzusprechen.

»Sag mal, kanntet ihr euch von irgendwoher? Du und der Freiherr?«

»Welcher Freiherr?«

»Lenk nicht ab. Du weißt genau, wen ich meine. Ihr seid ja mit euren Blicken förmlich ineinander abgestürzt.«

»Ach, Kind.« Verträumt wie ein Backfisch schaute Tante Ruth aus dem Fenster in die abendliche Dämmerung. »Das ist eine lange Geschichte. Wir haben uns wiedererkannt. Vielleicht aus einem früheren Leben …«

»Alles Buddha, oder was?«

Tante Ruth drehte ihr Gesicht Maja zu.

»Der olle Buddha ist nicht zu verachten. Hast du mal das Mantra ausprobiert?«

»Hab ich.« Maja musste kichern, als sie an ihre Verbeugungen im Park dachte. »War gar nicht mal so schlecht.«

»Buddhistische Gelassenheit werden wir gleich brauchen. Ich habe Willi gebeten, sich für uns bereitzuhalten.«

Majas Kichern erstarb. Wie ein Bumerang kehrten die mittäglichen Geschehnisse im Salon zurück – mit welcher Dreistigkeit er sich ihr widersetzt hatte, mit welcher Erbitterung seine Lehrerin über ihn gesprochen hatte. Willi brachte jeden gegen sich auf, und er schien es auch noch zu genießen. Nie hätte Maja gedacht, dass die Pubertät eine derartige Heimsuchung sein könnte. Dass sie überfordert war, lag auf der Hand, auch wenn sie es sich nur ungern eingestand. Sie wollte ihrem Sohn so gern eine gute Mutter sein, wollte ihn unterstützen und ihm zugleich liebevollen Rückhalt bieten – doch inzwischen war die Lage so verfahren, dass sie es kaum schaffte, ihn zu begrüßen, ohne sich schrecklich über ihn aufzuregen.

»Dem muss man mal kräftig die Ohren durchpusten«, grollte sie. »Mit Mantras und rosa Kaninchen kommen wir nicht weiter.«

»Hm.« Tante Ruth verlor sich in den Anblick von Olgas blondem Bienenkorbgebilde, das auf die Schulter des Fahrers gesunken war. »Was sagt eigentlich Robin dazu?«

Robin. Maja spürte einen nadelfeinen Stich in der Herzgegend.

»Der ist doch selbst noch in der Pubertät. Wenn er zu Hause ist, hängt er vor dem Computer rum, in seiner Freizeit hängt er mit Freunden ab, und woran sein Herz wirklich hängt, weiß ich manchmal nicht mehr.«

»Also hängt der Haussegen schief«, fasste Tante Ruth das Gesagte zusammen. »Er ist Web-Designer, richtig?«

Maja unterdrückte ein Gähnen. Es war ein langer Tag gewesen.

»Er bastelt Internet-Auftritte für Firmen, manchmal auch für Privatleute. Aber ich weiß nie, ob er arbeitet oder spielt.«

»Vielleicht gehört er zu den glücklichen Menschen, für die Arbeit und Spiel dasselbe ist?«

»Möglich.« Maja beugte sich wieder nach vorn und tippte Olaf auf die Schulter. »Bitte setzen Sie uns im Heckenweg fünfzehn ab. Ist nicht mehr weit.«

»Okey-dokey. Und entschuldigen Sie noch mal, dass ich Olga zur Hochzeit gefahren habe. Ich dachte … ich wollte …«

»Schon gut. Olgas Wirkung auf den männlichen Teil des Universums ist mir hinlänglich bekannt. Aber wenn sie Ihnen erzählt, dass sie Geld für eine Niere braucht, um ihrem Cousin in Odessa das Leben zu retten, würde ich vorsichtig sein.«

Seine Augen im Rückspiegel deuteten ein hilfloses Lächeln an. Dann schaute er zu dem aufgeplusterten Kopf auf seiner Schulter. Olga schnarchte leise. Ihre Glitzerspange war ein wenig verrutscht, der goldene Beutel klaffte auseinander und offenbarte seinen Inhalt – Haarspray, Bürsten und etwas, das wie Servietten aussah.

»Wie macht sie sich denn im Salon?«, fragte Tante Ruth.

»Abgesehen von notorischen Motivationstiefs ganz gut.« Maja gähnte wieder. »Sie hat heute einen Kinderschnitt hinbekommen, mehrere Damen weggeföhnt wie nix und versteht sich auf Maniküre. Mal sehen, wie es weitergeht.«

Der Wagen bog in den Heckenweg ein, und schon kam Majas Hexenhäuschen in Sicht. Tiefschwarz zeichnete sich das spitze Dach vor dem Dunkelblau des abendlichen Himmels ab. Für gewöhnlich war nicht viel los in dieser Straße. Es war eine ruhige, fast verschlafene Gegend, in der Maja wohnte, mit großen Gärten und wenigen Nachbarn, die ein unauffälliges Leben führten. Nun bot sich ein anderes Bild. Im Licht der Straßenlaternen sah zwar alles recht idyllisch aus, doch vor Majas Haus parkten zwei auffällige Autos, ein tiefergelegter Sportschlitten und ein protziger schwarzer Geländewagen. Daneben stand eine chromblitzende Harley-Davidson, deren ausladende Außenspiegel wie die Fühler eines riesenhaften Insekts wirkten. Was den Anblick beängstigend machte, waren die beiden ganz in Leder gekleideten, finster aussehenden Männer, die rauchend und mit Bierdosen in der Hand auf dem Gartenzaun saßen.

Maja sah sie. Tante Ruth sah sie. Olaf sah sie und bremste ab.

Niemand sagte einen Ton. Mit einem kleinen Seufzer wachte Olga auf, dehnte wie ein Kätzchen ihre Glieder und schaute nach vorn.

»Oh. Gibt noch eine Party?«

Stumm vor Schreck hielt sich Maja am Sitz fest. Wenn das Willis Freunde waren, hatte sie die Gefahr unterschätzt, trotz des Steins, der in ihre Küche geflogen war.

»Sind Sie sicher, dass Sie hier wohnen?«, fragte Olaf.

»Da ist Willi«, sagte Tante Ruth mit heiserer Stimme.

Auch Maja entdeckte ihn jetzt. Ein dritter, hünenhaft muskulöser Mann hatte ihn neben dem Gartenzaun in den Schwitzkasten genommen. Es war furchtbar, den schmächtigen, fast klapprigen Willi in der Gewalt dieses Muskelbergs zu sehen. Mit angstvoll verzerrtem Gesicht wand er sich im Griff des Hünen, dessen absurd aufgepumpte Arme ihn wie ein Schraubstock festhielten.

»Wir müssen die Polizei holen!« Olaf hatte bereits sein Smartphone in der Hand. »Ich rufe die eins eins null an.«

»Ja, tun Sie das!«, rief Maja. »Trotzdem, wir können doch nicht einfach zusehen und warten, bis die Polizei kommt! Wer weiß, was bis dahin passiert!«

Hilfesuchend schaute sie zu den Nachbarhäusern, doch niemand zeigte sich. Ob die lieben Nachbarn nichts bemerkt hatten oder sich wohlweislich im Hintergrund hielten, war schwer zu sagen. Wer legte sich schon mit solchen Typen an? Anschließend schaute sie zu ihrem eigenen Haus. In Robins Zimmer brannte Licht, was allerdings nicht viel besagte. Zerstreut, wie er nun mal war, vergaß er oft, vor dem Weggehen die Lampen auszuschalten.

Tante Ruth zitterte am ganzen Körper, dennoch hob sie energisch das Kinn.

»Ich steige aus. Ich rede mit denen.«

»Ich gehe mit.« Majas Herz klopfte zum Zerspringen. Sie achtete nicht darauf. Sie würde ihr Kind verteidigen, komme, was wolle. »Olaf, Sie bleiben mit Olga im Wagen.«

»Polizei ist unterwegs«, murmelte er, das Handy am Ohr.

»Armer Willi, sind böse Männer!«, heulte Olga los.

Mit weichen Knien stieg Maja aus dem Wagen. Im Lichtkegel der Straßenlaterne sah sie jetzt überdeutlich Willis totenblasses Gesicht. Er weinte nicht, aber Maja kannte ihren Sohn gut genug, um zu wissen, dass er Todesangst hatte. Gelangweilt sahen die Männer auf dem Zaun zu, wie er von ihrem Kompagnon gewürgt wurde. Schrecklich. Eine Hand legte sich um die Finger ihrer rechten Hand. Es war Tante Ruth. Gemeinsam gingen sie auf den Lichtkegel zu.

Von nahem sahen Willis Peiniger noch furchteinflößender aus. Alle drei hatten rasierte Glatzen, die mit skurrilen Tattoos übersät waren. Einer der Männer stellte einen Schlagring an der rechten Hand zur Schau, der zweite spielte mit einem Klappmesser, und der Mann, der den zappelnden Willi festhielt, trug ein Dolchtattoo und ein Halfter quer über der nackten Brust, zweifellos ein Pistolenhalfter. Majas Impuls, diesem Brutalo an die Gurgel zu gehen, wurde fast übermächtig. Doch Tante Ruths fester Händedruck bestärkte sie in dem einzig vernünftigen Vorsatz, es bei Worten zu belassen. Deeskalation, hatte sie mal gelesen, war das Zauberwort. Also ließ sie eine Hundertschaft rosa Kaninchen heranhoppeln, bevor sie zu sprechen begann.

»Einen schönen guten Abend, gibt es ein Problem?«

»Hau ab!«, lautete die bündige Antwort des Hünen.

Im Flüsterton besprachen sich die drei Männer. Maja meinte, einen osteuropäischen Akzent herauszuhören. In Willis Gesicht spielten sich Dramen ab. Schuldbewusstsein und Angst malten sich darin, und im selben Augenblick begriff Maja, dass er nicht nur Angst um sich selbst hatte. Eine Erkenntnis, die ihre weichen Knie endgültig in Pudding verwandelten. Dennoch sprach sie weiter.

»Sonderlich mutig ist es für drei gestandene Männer ja nicht, einen Halbwüchsigen in die Mangel zu nehmen.«

Einer der beiden Typen auf dem Zaun, er trug ein schwarzes Totenkopf-T-Shirt, eine dicke silberne Angeberkette mit Haifischzähnen und ein Schlangentattoo um den Hals, schnippte ihr seine Kippe vor die Füße.

»Sagt wer?«

»Maja-Maria Müller, Willis Mutter.«

»Scheiße, die abgewohnte Bitch ist deine Mutter?«, krakeelte der Hüne los. Er lachte gehässig und gab Willi mit dem Knie einen Stoß in den Rücken. »Da macht es ja gleich doppelt Spaß. Mördergeil.«

Aufstöhnend knickte Willi ein, sein Gesicht verzog sich vor Schmerzen. Eine überfallartige Wut presste Majas Kehle zusammen. Ihre Finger verkrallten sich in Tante Ruths Hand.

»Das ist nicht geil, das ist dusselig«, sagte Tante Ruth bewundernswert ruhig. »Mal ganz abgesehen davon, dass gleich die Polizei eintrifft – was wollen Sie mit einem halben Hemd wie Willi? Was hat er Ihnen getan?«

Der Mann im Totenkopf-T-Shirt ließ seine Fingerknöchel knacken.

»Er hat Schulden bei uns, der blöde Wichser.« Schwerfällig sprang er vom Zaun und näherte sich Maja. »Spuck die Kohle aus, Mami, bevor dein kleiner Bastard 'ne Herz-Lungen-Maschine braucht.«

Maja dachte an die Hundert-Euro-Scheine in ihrem Rucksack. Es wäre so leicht gewesen, sie diesen Kerlen zu geben. Aber was kam danach? Neue Geldforderungen? Neue Attacken auf Willi? Ganz bestimmt.

»Eine Frage.« Schützend schob sich Tante Ruth vor Maja. »Warum hat Willi Schulden bei Ihnen? Verraten Sie es mir.«

Unverständliche Flüche ausstoßend, sprang der zweite Mann vom Zaun und schritt auf die beiden Frauen zu, seine Fäuste drohend erhoben.

»Negativ. Das ist hier kein beschissenes Quiz, Oma. Rück die Kohle raus, sonst …«

Er beendete den Satz nicht, sondern nickte dem Hünen zu.

»Man muss den Quatsch quetschen, bis er quietscht!«, rief der muskelstarrende Mann lachend, legte seine Pranken enger um Willis dünnen Hals und drückte so fest zu, dass Willi gurgelnde Geräusche von sich gab.

Horror, reiner Horror. Verzweifelt lauschte Maja, ob Polizeisirenen zu hören waren. Nichts. Stattdessen wurde eine Wagentür zugeworfen. Sie fuhr herum. Auf ihren Glitzer-Highheels, mit wogendem Busen und wehendem Goldlameekleid kam Olga angestöckelt.

»Stopp!«, schrie sie wild gestikulierend. »Mne eto ne nrawitza!« Es folgte eine Schimpftirade auf Russisch, ein Stakkato knallender Konsonanten und Zischlaute, die wie Gewehrsalven klangen und von Olga mit unmissverständlichen Gesten unterstrichen wurden. Zum Schluss legte sie die flache Hand vor ihre Kehle und zog sie rasch seitlich weg. Diese Zeichensprache wurde auf der ganzen Welt verstanden.

Vollkommen perplex hatten die drei Männer ihr zugehört. Und dann geschah ein Wunder. Der Hüne gab Willi frei, schwang sich auf die Harley-Davidson und sauste mit knatterndem Motor davon. Die beiden anderen Männer stiegen wütend vor sich hin murmelnd in ihre Wagen. Wenige Sekunden später waren auch sie verschwunden. Übrig blieb nur Willi, der sich an die Kehle fasste, gegen den Zaun taumelte und ächzend zusammenbrach.

Kapitel 8

Es war geisterhaft still im Haus. Maja und Tante Ruth hatten Willi untergehakt und schleppten ihn durch den Flur ins Wohnzimmer, wo sie ihn vorsichtig auf ein gelb-weiß gestreiftes Biedermeiersofa lagerten. In dem hell gestrichenen Raum mit den Wurzelholz-Sideboards, den Jugendstil-Wandlampen und den in zarten Pastelltönen gemusterten Kelims wirkte er wie ein zerrupfter Außerirdischer. Seine zerschnippelte schwarze Jeans war völlig verdreckt, das T-Shirt mit dem kessen Aufdruck *Kritik zur Kenntnis genommen, Ignoriervorgang eingeleitet* am Hals eingerissen. Die Sache mit dem Ignorieren war gründlich danebengegangen. An Willis Unterlippe klebte Blut, ein Auge war zugeschwollen. Apathisch stierte er vor sich hin.

»Er steht unter Schock«, wisperte Tante Ruth. »Hier kann er liegen bleiben, bis der Krankenwagen kommt. Hoffentlich hat er keine inneren Verletzungen. Wo ist Olga?«

»Noch draußen. Sie spricht mit den Polizisten.« Trotz der dramatischen Lage zeigte Maja ein winziges Lächeln. »Sie war großartig. Und sehr mutig. Hast du eine Ahnung, wie sie die Typen vertrieben hat?«

»Nein, aber eins steht fest: Willis Schutzengel hat heute Abend Überstunden eingelegt.«

»Olga war sein Schutzengel, das weißt du so gut wie ich.« Maja atmete tief durch. »Ich habe sie falsch eingeschätzt, doch du lagst von Anfang an richtig – sie hat das Herz auf dem rechten Fleck.«

Tante Ruth lächelte nur fein. Es war nicht ihre Art aufzutrumpfen, wenn sie recht behielt. Sacht strich sie Willi über die Stirn. Er reagierte nicht, außer dass er zu zittern begann. Mit einem Finger zeigte er nach oben, zur Decke.

Jetzt erst gewahrte Maja ein Geräusch aus dem ersten Stock. Eisschauer krochen ihren Rücken entlang. Es konnte niemand da sein. Robins Wagen stand nicht vor der Tür. Falls er trotzdem zu Hause gewesen wäre, wären ihm die röhrenden Motoren der Angeberschlitten und das Knattern der Harley aufgefallen, und spätestens beim Schrillen der Polizeisirenen hätte er nachgesehen, was los ist.

»Hast du das auch gehört?«

Erschrocken nickte Tante Ruth. Mittlerweile sah man ihr deutlich an, wie sehr sie die Ereignisse mitnahmen. Über ihrer Nasenwurzel stand eine steile Falte, ihre Augen blinzelten müde.

»Du bleibst hier bei Willi«, ordnete Maja an. »Ich hole die Beamten, und dann schauen die nach, was da oben los ist.«

Sie streichelte Willis erschlaffte Hand und lief schnell aus dem Wohnzimmer, damit er ihre aufsteigenden Tränen nicht sah. Maja erstickte fast an Schuldgefühlen. Noch am Morgen hatte er ihr geschrieben: *Sorry, ohne kohle bin ich am a.* Wie sehr am A., hatte sie genauso unterschätzt wie die Qualitäten von Olga. Von der Sekunde an, als sie die grauenhaften Typen gesehen hatte, machte sie sich bittere Vorwürfe. Du hast Willi nicht zugehört. Du hast nicht genug mit ihm geredet. Du hast ihn im Stich gelassen. Jetzt ist es vielleicht schon zu spät.

Völlig aufgelöst wankte sie nach draußen. Olaf und seine Limousine waren weg. Dafür parkten auf der Straße gleich drei Streifenwagen mit blinkendem Blaulicht. Und jetzt waren sie auf einmal da, die Nachbarn. Sie bildeten einen Kreis mit den Schaulustigen, die bei derartigen Ereignissen wie von einem geheimen Duft angezogen herbeiströmten, und begafften Olga, die sechs Beamten in Uniform radebrechend Rede und Antwort stand. Alle hingen an ihren Lippen. Nun ja, nicht nur an ihren Lippen. Es war ja auch ein sensationeller Anblick, das musste selbst Maja zugeben, wie diese junge, blühende Frau im goldenen Kleid da stand, im Licht der Autoscheinwerfer, als sei sie ein Hollywoodstar.

»Bitte kommen Sie schnell!«, rief Maja. »Ich glaube, da ist jemand im ersten Stock.«

Nur ungern lösten sich die Beamten von Olgas Anblick. Dann ging alles ganz schnell. Mit gezückten Schlagstöcken und Pistolen stürmten sie das Haus, durchkämmten zunächst die Räume im Erdgeschoss und polterten anschließend die Treppe hoch. Maja hatte sich ihnen angeschlossen, in sicherem Abstand, vorsichtshalber. Wer konnte schon wissen, ob sich dort oben nicht vielleicht ein Komplize versteckte?

Eine Tür nach der anderen rissen die Beamten auf, sprangen in die Zimmer, schauten in jede Ecke, jeden Schrank. Sobald sie einen Raum leer vorfanden, schrien sie: »Gesichert!«, wie in einem Krimi. Schließlich war noch eine letzte Tür am Ende des Flurs übrig. Sie führte in Robins Zimmer. Wer verschanzte sich dort? Ein schwerbewaffneter Killer? Maja hielt den Atem an. Eine Schießerei in ihrem Haus, das ihre Zuflucht war, ihr Familiennest, ihr intimster Bereich, das war eine schockierende Vorstellung. Oder spielte ihr ihre Angst einen Streich? Sah sie Gespenster? Andererseits hatte auch Tante Ruth das Geräusch gehört.

»Rein da!«, kommandierte ein Polizist.

Die Tür flog auf, Holz splitterte, das Getrappel der schweren Polizeistiefel dröhnte in Majas Ohren.

»Hände auf den Rücken! Auf die Knie! Los, los!«, brüllten die Beamten.

Also doch. Jemand versteckte sich in ihrem Haus. Maja lehnte sich an die Wand des Flurs. Sie hatte einen bitteren Geschmack im Mund. Inständig hoffte sie, dass Willi nichts von dieser Entdeckung mitbekam. Er hatte schon genug durchstehen müssen, und wie sollte er sich denn jemals wieder geborgen fühlen in seinem

Zuhause, wenn ihm dort jederzeit einer dieser Verbrechertypen auflauern konnte?

Es wurde ruhiger in Robins Zimmer. Maja wagte einen Blick um die Ecke und schrie auf, aber nicht vor Entsetzen, sondern vor Ärger.

»Robin! Du bist da?«

Die Arme auf dem Rücken gefesselt, kniete er wie versteinert vor den Beamten, ein Headset auf den Ohren, dessen Kabel mit der Festplatte verbunden war. Auf seinem Computer lief »Call of Duty«, sein Lieblingsspiel. Blitzschnell erfasste Maja die Situation. Sie fragte nicht lange, sondern nahm ihm das Headset ab und schleuderte es auf den Boden.

»Du hast hier die ganze Zeit seelenruhig gespielt, während draußen vor dem Haus zwei Autos und ein Motorrad vorgefahren sind und Willi übelst verprügelt wurde? Wie krass ist das denn?«

»Sie kennen den Herrn?«, fragte einer der Polizisten verblüfft.

»Das ist …« Tja, wie sollte sie ihn nennen? Lebensgefährte? Partner? »… mein Freund.«

Langsam fand Robin seine Sprache wieder.

»Jetzt beruhig dich mal, ja? Was ist denn bitte schön falsch daran, wenn ich mir an einem Freitagabend ein Spiel reinziehe?«

»Donnerstag, Freitag, Samstag – egal«, rief Maja. »Du bist immer nur in deiner eigenen Spaßwelt und kümmerst dich um nichts! Null Verantwortungsgefühl, null Familiensinn! Willi hätte tot sein können, wenn wir nicht rechtzeitig da gewesen wären!«

Einer der Beamten nahm ihm die Handschellen ab. Er zwinkerte Robin solidarisch zu, als wolle er sagen: Ja, so sind sie, die Weiber, die haben immer was zu meckern. Vermutlich hatte er eine Frau zu Hause, die ihm täglich dasselbe vorwarf: Er habe kein Verantwortungsgefühl und keinen Familiensinn.

»Von welcher Familie sprichst du überhaupt?«, fragte Robin, während er aufstand und sich die schmerzenden Handgelenke rieb.

»Wir sind nicht verheiratet, und ich bin auch nicht Willis Vater. Was willst du eigentlich von mir?«

Liebe. Verlässlichkeit. Kontinuität. Vertrauen. Das Wir. Doch Maja schwieg. Ein Schluchzen staute sich in ihrer Kehle. Krampfhaft schluckte sie es hinunter. Es war schon irrwitzig genug, dass sie dieses Gespräch unter polizeilicher Aufsicht führten, da wollte sie nicht auch noch das unwürdige Schauspiel eines Tränenausbruchs bieten.

»Wir reden später. Ich geleite jetzt unsere Freunde und Helfer zur Tür.«

Das dümmliche Grinsen der Beamten sprach für sich. Maja konnte ihre Gedanken förmlich lesen: Falscher Alarm. Und dann noch ein Beziehungsstreit. Haha. Für so was haben wir also die große, filmreife Welle gemacht. Ganz schön peinlich, was?

»Haben Sie noch Fragen?«, erkundigte sie sich kühl, als sie die enge Treppe zum Erdgeschoss hinuntergingen.

»Nö, Olga hat uns schon alles erzählt«, erwiderte der Polizist direkt hinter ihr. »Sie konnte sich an jedes Detail erinnern, das erleben wir ganz selten. Nicht gerade aufs schöne Köpfchen gefallen, die junge Dame.«

»Bei so einer Knallerfrau wundert es mich nicht, dass die Kerle eifersüchtig auf Ihren Sohn waren und ihn vermöbelt haben«, übernahm ein anderer Polizist. »Für eine wie Olga würde sich mancher gern eine blutige Nase holen.«

»Moment mal.« Maja blieb auf der untersten Stufe stehen. Sie verstand gar nichts mehr. »Eifersüchtig?«

»Na, Ihr Sohn ist doch der Freund von Olga«, erläuterte der Beamte mit der mühsam gewahrten Geduld eines Lehrers, der eine begriffsstutzige Schülerin vor sich hatte. »Und dann kam Olgas Exfreund samt Verstärkung und hat ihm die Meinung gegeigt.«

»N-n-nein«, stotterte Maja. »Es war ganz anders!«

Der Mann zuckte mit den Schultern.

»Sie können ja morgen früh Ihre Aussage auf dem Revier machen. Wir müssen jetzt weiter, zum nächsten Einsatz, Einbruch in einem Juweliergeschäft am anderen Ende der Stadt. Wenn wir uns beeilen, erwischen wir die Täter vielleicht noch.«

Damit verabschiedeten sich die Hüter des Gesetzes. Alle sechs verließen das Haus, kurz darauf gellten die Sirenen der Polizeiwagen und wurden allmählich leiser. Aus dem Wohnzimmer hörte Maja Stimmen. Reichlich durcheinander schleppte sie sich in den Raum. Olga und Tante Ruth standen betreten neben dem Sofa. Inzwischen war der Krankenwagen eingetroffen, zwei Sanitäter in leuchtend roten Overalls beugten sich über Willi und tasteten ihn ab. Der ältere, ein untersetzter Herr mit Nickelbrille, machte ein besorgtes Gesicht.

»Mehrere Rippenfrakturen, Verdacht auf innere Blutungen. Wir müssen ihn mitnehmen, zum Röntgen.«

Ehe Maja etwas sagen oder fragen konnte, hoben sie ihn auch schon auf eine Rolltrage und schnallten ihn darauf fest.

»Ich komme mit!«, rief sie und schnappte sich ihren Rucksack.

»Wir kommen mit«, betonte Tante Ruth. »Auf keinen Fall lassen wir dich allein.«

»Aber wird dir das alles nicht zu viel?«

»Glaubst du im Ernst, ich gehe in meine Pension, lege mich ins Bett und lese seelenruhig ein gutes Buch, während du den emotionalen Ausnahmezustand durchmachst?«

Dankbar umarmte Maja ihre Tante. Robin war wirklich die absolute Fehlbesetzung, wenn man Unterstützung brauchte, dafür stand ihr jetzt Ruth bei. Robin, verdammt. Er hatte sich nicht einmal runterbequemt, sondern rumorte oben in seinem Zimmer herum. Gut, er war eingeschnappt, aber hätte ihn nicht interessieren müssen, wie es Willi ging? Konnte man so gleichgültig sein? Es ergab keinen Sinn, länger darüber nachzudenken. Maja hauchte

Willi einen Kuss auf die blasse Wange, dann wurde die Trage hinausgerollt.

»Arme Willi«, schniefte Olga. »Ist nette Junge.«

Gegen den Protest der Sanitäter, die auf irgendwelche Vorschriften pochten, bestiegen alle drei wenig später den Krankenwagen: Maja, Tante Ruth und Olga. Auf eine schmale Bank gequetscht, harrten sie neben Willi aus, dessen Teint im harten Licht des Krankenwagens einen kränklichen Grünstich annahm.

»Halte durch«, raunte Maja dicht an seinem Ohr. »Hab dich lieb, Willi.«

»Wir sind bei dir, alles wird gut«, fügte Tante Ruth hinzu und drückte seine Hand.

Olga tätschelte seine Wange, wobei ihre unzähligen Armreifen klapperten.

»Ja, alle gut, kriegen böse Männer auf die Nuss.«

»Sag mal, Olga«, Maja legte den Kopf schräg, »was hast du den Polizisten eigentlich für ein Zeug erzählt? Diese Eifersuchtsgeschichte, das ist doch Blödsinn?«

Etwas Spitzbübisches huschte über Olgas farbenfroh geschminktes Gesicht.

»Psst, erzählen später.« Verschwörerisch legte sie einen Finger auf die grellroten Lippen und deutete mit dem Kopf auf den Sanitäter, der Willi eine Infusion mit einem Beruhigungsmittel legte. »Ist Geheimnis, soll Geheimnis bleiben.«

Oh, oh, oh. Man musste nur eins und eins zusammenzählen. Willi war die halbe Nacht aufgeblieben und hatte deshalb verschlafen, Olga war erst um vier Uhr morgens nach Hause gekommen und zu spät im Salon erschienen.

»Das heißt, du bist mit Willi ...«, Majas Magen hob und senkte sich wie ein Schiff in Seenot, »ihr habt, ihr seid ... O Mann, ist mir schlecht.«

Es gab Dinge im Leben einer Mutter, die absolut heikel waren.

Dazu gehörte die Vorstellung, das entzückende kleine Baby, das man einst in den Armen gewiegt hatte, könnte erwachsen und Manns genug sein, eine Frau zu beglücken. Schon allein das war starker Tobak. Doch Willi und Olga? Eng umschlungen, knutschend oder sogar mehr? Majas Magen meldete Sturm.

»Du schlecht? Musst du essen was«, schnurrte Olga kehlig.

Sie öffnete ihren Beutel und kramte die Dose Haarspray, diverse Bürsten und eine Sammlung Puderdosen heraus, bevor sie Maja zwei kleine, in Papierservietten eingewickelte Päckchen reichte. Wie sich herausstellte, bestand der Inhalt aus exquisitem Blätterteiggebäck.

»Hast du die etwa bei dem Empfang mitgehen lassen?«, fragte Tante Ruth entrüstet.

»War ich Gast. War gemacht für Gäste. Hab ich genommen«, verteidigte sie sich.

Wann genau sie die Dinger eingesteckt hatte, hätte Maja brennend interessiert, wenn nicht ihr Hunger stärker als ihre Neugier gewesen wäre. Den ganzen Tag lang hatte sie so gut wie nichts gegessen. Mit geschlossenen Augen biss sie in eines der Gebäckstücke und genoss das feine Aroma von Räucherlachs, Frischkäse und Dill. Auch das zweite Gebäck wanderte in ihren Mund.

»Wollen mehr?«, fragte Olga triumphierend. »Habe viele. Nehme immer große Tasche mit bei Party.«

»Das ist unsere Olga«, seufzte Tante Ruth, und ihre Augen lachten.

Es war vollkommen verrückt, doch es endete damit, dass sie alle drei kauend neben dem schlafenden Willi saßen, sich an dem improvisierten Imbiss gütlich taten und danach verstohlen die Krümel einsammelten, die heruntergefallen waren. Was der Sanitäter von all dem hielt, gab er nicht preis, doch sein wiederholtes Räuspern ließ einige Schlüsse zu.

Während sich der Krankenwagen schaukelnd in eine Kurve legte, beobachtete Maja, wie Olga die Servietten zusammenfaltete und in ihrem Beutel verstaute. Auch wenn es nicht gerade die feine Art war, Fingerfood einzusacken, imponierte ihr Olgas ungerührter Pragmatismus. So schrill auch ihre Erscheinung wirkte, im Grunde war sie ein patentes Mädchen. Man spürte, dass sie gelernt hatte, sich durchzuboxen. Zum ersten Mal dachte Maja darüber nach, welche Schwierigkeiten Olga wohl schon hatte überwinden müssen. Odessa war sicherlich ein hartes Pflaster gewesen. Einfach hatte es Olga ganz bestimmt nicht gehabt.

»Sind gleich da«, verkündete der Sanitäter. »Wir bringen Ihren Sohn in die Notaufnahme. Dort können Sie die Formalitäten erledigen. Eine Krankenkassenkarte haben Sie dabei?«

Junger Mann, ich habe gerade ganz andere Sorgen, wäre die adäquate Antwort gewesen. Doch Maja beherrschte sich, sogar ohne extra rosa Kaninchen bemühen zu müssen. Sie brauchte jedes Fünkchen Energie, denn dass die Nacht lang werden würde, ahnte sie bereits.

Eine Viertelstunde später hockten sie auf Plastikstühlen im Flur vor der Notaufnahme und warteten. Weder der strenge Desinfektionsgeruch noch die Trostlosigkeit des grellbeleuchteten, mit grünem Linoleum ausgelegten Flurs konnten sie vertreiben. Ärzte mit wehenden Kitteln rauschten an ihnen vorbei, Krankenschwestern, die sich müde die Augen rieben, beäugten das bizarre Trio: eine zartgliedrige Frau in einem kobaltblauen Etuikleid, eine divenhafte Blondine in tief ausgeschnittener Goldlameerobe, eine gütig wirkende ältere Dame, die dazwischensaß und ihre Arme um die Schultern der beiden gelegt hatte.

»Warum dauert das so lange?«, stöhnte Maja nun schon zum dritten Mal.

Tröstend schlang Tante Ruth den Arm fester um die Schulter ihrer Nichte.

»Weil sich die Ärzte bestens um Willi kümmern.«

Olga, die seit Minuten mit ihrem Handy beschäftigt war, stand auf.

»Ich gehen suchen Automat für Kaffee.«

»Warte.« Maja erhaschte ihren Ellenbogen. Seit Olga die amourösen Andeutungen vom Stapel gelassen hatte, war das Bild von Olga und Willi als Doppelpack in ihrem Hinterkopf hängengeblieben. »Was genau wolltest du uns eigentlich sagen? Über dich und Willi?«

Lauernd sah Olga sich um, bevor sie sich wieder setzte.

»Habt ihr gesehen böse Männer vor Haus.« Sie dämpfte ihre Stimme. »War russische Mafia. Ich kennen genau, haben gesehen Tattoos.«

Jetzt fiel es Maja wieder ein. Alle drei Männer hatten rasierte Köpfe gehabt und skurrile Tätowierungen.

»Auf den Glatzen?«

»Ja. Und auf Finger. Hatten alle schwarze Ringtattoo. Bedeutet, in Gefängnis gewesen lange Zeit.«

»Der Mann, der Willi gewürgt hat, bei ihm habe ich einen Dolch erkannt«, erzählte Tante Ruth aufgeregt. »Die Spitze links auf der Schulter, der Griff rechts. Was bedeutet das?«

»Hat umgebracht Menschen. Jede Tropfen Blut an Dolch ist eine Mensch tot.«

Eine Weile saßen alle drei unbeweglich da und gedachten der Taten, die diese Männer bereits verübt hatten. Es war grausig. Plötzlich fiel Maja etwas ein. Wenn Tattoos eine solch kriminelle Bedeutung haben konnten, dann war auch Jeremys Kunde vom Vortag möglicherweise einer aus dieser zwielichtigen Abteilung gewesen.

»Und eine Schlange um den Hals? Was bedeutet das?«

»Hat zu tun mit Drogen.«

»O Gott.«

Für Maja brach eine Welt zusammen. So wie ihr Zuhause war

der Salon eine geschützte Zone, in der sie alles für ein harmonisches Miteinander tat. Und genau dort, in diesem warmen, sorgsam gepflegten Nest, hatte sich jemand aus dem Drogenmilieu die Haare schneiden lassen? Konnte das Zufall gewesen sein? Oder war es dabei schon um Willi gegangen?

»Aber das passt doch alles nicht zusammen«, meldete Tante Ruth Zweifel an. »Dass Willi Ärger mit diesen schrecklichen Drogenleuten hat, wissen wir. Aber wieso sind sie eifersüchtig auf ihn? Weil ihr beide was miteinander habt? Ihr kennt euch doch erst seit gestern.«

Ein keckerndes Lachen hallte durch den Flur. Olga gluckste und kicherte wie über den besten Witz aller Zeiten.

»Aber nein, nein, nein. Ist nur Märchen, habe ich erzählt Polizei. Ich denen nix sagen von russische Mafia. Zu gefährlich. Müssen wir selbst kämpfen. Wenn wir Polizei sagen und Mafia hört davon, dann ...«

Wieder vollführte sie mit der flachen Hand die tödliche Geste vor der Kehle.

Ein Rollstuhl wurde vorbeigeschoben, irgendwo tickte eine Uhr, in Majas Kopf überschlugen sich die Gedanken und purzelten wild durcheinander. Willi und Olga haben nichts miteinander. Gut. Die russische Mafia ist hinter Willi her. Ganz schlecht. Olga will das Problem auf eigene Faust lösen, weil es uns allen sonst an den Kragen geht. Beängstigend. Obwohl Maja keinen blassen Schimmer hatte, ob Olgas Strategie der reine Wahnsinn oder die Lösung aller Probleme war, bewunderte sie die Geistesgegenwart, mit der sie die Polizisten beschwindelt hatte. Auch wenn sie so aussah, als ob sie sich nur für Haarspray und Make-up begeistern könnte, verfügte sie über eine bemerkenswerte Klugheit, das musste man ihr lassen.

»Olga, mein Schatz, ich hoffe, du weißt, was du tust«, flüsterte Tante Ruth.

»Weiß ich ganz genau«, versicherte sie.

»Und wie hast du die Typen in die Flucht geschlagen?«, wollte Maja wissen. »Was hast du denen gesagt?«

Ein Schatten legte sich auf Olgas Gesicht. Trotz des Puders sah man, wie ihre Haut grau wurde. Nachdem sie jeden ihrer Fingernägel einzeln betrachtet hatte, spitzte sie die Lippen und pfiff leise vor sich hin.

»Olga?«, insistierte Tante Ruth.

Mit hängendem Kopf schaute sie zu Boden. Mit dem Absatz eines ihrer Glitzerpumps bohrte sie an einer schadhaften Stelle im Linoleum herum.

»Ist lange Geschichte. Kenne ich Leute in Odessa, mächtige Leute. Haben viele Menschen Angst vor diese Leute.«

Vertrauenerweckend klang das nicht gerade. Eher nach einer dunklen Vergangenheit. Musste man sich Sorgen um Olga machen?

»Frau Müller?« Ein junger Arzt eilte heran, in einem bemerkenswert gutsitzenden weißen Kittel. »Ihr Sohn hat keine ernsthaften Verletzungen. Der Verdacht auf einen Riss der Milz hat sich nicht bestätigt. Zwei Rippen und das linke Schlüsselbein sind angebrochen, aber bei entsprechender Schonung wird alles schnell abheilen. Wir behalten ihn noch ein, zwei Tage zur Beobachtung hier, dann können Sie ihn mitnehmen.«

Das alles sagte er mit jener ausdruckslosen, routinierten Hast eines Mannes, der sich an bangende, betende und angstvoll hoffende Angehörige gewöhnt hatte und großen Emotionen keinen besonderen Wert mehr zumaß. Er wollte schon wieder gehen, doch Maja hielt ihn an einem Zipfel seines Kittels fest.

»Dürfen wir zu ihm?«

Der Arzt machte ein Gesicht, als hätte sie ihn gebeten, ihr eine Luxussuite in der Klinik zu spendieren.

»Wenn Sie darauf bestehen …«, antwortete er gedehnt.

Tante Ruth hatte sich bereits erhoben. Ihr Lächeln wirkte wie in Granit gemeißelt.

»Und ob wir darauf bestehen.«

»Sonst wir hier gehen nie wieder weg«, bekräftigte Olga ihre Entschlossenheit.

»Was durchaus ein Gewinn für dieses Krankenhaus wäre«, grinste der Arzt und versenkte seinen Blick in Olgas Dekolleté.

»Los jetzt«, raunzte Maja ihn an. Langsam ging ihr die Geduld aus. Nervös strich sie sich durchs Haar. »Auf welcher Station liegt er denn?«

»Station drei.«

Er marschierte schon los, und die drei Frauen folgten ihm in einträchtigem Schweigen. Es gibt nichts Deprimierenderes als ein nächtliches Krankenhaus, dachte Maja, als sie die langen Flure durchwanderten. Hinter jeder Tür Patienten, die mit ihrer Krankheit ringen, hinter jeder Tür andere Schicksale und die Einsamkeit der Nacht. Wenigstens konnte sie Willi einen Gutenachtkuss geben.

Endlich öffnete der Arzt die richtige Tür. In dem schummrig beleuchteten Raum standen vier Betten nebeneinander aufgereiht. Sie mussten sich an einem röchelnden älteren Herrn, einem fidelen jungen Mann mit Gipsbein und dudelndem Nintendo sowie an einem schnarchenden Mann unbestimmbaren Alters vorbeischieben, bis sie Willis Bett erreichten. Auf dem weißen Kissen wirkte sein Gesicht noch schmaler und käsiger als sonst. Sein linkes Auge verschwand völlig unter einem riesigen Veilchen, das rechte öffnete sich. Matt hob er eine Hand.

»Hi, Leute.«

Im Stillen war Maja erleichtert, dass er wach war, obwohl er sicher dringend Schlaf brauchte. Auch sein träges Grinsen, mit dem er die Situation überspielte, freute sie über die Maßen. Ohne Rücksicht darauf, dass er sich mütterliche Zärtlichkeiten schon lange verbeten hatte, setzte sie sich auf die Bettkante und nahm seinen Kopf in die Hände, bevor sie ihn auf die Stirn küsste.

»Hey, ich hab einen Kuss bei Olga bestellt, nicht bei dir«, protestierte er.

»Wie bitte?«

Sein Grinsen wurde breiter.

»Ach, stimmt ja, du lachst schon seit den neunziger Jahren nicht mehr.«

»Willi, mein Lieber, deine Mutter hat heute einiges durchgemacht«, sagte Tante Ruth mit einem leichten Tadel in der Stimme. »Liegt es im messbaren Bereich deiner Möglichkeiten, ein bisschen netter zu ihr zu sein?«

»Da muss ich erst mal 'ne Nacht drüber feiern.«

Maja richtete sich auf, doch ihre Hand ließ sie auf der Bettdecke liegen. Darunter spürte sie Willis mageren kleinen Körper. Für seine sechzehn war er nicht sonderlich groß, und kräftig war er nie gewesen. In dem Krankenhausbett sah er fast kindlich aus. Ihr Sohn. Ihr Baby.

»Willi, Willi, immer eine freche Klappe.«

»Schon gut, lass ihn nur«, beschwichtigte sie Tante Ruth. »Meinem Eindruck nach ist sein Gehirn unversehrt, und das sollten wir als Glück im Unglück betrachten.«

Bislang hatte Olga sich zurückgehalten. Nun trat auch sie an das Krankenbett und betrachtete Willi mit einer gewissen Scheu.

»Hallo, große Mann. Alles ooookidoooki?«

Lässig hob er einen Daumen.

»Hast du Wodka dabei? Wir müssen uns ja nicht gleich abfackeln, nur vorglühen.«

»Pass mal auf, Willi.« Maja suchte seine Hand. »Coole Sprüche sind in Ordnung. Aber nur, solange es bei Sprüchen bleibt. Schule schwänzen, schlechter Umgang, Alkohol, Gras – das hört ab sofort auf. Ich möchte nicht, dass du als Irrläufer endest.«

»Wer sich verirrt, hat mehr vom Weg«, konterte er schlagfertig.

Als Erste fing Tante Ruth an zu lachen. Dann zuckte es um Majas Mundwinkel, und binnen Sekunden lachten sie alle vier. Nicht weil Willi etwas umwerfend Lustiges gesagt hätte, sondern weil sie wie erlöst waren, dass er ohne größere Blessuren davongekommen war.

»Wir lassen dich jetzt schlafen«, signalisierte Tante Ruth das bevorstehende Ende des Besuchs. »Morgen bringe ich dir etwas Leckeres zu essen vorbei. Schreib mir einfach eine Nachricht, worauf du Lust hast.«

»Ein doppelter Cheeseburger wäre genial. Oder zwei.«

»Hach, wie schön, dass du wieder isst«, seufzte Maja.

In dieser Hinsicht unterschied sie sich nicht von anderen Müttern – solange die Kinder zulangten, waren sie glücklich. Leider war Willi immer ein Suppenkasper gewesen, dem man schon die Fischstäbchen einzeln in den Sandkasten bringen musste, damit er überhaupt mal etwas aß. In den letzten Monaten hatte Maja ihren Sohn zu wenig mehr als Cornflakes und Keksen überreden können, umso mehr freute sie sich über seinen Appetit auf »etwas Richtiges«. Auch wenn Ernährungsfachleute einen doppelten Cheeseburger kaum als etwas Richtiges bezeichnet hätten.

Nachdem sie sich von Willi verabschiedet hatten, schlichen sie leise, um die schlafenden Mitpatienten nicht aufzuschrecken, zurück auf den Flur, wo sie einander umarmten. Seltsam, innerhalb eines Tages war aus ihnen eine festverschworene Notgemeinschaft geworden.

»Ich rufe Robin an, der kann uns abholen und euch nach Hause bringen«, schlug Maja vor. »Zu Fuß ist es zu weit, ein Taxi ist zu teuer.«

Sie wollte seine Nummer im Speicher anwählen, als sie die Nachricht sah. Eine ungewöhnlich lange Nachricht. Sie kam von Robin.

Hey, Süße, ich hab meinen Krempel gepackt und bin dann mal raus. Sorry, aber ich fürchte, ich kann deine Erwartungen nicht erfüllen. Du klammerst zu sehr, und Familie ist auch nicht so mein Ding. Ab heute wohne ich bei einem Kumpel. Wir bleiben in Kontakt. XXX, Robin

Kapitel 9

Ein herrlicher Duft nach frischem Kaffee weckte Maja. Was für ein Ereignis! Seit wann hatte sie das nicht mehr erlebt? Reflexhaft tastete sie das Laken neben sich ab und suchte Robin oder wenigstens die Wärme, die sein Körper hinterlassen hatte. Das Laken neben ihr war kalt. Schlaftrunken setzte sie sich auf. Und dann traf sie mit voller Wucht die Gewissheit, dass er weg war. Womöglich für immer.

Lautlos begann sie zu weinen. Wieder ein Mann, der sich auf und davon machte. Wieder eine Trennung. Es war, als habe sie sich in einem Liebeslabyrinth verlaufen und finde nicht mehr hinaus. Oder gab es noch Hoffnung? Ob er seinen Entschluss schon bereute? Sie um Verzeihung bat? Fröstelnd angelte sie sich das Handy vom Nachtschrank. Eine neue Nachricht war eingetroffen. *Die Schwachköpfe wecken einen hier um halb sechs! Crazy! Sonst alles cool. W*

Also ging es Willi gut, Gott sei Dank. Es beruhigte Maja, dass er in der Klinik lag, unerreichbar für irgendwelche Mafiosi. Ebenso beruhigend war der Gedanke, dass sie dank Olga bald mehr Zeit für ihn haben würde. Früher hatten sie oft zusammen Spaghetti gekocht, einen Film angeschaut oder Radtouren unternommen, gemeinsame Aktivitäten, die in der Alltagshektik auf der Strecke geblieben waren. Auch mit Robin hatte sie immer weniger unternommen. Zuletzt hatte es kein Wir mehr gegeben, wenn sie ehrlich war. Nur ein Nebeneinander.

In Ermangelung neuer Nachrichten von Robin las sie seine nächtlichen Zeilen noch einmal. *Wir bleiben in Kontakt*, hatte der

Meister der Unverbindlichkeit geschrieben. In Kontakt, was hieß das denn schon? Ein Smiley hier, ein Weihnachtsgruß dort?

Der Kaffeeduft wurde stärker. Schlagartig fiel Maja nun auch wieder ein, dass sie nicht allein im Haus war. Es war eine spontane Entscheidung gewesen und sicherlich keine Dauerlösung. Nachdem sie in Trauer erstarrt noch auf dem Krankenhausflur von der Trennung berichtet hatte, war Tante Ruth nicht davon abzubringen gewesen, ein Taxi zu bestellen und zu dritt ins Hexenhäuschen zu fahren. Genug Platz gab es ja. Olga war todmüde in Willis Bett gesunken, Tante Ruth hatte Robins Zimmer bezogen. Binnen einer Nacht hatte sich eine Menge geändert.

»Guten Morgen, mein Kind.« Mit ihrem sonnigsten Lächeln schob Tante Ruth die Schlafzimmertür auf. In ihren Händen trug sie ein Tablett, auf dem eine Kaffeetasse, ein Teller Kekse und eine kleine Kristallvase mit einer Rose standen. »Bitte sehr, ein doppelter Espresso für meine persönliche Heldin des Alltags.«

Maja wischte sich verstohlen die Tränen von den Wangen.

»Ach, lass mal stecken. So heldenhaft komme ich mir nicht vor. Eher kläglich.«

Vorsichtig stellte Tante Ruth das Tablett auf den Nachtschrank.

»Weil Robin dich verlassen hat?«

»Soll ich etwa hurra schreien? Ist das auch wieder so ein Mist-Geschenk, das sich später in was Tolles verwandelt? In einen Prinzen inklusive Traumschloss vielleicht?«

»Meine Fähigkeiten als Orakel sind begrenzt«, schmunzelte Tante Ruth und strich Willis uralten, mit Monstern bedruckten Pyjama glatt, in dem sie wie ein Schuljunge aussah. »Jeder will unbedingt erfahren, was in der Zukunft geschehen wird. Dabei ist die Zukunft eine folgerichtige Verlängerung der Gegenwart. Mit anderen Worten: Jeder baut sich seine Zukunft selbst. Also tue oder denke jeden Tag etwas, wofür sich deine Zukunft bedanken wird.«

»Für das Wort zum Sonntag bist du zu früh dran, heute ist erst Samstag«, grummelte Maja. Ihren Espresso schlürfend, sah sie Tante Ruth zu, die mit einem Ruck die Vorhänge öffnete. Helles Sonnenlicht erfüllte den Raum und beschien die Schaufensterpuppe, deren Gesicht von Majas blauem Kleid verhüllt wurde. Sie hatte das Kleid in der vorherigen Nacht einfach darübergeworfen und sich in das verwaiste Bett geflüchtet, ein schönes, weiches, breites Doppelbett, in das Robin wahrscheinlich nicht zurückkehren würde, es sei denn für ein erotisches Gastspiel.

»Du willst nicht über Robin reden, oder?«, fragte Tante Ruth leise.

»Dafür ist mein Koffeinpegel noch nicht hoch genug.«

Es klopfte, und ein blondes Gewusel erschien an der Tür. Olga trug blau-weiß gestreifte Boxershorts und ein T-Shirt, beides aus Willis Fundus. *Halt mal kurz die Welt an, ich will aussteigen* stand auf dem T-Shirt gedruckt. Typisch Willi. Maja vermisste ihn mehr, als sie erwartet hatte. »Oh, hier laufen Pyjamaparty?«, fragte Olga.

»Gute Idee.« Einladend klopfte Maja auf den leeren Platz neben sich. »Holt euch einen Kaffee und kommt zu mir ins Bett. Dann können wir noch eine Runde ablästern, bevor der Salon ruft.«

Es fühlte sich ein bisschen nach Klassenfahrt an, als sie alle drei mit ihren Kaffeetassen im Bett hockten, verschlafen und verquollen, wie sie waren, ohne die üblichen kleinen Schönheitsrituale vollzogen zu haben, die man in Gegenwart eines Mannes für nötig hielt. Es war ungeheuer entspannend. Richtig zu Hause ist man nur dort, wo man nicht den Bauch einziehen muss, hatte Maja mal irgendwo gehört. Jetzt verstand sie den Spruch. Und Olga sah ungeschminkt sowieso viel hübscher aus als unter ihrer Kriegsbemalung, womit sich Majas These von der natürlichen Schönheit einmal mehr bewahrheitete. Olga benahm sich auch natürlicher. Ohne jegliches gestelztes Gehabe schwatzte und lachte sie, wie es für eine Siebzehnjährige normal war.

Was für ein friedlicher, unbeschwerter Moment. Für einen Augenblick konnten sie sogar die beängstigenden Geschehnisse des vergangenen Abends beiseiteschieben, eingesponnen in einen wärmenden, tröstlichen Kokon, wie ihn nur Frauenfreundschaften erzeugten.

Topthema war der Aperitif im Romantikhotel Lindenhöhe. Es gab genau drei Versionen, die hintereinander erzählt wurden. Aber was hieß schon hintereinander. Lachend fielen sie sich gegenseitig ins Wort, und jede schmückte die Geschichten mit amüsanten Details aus, die die anderen nicht wahrgenommen hatten.

Olga übertraf Maja und Tante Ruth bei weitem durch ihre scharfsinnigen Beobachtungen. Sie hatte die Gabe, andere Leute perfekt nachzumachen, wenn auch mit starkem Akzent. Affektiert hob sie die Augenbrauen wie Alexander von Maybach, scheinbar einer Ohnmacht nahe, imitierte sie das erschöpfte Lächeln seiner Schwester. Aber ihr Glanzstück war Freiherr von Besten. Seinen distinguierten Gesichtsausdruck beherrschte sie so perfekt, dass Maja und Tante Ruth Tränen lachten.

»Ist gemutlich, Majas Schlafzimmer«, sagte Olga vergnügt.

Tante Ruth sah aus dem Fenster, vor dem ein Apfelbaum mit noch winzigen grünen Früchten stand.

»Gemütlich, ja.«

Maja war bewusst, dass die Parodie des Freiherrn nicht nur heitere Gefühle in ihr geweckt hatte. So interessant war der Apfelbaum nun auch wieder nicht, dass man ihn derart intensiv anstarren musste. Sie stupste Tante Ruth zart an.

»Und, möchtest du ihn wiedersehen?«

Zerstreut drehte Tante Ruth eine ihrer grauweißen Strähnen um einen Finger, und Maja nahm sich vor, es bei ihr mit einem modischen Pixieschnitt zu probieren. Ihre Tante hatte ein schmales Gesicht und eine klare, hohe Stirn, die man durch solch einen Schnitt betonen konnte. Außerdem lag etwas Lausbübisches in ihren Zügen, ein gewisser Schalk, zu dem ein jungenhafter Look bestens passte. Allerdings wirkte sie jetzt eher nachdenklich.

»Freiherr von Besten? Ich bin nicht sicher. Wir leben zwar im selben Universum, aber in unterschiedlichen Sonnensystemen.«

»Ist das nicht immer so? Sind Männer und Frauen nicht Bewohner absolut verschiedener Systeme und finden trotzdem manchmal zueinander?«, philosophierte Maja. »Man kann halt nicht verschmelzen. Aber manchmal kann man sich berühren.«

Sie staunte selbst über das, was sie gerade gesagt hatte. Bei Robin hatte sie nämlich etwas anderes erhofft: einen Gleichklang. Wenn sie nur lange genug unter einem Dach wohnten, so ihre Annahme, werde man sich auf irgendeine osmotische Weise angleichen. Leider hatte es nicht funktioniert. Noch nie hatte es mit irgendeinem Mann funktioniert. Bestand das wahre Geheimnis etwa darin, dass man eben nicht verschmolz, sondern die Unterschiede aushielt?

»Komische Gespräch«, beschwerte sich Olga. »Ich nicht verstehen. Liebe kommt wie Blitz und wieder geht weg. Na und?«

»Dann hast du noch keinen richtigen Donner erlebt«, erwiderte Maja düster.

»Neben mäßigem Alkoholkonsum ist Liebe die einzige gesellschaftlich akzeptierte Form von Wahnsinn«, bemerkte Tante Ruth. »Aber man muss aufpassen, wenn es zu Ende geht, denn …«

Maja schätzte Tante Ruths Weisheiten, doch sie wollte jetzt nicht an Robin denken, weil sie sonst in Tränen zerflossen wäre.

»Entschuldigung, Tante Ruth, wir müssen aufstehen. Olga und ich sollten heute pünktlich im Salon sein, samstags ist immer die Hölle los.«

Innerhalb der nächsten zwei Stunden machte Maja die Erfahrung, dass drei Frauen, die sich ein Badezimmer teilten, ein gewisses logistisches Problem darstellten. Jedenfalls dann, wenn man sich noch Hoffnungen auf ein ausgedehntes gemeinsames Frühstück machte. Tante Ruth badete morgens, was mit Badewassereinlassen und -auslassen plus Eincremen und allem Übrigen eine halbe Stunde in Anspruch nahm. Maja selbst duschte zwar nur schnell, widmete aber ihrer Frisur besondere Aufmerksamkeit, da sie dringend eine Haarkur brauchte und die Stirnfransen nachschneiden musste. Den Vogel schoss Olga ab. Endlos hörte man das Rauschen der Dusche, anschließend wurde das Radio im Badezimmer auf volle Lautstärke gedreht, eine nervenzerfetzende, nicht enden wollende Explosion überdrehter Technoklänge. Um viertel vor neun hämmerte Maja an die Badezimmertür.

»Olga, was machst du da drin?«

Die Musik brach ab, die Tür öffnete sich. Ein Handtuch um den kurvenreichen Körper geschlungen, clipte Olga ein Schleifchen auf ihre aufwändig gelockte Mähne, die bereits mit einigem gespickt war, was sie im Badezimmer hatte finden können – diverse goldene Haarspangen und ein blütenverzierter Kamm zum Beispiel.

»Ich machen schön für Salon«, antwortete sie unbefangen.

»Häng noch ein paar Kugeln dran, und du kannst einen Weihnachtsbasar eröffnen. Also echt, Olga. Weniger ist mehr. Noch nie gehört?«

Statt beleidigt zu sein, verzog sie ihre bereits um diese Uhrzeit dunkelrot geschminkten Lippen zu einem strahlenden Lächeln.

»Sagen wir in meine Heimat immer: Zu viel ist nicht genug.«

»Uff. Kleiner Tipp: Mehr ist nicht mehr.«

War es anmaßend, sich über Olgas Odessa-goes-Las-Vegas-Geschmack aufzuregen? War es überheblich? Für Maja, die es schlicht mochte, bedeutete Olgas Aufmachung eine harte Toleranzprüfung. Am Nachmittag, nach Ladenschluss, würde sie ihr ein Umstyling nahelegen. Doch jetzt hieß es, sich zu beeilen.

»Drück auf die Tube, Olga. Wir müssen los.«

»Und Frühstück? Brauche ich Eier und Wurst und Käse und viele, viele Brot!«

»Tut mir leid, vielleicht später. Nimm dir was anzuziehen aus meinem Kleiderschrank, in fünf Minuten sehe ich dich unten.«

Fünf Minuten später stand eine heftig schmollende Olga vor dem Haus. Sie hatte sich einen Jeansrock ausgesucht, der plötzlich auffällig kurz aussah. Dazu hatte sie eines von Majas buntgemusterten Vintage-Seidentüchern so raffiniert über Kreuz umgebunden, dass es zu einem bauchfreien Top mutiert war, aus dem der Spitzenrand ihres schwarzen BHs herausschaute.

»Habe ich geguckt deine Kleiderschrank, habe ich bekommen Depression«, stöhnte sie.

Maja besah sich den Jeansrock näher. Der Saum wirkte nicht ganz gerade und eigentümlich fransig.

»Hast du den Rock etwa abgeschnitten? O mein Gott, du hast ihn einfach abgeschnitten!«

»Mit Nagelschere«, bestätigte Olga. »Wo deine Auto?«

Im besonnten, leicht verwilderten Vorgarten flogen zwitschernd Vögel vorbei, eine Maus huschte unter den Zaun, rosa Kaninchen waren nicht in Sicht. Maja schloss die Augen. Okay. Stell's dir vor. Ein süßes rosa Kaninchen mit lieben Augen und zitternden Barthaaren.

»Wir fahren mit dem Rad. Du kannst Willis Mountainbike nehmen, es lehnt direkt hinter dir an der Veranda.«

Olga schaute erst das Mountainbike, dann ihre Glitzer-Highheels an und sagte nichts. Ihre herabgezogenen Mundwinkel sprachen Bände. Seit wann mussten Barbies Fahrrad fahren? Seit wann zwang man Prinzessinnen zu körperlichen Ertüchtigungen, wenn sie doch eine prächtig geschmückte Kutsche erwarten durften?

In diesem Moment kam Tante Ruth aus dem Haus gelaufen, in einem verwaschenen grauen Jogginganzug von Willi. Fröhlich schwenkte sie eine Papiertüte.

»Hier, Kinder, ich habe euch ein paar Brote gemacht!«

»Vielen Dank, Tante Ruth. Bis später. Und appi, Olga!«, brummte Maja.

Sie saß schon auf ihrem Rad und fuhr einfach los. In Jeans, weißem T-Shirt und weißen Sneakers, so wie immer, sportlich, praktisch, dezent. Nach ein paar Metern schaute sie über die Schulter nach hinten. Olga schob das Mountainbike. Aber wie sie es schob! Mit wiegenden Hüften, die lockige Mähne schüttelnd, stöckelte sie in ihrem selbstgebastelten offenherzigen Outfit die Straße entlang. Der Nachbar von gegenüber, ein stets neugieriger Rentner, stand plötzlich am Zaun.

»Ja, du schaffst es, Olga!«, feuerte er sie an.

Wie aus dem Nichts kam jetzt auch der Nachbar von rechts in seinen Vorgarten gelaufen.

»Morgen, Olga! Klasse siehst du aus!«

So ging es weiter. Einer nach dem anderen kamen – ausschließlich männliche – Nachbarn aus ihren Häusern und begrüßten die neue Bewohnerin des Heckenwegs mit einer Überschwänglichkeit, als habe sich eine gefeierte Operndiva dazu herabgelassen, auf einer Müllkippe die Parade ihrer Fans abzunehmen.

Maja trat in die Pedale. Wieder was gelernt. Erstens: Nach nicht einmal einem Tag im Heckenweg fünfzehn kannten alle Nachbarn Olga mit Namen. Zweitens: Guter Geschmack war für Männer in etwa so wichtig wie Beziehungsgespräche und romantische Liebesfilme. Nämlich gar nicht.

Gut zehn Minuten stramme Fahrt brauchte Maja, bis sie ziemlich außer Atem ihr Rad an den Laternenmast vor dem Salon *Haare gut, alles gut* ankettete. In der kleinen Geschäftsstraße pulsierte bereits das pralle Leben. Mütter schoben ihre Kinderwagen über das Trottoir, ältere Leute mit Einkaufstaschen strebten in die Bäckerei drei Häuser weiter, zwei Kinder mit Coladosen in der Hand rannten vorbei. Nebenan stand Bernd vor seinem Kiosk, heute in einer blauen Cordhose und einem braunen XXL-T-Shirt. Grüßend hob er seine qualmende Zigarre. Gegenüber schaute Helena aus dem Fenster und winkte Maja zu. Sie bot samstags eine Notfallsprechstunde an und wartete auf Schmerzpatienten.

Auch Jeremy war schon da. Soeben schloss er die Tür zum Salon auf. Zu seinen hautengen schwarzen Lederleggins hatte er ein blaugrün geblümtes Hemd angezogen, das ihm ausgesprochen gut stand.

»Hallo, Schatz«, begrüßte er Maja. Dann runzelte er die Stirn. »Hey, stimmt was nicht?«

Seufzend nahm sie die Papiertüte aus dem Drahtkorb, der vorn am Lenker hing, und lief zu ihm. Zu ihrem Fels in der Brandung.

»Robin hat mich verlassen, die Russenmafia hat Willi zusammengeschlagen. Vom Alptraum Alexander von Maybach fange ich besser gar nicht erst an.«

Betroffen nahm Jeremy sie in die Arme.

»Meine Kleine, das ist ja grauenhaft. Du musst mir alles genau erzählen! Ist Willi okay? Bist du okay?«

Maja ließ ihren Kopf auf seine Schulter sinken.

»Willi geht es schon etwas besser. Und ich … na ja, man sagt zwar, die Zeit heilt alle Wunden, aber das mit Robin tut aktuell einfach weh. Die Welt ist voller glücklicher Paare, nur ich stehe mal wieder auf dem Schlauch.«

Beruhigend klopfte er ihr auf den Rücken und machte sich dann von ihr los, um sie anzuschauen. In seinen Augen stand ehrliche Anteilnahme.

»Willkommen im Club der einsamen Herzen. Glaub mir, passende Paare ertrage ich nur noch in Form von Schuhen. Und nein, die Zeit heilt keine Wunden, man gewöhnt sich nur an den Schmerz. Da bin ich leider Experte.« Er zögerte. »Gibt es eine andere Frau?«

Die Frage aller Fragen bei jeder Trennung.

»Keine Ahnung. Aber was würdest du sagen, wenn dein Lover mitten in der Nacht«, Maja malte mit den Fingern Gänsefüßchen in die Luft, »noch was zu erledigen hat?«

»Komm erst mal rein.«

Jeremy ging in den Salon vor, knipste den alten Kronleuchter an und legte eine CD ein, Dean Martin, extra für Maja. »It's Easy To Remember And So Hard To Forget« – es ist leicht, sich zu erinnern, aber so schwer zu vergessen, behauptete die seidenweiche Stimme des Sängers. Auch Jeremy mochte Dean Martin, und er summte ein wenig mit, bevor er den Gesprächsfaden wiederaufnahm.

»Dummerweise ist häufig jemand Drittes im Spiel, wenn eine Liebe zu Ende geht. Weißt du was? Eine Beziehung ist wie eine Blumenwiese. Sie blüht und grünt, sie duftet und gedeiht, bis irgendeine blöde Kuh kommt und alles zertrampelt.« Er lachte verschmitzt. »Oder ein Stier.«

Dean Martins Gesang wurde auf einmal vom Gebimmel der Eingangstür übertönt. Im Laufschritt kam ein Postbote herein.

»Guten Morgen, Einschreiben für Maja-Maria Müller.« Hechelnd hielt er ihr ein Formular vor die Nase. »Hier unterschreiben, bitte.«

Während Maja ihre Unterschrift auf das Schriftstück setzte, las Jeremy den Absender auf dem großen weißen Umschlag vor.

»Kanzlei Doktor Roland Wallmann et al., Attorney at Law, LL. M., M. C. L. International. Dein Rechtsverdreher?«

Maja schüttelte den Kopf.

»Sehe ich aus wie jemand, der einen international tätigen Anwalt hat? Dahinter steckt dieser unausstehliche Maybach.« Sie ließ den Umschlag ungeöffnet unter dem Tresen mit der Kasse verschwinden. »Zwei Klagen will er mir anhängen, und ich möchte gar nicht wissen, was da Schreckliches drinsteht. Den Schock hebe ich mir für morgen auf, sonst stehe ich diesen Tag nicht durch.«

Nachdem der Postbote gegangen war, stellte sie die Kaffeemaschine in der Teeküche an und ließ zwei doppelte Espresso in ihre roten Lieblingstassen mit dem Aufdruck *Bitte nicht ansprechen* laufen. Alexander von Maybach verliert keine Zeit, dachte sie erbittert. Was für ein elender Prozesshansel.

Mit den beiden Tassen kehrte sie zurück zu Jeremy, und sie setzten sich auf die beiden Friseurstühle. Es war ihr morgendliches Ritual, bei einem Kaffee die Ruhe vor dem Sturm zu genießen.

»Eine Frage, Jeremy. Dieser junge Mann gestern mit dem Schlangentattoo, kanntest du den?«

Über den Rand seiner dampfenden Tasse hinweg sah er sie neugierig an.

»Nein, wieso? Hast du Interesse? Soll ich dir seine Handynummer besorgen? So ein lecker Kerlchen ist bestimmt der ideale Zwischenmann, bis was Vernünftiges auftaucht.«

»O nein, nein.«

In aller Kürze erzählte Maja von den drei tätowierten Mafiosi und wie sie Willi krankenhausreif geschlagen hatten. Auch von Olgas mutigem Einschreiten gegen Willis Peiniger berichtete sie.

»Donnerwetter«, staunte Jeremy, »einem Mädel, das mehr Make-up als Klamotten trägt, hätte ich das gar nicht zugetraut! Wo ist sie eigentlich?«

»Unterwegs, kann dauern.«

»Aber sag mal – Russenmafia? Hier bei uns in der Stadt?«

Ein mehrfaches lautes Hupen ließ die beiden aufhorchen. Durch die ebenerdigen Scheiben des Salons erspähten sie ein silberfarbenes offenes Luxuscabrio, das direkt davor hielt. Auf dem Rücksitz thronte Willis Mountainbike. Auf dem Beifahrersitz saß Olga, die mit einer Hand die Hupe betätigte, mit der anderen Kusshände in ihre Richtung warf. Und hinter dem Steuer … Ach nee. Maja sprang auf.

»Verflixt! Manche Leute nerven ja schon durch die bloße Tatsache, dass sie existieren. Aber dass diese Landplage die Stirn hat, hier aufzukreuzen, geht entschieden zu weit!«

Die Hände in die Hüften gestemmt, beobachtete sie, wie Alexander von Maybach das Mountainbike vom Rücksitz wuchtete und auf die Straße stellte. Er trug edlen Freizeitlook, eine sandfarbene Baumwollhose und ein rotes Designer-Polohemd. So sahen Leute aus, die samstags nicht arbeiten mussten. Jetzt half er Olga auch noch aus dem Wagen, wobei ihr improvisiertes Top ihm tiefe Einblicke gewährte.

Wie eine Königin ließ sie sich zum Eingang des Salons führen und hielt ihrem Kavalier huldvoll die Hand hin. Als sei es das Normalste der Welt, hauchte er einen Kuss darauf. Jetzt reichte es aber. Aufgebracht lief Maja quer durch den Salon und riss die Tür auf.

»Was ist hier los?«

»Hat mich nette Mann mitgenommen«, flötete Olga.

»Haben Sie gehört, Frau Müller?«, lächelte Alexander von Maybach maliziös. »Ich bin ein netter Mann.«

»Und das sagen Sie mir warum genau?«

»Weil ich ein wahrheitsliebender Mensch bin?«

Da war es wieder, dieses Flirren und Flirten, das sie fast um den Verstand brachte, obwohl sich alles in ihr dagegen sträubte, diesen Mann attraktiv zu finden. Es war ein permanentes Kräftemessen mit ihm und ein Spiel, das ihr gleichzeitig gefiel und sie maßlos ärgerte.

Auch Jeremy kam jetzt an die Tür. Demonstrativ legte er einen Arm um Majas Schulter, und sofort fühlte sie sich etwas stärker. Einer wie Jeremy ließ sich nicht vor den Karren fahren. Er war ein Sensibelchen, konnte jedoch austeilen, wenn nötig.

»Wissen Sie, warum das Wort Kotzbrocken nicht auf Sie zutrifft?«, fragte er.

»Äh – nein? Verraten Sie's mir?«

»Weil Sie gar nicht nach einem Brocken aussehen.«

Das Lächeln verschwand schneller aus Alexander von Maybachs Gesicht, als man bis zwei zählen konnte.

»Was machen Sie eigentlich hier?«, erkundigte sich Maja. »Ihre Frisur trockenlaufen?«

»Olga herbringen«, antwortete er mit schmalen Lippen. »Ich sah sie am Straßenrand und konnte sie unmöglich so weitergehen lassen auf ihren hohen Schühchen. Nun, wie Ihnen bekannt sein dürfte, ist sie äußerst amüsant. Im Gegensatz zu Ihnen, meine Liebe. Auf der Fahrt hat sie mir einige interessante Einblicke in Ihr Leben gegeben.«

Oha. Maja überlegte noch angstvoll, was das für Einblicke gewesen sein könnten, als Jeremy wieder das Wort ergriff.

»Wischiwaschi Whirlpool. Achten Sie nicht weiter auf Olga. Seit ihrer Hirnamputation arbeiten wir noch an der richtigen Dosierung der Medikamente.«

»Jeremy!« Maja funkelte ihn ärgerlich an. »Olga gehört jetzt zur Familie.«

»Sie ist launisch, sie ist unmöglich angezogen, sie ist vulgär.«

»Ich sagte doch – sie gehört zur Familie.«

»Zu meiner Familie, schon vergessen?« Alexander von Maybach verneigte sich, und es war schwer zu sagen, ob er das ironisch oder ernst meinte. »Großfürstin Olga, es war mir ein Vergnügen. Leider erwartet man mich auf dem Golfplatz.« Danach wandte er sich an Maja. »Ich freue mich, dass Sie mir derart aufrichtige, herzenswarme Gefühle entgegenbringen. Ich spüre es ganz deutlich – das wird noch was mit uns.«

Frechheit. Maja kochte innerlich. Sie hatte jetzt genug von diesem Spielchen, doch wenn er es so wollte, konnte er es so haben.

»Eines muss ich allerdings anmerken, verehrter Herr von Maybach: Unsere Kinder werden teuer – bei dem Vater. Verhaltenstherapie, Antiaggressionstraining, Nachhilfeunterricht in Umgangsformen und sozialer Kompetenz, da müssen Sie tief in die Tasche greifen.«

Sekundenlang starrte er sie mit offenem Mund an. Kurz fürchtete Maja, er könnte tätlich werden. Eine Ader pulsierte auf seiner Stirn, sein Gesicht lief wie schon bei der Strähnchenkatastrophe erst dunkelrot, dann violett an, unruhig knetete er seine Hände. Doch was auch immer Alexander von Maybach auf der Zunge lag, es kam nicht mehr dazu, dass er es loswurde. Denn nun marschierte Frau Kampeter auf, in einem beigefarbenen Kostüm und trotz des schönen Wetters mit einem Regenschirm bewaffnet.

»Sie? Was haben Sie hier zu suchen?« Mit der Schirmspitze stach sie in Alexander von Maybachs Richtung, so dass er zwei Schritte zurückwich. »Fräulein Maja hat Sorgen genug. Sie ist sehr fleißig, müssen Sie wissen, sie ist alleinstehend, außerdem ist ihr Sohn auch noch mit Dro…«

»Frau Kampeter, bitte«, krächzte Maja.

Und schon wieder war sie in eine peinliche Situation geraten. Es hörte einfach nicht auf. Sobald dieser vermaledeite Schnösel auftauchte, kam sie in die Bredouille. Noch schrecklicher war das Herzklopfen, das er in ihr auslöste. Verdammt.

»Was ist denn hier los?« Auch Bernd hatte inzwischen mitbekommen, dass es eine der unvergesslichen Szenen im Salon *Haare gut, alles gut* mitzuerleben galt. Schnaufend kam er auf seinen Adiletten angeschlurft und streifte Alexander von Maybach mit einem bösen Blick. »Ach der. Also, wenn der noch mal was gegen meine Olga sagt, dann wird der mich kennenlernen, jawohl!«

»Jawohl!«, echote Frau Kampeter, ihren Schirm drohend erhoben.

»Danke, ich verzichte auf die nähere Bekanntschaft«, zischte Alexander von Maybach.

Umgehend trat er den Rückzug an, sehr aufrecht, sehr kontrolliert, sehr verstimmt. Während er den Motor anließ, sah er starr geradeaus. Mit einem Kavalierstart, der einen vorbeiflitzenden Radfahrer um ein Haar das Leben gekostet hätte, brauste er davon. Alle sahen ihm hinterher, bis er um die nächste Ecke gebogen war. Maja fand als Erste ihre Sprache wieder.

»Lasst uns reingehen. Ich glaube, da sitzt schon jemand in der Warteecke. Die gute Nachricht ist: Schlimmer kann der Tag nicht werden. Mit diesem Maybach haben wir unser Quantum Ärger voll.«

»Ist nette Mann«, beharrte Olga trotzig, was Jeremy zu der Bemerkung veranlasste, Leute mit zu wenig Ahnung hätten immer zu viel Meinung.

»Kein böses Wort mehr über Olga«, warnte Maja ihn.

Er zuckte mit den Schultern.

»Dann muss sie aber abliefern. Okay, Olga, könntest du heute mal bitte ein bisschen Anwesenheit ausstrahlen?«

»Ja, ich arbeiten volle Kraft! Du sagen, ich machen.«

Natürlich kamen Bernd und Frau Kampeter mit in den Salon. Schließlich mussten solche Vorfälle noch einmal ausführlich diskutiert und bewertet werden, sonst würde das Ganze ja keinen Spaß machen. Als alle drinnen waren, stellte Maja fest, dass sich tatsächlich jemand unbemerkt in die Warteecke geschlichen hatte. Eine Frau mit einer grauen Helmfrisur.

»Ach du liebes bisschen«, entfuhr es ihr.

Frau Hase-Johannsen erhob sich. Eigenartigerweise wirkte sie gar nicht mehr so grantig wie am Tag zuvor. Bestimmt meint sie es gut mit Willi, schoss es Maja durch den Kopf, sonst wäre sie nicht wiedergekommen. Wahrscheinlich ist sie eine hochengagierte, aber gestresste Lehrerin, die den ganzen lieben Tag lang mit pubertierenden Ekelpaketen zu tun hat und nun auch noch einen echten Problemfall lösen muss. Da kann man schon mal kratzbürstig rüberkommen.

»Bevor Sie etwas sagen – ich möchte mich für gestern entschuldigen«, erklärte sie kleinlaut. »Wir hatten einen Fehlstart, oder?«

»Wer deutlich spricht, riskiert, verstanden zu werden«, erwiderte Frau Hase-Johannsen.

»Wollen wir noch mal von vorn anfangen? Und dann über alles reden? Über Willi, über seinen versäumten Unterricht und alles?«

»Ich, na ja … hm«, Frau Hase-Johannsen räusperte sich, »ich komme eigentlich wegen der Farbe. Dieses nussige Braun mit den hellen Highlights, wie sähe das denn ungefähr aus?«

Maja war platt. Alles hatte sie erwartet, aber nicht, dass diese gestrenge Dame einen einzigen Gedanken an ihre Haare verschwendete. Sie warf einen Blick in die Warteecke, die sich nun stetig füllte. Es waren fast ausschließlich Stammkundinnen, die wochenendfein geföhnt werden wollten.

»Gut sähe das aus. Leider haben Sie keinen Termin, und wir sind ausgebucht. Hm. Ich schaue mal, ob ich Sie gleich irgendwie dazwischenschieben kann.«

»Vielen Dank.« Frau Hase-Johannsen öffnete den obersten Knopf ihrer weißen Bluse, die sie zu einem karierten Faltenrock trug. »Und Willi? Wie geht es ihm?«

Unschlüssig, ob und inwieweit sie die Lehrerin in die neuesten Entwicklungen einweihen sollte, spielte Maja mit einer Haarbürste. So freundlich die Atmosphäre auch war, man musste ja nicht gleich mit der Tür ins Haus fallen und Dinge ausplaudern, die eventuell gegen Willi verwendet wurden. Sobald die Polizei ins Spiel kam, würde es für ihn brenzlig werden. Maja hatte nicht vergessen, dass Frau Hase-Johannsen eine mögliche Heimunterbringung angedeutet hatte. Sie wagte gar nicht, sich vorzustellen, wie es ihrem eigenbrötlerischen, sehr speziellen und nicht gerade durchsetzungsstarken Sohn in solch einem Heim ergehen würde.

»Ist Willi Krankenhaus mit Rippe kaputt und Auge blau!«, platzte

Olga heraus. »Böse Männer von russische Mafia hauen. Aber ich wissen, wie Mafia ticken. Muss machen so.«

Sie rundete ihre Worte ab, indem sie die flache Hand dicht vor ihrer Kehle von links nach rechts zog, und Frau Hase-Johannsen sah plötzlich sehr aufgeregt aus.

Kapitel 10

Einfach tun wie Tulpe und weitermachen, als wäre nichts gewesen, lautete jetzt die Devise. Für ein cleveres Krisenmanagement fehlte die Zeit. Maja komplimentierte die sichtlich aufgewühlte Lehrerin zurück in die Warteecke. Es war Samstag, der Salon quoll über vor Kunden, und jeder wollte ihn in optischer Bestform verlassen. Zum Glück waren Maja und Jeremy ein eingespieltes Team. Sie shampoonierten und föhnten im Akkord, verstäubten Wolken von Haarspray, hatten für jede Kundin, jeden Kunden ein Ohr und für jedes Haarproblem eine Lösung.

Schweigend ging Olga ihnen zur Hand. Ohne jeden Kommentar kehrte sie abgeschnittene Haare zusammen, entsorgte sie, servierte Kaffee, frottierte nasse Köpfe. Sie macht sich prima, dachte Maja. Gut, dass wir sie haben. Wenn sie nur nicht so unbedarft wäre, frei von der Leber weg alles auszuposaunen! Von Zeit zu Zeit schaute sie in die Warteecke, wo Frau Hase-Johannsen nur widerwillig Platz genommen hatte und ungeduldig in einer Zeitschrift blätterte.

»Meinst du, Willis Lehrerin geht zur Polizei?«, wisperte sie Jeremy zu, der diverse Rundbürsten in das lange kastanienfarbene Haar einer jungen Frau gedreht hatte und den heißen Föhn darüber schwenkte.

»Weiß nicht. Hoffen wir, dass sie Olga für eine folkloristische Dekoration hält. Andererseits«, er zeigte auf seine Kehrseite, wo sich die hautenge Lederhose über den Po spannte, »jeder weiß: Kinder, Betrunkene und Leggins sprechen die Wahrheit.«

»Kurze Röcke auch. Stell dir vor, Olga hat meinen Jeansrock mit der Nagelschere gekürzt, damit ihre körperlichen Vorzüge besser zur Geltung kommen.«

»Das ist kein Körper, das ist eine erotische Nutzfläche«, raunte Jeremy. »Wie war noch dein Integrationskonzept? Wolltest du ihr nicht angemessene Kleidung verpassen?«

»Olga würde sogar aus einem Kartoffelsack ein sexy Outfit zaubern. Apropos: Was macht eigentlich dein Liebesleben? Hast du was Schönes fürs Wochenende vor? Ein Date vielleicht?«

Mit routinierten Bewegungen holte Jeremy die Rundbürsten aus dem Haar seiner Kundin und formte mit ein wenig Haarwachs weich fallende Wellen.

»Mein Erotikplan fürs Wochenende besteht darin, in allen erdenklichen Stellungen auszuschlafen. Aber morgen Nachmittag haben wir die Friseurmeisterschaft, nicht vergessen, Maja. So, fertig. Wer ist als Nächstes dran?«

»Sei so lieb, und wasch schon mal Willis Lehrerin die Haare. Bitte die Kopfmassage nicht vergessen, das wird sie etwas lockern. Berührungen sind wichtig. Olga und ich machen derweil eine kleine Pause und futtern Tante Ruths Stullen.«

Sie gab Olga ein Zeichen. Gemeinsam gingen sie in die Teeküche, wo sie sich im Stehen über die Brote hermachten. Tante Ruth hatte sie mit Ei, Schinken und Salzgürkchen belegt, es schmeckte köstlich.

»Haben ich gesagt Falsche?«, fragte Olga kauend.

Maja klaubte sich einen Krümel aus dem Mundwinkel.

»Das Problem ist, dass du überhaupt etwas gesagt hast. Mit Willis Lehrerin ist nicht zu spaßen. Gestern hat sie durchblicken lassen, dass sie mir Willi wegnehmen und in ein Heim verfrachten könnte.«

»In eine Heim?« Voller Entsetzen riss Olga die Augen auf. Etwas Panisches trat in ihren Blick. »Nein, keine Heim! Nein, nein!«

Die Verve, mit der sie es sagte, irritierte Maja. Forschend sah sie

Olga an. Ein Verdacht keimte in ihr auf, und ihr Herz krampfte sich zusammen.

»Du warst selbst in einem Heim, stimmt's? Damals, in Odessa?«

Olgas Unterlippe begann zu zittern. Maja sah, dass sie verzweifelt mit den Tränen kämpfte. Und dann ging ihr plötzlich ein Licht nach dem anderen auf. Hinter der dick aufgetragenen Schminke verbarg sich eine junge, verletzliche Frau, die eine furchtbar schwere Kindheit durchgemacht hatte, unter Bedingungen, die man sich nicht hart genug vorstellen konnte.

»Komm her«, flüsterte sie.

Sie breitete die Arme aus, und Olga warf sich aufschluchzend hinein. Es schockierte Maja, wie viel unterdrückter Kummer jetzt ein Ventil fand. Olga konnte gar nicht mehr aufhören zu weinen. Es war, als hätten sich alle Schleusen geöffnet, und alle bösen Erinnerungen kämen mit den Tränen wieder hoch, frühe Verletzungen, Ängste, Demütigungen. Zart drückte Maja sie an sich. Im Grunde habe ich es von Anfang an gespürt, ohne es mir bewusstzumachen, überlegte sie. Vielleicht habe ich Olga deshalb so einiges durchgehen lassen. Auch die lebenskluge Tante Ruth musste es geahnt haben. Einmal mehr bewunderte Maja ihre Tante dafür, welch untrügliches Gespür sie für die menschliche Seele hatte und wie beherzt sie die gute Fee spielte.

»Oh, störe ich?« Jeremy hatte die Tür zur Teeküche aufgestoßen und verharrte verdutzt auf der Schwelle. »Wollte nur Bescheid geben, dass Frau Hase-Dingsda zur weiteren Verarztung bereit ist.«

»Komme gleich«, nickte Maja ihm zu. Vorsichtig strich sie Olga eine blonde Locke aus der Stirn. »Besser?«

»Haben die Kinder geschlagen jede Tag«, wimmerte Olga fast unhörbar. »Und geben nie genug Essen. Immer hungrig in Bett.«

Maja fielen die Blätterteiggebäckstücke ein, die Olga bei der Hochzeitsparty hatte mitgehen lassen. Jetzt verstand sie alles. Wer so aufgewachsen war wie Olga, würde immer hungrig bleiben und alles Essbare horten, was er in die Finger bekam.

»Es ist vorbei«, sagte sie sanft. »Alles kommt wieder ins Lot. Du hast jetzt eine Familie, und das wird auch so bleiben.«

Tränenblind sah Olga zu ihr auf.

»Familie.« Das Wort schien sie zu faszinieren. »Familie, ich mir immer haben gewünscht.«

»Na ja, ist nicht gerade die Traumfamilie«, bekannte Maja. »Eine hektische alleinerziehende Mutter, ein widerspenstiger, kiffender Sohn, dann und wann ein Teilzeitlover, mehr kann ich nicht bieten.«

»Hast du wundervolle Familie, und hast du Tante Ruth«, schniefte Olga.

»Ja, jeder sollte eine Tante Ruth haben.« Geheimnisvoll lächelnd holte Maja den zerknitterten Zettel aus ihrer Jeanstasche. »Jetzt bauen wir dich mal ein bisschen auf. Sprich mir die folgenden Sätze nach. Frag nicht, warum, tu es einfach, und nach jedem Satz verbeugen wir uns.«

Erwartungsvoll schaute Olga auf den Zettel.

»Also los«, ermunterte Maja sie. »Das ist Tante Ruths Notfalltrick. *Möge ich in meinem Herzen wohnen.*« Sie verbeugte sich, und Olga tat es ihr murmelnd nach. »*Möge ich sicher und geborgen sein.*«

Erneut verbeugten sie sich, die Tür ging wieder auf, und Jeremy blieb wie angewurzelt stehen.

»Irre. Komplett plemplem. Seid ihr einer Sekte beigetreten?«

»Gib uns noch eine Sekunde, Jeremy, ja?«

Er verschwand, nicht ohne sich mehrmals mit dem Zeigefinger an die Stirn zu tippen.

»*Möge ich Heilung und Frieden finden*«, machte Maja weiter. »*Möge ich glücklich sein.*«

»Glücklich sein«, wiederholte Olga ergriffen die letzten Worte.

»Genau. Glücklich.« Maja riss ein Stück Küchenkrepp von der Rolle. »So, jetzt wische ich dir die Tränen ab, und dann rocken wir die Bude, ja?«

Olgas Augen leuchteten. Sie hob das Kinn, ein entschlossener Ausdruck trat in ihr verweintes Gesicht, während Maja ihre Wangen abtupfte.

»Ja! Ich geben alles!«

Als sie wieder nach vorn in den Salon gingen, durchströmte Maja ein warmes, erhebendes Gefühl. Sie kam nicht gleich darauf, was es war. Erst als sie Jeremy milde lächeln sah, fiel es ihr ein. Das Gespräch in der Teeküche. *Oder steckt mehr dahinter?*, hatte er gefragt. *So was wie – Olga, die Tochter die du nie hattest?* Ja, es waren mütterliche Gefühle, die sie für Olga empfand. Die gleichen nachsichtigen Gefühle, die sie mit Willi verbanden. Nun hatte sie also zwei Teenagerkinder, die eine wohldosierte Prise Strenge, jede Menge pädagogischen Einfallsreichtum und viel Zuwendung brauchten. Es gab einfachere Herausforderungen, zum Beispiel einen Jumbo-Jet zu landen oder ein Kernkraftwerk zu beaufsichtigen. Hurra.

Auch Olga schien verändert und zugleich voller Tatendrang. Sie nahm sich nicht einmal die Zeit, ihre Wimpern neu zu tuschen. Während sie ohne weitere Anweisungen benutztes Geschirr einsammelte, Frau Kampeter einen Prosecco eingoss und verschütteten Kaffee vom Boden aufwischte, wandte Maja sich Frau Hase-Johannsen zu und befühlte das nasse Haar.

»Also, mein Kollege hat Ihr Haar mit einem vorbereitenden Bio-Treatment gewaschen, mit weißer Lavaerde, die besonders gründlich Reste von Stylingprodukten sowie Fett und Verunreinigungen entfernt, damit die Farbe später besser angenommen wird. Jetzt würde ich gern durch ein paar Stufen die strenge Schnittform auflockern. Da Sie ausgeprägte Wangenknochen haben, lassen die Stufen Ihr Gesicht weicher wirken, und Ihre Augen kommen besser zur

Geltung. Danach puste ich Sie mit dem Föhn trocken, und dann befassen wir uns mit dem Farbkonzept.« Aus dem Rollwagen holte sie eine Pappe, auf der Muestersträhnen in allen möglichen Schattierungen befestigt waren. »Dies ist die Farbpalette, alles Bio, auf Pflanzenbasis. Sehen Sie, ich würde gern ein dunkles Braungold mit einem helleren Gelbgold kombinieren. Macht einen frischen Teint und um Jahre jünger.«

»Mafia«, schnarrte die Lehrerin. »Was hat es damit auf sich?«

Maja sackte das Herz in die Hose. Was hatte sie denn gedacht? Dass diese Fachkraft aus Stahl einfach darüber hinwegging, wenn Begriffe wie Russenmafia im Zusammenhang mit Willi fielen? Zieh blank, Maja. Es hat keinen Zweck, die Tatsachen zu leugnen.

»Um ehrlich zu sein …« Ein alarmierter Blick von Jeremy brachte sie zur Räson. Es war absolut geboten, die Tatsachen zu leugnen. »Unsere Olga ist, äh, anders als die anderen. Sie hat eine, wie soll ich sagen, eine ganz eigene Weise, die Welt zu sehen und gewisse Ereignisse zu interpretieren. Mit viel Phantasie oder so.«

Himmel, was redete sie da für ein gequirltes Geschwurbel? Frau Hase-Johannsens Augenbrauen zogen sich skeptisch zusammen, Jeremy fing an zu husten, wenngleich er nicht erkältet war, seine Kundin Frau Becker, eine aparte dunkelhaarige Mittvierzigerin, schüttelte langsam den Kopf. Auch Olga hatte irritiert zugehört. Angespannt presste sie die Lippen aufeinander. Und jetzt? Plötzlich hatte Maja eine Eingebung. Ein Schutzengel kreiste über ihr, der Tante Ruth ziemlich ähnlich sah.

»Eine kluge Frau hat mal gesagt: Die Realität ist eine Illusion, die durch einen Mangel an Phantasie hervorgerufen wird. In Olgas magischem Kosmos gibt es statt Monstern Mafiabosse, die natürlich nicht real existieren, nur in ihrem Paralleluniversum.«

Alle lachten erleichtert. Sogar Willis Lehrerin lächelte versöhnlich. Als sei nichts gewesen, begann Maja, ihr die Haare zu schneiden. Dennoch war ihr bewusst, dass Frau Hase-Johannsen alles daransetzen würde, selbst herauszufinden, was es mit dieser Mafiageschichte auf sich hatte. Als Pädagogin musste sie täglich die faulen Ausreden fauler Schüler anhören, mal bessere, mal schlechtere, und verfügte über ein guttrainiertes Misstrauen. Maja hoffte inständig, dass sie wenigstens eine der besseren Ausreden hinbekommen hatte. Immerhin gewährte ihr der Schutzengel dadurch einen kleinen Aufschub, den sie für eigene Recherchen nutzen konnte.

»Ja, nun, glauben Sie bloß nicht, dass mich Olgas Phantasiegeschichten immer begeistern«, plapperte sie drauflos, um das Mafiathema weiträumig zu umfahren. »Sie behauptet sogar, eine russische Fürstin zu sein.«

»Großfürstin!«, warf Olga ein.

»Da haben Sie's!«, triumphierte Maja. »Es wird immer besser, oder?«

Jeremy reagierte auf diese irrwitzige Gratwanderung zwischen Rettung und Absturz, indem er die Musik lauter drehte. Gerade lief ein alter Queen-Song, und Freddie Mercury schmetterte »We are the champions«.

»Die Farbe ist auch wirklich nicht haarschädigend?«, rief Frau Hase-Johannsen durch die ohrenbetäubende Musikbeschallung hindurch.

»Das Einzige, was hier Schaden nehmen könnte, sind Ihre Trommelfelle!«, rief Maja zurück.

Im Spiegel sah sie, wie Jeremy leise mit Olga sprach. Gleichzeitig zupfte er an Frau Beckers nassen dunklen Haaren herum, formte mit seinen Händen unsichtbare Gebilde in die Luft und reichte zum Schluss Olga seine Schere.

Seine Schere! Maja blieb das Herz stehen. Die eigene Profi-Schere war das Heiligtum jedes Friseurs. Unter zweihundert Euro bekam man kein vernünftiges Exemplar, und wirklich gute konnten bis weit über zweitausend Euro kosten. Jeremy hatte jahrelang auf seine gespart: hundert Prozent Damaszener Stahl von der Spitze bis zu den ringförmigen Griffen, verziert mit dem jahrhundertealten Rosenmuster der berühmten Damaszener Schwerter. Dafür hatte er fast eineinhalbtausend Euro hingeblättert.

Mindestens so sensationell war das Vertrauen, das er Olga entgegenbrachte. Bisher hatte er sie nur ein paar Föhnfrisuren und einen Kinderschnitt fabrizieren lassen. Der Damenschnitt bedeutete eine Premiere. Es war seine Art zu zeigen, dass er Olga akzeptierte und im Begriff war, sie in die Profiliga dieses Salons aufzunehmen. Ein Ritterschlag mit einem Damaszener Schwert sozusagen.

Als Olga die Schere ansetzte, bekam Maja eine Gänsehaut. Auf der Stelle fieberte sie mit. Während sie die Farben anmischte, schaute sie immer wieder nach rechts, wo Olga, vollkommen vertieft in ihre große Aufgabe, Strähne für Strähne zwischen zwei Fingern festhielt und ein Stückchen abschnitt. Jedes Schnippschnapp ging Maja durch und durch. Sie liebte dieses Geräusch. Doch jetzt bedeutete jeder einzelne Schnitt, dass etwas unwiederbringlich schiefgehen und die Kundin entstellt sein könnte – jedenfalls für einige Wochen.

Lieber Gott, lass Olga das Richtige tun, betete Maja. Gib ihr die Vorstellungskraft, wie diese Frisur im trockenen Zustand aussehen muss. Währenddessen pinselte sie die braune Farbe und die Blondierung, die sie angemischt hatte, abwechselnd in Frau Hase-Johannsens Haar, separiert durch rechteckige Streifen Alufolie. Es fiel ihr schwer, sich zu konzentrieren, und sie war heilfroh, dass sie wegen der lauten Musik wenigstens keine Konversation machen musste. Jetzt auch noch ein Gespräch über Willis Verfehlungen zu führen hätte echtes Multitasking verlangt und wäre eine multiple Überforderung gewesen.

Frau Hase-Johannsen gab keinen Mucks von sich, sondern las in einem Fachbuch über ökologisch korrektes Recycling. In der Warteecke dagegen wurde es immer lauter. Maja registrierte es, war jedoch abgelenkt, weil sie dauernd zu Olga schaute, parallel die Farbe einarbeitete und darüber nachdachte, warum sie das Gefühl beschlich, etwas Wichtiges sei ihr entgangen.

»Mach mal einer diesen Krach leiser!«, krähte Frau Kampeter.

Viktor, der in diesem Moment hereinkam, lief zur Anlage und pegelte die Musik herunter. Maja bemerkte es kaum. Die Farbe war aufgetragen, sie beobachtete Olga, dachte an Willi, schaute auf die Uhr und wieder nach rechts. Zehn Minuten später gab Olga Jeremy die Schere zurück, wie ein Zepter, das ihr eigentlich nicht zustand. Im Gegenzug nahm sie den Föhn in Empfang. Ein wenig Schaum, und innerhalb der nächsten Viertelstunde entstand eine Frisur, die man nur perfekt nennen konnte. In lockeren Stufen umspielte das Haar das Gesicht, mit einem lebendigen, von selbst entstehenden Schwung, den nur ein Profischnitt erzeugen konnte.

Jeremy umarmte Olga, was noch vor einer Stunde undenkbar gewesen wäre.

»Spitze gemacht, Schnecke!«, sagte er anerkennend.

Auch Frau Becker, die aufstand und sich selig im Spiegel betrachtete, umarmte Olga.

»Sagen Sie mal, muss das nicht allmählich runter?«, fragte Willis Lehrerin. Sie zeigte auf die dunkle Paste in ihrem Haar. »Meine Kopfhaut juckt schon.«

»Ich mach das, ich spülen«, drängelte sich Olga vor, euphorisiert von dem grandiosen Erfolg und ihrem ersten Trinkgeld, einem Fünf-Euro-Schein, den Frau Becker ihr zugesteckt hatte.

Maja hörte gar nicht mehr auf zu lächeln. Mütterlicher Stolz, was sonst?

»Ja, meine Kleine, spül die Farbe aus, ich kassiere.«

Wie auf Wolken ging sie zum Empfangstresen, wie eine hingebungsvolle Klaviervirtuosin tippte sie den Betrag für Waschen, Schneiden, Föhnen in die Tastatur ein. Meine Olga, mein Wunderkind. Nicht der winzigste Anflug von Neid beschwerte ihr Herz. Alles, was sie spürte, war die Freude darüber, dass Olga ihre Fähigkeiten unter Beweis gestellt hatte.

»Sie ist unglaublich«, versicherte Frau Becker. »Ich gehe heute Abend zu einer Geburtstagsfeier, und schon jetzt freue ich mich, dass …«

Ein zweistimmiger Schrei ließ sie verstummen. Olga kiekste in den höchsten Tönen, Frau Hase-Johannsen röhrte im heiseren Bassbereich. Sofort wurde es totenstill im Salon.

»Rot und Grün!«, brüllte Willis Lehrerin. »Sie sind ja wohl nicht ganz bei Trost!«

Es war ein Déjà-vu. Doch dieses Mal hatte nicht Olga es vergeigt, sondern Maja. Um ihre Beherrschung ringend, starrte sie die ehemals grauen Haare an. Und jetzt, viel zu spät, wusste sie, was ihrer Aufmerksamkeit entgangen war: Beim Anrühren der Farbe hatte sie das Henna nicht richtig dosiert und noch dazu die Einwirkzeit der Blondierung überschritten. Deshalb hatten sich die Farbsubstanzen nicht wie geplant über die vorhandenen Haarpigmente gelegt, sondern einen kunterbunten, scheckigen Mix erzeugt. Murks. Der schlimmste Murks, den Maja jemals angerichtet hatte.

Frau Hase-Johannsen konnte sich gar nicht wieder beruhigen. Die Hände auf die Armlehnen gestützt, richtete sie sich halb auf, den Kopf wie ein Kampfstier gesenkt, und wütete in den Spiegel hinein.

»Das haben Sie absichtlich gemacht, Frau Müller! Sie sind genauso verschlagen und unverschämt wie Ihr Sohn! Es ist eine bodenlose Frechheit! Aber damit sind Sie endgültig zu weit gegangen!«

Maja wusste nicht, was sie sagen sollte. Selbst wenn sie sich verteidigt hätte, wofür ihr passende Argumente fehlten – jede Entschuldigung hätte die Wut dieser Dame nur vergrößert. Auch Jeremy wirkte vollkommen ratlos. Die Augen mit den Händen bedeckt, stöhnte er vor sich hin.

»Ich Fehler, ich haben gemacht falsch«, ertönte plötzlich ein zartes Stimmchen.

Sämtliche Köpfe drehten sich Olga zu. Die allgemeine Fassungslosigkeit entlud sich in einem kollektiven Ächzen. Maja ruderte hilflos mit den Armen.

»Nein, das ist allein meine Schuld, du hast damit gar nichts zu tun!«

»Doch, habe ich genommen Shampoo mit Silikon, machen kaputt Biofarbe!«

Es gab keine Silikonshampoos in diesem Salon. Das hätte dem Biostandard widersprochen. Olga schwindelte. Und sie tat es für Maja. Wie eine Löwin warf sie ihr feurige Blicke zu, schüttelte ihre blonden Locken und stampfte mit dem Fuß auf.

»Und jetzt?«, kreischte Frau Hase-Johannsen.

»Brauchen Ketchup und Aspirin gegen Grün«, antwortete Olga.

Das war verrückt. Das war heller Wahnsinn. Aber Bernd rannte schon los, während sich erregtes Stimmengewirr erhob. Am Boden zerstört sank Maja auf einen kleinen Hocker hinter dem Empfangstresen und vergrub ihr Gesicht in den Händen. Wie oft hatte sie sich eingeschärft, dass die Konzentration nie nachlassen dürfe, auch nicht nach jahrelanger Erfahrung. Und nun ritt sie auch noch Olga mit rein.

»Hier ist Ketchup!«, rief Bernd, der auf rhythmisch flappenden Adiletten zurückkam, in einer Geschwindigkeit, die ihm bei seiner fülligen Statur niemand zugetraut hätte. Normalerweise zeigte er das Temperament eines Schlafwagenschaffners. »Ich hab immer ein paar Flaschen im Kiosk stehen. Und Helena kommt gleich mit Aspirin!«

Tatsächlich traf eine Minute später Helena ein, den weißen Kittel falsch zugeknöpft, das Gesicht voller hektischer roter Flecken.

»Ein Notfall? Wo ist die Patientin?«

Stumm deutete Maja auf Willis Lehrerin, die ihr Handy ans

Ohr hielt, manisch auf irgendjemanden einredete und furchteinflößende Begriffe wie Schulbehörde und Jugendamt hervorstieß. Olga, die schon mal die Ketchupflasche schüttelte, schenkte sie keinerlei Beachtung.

Die anschließende Prozedur wurde mit einer knisternden Spannung verfolgt wie ein Finalspiel der Fußball-WM. Zunächst löste Olga das Aspirin in Wasser auf und spülte das Haar damit, um durch die Säure den Grünstich zu neutralisieren. Als sie danach das Ketchup einmassierte, hörte man wieder ein kollektives Ächzen. Appetitlich war was anderes. Überraschenderweise ließ Frau Hase-Johannsen alles über sich ergehen, ohne weitere Fragen zu stellen. Olga strahlte die natürliche Autorität eines Menschen aus, der wusste, was er tat, und der diese merkwürdige Prozedur nicht zum ersten Mal ausführte.

Maja konnte nicht mehr hinschauen. Hier ging es ja nicht nur um einen bedauerlichen Farbunfall, hier ging es um Willis Zukunft. Wie ein geprügelter Hund schlich sie in die Teeküche. Die Versuchung war groß, einfach die Proseccoflasche anzusetzen, um sich abzuschießen, bevor andere es taten. Doch sie wusste, dass ihr eine weitere Konfrontation mit Frau Hase-Johannsen bevorstand, die sie lieber alkoholfrei und stocknüchtern absolvierte. Deshalb setzte sie sich nur auf den gefliesten Boden und starrte trübe vor sich hin. Wie lange sie so dagesessen hatte, wusste sie nicht, als es klopfte und Olga hereinschaute.

»Du kommen, Maja?«

Etwas benommen rappelte sie sich auf. Wie eine Delinquentin, die zur Hinrichtung geführt wurde, taperte sie hinter Olga her in den Salon. Showdown. Vor ihrem geistigen Auge sah sie Willi, der sie vorwurfsvoll anschaute. Hey, Mum, was soll der Bullshit? Systemabsturz, oder was? Angstvoll blieb Maja stehen und hielt Ausschau nach der Frau, die Willis Schicksal in der Hand hatte.

Seine Lehrerin war nicht wiederzuerkennen. Entspannt lehnte

sie am Empfangstresen. Entspannt! Frau Hase-Johannsen! Angeregt plauderte sie mit Helena über die Anwendungsmöglichkeiten von Naturheilverfahren. Ihr etwas verhärmtes Gesicht wirkte auf einmal mädchenhaft, was an den fransig geschnittenen Konturen, vor allem aber am Farbton ihrer Haare lag, ein harmonisches Ineinander brauner und goldener Schattierungen, denen einige Highlights sonnige Reflexe verliehen.

»Dir gefallen Farbe? Und Schnitt?«, fragte Olga leise.

»Und wie! Ja!«

Es gab so viel mehr, was Maja gefiel. Am meisten Olga. Schon wieder war sie für jemanden in die Bresche gesprungen, bereit, etwas zu riskieren. Und dann auch noch mit Aspirin und Ketchup.

»Da sind Sie ja, Frau Müller.« Frau Hase-Johannsen hatte Maja entdeckt. Unwillkürlich fasste sie sich ins Haar. »Eine tüchtige Mitarbeiterin haben Sie. Ich muss zugeben, dass das Endergebnis mich sehr zufriedenstellt.«

Sag doch gleich amtliches Endergebnis, dachte Maja. Passt besser zu Amtsarzt und Schulamt.

»Das freut mich. Haare gut, alles gut, nicht wahr? Das mit Willi wird auch noch, verlassen Sie sich drauf.«

Prompt erstarrte die Miene der Lehrerin wieder in professioneller Skepsis. Die Zeit des Plauderns war vorbei. Linkisch griff sie zu ihrer Handtasche.

»Ob alles gut wird, hängt vom Ergebnis der amtsärztlichen Untersuchung und von Willis Betragen ab. Ich erwarte ihn am Montagmorgen pünktlich um acht Uhr im Unterricht. Weitere Fehlzeiten kann er sich nicht leisten. Seine Versetzung ist schon allein durch seine desaströsen Leistungen in diesem Schuljahr gefährdet, und aufgrund seiner disziplinarischen Verfehlungen wird derzeit ein Schulverweis diskutiert.«

»Schon okay«, erwiderte Maja matt.

Dass Willi sehr wahrscheinlich nicht in der Lage sein würde, am

Montagmorgen irgendwohin zu gehen, musste sie Frau Hase-Johannsen jetzt nicht auch noch auf die Nase binden. Das Farbdesaster reichte fürs Erste.

»Was bin ich Ihnen schuldig?«, fragte die frisch geföhnte Pädagogin.

»Nichts.« Maja versuchte zu lächeln, um ihr zu zeigen, dass alles in Ordnung war. »Verzeihen Sie die Unannehmlichkeiten, das wird garantiert nicht noch einmal passieren. Bei Ihrem nächsten Besuch ist Ihnen meine volle Konzentration sicher.«

»Übung macht den Bademeister«, grinste Jeremy, bemüht, die rapide gegen null sinkende Stimmung aufzulockern.

»Eine kostenlose Haarbehandlung käme einem geldwerten Vorteil gleich und ist uns Lehrern als Staatsbeamten ohnehin nicht gestattet, da unsere Unabhängigkeit höchste Priorität hat«, kam es wie aus der Pistole geschossen zurück. Damit war die Stimmung unter dem Gefrierpunkt angelangt. Frau Hase-Johannsen zückte ihr Portemonnaie. »Versuchen Sie das nie wieder. Ich bezahle, und ich möchte eine Quittung.«

»Ich – ich wollte Sie nicht bestechen!«, rief Maja aus. »Es war nur …«

»Wie viel?«

Eingeschüchtert umrundete Maja den Tresen, tippte auf der Kasse herum und las den Betrag ab.

»Fünfundsechzig Euro.«

Mit lautlos sich bewegenden Lippen zählte die Lehrerin das Geld ab, bevor sie es auf den Tresen legte. Dann gab sie Olga eine Fünfzig-Cent-Münze. Eine popelige Fünfzig-Cent-Münze. Mancher Schnorrer auf der Straße wurde großzügiger bedacht.

»Denk dran, Olga, dass du die fünfzig Cent versteuerst«, ätzte Jeremy.

Maja fragte sich, wie es wäre, dieser knickrigen Frau Einblicke in die Dienstleistungsbranche zu geben. In ein Leben mit Zehn-Stunden-Schichten, die man stehend verbrachte, mit der permanenten Ungewissheit, ob die Einnahmen die laufenden Kosten überstiegen, mit der täglichen Pflicht, freundlich, kommunikativ und leistungsbereit zu sein.

»Also dann, auf Wiedersehen«, verabschiedete sich Frau Hase-Johannsen kühl. »Und lesen Sie gefälligst die Briefe, die ich Ihnen schicke. Demnächst wird es eine Konferenz geben, bei der Ihr Erscheinen erwünscht ist.«

Niemand weinte ihr eine Träne nach, als sie endlich verschwunden war. Ganz im Gegenteil. Das Rot der Wände strahlte etwas heller, der Kronleuchter funkelte wie frisch geputzt, man konnte wieder freier atmen, der ganze Salon wurde von Erleichterung geflutet. Nur Jeremy hieb wütend mit einer großen Rundbürste in die Luft.

»So ein vergurktes Huhn!«, schimpfte er los. »Wenn Geiz klein machen würde, könnte die mit dem Fallschirm von der Teppichkante springen.«

»Sie kann halt nicht aus ihrer Haut«, meinte Helena vermittelnd.

Schon wahr. Auch Maja hatte keine Lust, sich über Willis Lehrerin aufzuregen. Wozu? Sie arbeitete zu lange im Friseurgewerbe, um sich noch über die Verschiedenartigkeit der Menschen zu echauffieren. Leider konnte die Sache für Willi schlecht ausgehen. Doch jetzt war er gefragt. Er hatte sich in diese Lage laviert, und es war sein Job, wieder herauszukrabbeln.

Seufzend blätterte Maja im Bestellbuch zur nächsten Seite. Elf Uhr dreißig, Herrenschnitt, R., stand dort mit einer krakeligen Schrift, die sie kannte. Er musste den Termin am Vortag eigenhändig hineingekritzelt haben, als sie im Hotel Lindenhöhe gewesen war. Und schon betrat er den Salon, die Hände in den Taschen einer olivfarbenen Cargohose, die dunkelblonden Locken wirr wie eh und je.

»Hallo, Maja«, lächelte er.

Ihr wurde heiß und kalt.

»Hältst du das wirklich für eine gute Idee, Robin?«

Etwas brummte in ihren Ohren. Ein Brummen, das stetig lauter wurde und sich zu dem explosionsartigen Knattern eines schweren Motorrads steigerte. Dann gab es einen ohrenzerfetzenden Knall, und die große Schaufensterscheibe zersprang in Tausende von Scherben.

Kapitel 11

Ein Meer aus Glassplittern, die in der Sonne funkelten. Schreie, Stöhnen, keuchendes Atmen. Kunden, die sich panisch wegduckten, Olgas Schluchzen. Wie gelähmt betrachtete Maja das Werk der Zerstörung. Es sah aus, als sei eine Bombe detoniert. Mitten im Salon lag ein großer rötlicher Ziegelstein, er hatte die größte Fensterscheibe zerschlagen und mit dem zerberstenden Glas auch gleich ein Regal voller Shampooflaschen zum Kippen gebracht, die wild verstreut auf dem Boden lagen.

Der erste klare Gedanke, den Maja fassen konnte, galt Willi. War er sicher im Krankenhaus? Was, wenn sich einer dieser Typen dort hineinschlich unter dem Vorwand, Pralinen oder Blumen abzugeben? Sie erschauerte, als sich ein Arm um sie legte.

»Hey, Süße, ich bin da.«

Der vertraute Duft. Die vertraute Stimme. Aufstöhnend lehnte sie sich an den Mann, der sie verlassen hatte und dennoch zur richtigen Zeit am richtigen Ort war.

»Ich fürchte, das mit deiner Frisur kannst du knicken«, sagte sie in einer Aufwallung von Galgenhumor, die einzige Alternative zu einem Tränenausbruch.

»Ein eifersüchtiger Liebhaber?«, ging Robin auf ihren spielerisch sarkastischen Ton ein und zeigte auf die Splitter.

»Tut mir leid, dass du es auf diese Weise erfahren musstest. Aber ich bin froh, dass die Heimlichtuerei endlich vorbei ist.«

Zärtlich strich er ihr durchs Haar. In seinen Augen malte sich eine Spur Besorgnis. Eine Spur nur, aber immerhin.

»Spaß beiseite, was hat das zu bedeuten?«

»Ist erste Warnung«, antwortete Olga für Maja. Zitternd richtete sie sich auf, zupfte an dem glänzenden buntgemusterten Seidenstoff, mit dem sie ihren Oberkörper umwickelt hatte, und zog den verrutschten Rock herunter. »Mafia immer geben drei Warnungen.«

»Dann war das schon die zweite«, flüsterte Maja.

Sie sah hinauf zum Kronleuchter. Zum Glück hatte er nichts abbekommen. Dafür war einiges Geschirr zu Bruch gegangen, und der Glaser würde eine saftige Rechnung für die neue Fensterscheibe schreiben. Was sich nicht ersetzen ließ, war das unwiederbringliche Gefühl, im Salon eine sichere Oase des Friedens geschaffen zu haben. Noch nie hatte sich Maja so verwundbar gefühlt. Selbst der Stein, der zu Hause ins Küchenfenster geflogen war, hatte ihr Urvertrauen nicht derart erschüttern können.

»Wir müssen die Polizei rufen«, sagte Viktor, der als faktenorientierter Jurist wie immer den Überblick behielt. »Die Spurensicherung sollte rasch vor Ort sein, um Hinweise auf die Täter zu erhalten.«

»Keine rufen Polizei«, entgegnete Olga resolut.

»Und warum nicht?«

»Du fragen falsche Fragen. Wenn Polizei kommen, alle aus.«

Viktor rückte seine Brille gerade.

»Maja, ich bitte dich inständig – dies ist ein Fall für die Kripo.«

Du hast es Willi versprochen. Er darf nicht gefährdet werden. Diese Typen werden ihn sonst erledigen. Selbstverständlich wusste Maja, dass spätestens jetzt der Zeitpunkt gekommen war, an dem ein Anruf bei der Polizei unumgänglich wurde. Nicht nur sie und Willi waren zur Zielscheibe geworden, noch dazu gefährdete sie Tante Ruth, Olga, Jeremy, ihre Nachbarn, ihre Kunden. So konnte es nicht weitergehen. Heute würde sie mit Willi Klartext reden. Er musste endlich mit der Wahrheit rausrücken – ob es nur um die dreihundert Euro ging oder ob sich noch ganz andere Machenschaften hinter alldem verbargen. So lange würde sie ihr Versprechen halten, die Polizei aus dem Spiel zu lassen.

»Ich … ich rufe später an«, versicherte sie.

Mit einer schmissigen russischen Polka machte sich Olgas Handy bemerkbar. Eilig zog sie es aus dem Rockbund, um sogleich halblaut telefonierend in der Teeküche zu verschwinden. Allmählich erhoben sich auch die übrigen Anwesenden, die sich von ihrem ersten Schock erholt hatten. Die Kunden, die nicht zum engeren Kreis gehörten, verließen fluchtartig den Salon, was Maja ihnen nicht verdenken konnte. Der harte Kern aber blieb und debattierte lautstark darüber, wer hinter diesem Anschlag stecken könnte. Frau Kampeter machte vandalische Jugendliche dafür verantwortlich, Bernd hielt einen terroristischen Akt für möglich. Helena, die Optimistin der kleinen Truppe, glaubte allen Ernstes, es sei jemandem aus Versehen passiert, was Viktor mit hysterischem Auflachen quittierte.

Jeremy tauschte nur einen müden Blick mit Maja. Dann griff er zum Besen und kehrte mit merkwürdig abgezirkelten Bewegungen, als müsse er sich gerade unter diesen Umständen zu äußerster Selbstkontrolle zwingen, die Scherben zusammen.

Robin schwieg. Nicht, dass Maja erwartet hätte, er würde sich an den allgemeinen Spekulationen beteiligen. Er wusste ja mittlerweile, was Willi widerfahren war, und musste davon ausgehen, dass dies eine mafiöse Einschüchterungsaktion war, ganz so, wie Olga es angedeutet hatte. Aber Maja brauchte jetzt Trost, Unterstützung, ein paar gute Worte. Sie hatte Angst. Furchtbare Angst.

»Du hast mir nichts zu sagen?«, fragte sie enttäuscht.

Er hob die Achseln.

»Du sagst ja auch nichts. Merke: Ein schweigender Mann ist ein entspannter Mann. Eine Frau, die nichts sagt, ist meistens sauer.«

»Sauer? Richtig, du bist ausgezogen, und das war nicht gerade der Sechser im Lotto, aber, hey, jemand hat gerade meinen Salon zerlegt.«

»Ja, blöde Sache. Wie ich dich kenne, hast du nicht mal eine Glasschutzversicherung.«

Ungläubig blickte sie ihn an. Das war alles? Selbst in dieser Ausnahmesituation hatte er nicht mehr für sie in petto als einen abschätzigen Kommentar? Es war ungeheuer ernüchternd. Sie unterdrückte einen Schluchzer und zog ihn in die Teeküche, wo sie ungestört reden konnten.

»Warum bist du hergekommen, Robin? Doch nicht wirklich zum Haareschneiden, oder?«

»Na ja, unter anderem auch wegen meiner Haare«, mit der Kappe eines seiner neuen weißen Sneakers zeichnete er die Rechtecke der Bodenkacheln nach, »aber eigentlich wollte ich mit dir reden, wie es jetzt weitergeht. Von mir aus können wir uns hin und wieder treffen. Hat doch immer gut geklappt mit uns, solange du keine Forderungen gestellt hast. Du weißt schon, Engelchen. Im Bett war es immer Granate. Ich will dich zurück. Aber ohne Familienanschluss und all das Zeugs, das du dir so vorstellst.«

All das Zeugs. So nannte er ihre Sehnsucht nach Nähe, Liebe, Vertrauen. Und das sagte er ihr jetzt, in einer Situation, in der ihr Salon einem Trümmerfeld glich und jeder halbwegs mit Emotionen ausgestattete Mensch teilnahmsvoll reagiert hätte. Es schmerzte Maja so sehr, dass ihr Brustkorb wie von einer eisernen Faust zusammengequetscht wurde. Also schön, dachte sie mit einem letzten Rest Selbstachtung, bringen wir es hinter uns. Wenn es sowieso schon weh tut, kommt es auch nicht mehr darauf an, dass er mir das Herz bricht.

»Ich nehme an, dieses – Arrangement schließt ein, dass du mit anderen Frauen schläfst. Gibt es schon eine?«

Er betrachtete sie ungerührt.

»Ja. Darüber verhandle ich übrigens nicht mit dir. Ich brauche meine Freiheit.«

»Als Sammler und Schürzenjäger?«

Bevor er antwortete, warf er einen kurzen Blick in den Spiegel über der Spüle und schob seine dunkelblonden Locken hinter die Ohren. Ihm gefiel, was er sah, das war nur zu offensichtlich.

»Es gibt Dinge, die sich nie ändern, zum Beispiel die Bedürfnisse von Männern und Frauen«, setzte er ihr seine Theorie auseinander. »Frauen haben immer schon das Feuer gehütet, das Essen gekocht und die Kinder großgezogen. Sie brauchen das Wir-Ding. Die Männer sind auf die Jagd gegangen, haben das Abenteuer gesucht und sich als Krieger bewährt. Sie sind Einzelkämpfer.«

»Krieger«, rasselnd holte Maja Luft. »Weißt du, was du bist? Ein Nichts-auf-die-Reihe-Krieger.«

Auf einmal empfand sie nur noch Bitterkeit. Sie verstand nicht mehr, in wen sie sich vor zwei Jahren verliebt hatte. Was hatte sie in Robin gesehen? Was hatte sie an ihm gemocht? Seine Unbekümmertheit, klar, seine Lebenslust, seine hinreißende Erotik. Doch das reichte nicht. Es hatte nie gereicht. Ihr fiel ein, wie er sich frühmorgens zurück zum Haus geschlichen hatte.

»Du warst nie auf einer Kanutour, oder?«, fragte sie leise.

»Nein. Ich hatte ein … ein Auswärtsspiel. Sie heißt Julia.«

Die kalte Unverfrorenheit, mit der er seine Affäre zugab, passte zu allem Übrigen. Und doch kam die Wirkung einem Kinnhaken gleich. Maja taumelte. Sie suchte Halt an der Spüle.

»Und dein Wagen, wo ist der?«

»Hab ich der … der anderen, also Julia, geliehen. Sie brauchte ihn halt.«

»Ich hätte ihn auch gebraucht«, presste Maja hervor. »Ich hätte so vieles gebraucht. Egal. Ich glaube, du solltest jetzt gehen.«

Er zuckte nur mit den Schultern. Dann trottete er zurück in den Salon. Maja folgte ihm. Verstört schaute sie dem fegenden Jeremy zu, dann den üblichen Verdächtigen, die begonnen hatten, größere Scherben aufzusammeln, schließlich Olga, die das umgestürzte Regal aufrichtete. Alle fassten mit an. Nur Robin hatte immer noch die Hände in den Hosentaschen. Und plötzlich wurde Maja von einer Woge des Zorns erfasst. Robin machte es sich immer leicht. So unfassbar leicht. Kam einfach hier hereinspaziert, um zwischen Waschen und Föhnen einen entwürdigenden Liebes-Deal auszuhandeln, gestand unverfroren einen Seitensprung, hatte ihr jedoch nichts zu geben, weder tatkräftige Hilfe noch emotionale Unterstützung. Der Drang, es ihm irgendwie heimzuzahlen, erwachte in ihr. Das war nicht gerade ein Zeichen moralischer Reife, aber eine Frage ihres Gerechtigkeitssinns. Was würde ihn im Innersten treffen? Womit konnte sie sich für seine Kälte revanchieren?

Sie sah nach draußen, wo ein silbernes Cabrio vorfuhr, in dem zwei Herren saßen. Der Wagen war kaum zum Stehen gekommen, als der Fahrer, ein Mann in einem roten Polohemd, heraussprang. Ein paar Sekunden blieb er vor dem Salon stehen, um dann einfach durch das große Loch zu steigen, das der Ziegelstein hinterlassen hatte.

»Grundgütiger! Wie konnte das passieren?« Alexander von Maybach sah sich suchend um, entdeckte Olga, die kniend die Shampooflaschen auflas, und klopfte ihr auf den Rücken wie einem jungen Hund. »Gut, dass Sie mich angerufen haben!«

Sein Blick wanderte weiter und blieb an Maja hängen. Vielleicht wollte er angesichts dieses Schicksalsschlags etwas gutmachen, vielleicht wollte er sie auch nur aufmuntern, indem er an ihre ironischen Scherze anknüpfte, Fakt war jedenfalls, dass er Maja eine Steilvorlage für ihre Rachegelüste servierte.

»Herrje, was für ein Durcheinander. Betrachten wir es als kleine Vorübung. Auch unsere verhaltensauffälligen Kinder werden später bestimmt jede Menge Fensterscheiben zerdeppern.«

Frau Kampeter ließ den Henkel einer zerbrochenen Kaffeetasse fallen, Bernd röchelte Unverständliches, Helena knipste an dem Kugelschreiber herum, den sie immer in der Brusttasche ihres Kittels mit sich führte. Nur Olga und Jeremy, die die Anspielung auf das morgendliche Gespräch verstanden, lächelten vergnügt.

»Eure Kinder?«, fragte Robin verwirrt.

Wie Maja sein entgeistertes Gesicht genoss. Mister Einzelkämpfer wirkte auf einmal ehrlich bestürzt. So hatte er sich das nicht vorgestellt. Er nahm sich zwar heraus, in fremden Revieren zu jagen, doch für Maja hatte er diese Möglichkeit offenbar nicht in Betracht gezogen.

»Ja, wir wollen mindestens sechs!« Leichtfüßig lief sie auf Alexander von Maybach zu und schmiegte sich an ihn. »Nicht wahr, Schatz? Sechs Kinder? Oder lieber doch eine ganze Fußballmannschaft?«

»Dann bin ich hier ja wohl überflüssig«, stieß Robin hervor.

Seine Sneakers knirschten auf den Scherben, als er mit lang ausholenden Schritten den Salon durchquerte, stoisch an Maja vorbeischaute und durch das Loch in der Scheibe hinausschlüpfte.

In der Geschichte des Salons *Haare gut, alles gut* hatte es viele Schweigeminuten gegeben, doch diese übertraf alle vorherigen an Dauer und Intensität. Blicke flogen hin und her. Köpfe wurden geschüttelt. Frau Kampeter schaute mit hochgezogenen Augenbrauen zu Bernd, der sich unablässig mit der flachen Hand an die Stirn schlug. Maja hatte sich an ihren Todfeind rangeschmissen, so wirkte es leider auf die meisten. Und ihr Widersacher? Der sah aus, als hätte sie ihn unsittlich berührt.

»Entschuldigung«, zirpte sie.

Es war eine spontane Idee gewesen. Eine ziemlich kindische Idee, wie ihr im Nachhinein klarwurde. Sie wollte sich schleunigst verdrücken, doch Alexander von Maybach hielt sie fest.

»Hiergeblieben. Was – war – das?«

Maja versuchte, das Funkeln in seinen Augen zu ignorieren sowie die Tatsache, dass die Berührung ihrer beiden Körper ein völlig unangebrachtes Kribbeln in ihrem Nacken auslöste.

»Posttraumatische Störung nach einem Anschlag auf meinen Salon?«

»Das ist jetzt nicht der Moment, um Scherze zu machen.« Sein Arm schloss sich fester um ihre Taille. »Haben Sie mich etwa gerade benutzt?«

Es war furchtbar. Alle ergötzten sich an ihrer grenzenlosen Verlegenheit, und niemand tat es sonderlich diskret. Doch viel quälender noch war die Frage: Warum fühlte sich das Falsche so richtig an? Warum verabscheute sie es nicht, an diesen Körper gepresst zu werden, sondern spürte ein magisches Vibrieren? Von seiner verlogenen Gentleman-Politur befreit, strahlte Alexander von Maybach nur noch pure Männlichkeit aus. Und dann war da dieser Duft, der sie gleich am ersten Tag überwältigt hatte.

Hallo, Maja, aufwachen, du hast den falschen Dampfer erwischt! Das ist der Kerl, der dich nach allen Regeln der juristischen Kunst vernichten will! Ihr überlastetes Hirn suchte nach einem Ausweg aus dieser Sackgasse, fand aber nur eine solide gemauerte Wand.

»Ich … ich«, stammelte sie, »wollte mal sehen, ob Sie …«

»… was denn?«

Ein winziges Fenster öffnete sich in der Mauer.

»Ob ich einen, äh, Ausbund an Arroganz wie Sie aus der Reserve locken kann.«

Sein Arm erschlaffte, und Maja stand peinlich berührt neben ihm. Er atmete geräuschvoll aus.

»Mein Niveau mag von unten betrachtet wie Arroganz aussehen, aber Sie sollten mal ein bisschen an Ihren Umgangsformen arbeiten, bevor Sie sich zu derartigen Distanzlosigkeiten hinreißen lassen.«

»Gute Idee«, aktivierte sie ihren Trotz, um nicht ganz so dumm dazustehen. »Am besten, Sie kommen wieder, wenn ich keine Zeit habe.«

Ein weiterer Herr stieg durch das Loch in der Scheibe, das sich allmählich zu einem Publikumsmagneten entwickelte. Maja musste zweimal hinschauen, um Freiherr von Besten zu erkennen. Er trug helle Bermudashorts mit weinroten Kniestrümpfen, dazu ein enggeschnittenes dunkelgrünes Jackett und eine fesche Pepita-Schiebermütze. Als sei er einem englischen Gemälde des neunzehnten Jahrhunderts entstiegen und nicht einem kaputten Schaufenster, hob er die Hand zum Gruß.

»Herr von Maybach, verzeihen Sie die Störung, ich hatte den Eindruck, dass es zu gewissen Spannungen gekommen ist. Gibt es ein Problem?«

»Ja, und das Problem heißt Maja-Maria Müller.«

»Wie nett, dass Sie sich meinen vollen Namen gemerkt haben«, giftete Maja.

»Kein Wort mehr«, kanzelte er sie ab. »Das hat man nun von seiner Gutmütigkeit. Ich bin sofort hergefahren, als Olga mich anrief, und das ist der Dank?«

Nun schauten alle zu Olga, die nervös die Kappe einer Shampooflasche auf- und zuschnappen ließ.

»Brauchen wir Beschützer«, verteidigte sie sich. »Polizei nicht gut, aber Graf Maybach starke Mann und echte Kavalier.«

Graf Maybach, ha! Graf Nervensäge wäre die passendere Bezeichnung gewesen. Seine neue Allianz mit Olga irritierte Maja. Gut, er hatte Olga am Morgen ritterlich mitgenommen und zum Salon gebracht. Doch was erwartete sie sich von ihm? Etwa den reichen Sugardaddy, der sie beschützte, heiratete und ihr ein sorgloses Leben bescherte? Aber selbst wenn es so war – konnte man es ihr übelnehmen? Wer so viel durchgemacht hatte wie Olga, sehnte sich vermutlich nach einer Abkürzung, die in ein komfortables Leben führte. Letzteres gönnte Maja ihr von Herzen. Nur, dass es einen Schönheitsfehler an dem Plan gab: Olgas Auserwählter war menschlich eine Katastrophe.

»Ist denn«, Freiherr von Besten wippte auf seinen Schuhen vor und zurück, »Ihre geschätzte Tante auch anwesend, Frau Müller?«

Aha. Daher wehte der Wind.

»Nein. Soll ich ihr etwas ausrichten?«

»Nicht nötig«, wehrte er ab.

Inzwischen hatte Jeremy die Fläche vor dem Spiegel aufgeräumt und klatschte in die Hände.

»So, Freunde, ich würde sagen: Feierabend! Die Kunden sind alle weg, das Wochenende ruft. Die Scheibe kann ich mit ein paar Brettern zunageln, die im Hinterhof rumstehen, und Schluss mit lustig.«

»Ich helfe dir.« Maja knuffte ihn freundschaftlich in die Seite. »Du bist großartig, weißt du das eigentlich?«

»Musst dich hinten anstellen, das höre ich ungefähr alle zehn Sekunden«, griente er.

Alexander von Maybach, der seit dem heftigen Wortwechsel jeden Blickkontakt mit Maja systematisch vermieden hatte, reichte Olga die Hand.

»Meine Liebe, dann werde ich Sie nach Hause bringen, damit Sie sich auf dem Heimweg keine Blasen holen.«

»Ist das in Ordnung, Maja?«, fragte Olga stirnrunzelnd.

»Natürlich. Geh nur. Es war ein harter Tag.«

»Aber wenn Olga brauchen, Olga anrufen. Du mir geben deine Handy, ich dir geben Handynummer.«

»Einverstanden.«

Während Olga die Zahlen in Majas Smartphone tippte, schaute Alexander von Maybach doch noch zu Maja, mit einer auftrumpfenden Tja-sie-ist-jünger-und-hübscher-als-du-Miene. Jedenfalls hatte sie den Eindruck. Es war ein billiger Triumph. Schade nur um Olga. Nachdenklich knabberte Maja an ihrer Unterlippe, während die beiden abzogen, eskortiert vom getreuen Freiherrn. Hatte sie das Recht, sich einzumischen? Wohl kaum, trotz ihrer mütterlichen

Gefühle. Olga musste ihren Weg allein finden. Entweder würde sie merken, dass ihr Traumprinz ein falscher Fuffziger war, oder sie würde wider Erwarten glücklich werden.

»Nee, also nee, meine Olga mit diesem Lackaffen, das kann nicht gutgehen«, murrte Bernd.

»Sagen Sie doch gleich: Was hat er, was ich nicht habe?«, lächelte Viktor.

Im allgemeinen Aufbruch ging seine Bemerkung unter. Frau Kampeter klemmte sich ihren Regenschirm unter den Arm, sprach von einem unvergesslichen Samstag und marschierte davon. Viktor und Bernd folgten ihr. Nur Helena zögerte ihren Abschied hinaus. Lange kramte sie in den Taschen ihres weißen Kittels herum.

»Ich möchte mich bedanken, Maja«, sagte sie schließlich. »Heute ist mir bewusst geworden, was mir dein Salon bedeutet. Als der Stein die Scheibe zertrümmerte, war es, als ob er mein eigenes Wohnzimmer zerstörte. Dein Salon ist mein Wohnzimmer. Zu Hause wartet nur der Fernseher auf mich, aber bei dir fühle ich mich wie in einer Familie. Danke noch einmal. Du bist ein Engel.«

Unbeholfen tätschelte sie Majas Wange, dann schlängelte sie sich so eilig durch das Loch in der Schaufensterscheibe, dass sie mit ihrem weißen Kittel am gezackten Rand hängenblieb, bevor sie ins Freie gelangte. Jeremy sah ihr mit schräggelegtem Kopf nach.

»Sie hat recht. Aber auch Engel sollten ab und zu ihre Flügel abschnallen und sich verwöhnen lassen. Was hältst du davon, wenn ich dich zum Essen einlade? Trattoria Sorrentina? Pasta bis zum Darmverschluss?«

»Ein andermal gern. Ich fahre gleich ins Krankenhaus zu Willi. Danach erledige ich zu Hause Olgas Umstyling. Sie bekommt einen dunkleren Ton, das Platinblond wirkt zu billig für einen wertvollen Menschen wie sie.«

Maja packte schon einige Tütchen in ihren Rucksack – für die vorbereitende Haarwäsche ein Plastiktütchen weiße Lavaerde zur intensiven Reinigung, damit die Pflanzenfarben anschließend besser einzogen, dazu verschiedene Pulver für satte Braunnuancen.

»Fertig. Und jetzt helfe ich dir beim Hämmern.«

»Kommt überhaupt nicht in Frage. Gönn dir mal etwas Ruhe. Ehrlich, Maja, ich mache mir Sorgen um dich. Einerseits ist es gut, dass Robin jetzt für dich durch ist. Er war in deinem Leben immer nur ein Fragezeichen, nie ein Ausrufezeichen. Aber wie er das heute rübergebracht hat – es hat mir in der Seele weh getan.«

»Mir auch«, hauchte Maja.

Sie spürte eine unendliche Trauer, die mit Robins Gefühllosigkeit, aber auch mit der Gewissheit zu tun hatte, nun wieder Single zu sein. Eine Singlefrau Ende dreißig, genauer gesagt, deren Chancen auf innige Zweisamkeit quasi stündlich sanken.

»Hast du was für mich auf die Schnelle, Jeremy, irgendeinen dummen Spruch, damit ich nicht anfange zu weinen?«

Er dachte nach.

»Ja, es ist aber kein dummer, sondern ein kluger, nahezu philosophischer Spruch. Ich würde sagen, dass er deine Lage beschreibt und wie du damit fertig werden kannst.«

»Okay, raus damit.«

Mit dem gemessenen Ernst eines Professors hob Jeremy die Arme.

»Der Glatzkopf, der die Glatze föhnt, hat mit dem Schicksal sich versöhnt.«

Kapitel 12

Maja lachte noch, als sie ihr Fahrrad vor der Klinik abstellte und an einen Poller kettete. Es war ein ziemlich überdrehtes Lachen, denn in Wahrheit schnürte Angst ihre Kehle zu, seit der Stein in den Salon geflogen war, und Robins Abgang hatte ihre Stimmung auch nicht gerade gehoben. Immer wieder sagte sie den Glatzenspruch auf, ihr neues Mantra, und immer wieder kicherte sie los. Was wäre sie ohne Jeremy? Was wäre sie ohne ihre verrückte kleine Familie, die nicht nur Willi, sondern auch Tante Ruth, Olga und die Stammgäste des Salons einschloss? Selbst unbemannt gab es keinen Grund, sich einsam zu fühlen. Obwohl … Jetzt, am Samstagnachmittag, herrschte Hochbetrieb rund um das Krankenhaus. Der mehrstöckige schlichte Zweckbau mit der weißgestrichenen Klinkerfassade wurde regelrecht belagert. Ganze Pulks von Besuchern drängelten sich vor dem Eingang, und Maja hatte den Eindruck, dass die Menschheit nur noch aus glücklichen Paaren bestand. Jedes Mal, wenn sie eines entdeckte, das Händchen hielt, verliebte Blicke tauschte oder eng umschlungen vorbeischlenderte, gab es ihr einen Stich.

Doch sie entdeckte auch noch etwas anderes: Tattoos. Bei dem warmen Sommerwetter waren die meisten Leute leicht bekleidet. Viele trugen nur Shorts und Tanktops, daher wimmelte es von nackten Armen, Beinen, Schultern, die mit allen erdenklichen Tätowierungen versehen waren. Rosen, Hunde, Buddhas, indianische Ornamente, es gab einfach alles. Ihr geschärftes Auge fing an zu suchen. Seit sie wusste, was ein Dolch bedeutete und wofür eine Schlange stand, konnte sie nicht mehr unbedarft hinschauen. Sei wachsam, Maja. Diese Typen könnten überall sein.

Als ihr Handy die vertraute putzmuntere Zirkusmusik dudelte, wollte sie das Gespräch wegdrücken, sah jedoch, dass es Jeremy war, und tippte auf den grünen Hörer.

»Ja, mein Philosoph?«

»Maja, die Polizei ist hier. Ein Einsatzkommando mit sechs Leuten. Irgendein Nachbar muss sie alarmiert haben, denke ich, wegen der kaputten Scheibe. Trotzdem, es ist schräg. Die fragen mir Löcher in den Bauch, wer bei uns Kunde ist und so was, und stellen den ganzen Laden auf den Kopf, schauen in jede Ecke, jede Shampooflasche. Was meinst du, was suchen die?«

Maja wurde flau. Soeben glaubte sie, weiter vorn eine Schlange gesehen zu haben, die sich um den Nacken eines Mannes ringelte, halb verdeckt durch ein schwarzes T-Shirt. War das etwa einer der Männer, die Willi bedroht hatten?

»Drogen? Suchen die Drogen, Maja?«

»Also, damit kenne ich mich nicht aus, aber ich kann mir nicht vorstellen, dass sie für ein bisschen Gras ein ganzes Einsatzkommando schicken.«

»Gras?« Jeremy pfiff durch die Zähne. »In welchem Universum lebst du? Die Russenmafia gibt sich doch nicht mit harmlosen Kiffern ab. Die dealen mit Koks. Da ist das große Geld drin.«

Koks. Das Wort gellte in Majas Ohren. Und auf einmal realisierte sie, dass Willi nicht in einen Schlamassel geraten war, sondern in einen brandgefährlichen Riesenschlamassel. Irgendwie musste er den Dealern in die Quere gekommen sein. Etwas wissen. Etwas besitzen, das sie nervös machte, Fotos, Beweise, was auch immer. Wahrscheinlich ging es um immense Summen Geld. Und damit hing sein Leben an einem seidenen Faden.

»Das sind keine Polizisten, Jeremy!«, rief sie. »Die Polizei hat keine Ahnung! Olga hat ihnen doch gar nichts gesagt! Das müssen verkleidete Mafiosi sein!«

»Wie bitte?«

»Sorry, ich muss schnellstens zu Willi. Versuch sie so schnell wie möglich loszuwerden, ja?«

Der Mann mit dem Schlangentattoo war in der Menge verschwunden. Ihr Herz schlug einen Trommelwirbel nach dem anderen. Sie steckte das Handy ein und beschleunigte ihren Schritt. Jetzt zählte jede Sekunde. Die Mafiosi waren Willi vielleicht schon dicht auf den Fersen, und vorher musste sie unbedingt von ihm erfahren, was wirklich lief. Vor allem musste sie Willi vor weiteren Attacken schützen.

Im Eiltempo durchpflügte sie die Menschentrauben des Eingangsbereichs, geriet in einen falschen Gang, lief zurück, arbeitete sich zum Treppenhaus vor, nahm zwei Stufen auf einmal, bis sie den dritten Stock erreichte, und rannte zum Zimmer dreihundertfünf. Außer Atem riss sie die Tür auf. Drei Betten standen in dem Raum. Drei, nicht vier. Willis Bett fehlte.

»Wo ist mein Sohn?«, rief sie.

Zwei Patienten dösten vor sich hin, der junge Mann mit dem Gipsbein sah träge von seinem Nintendo auf.

»Wer?«

»Willi! Der Junge, der am Fenster lag! Gestern Abend wurde er hier eingeliefert!«

»Keine Ahnung«, der junge Mann schielte auf sein Display, »war eben noch da, müssen Sie eine Schwester fragen.«

Maja brach der Schweiß aus. Willi. Wo haben sie dich hingebracht? Worum geht es hier? Mit bebenden Fingern wählte sie seine Handynummer. Teilnehmer nicht erreichbar. Online war Willi auch nicht, wie sie seinem WhatsApp-Account entnehmen konnte. Für gewöhnlich war Willi praktisch vierundzwanzig Stunden online. Was stimmte hier nicht?

Sie hastete auf den Flur, suchte das Schwesternzimmer und fand einen Pfleger, der es sich mit einem Wurstbrot gemütlich gemacht hatte. Seine Füße, die in klobigen weißen Gummischuhen steckten, lagen auf dem Tisch. An der Wand über ihm hing ein Kalender vom vorigen Jahr, auf der Fensterbank verblühte eine mickrige Geranie.

»Willi Müller! Zimmer dreihundertfünf! Wo ist er?«

Seelenruhig biss er von seinem Brot ab.

»Jetzt mal langsam, junge Frau, hab gerade Pause«, er kaute genussvoll, »da müsste ich später mal nachgucken.«

»Nein, tun Sie das sofort, bitte! Es geht um Leben und Tod!«

Ein gelangweiltes Augenpaar, das schon zu viele hysterische Angehörige gesehen hatte, schaute knapp an Maja vorbei.

»Erzählen Sie mir was Neues. Dies ist die Unfallstation, kein Wellnessresort. Hier geht's immer um Leben und Tod.«

Wo waren die anderen Pfleger, die Schwestern? Zwei blaue Kittel am Wandhaken verrieten, dass sie ihre Pause wahrscheinlich im Freien verbrachten. Eine unterbesetzte Station also. Die ideale Gelegenheit, einen Patienten zu entführen. Maja drehte fast durch. Ruckartig machte sie kehrt und spähte aus der Tür nach rechts und links. Links ging es zum Treppenhaus, rechter Hand machte der Flur einen Knick. Ohne zu wissen, ob das irgendeinen Sinn ergab, flitzte sie in diese Richtung.

Als sie um die Ecke bog, sah sie etwa zehn Meter entfernt zwei Männer in blauen Kitteln, die mit einem rollbaren Krankenhausbett vor dem Lastenaufzug warteten. Jemand anderes hätte vielleicht nicht gesehen, wer in dem Bett lag, doch Maja hätte ihren Sohn auch auf hundert Meter Distanz erkannt. Den wirren dunklen Haarschopf, die charakteristische Schlafhaltung, auf der Seite, leicht gekrümmt. Er trug seine schwarze Jeans und das schwarze T-Shirt. Warum, um Gottes willen, schlief Willi am helllichten Nachmittag? Wer waren die Pfleger? Waren es überhaupt Pfleger? Was würden sie tun, wenn sie Maja sahen?

Wie eine Erleuchtung überkam sie die zweite Eingebung dieses Tages. Mit einem olympiareifen Sprint raste sie zurück zum Schwesternzimmer, schnappte sich einen Kittel vom Haken, ohne den protestierenden Mann zu beachten, und spurtete wieder los. Den Kittel streifte sie im Laufen über, einen Mundschutz und eine Papierkappe fand sie in der Kitteltasche. Ob das funktionierte? Es gab keine Alternative. Es musste funktionieren.

Das Bett mit Willi befand sich schon halb im Lastenaufzug, als sie erneut um die Ecke bog.

»Halt! Stopp!«, schrie sie. »Eilige Blutkonserve!«

Auf den letzten Metern berührten ihre Füße kaum noch den Boden. Sie lief so irrwitzig schnell, dass sie gegen die Kante der Lifttür prallte, als sie im letzten Moment abbremste und in den Aufzug hechtete. Geschafft. Die Türen schlossen sich, und Maja dankte dem Erfinder der Lastenaufzüge, dass sie länger auf einem Stockwerk stehen blieben als normale Fahrstühle. Warum? Weil sie eben ersonnen waren, um größere Lasten zu transportieren, für deren Unterbringung man eine gewisse Zeit einkalkulieren musste. Ihr Glück.

Der Lift setzte sich in Bewegung. Es ging abwärts. Zunächst hielt Maja hechelnd und keuchend den Kopf gesenkt, dann hob sie ihn Zentimeter für Zentimeter höher. Als Erstes sah sie Willis regloses Gesicht, dessen Farbe sich kaum von der weißen Bettwäsche unterschied. Darüber kamen zwei blaue Kittel in Sicht. Sie wagte einen Blick in die Gesichter der Männer. Auch sie waren durch Mundschutz und Käppis vermummt. Doch Maja sah einen Schlangenkopf über den Rand eines der beiden Kittel hervorlugen. Schlange. Drogen. Bingo. Bei dem anderen Mann war eine Dolchspitze sichtbar. Dolch. Mord. Bingo. Ihr wurde schwindelig. Sie hatte keinen Plan, wie sie beklommen feststellte. Zwei Männer, groß und durchtrainiert, gegen eine zarte Person wie sie, das war eine Lachnummer.

»Und? Wo ist die blöde Blutkonserve?«, raunzte sie einer der Männer mit starkem Akzent an.

Es gab keine Blutkonserve. Unter dem Papierkäppi liefen Schweißrinnsale über Majas Stirn. Sag was. Irgendwas. Wenn eine Ausrede nicht hilft, erfinde eine zweite Variante, war ihr Motto zu Schulzeiten gewesen. Leider hatte sie diese Taktik Willi verraten, der sie sicherlich zur Genüge beherzigt hatte.

»Die«, sie schluckte krampfhaft, und ihr fiel ein, dass sie vorsichtshalber ihre Stimme verstellen sollte, woraufhin sie in Olgas gutturale Stimmfärbung rutschte, »die Blutkonserve muss ich unten abholen! Ihr arbeitet doch auch auf der Unfallstation, ihr wisst doch Bescheid.«

Die beiden Männer wechselten einen Blick.

»Klar, Nikolai, wir wissen Bescheid«, sagte der mit der Dolchspitze.

Natürlich arbeiteten diese elenden Halunken nicht auf der Unfallstation, deshalb konnten sie auch nicht einschätzen, ob Maja die Wahrheit sagte. Entwarnung. Aber das reichte nicht, um Willi zu retten. Denk nach, Maja. Irgendwo muss es ein Hirnareal für spezielle Aufgaben geben.

Wie sie befürchtet hatte, hielt der Aufzug im Erdgeschoss. Die Türen glitten auseinander, und Maja registrierte mit Schrecken, dass der Aufzug nur wenige Meter vom Eingang der Notaufnahme entfernt lag. Ein Sonnenstreifen fiel auf den grauen Bodenbelag davor, kein Arzt, keine Schwester, kein Sanitäter war zu sehen. Ein abgekartetes Spiel. Mafiosi überließen nichts dem Zufall. Draußen hielt ein Lieferwagen mit laufendem Motor und geöffneter Seitentür, auf der *Hunde-Ausführ-Service Gut gebellt* stand.

»Weg da, Bitch!«, brüllte einer der Männer.

Zusammen mit seinem Kompagnon rollte er Willi an Maja vorbei aus dem Fahrstuhl und im Laufschritt zum Ausgang. Ihr wurde übel. Gleich würden diese Männer ihren Sohn in den Lieferwagen verfrachten. Das musste sie verhindern. Aber wie um alles in der Welt?

Wie angeknipst begann das Hirnareal für spezielle Aufgaben zu arbeiten. Schlange. Drogen. Koks. Sie öffnete ihren Rucksack und wühlte eines der Plastiktütchen heraus, jenes mit der weißen Lavaerde, auch Porzellanerde genannt, reich an Kaolin und zu einem feinen weißen Pulver vermahlen.

»Hey, wartet mal!«, rief sie den beiden Männern hinterher. »Ihr habt was vergessen!«

Sie blieben stehen. Starrten die Krankenschwester an, die einen Plastikbeutel mit einem weißen Pulver schwenkte. Und kamen tatsächlich zurückgelaufen.

»Woher hast du das?«, fragte der Mann mit dem Schlangentattoo.

Schlange. Drogen. Koks. Willi. Sie beschloss zu bluffen.

»Von Willi. Das Kokain gehört euch, oder?«

Der Mann wollte danach greifen, doch sie riss den Arm hoch. Aus dem Augenwinkel sah sie, dass die Türen des Lastenaufzugs noch geöffnet waren, dem findigen Erfinder sei Dank. Jetzt konnte Maja nur beten, dass das Timing stimmte und dass in anderen Stockwerken schon fleißig die Knöpfe gedrückt wurden, weil man Patienten, Apparate und sonstige sperrige Dinge zu transportieren hatte. In hohem Bogen schleuderte sie das Plastiktütchen in den Aufzug. Wie Hunde, denen man einen Knochen hinwarf, liefen die beiden Männer hinterher, um sich daraufzustürzen. Das Timing stimmte. Sie rangelten noch um den Plastikbeutel, als sich die Türen schlossen. Das Gebrüll und Gebummer würde ihnen nicht helfen. Bevor sie wieder das Erdgeschoss erreichten, würden einige Minuten vergehen, und Maja verfügte nun über einen kostbaren Zeitvorsprung.

Es war eine Sache von Sekunden. Sie rollte das Bett zum Lieferwagen, verfrachte den federleichten Willi auf den Rücksitz, den selbst das nicht aufweckte, und warf die Schiebetür zu. Jetzt war der Fahrer dran. Schläfrig rauchte er eine Zigarette und staunte nicht schlecht, als eine Krankenschwester vor seinem geöffneten Fenster auftauchte statt seiner Komplizen. Maja zuckte nicht mit der Wimper.

»Planänderung. Du steigst aus, ich fahre.«

»Njet.«

Grimmig beäugte er die unbekannte Frau vor sich. Sie hatte ihn nicht überzeugt. Los, Hirnareal für spezielle Aufgaben, streng dich an. Gleich kommt der Aufzug zurück. Wie hieß der eine Typ noch mal? Und was hat Olga auf Russisch gesagt bei der Hochzeitsparty?

»Anweisung von Nikolai!«, schrie sie. »Raus da, schnell! Do swidanija und do sawtra!«

Ein durchschlagendes Statement. Flugs stieg der Fahrer aus, er half ihr sogar auf den Sitz. Maja schnallte sich an. Sie trat das Gaspedal ganz durch. Schleudernd holperte sie über den gepflasterten Weg vor der Notaufnahme, hupte sich durch die Besucherströme, erreichte die Straße und fädelte sich in den Verkehr ein. Während sie an Tempo zulegte, war ihr schleierhaft, wohin sie eigentlich fahren sollte. Nach Hause? Zu gefährlich. In den Salon? Auf keinen Fall. Zu Tante Ruths Pension? Negativ. Sie musste alles dafür tun, dass Tante Ruth nicht in diese Sache hineingezogen wurde. Außerdem war verschärfte Krisenkompetenz gefragt. Und es gab nur eine Person, der sie zutraute, genügend Überlebensklugheit für eine derartige Situation zu besitzen. Jemand, der gelernt hatte, sich noch unter den widrigsten Umständen zu behaupten. Mit zittrigen Fingern holte sie ihr Handy aus dem Rucksack.

Die Mailboxansage war ein Stakkato schnell gesprochener, konsonantenreicher Silben, was einige Zeit in Anspruch nahm, dann folgte knapp auf Deutsch: »Olga. Was geht?«

»Hier ist Maja! Ich habe Willi! Die sind hinter mir her! Wir müssen uns verstecken! Ruf mich an!«

Ein Streifenwagen stand am Straßenrand, und Maja disziplinierte sich dazu, langsamer zu fahren. Bloß nicht auffallen. Bloß nicht erwischen lassen. Leider musste sie auch die Finger vom Handy lassen, obwohl es jetzt eine russische Polka dudelte. Also hatte Olga nicht nur ihre Nummer, sondern auch den Klingelton einprogrammiert. Erst als der Streifenwagen im Rückspiegel nicht mehr zu sehen war, rief Maja zurück. Olga war sofort dran.

»Komm in – wie heißt Straße?« Eine Männerstimme im Hintergrund, dann wieder Olga. »In Kastan Alle.«

»Was?«

»Kastan Alle.«

Wo lag das denn? In Kasachstan? In Sibirien? Jetzt war Majas sprachverarbeitendes Hirnareal gefragt. Scheibenkleister. Was zum Teufel bedeutete Kastan Alle? Sie überlegte fieberhaft.

»Kastanienallee?«

»Ja, sagen ich ganze Zeit – Kastan Alle. Kommen Nummer sieben.«

Maja gab Gas. Die Kastanienallee lag am Stadtrand, jedoch nicht in der unspektakulären Gegend, in der ihr Hexenhäuschen stand, sondern in entgegengesetzter Richtung in einem noblen Villenvorort. Und wenn das ein Mafianest ist? Wenn diese Typen Olga einkassiert haben, sie festhalten und mit vorgehaltener Pistole zwingen, dich in eine Falle zu locken?

Für den Bruchteil einer Sekunde erwog Maja, einfach die Stadt zu verlassen, rauf auf die Autobahn und weit, weit weg. Aber das hätte nicht ein einziges Problem gelöst, sondern hundert neue geschaffen. Sie beschloss, ihrem Schicksal zu vertrauen. Und Olga.

Zwanzig Minuten später rollte der Lieferwagen durch eine breite, baumbestandene Straße, an der sich parkähnliche Vorgärten und prächtige Häuser aneinanderreihten. Alles atmete den Glanz vergangener Zeiten. Hier standen wunderschöne alte Villen, tipptopp renoviert, mit Säulenvorbauten und schmiedeeisernen Balkongittern und verschwenderischem Stuck. Wären ihre Hände nicht schweißnass gewesen und hätte ihr Kreislauf nicht verrückt gespielt, dann hätte Maja den Anblick genossen. Doch sie hatte keine Zeit fürs Schwelgen. Im Schritttempo tuckerte sie an den Mauern und Zäunen entlang, auf der Suche nach der Nummer sieben.

Es war mit Abstand das scheußlichste Haus der Straße. Ein moderner, gesichtsloser Flachbau mit viel Glas und einem Vorgarten, in dem statt Blumen und Büschen ein paar geometrisch zugeschnittene Buchsbäume auf einem millimeterkurz geschorenen Rasen herumstanden. Maja stellte den Motor aus. Lieber Gott, lass das keine Falle sein, schickte sie ein Stoßgebet zum Himmel.

»Was'n los?«, hörte sie auf einmal Willis Stimme.

Maja drehte sich nach hinten. Er war gerade aufgewacht und rieb sich benommen über die Augen. Eine Welle der Zärtlichkeit überrollte sie.

»Alles bestens, Großer, die Mafiosi haben dich betäubt, wahrscheinlich mit K.-o.-Tropfen, sie wollten dich entführen, ich habe sie ausgetrickst, ihnen den Lieferwagen geklaut und mein geliebtes Willilein in Sicherheit gebracht.«

Er brauchte einige Augenblicke, um diese geballten Informationen zu verarbeiten. Mit stolzgeschwellter Brust wartete Maja auf seine Reaktion. Etwas wie: Wow, Mum, danke, du bist die Allercoolste. Doch er hob nur die Augenbrauen.

»Shit, Mum, nenn mich nicht Willilein.«

So viel zum Thema Dankbarkeit. Es ging schon wieder los. Wer hatte eigentlich die Pubertät erfunden? Es musste ein Sadist mit einem grauenvollen Humor gewesen sein. In diesem Moment klopfte es an das Seitenfenster. Maja schrak zusammen. Dann sah sie eine blonde Lockenmähne, einen roten Schmollmund und ließ das Fenster herunter.

»Hallo, kommen schnell rein!«

»Was ist das für eine hässliche Hütte, Olga? Wer wohnt da?«

Mit dem Daumen deutete Olga hinter sich. Ihre Antwort bestand aus einem Mann, der eine sandfarbene Hose und ein rotes Poloshirt trug. Wie hingepflanzt stand er auf einmal im Vorgarten zwischen den Buchsbäumen und sah alles andere als begeistert aus.

»O nee«, stöhnte Maja.

Olga hatte bereits den Lieferwagen umrundet und öffnete die Schiebetür. Willi war noch zu schwach zum Laufen. Zu dritt trugen sie ihn ins Haus, wo sie ihn in einer weitläufigen, unterkühlten Lounge auf eine ultramoderne, mit geschecktem Kuhfell bespannte Metallliege betteten. Maja schaute sich um. Wie konnte man nur so wohnen! Es hätte keinen größeren Kontrast geben können als zwischen ihrem liebevoll mit Antiquitäten und charmantem Trödel eingerichteten Häuschen und dieser superedlen Kältekammer. Niedrige anthrazitfarbene Couchen. Zwei, drei Glastische. Ein Kamin mit einer Umrandung aus gebürstetem Stahl. Und alles so grässlich aufgeräumt.

»Habe ich da ein ›Danke, sehr freundlich von Ihnen‹ gehört, werte Frau Müller?«, sagte Alexander von Maybach.

Willi starrte ihn missmutig an.

»Wer is'n der bescheuerte Komiker?«

»Mangelnde Umgangsformen scheinen bei Ihnen in der Familie zu liegen.« Majas Gastgeber wider Willen hakte seine Daumen in den Hosenbund. »Nur, damit das gleich klar ist: Ich habe nicht die Absicht, Sie länger als eine halbe Stunde zu beherbergen. Wenn ich unsere reizende Olga richtig verstanden habe, bewegen Sie sich in einem Milieu, mit dem ich nichts zu tun haben will.« Er warf Willi einen vernichtenden Blick zu. »Drogen, Mafia, Polizei – das bedeutet Scherereien, die unvereinbar mit meinem guten Ruf sind.«

»Alexej, nein …«, setzte Olga an, doch Maja konnte sich nicht länger zurückhalten.

»Mit Ihrem guten Ruf? Jetzt machen Sie aber mal 'nen Punkt! Ich weiß ja nicht, wie Sie ›gut‹ definieren, aber mir ist nicht entgangen, dass Sie in Ihrer Familie das schwarze Schaf sind.«

Seine auftrumpfende Großspurigkeit wich ungläubiger Verblüffung.

»Wie bitte?«

»Ich habe nur ungenaue Vorstellungen, was in Ihren Kreisen so abgeht, aber wenn Ihre fürstliche Frau Schwester darauf besteht, dass Sie sich auf einer Hochzeitsparty öffentlich bei mir entschuldigen, bei einer einfachen, unbedeutenden Friseurin wohlgemerkt, dann gibt es eine dunkle Backstory.«

In das angespannte Schweigen hinein, das sich wie ein Schatten über die Lounge legte, ließ Willi einen kleinen Rülpser hören. Er konnte auf Kommando rülpsen und provozierte gern damit, wenn er sich bemerkbar machen wollte. Was glänzend funktionierte. Alle sahen nun ihn an.

»Scheiße, der Lieferwagen steht noch draußen«, knurrte er. »Der muss weg. Sonst finden die uns.«

Alexander von Maybach, ganz offensichtlich froh darüber, dass er sich nicht weiter mit Maja auseinandersetzen musste, war schon auf dem Weg zur Tür.

»Ich fahre den Wagen in die Garage!«

»Schlüssel steckt!«, rief sie ihm nach.

Sobald er außer Hörweite war, musterte sie Olga genauer. Noch immer trug sie ihr improvisiertes Outfit vom Morgen. Gab es verdächtige Spuren? Hatte dieser aufgeblasene Trottel sie etwa geküsst? Frisur und Lippenstift saßen perfekt, aber man konnte nie wissen.

»Was machst du hier eigentlich?«, fragte Maja.

»Machen chillen«, erwiderte sie unbefangen. »Ist Alexej nette Mann.«

Die Platte kannte Maja schon.

»Tu nichts, was du nicht wirklich willst. Solche Männer halten nicht alles, was sie in schwachen Momenten versprechen.«

»Was weißt denn du von ›solchen Männern‹?«, mischte Willi sich ein. »Bei dir stehen doch nur immer irgendwelche abgewohnten

Traumtänzer auf der Matte. So Baureihe Robin, der eine Idee nach der anderen raushaut, aus der dann nix wird. Der hat doch nada in der Birne außer Call of Duty und seinen blöden Eiswürfeln in seinem saublöden Kühlschrank.«

Maja war sprachlos. Noch nie hatte sie sich mit Willi über ihre Beziehungen unterhalten. Sie war auch noch nie auf den Gedanken gekommen, dass er eine differenzierte Meinung über ihr Liebesleben haben könnte. Sofern man Willis Schnellanalyse als differenziert bezeichnete. Aber irgendwie hatte er recht. Leider.

»Willi«, ergriff Olga das Wort. »Du müssen sagen – was wollen Mafia von dir? Was haben getan?«

Mit schmerzverzerrtem Gesicht verlagerte er das Gewicht seines mageren Körpers auf der Liege. Entweder war er ein hochbegabter Schauspieler, oder seine angeknacksten Rippen taten ihm wirklich weh.

»Shit«, er rieb sich verlegen die Nase, »das fing total easy an. Hab auf 'ner Homeparty 'nen Joint geschenkt gekriegt. War cool. Bei der nächsten Home wollte ich noch mal. Aber von meinem pupsigen Taschengeld«, er streifte seine Mutter mit einem schwer zu deutenden Blick, »konnte ich mir kein Gras kaufen. Und dann war da so 'n Typ, der sagte: Hey, wenn du was vertickst, haste immer Kohle extra. Also wurde ich Ticker. Nur so nebenbei. Schulhof und so. Dann hab ich Schiss bekommen. Wollte aussteigen.«

»Aber da hast du schon zu tief dringesteckt«, ergänzte Maja, die mit wachsendem Entsetzen zugehört hatte.

»O Mann, wenn du schon alles weißt, warum fragst du dann?«

Mit ihrem Handrücken strich Olga sanft über seine Stirn.

»Du erzählen, wir still.«

Willi drehte sich auf die Seite, das Kinn in eine Hand gestützt.

»Der Typ wurde stinkig. Du musst weitermachen, sagte er. Er verpfeift mich sonst bei den Bullen. Und dann kam die Sache mit Boris.«

»Boris«, stöhnte Maja. »Das bedeutet nichts Gutes.«

»Hey, der ist voll in Ordnung, ja? Hör mal auf mit dem Bashing. Er ist mein Freund. Und da hat er mich um einen Gefallen gebeten.«

»Was für einen Gefallen?«, fragte Maja mit tonloser Stimme, obwohl sie ahnte, was jetzt kam

»Koks«, erwiderte Willi schlicht. Er legte eine Hand auf seine Rippengegend und atmete ein paarmal durch. »Er ist dick im Geschäft und sollte 'ne Lieferung in irgend so 'nen Club bringen. Hatte aber keine Zeit. Da hat er mich gefragt. Und ich hab ja gesagt.«

Maja schlug die Hände über dem Kopf zusammen.

»Wie konntest du nur?«

»Shit, Mum, Boris hatte was gut bei mir. Der hat mich so oft auf 'nen Drink eingeladen, wenn ich blank war, und dann hat er mich immer auf Partys reingebracht, wo ich sonst nie reingekommen wäre. Deshalb hab ich ja gesagt. Und er meinte auch, hey, nur dieses eine Mal, ist null Risiko dabei, so 'n kleiner Schüler wie du fällt nicht auf. Weil ich aussehe wie tausend andere versiffte kleine Nerds. Ich wär der ideale Drogenkurier.«

An dieser Stelle kam Alexander von Maybach wieder herein.

»Drogenkurier! Herr im Himmel!«

»Setzen, zuhören«, brachte Maja ihn zum Schweigen.

»So ist sie immer, der totale Kontrollfreak.« Willi grinste schwach. »Na ja. Vor 'n paar Tagen gab mir Boris also so 'nen Plastikbeutel. Bis oben hin voll mit Koks.«

»Koks«, echote Alexander von Maybach fassungslos.

»Und?«, fragte Maja.

Auf einmal sah Willi sehr verzweifelt aus.

»Hab's verloren, verdammt. Ich wollte es in diesen Club bringen, aber dann bekam ich echt Angst und hab das Koks versteckt, weil ich es ihm wiedergeben wollte. Doch dann war's weg.«

»Wie – weg?«

»Na, weg. Einfach so. Hab überall gesucht, bin echt crazy geworden. Dauernd stand Boris vor mir. In der Schule. Beim Einkaufen. Bei uns vor dem Haus. Wo das Koks ist. Ob ich's geliefert habe. Dass er die Kohle sehen will.«

»Dreihundert Euro«, flüsterte Maja. »Weißt du, wie viel ich für so eine Summe arbeiten muss?«

Willis verzweifelte Miene verwandelte sich in helle Panik.

»Das ist doch nur die Anzahlung. Gestrecktes Koks kriegste für vierzig bis sechzig Euro das Gramm. Aber das war superreines Kokain, zweihundert Tacken das Gramm. War 'n Beutel mit dreißig Gramm. Kannste rechnen, Mum? Sechstausend Euro. So viel ist die Scheiße wert.«

Es wurde still in der ebenso teuer wie unterkühlt möblierten Lounge, so still, dass man das Rülpsen einer Ameise hätte hören können.

Kapitel 13

Auch der Garten hinter dem Haus wirkte wie am Reißbrett geplant. Alexander von Maybach schien ein Liebhaber der Geometrie und ein Hasser der Natur zu sein. Rechtwinklig angelegte, mit weißem Kies bestreute Wege zogen sich durch die trübseligste Vegetation, die Maja jemals gesehen hatte. In den mit kontrastierendem schwarzem Kies abgedeckten Beeten streckten kümmerliche Bonsaibäumchen ihre Zweiglein in die Luft. Dazwischen standen Metallskulpturen, die aus grauschimmernden Würfeln und Quadern bestanden. Falls ein Garten die Seele seines Besitzers widerspiegelte, war Alexander von Maybachs Innenleben eine trostlose Einöde.

Maja nahm einen Schluck von dem Mineralwasser, das Olga ihr auf die Terrasse gebracht hatte. Dann lehnte sie sich in dem graugebeizten Deck-Chair zurück. Sie brauchte Zeit zum Nachdenken. Zwar hatte sie geahnt, dass Willi bislang nur die Spitze eines Eisbergs preisgegeben hatte, doch dass die Eismassen darunter so gigantisch sein würden, wäre ihr nicht im Traum eingefallen. Sechstausend Euro. Wahrlich kein Pappenstiel. Es gab Menschen, die dafür morden würden.

Aus dem Wohnzimmer hörte sie zwei Männerstimmen – ja, auch Willi hatte eine Männerstimme, wie ihr jetzt auffiel – und das übermütige Lachen von Olga. Es klang nach einer entspannten kleinen Plauderei an einem unbeschwerten Samstagnachmittag. Maja wusste, dass der Schein trog. Die Zeit, die ihnen Alexander von Maybach zugestanden hatte, war längst um. Sie mussten hier weg. Aber wohin? Und was war mit Tante Ruth? Wurde sie etwa schon bedroht im Hexenhäuschen? Maja holte ihr Handy heraus.

»Tante Ruth, alles okay bei dir?«

»Ich habe gerade etwas Schönes gekocht. Zitronenhühnchen all'amalfitana mit Süßkartoffel-Pommes. Gekühlten Prosecco gibt's auch. Aber ich fürchte, ihr werdet nicht so bald zu Hause sein, stimmt's?«

Zu Hause. Mit aller Kraft unterdrückte Maja die Tränen, die von dem Wort angelockt wurden wie Wespen von einer Scheibe Mortadella.

»Bitte schau vorn aus dem Fenster. Irgendetwas Außergewöhnliches auf der Straße?«

Es dauerte quälende Sekunden, bis Tante Ruth antwortete. Vor ihrem geistigen Auge sah Maja sie von der Küche in den Flur und von dort aus ins Wohnzimmer wandern.

»Lass mal schauen. Der ältere Herr von gegenüber schneidet seine Rosen, übrigens wunderschöne zartorangefarbene Apricot Nectar, wie ich sie in meinem Schrebergarten hatte. Dein Nachbar nebenan sprengt den Rasen, er hat lustige bunte Shorts an, ganz schön fesch, und dann parkt da noch der Geländewagen.«

»O Gott. Farbe?«

»Maja, was ist los? Du klingst so komisch.«

»Schwarz?«

»Ja, ein schwarzes Fahrzeug. Der Mann darin hat einen rasierten Kopf und raucht wie ein Schlot.«

»Tante Ruth.« Es war ein Eiertanz, jemanden zu warnen, ohne ihm Angst einzujagen, doch Maja probierte es. »Du erinnerst dich an diesen Wagen?«

»Ja, natürlich, Kind. Ich bin alt, aber nicht so vergesslich, wie du denkst. Das ist einer dieser Männer, die Willi aufgelauert haben. Er heißt Wassili. Ich habe ihm gerade eine Portion Zitronenhühnchen rausgebracht.«

Maja schoss von ihrem Deck-Chair hoch.

»Du hast – was?«

»Ach, weißt du, Kriminelle sind auch nur Menschen. Seit Stunden sitzt er da in seinem Auto in der prallen Sonne, und ich dachte mir, bring ihm etwas zu essen, sprich mit ihm, sonst wird ihm so langweilig, dass er auf dumme Gedanken kommt. Das Haus hat er schon durchsucht. Ich habe ihm dabei geholfen und hinter ihm hergeräumt, weil Männer immer so ein schreckliches Durcheinander hinterlassen. Maja? Kind? Bist du noch dran?«

Eine Biene hatte sich in den leblosen Designergarten verirrt, und während Maja zusah, wie das Insekt vergeblich nach einer Blüte suchte, rang sie nach Atem. Wie machte Tante Ruth das nur? Wie konnte sie so gelassen bleiben? Ob das an dem Mantra lag? Jedenfalls musste man sich um diese unerschrockene alte Dame wirklich keine Sorgen machen. Oder eben doch.

»Ich bin noch dran. Es … es kann noch ein bisschen dauern, bis wir nach Hause kommen, Tante Ruth. Aber Willi ist in Sicherheit.«

»Das ist schön. Von Wassili weiß ich, dass seine Gefährten unseren Goldjungen suchen. Pass gut auf ihn auf, mein Kind.«

»Mach ich. Und noch etwas.«

»Ja?«

»Hab dich lieb, Tante Ruth.«

»Ich dich auch. Mögest du in deinem Herzen wohnen. Mögest du sicher und geborgen sein.«

Das Gespräch war schon seit Minuten beendet, als Maja merkte, dass ihr Tränen über die Wangen liefen. Verschämt wischte sie das Gesicht am Ärmel ihres ehemals weißen T-Shirts trocken. Sie hätte so gern geduscht, sich daheim auf dem Sofa ausgestreckt, mit einer Tafel Schokolade einen alten Film geguckt. Sie wollte nach Hause.

Die Zirkusmelodie des Handys erklang. Eine anonymisierte Nummer. Für gewöhnlich ignorierte Maja solche Anrufe, doch einer Intuition folgend, setzte sie sich wieder hin und ging ran.

»Liebe Frau Müller, ich bin außer mir. Gerade wollte ich Sie in Ihrem Salon aufsuchen, um Ihnen mit meinem aufrichtigsten Dank einen Blumenstrauß zu überreichen und eventuell meine Frisur auffrischen zu lassen. Doch dann das. Eine zerstörte Scheibe. Überall Polizei. Sie seien wie vom Erdboden verschluckt, erzählt man sich.«

Wen sie mit »man« meinte, konnte sich Maja lebhaft vorstellen. Bernd und seinen Kiosk. Den Newsroom schlechthin.

»Hallo, Frau von Gernsheim. Ja, es hat einige, wie soll ich sagen, Komplikationen gegeben.«

»Wo sind Sie? Kann ich irgendwie behilflich sein?«

Mit hämmernden Schritten kam Alexander von Maybach über die graugestrichenen Holzbohlen der Terrasse angelaufen. Vorwurfsvoll zeigte er auf sein Chronometer am Handgelenk.

»Sie sitzen hier rum und telefonieren? Ich hatte mich doch wohl unmissverständlich genug ausgedrückt! Die Zeit ist abgelaufen! Sie müssen jetzt gehen!«

»Höre ich das richtig? Ist das etwa die Stimme meines Bruders?«, fragte Sophie-Charlotte von Gernsheim deutlich konsterniert.

»Äh – jaaaa, er steht direkt neben mir.«

»Dann geben Sie ihn mir bitte.«

»Ist für Sie.« Maja reichte ihm das Handy. »Ihre Schwester.«

Seine Stirn umwölkte sich. Widerwillig griff er nach dem Smartphone.

»Sophie-Charlotte, Darling«, begann er zu sprechen und verstummte abrupt.

Nun hörte er lange zu, abgesehen von einem »Ja« hier und einem »Nein« da. Aus seiner Mimik konnte Maja allerdings so einiges herauslesen. Während er anfangs noch entnervt gewirkt hatte, sah er zunehmend aus wie ein kleiner Schuljunge, dem die Leviten gelesen wurden. Schuldbewusst. Und irgendwie hilflos.

»Aber ich kann doch nicht …«, warf er nach einer Weile ein, woraufhin er neuerlich verstummte. Kurz bevor das Gespräch endete und er ein »Was denkst du denn? Selbstverständlich!« ausstieß, stützte er sich schwer auf die Rückenlehne des Deck-Chairs. Schweigend gab er Maja das Handy zurück.

»Familienangelegenheiten?«, fragte sie.

Lange schaute er in seinen trostlosen Garten. So lange, dass Maja sich ernsthaft fragte, ob er den Bonsais beim Wachsen zusehen wollte.

»Sie können hierbleiben.« Er schaute sie nicht an. »Bis auf weiteres.«

Maja biss sich auf die Lippen. Was auch immer seine Schwester gesagt hatte, offensichtlich hatte sie ihn unter Druck gesetzt. So was nannte man wohl Zwangseinquartierung. Wollte sie das? Nein, Maja-Maria Müller hatte ihren Stolz. Energisch stemmte sie sich aus dem Deck-Chair hoch.

»Es ist absolut nicht Ihr Job, den Mist anderer Leute wegzuräumen. Ich finde schon eine Lösung. Es gibt immer eine Lösung. Danke, dass wir hier einen Zwischenstopp machen durften, aber mehr kann und will ich nicht von Ihnen annehmen.«

Sie wollte gehen, doch er stellte sich ihr in den Weg.

»Ist mir scheißegal. Sie bleiben hier. Keine Diskussion. Im ersten Stock befinden sich zwei Gästezimmer und mein Schlafzimmer. Da können Sie drei es sich bequem machen, ich schlafe auf der Couch. Und wenn Sie jetzt noch ein Wort sagen, sperre ich Sie ins Klo.«

In Majas Zwerchfell entstand ein Juckreiz, ein unwiderstehlicher, dummer kleiner Juckreiz, der sich stetig vergrößerte und mit geisterhafter Geschwindigkeit ihren Körper eroberte. Bis sie sich nicht mehr beherrschen konnte. Es war eine Eruption. Ein großes, pralles Lachen schüttelte sie und fegte die Anspannung der letzten Stunden hinweg.

Neugierig erschien Olga auf der Terrasse.

»Maja, warum du lachen?«

»Ins Klo!«, sie giggelte und gluckste. »Er will mich ins Klo sperren!«

Sie war die Einzige, die das erheiternd fand. Alexander von Maybach stürmte an ihr vorbei ins Innere des Hauses, Olga pulte einen losen Faden aus dem Saum des abgeschnittenen Jeansrocks.

»Müssen sprechen mit Willi. Müssen finden Koks.«

Allmählich beruhigte sich Maja. Mit den Fingern ordnete sie ihr Haar. Und auf einmal spürte sie eine ungeheure Erleichterung. Auch wenn Alexander von Maybach der letzte Mensch war, bei dem irgendwer unter normalen Umständen übernachtet hätte, war sein Angebot ein Geschenk des Himmels. Niemand würde auf die Idee kommen, dass Willi bei ihm sein könnte. Weder die Mafiosi noch sonst wer.

»Gut, lass uns reingehen.«

Die Beine an den Körper gezogen, den Blick unverwandt auf sein Handy gerichtet, lümmelte Willi auf der Kuhfellliege herum. Neben ihm lag eine aufgerissene Chipstüte, deren Inhalt bereits unzählige winzige Krümel auf der Liege und auf dem geölten graubeigefarbenen Parkett hinterlassen hatte. Maja hockte sich neben ihn. Leise knisterten die Krümel unter ihrem Po. In Willis blassem Gesicht zeigten sich Ungeduld, Bedauern, tiefe Frustration.

»Hi, Mum.«

»Hi, Willi.« Sie zog ebenfalls die Beine an und umschlang ihre Knie mit den Armen. »Lass uns noch einmal alles genau durchgehen. Es kann doch nicht sein, dass sich das Kokain in Luft aufgelöst hat. Denk nach.«

»Denken du nach«, bekräftigte Olga, die sich auf eine Couch fallen ließ und ihre Glitzer-Highheels abstreifte.

Mit ihrem besten Zuversichtslächeln streckte Maja eine Hand aus. Begütigend streichelte sie Willis Wange.

»Wir helfen dir, wir sind für dich da.«

»Super. Könnte kotzen vor Glück.«

»Willi!«

So kamen sie nicht weiter. Maja wurde das Gefühl nicht los, dass Willi ihr etwas verheimlichte.

Manisch tippte er auf seinem Handy herum. Er spielte Smash Hit, ein Game, bei dem man Unmengen von Glaskegeln zerdeppern musste, um Punkte zu sammeln. Das elektronische Klirren erinnerte Maja unliebsam an die zersplitternde Schaufensterscheibe ihres Salons.

»Tu mir den Gefallen, hör bitte auf zu spielen.«

Er sah nicht einmal auf.

»Ich spiele nicht, ich entfessle mein digitales Potenzial.«

Unbändige Wut stieg in ihr auf. Sie hatte es so satt. Seine Aufsässigkeit. Seinen Trotz. Sein Ist-mir-egal-Gesicht.

»Letzte Ansage«, zischte sie. »Du sagst mir jetzt, was du weißt, oder ich schleife dich persönlich auf die Polizeiwache. Falls sie dich nicht sofort einbuchten, hast du eine weitere Option: Frau Hase-Johannsen will dafür sorgen, dass du in ein Heim kommst. Wird dir gefallen. Dann bist du mich endlich los.«

Wie in Zeitlupe ließ er das Handy sinken.

»Was?«

»Schluss jetzt!«, schrie Maja. »Sag endlich, was los ist!«

Und dann geschah etwas völlig Unerwartetes: Willi begann zu weinen. Der obercoole, stets freche Willi heulte Rotz und Wasser, dass es zum Gotterbarmen war. Schluchzend presste er seine Hände auf die Augen, seine knochigen Schultern zuckten. Maja überwand ihren Groll und nahm ihn in die Arme.

»Erzähl.«

»I-hich«, ein Schluckauf quälte ihn zusätzlich, »habe den Pla-hastikbeutel im Salon versteckt. Und a-hals ich dann später nachgeguckt ha-habe, war er nicht mehr da.«

Im Salon. Bombe. Halb ohnmächtig vor Zorn ballte Maja die Fäuste.

»In meinem Salon? Da, wo ich für uns beide ackere und ackere, bis mir das Haarspray aus den Ohren wieder rauskommt, hast du …«

Mitten im Satz hielt sie inne. In wahnwitzigem Tempo spulte ihr innerer Film zurück, und da war er wieder, der Augenblick, als sie meinte, etwas sei ihr entgangen. Als sie Willis Lehrerin die Haare gefärbt hatte. Als sie abgelenkt gewesen war. Nein. O nein, nein, nein. Jede ihrer folgenden Silben betonte sie wie Paukenschläge.

»Wo – ge-nau – hast – du – den – Beu-tel – ver-steckt?«

Schräg von unten sah Willi sie an, mit verheulten Augen.

»I-hin der Teekü-hüche. Da war so ein Ka-haton mit kleinen du-hurchsichtigen Plastikbeuteln, die mit dem wei-heißen Pulver, ich hab's ganz hinten rei-heingetan.«

Die weiße Lavaerde. Vor dem Färben wurden die Haare der Kundinnen immer mit weißer Lavaerde gewaschen. Jetzt erinnerte sich Maja daran, dass der Beutel im Rollwagen anders ausgesehen hatte als sonst. Sämtliche Pulver, die sie benutzte, wurden in wiederverschließbaren Beuteln geliefert, eine praktische Angelegenheit, da man Reste auf diese Weise besser aufheben konnte. Der Beutel, der vormittags im Rollwagen gelegen hatte, war fest verschweißt gewesen.

»Mum? Was ha-hast du denn?«

Der innere Film lief gnadenlos weiter. Jeremy hatte Frau Hase-Johannsen die Haare gewaschen, während Maja mit Olga in der Teeküche gewesen war. Erst danach hatte sich Maja der Lehrerin gewidmet. Ganz deutlich sah sie nun das Bild des eilig aufgerissenen leeren Beutels vor sich, den Jeremy auf die Ablagefläche vor dem Spiegel gelegt hatte. Der Strähnchenunfall mit Willis Lehrerin hatte nicht an einer falschen Dosierung des Hennas gelegen oder an der überschrittenen Einwirkzeit der Blondierung.

»Mum? Wieso sagst du-hu nichts?«

Willi rüttelte an ihrer Schulter. Auf bloßen Füßen kam nun auch Olga herangehuscht.

»Du sehen aus wie Geist! Was passieren?«

Maja räusperte sich. Willi würde das Koks nicht finden, genauso wenig wie die Russenmafia. Sie konnte nur noch flüstern.

»Jeremy hat Frau Hase-Johannsen mit dreißig Gramm Kokain die Haare gewaschen.«

Grabesstille. Wie schockgefroren schauten Willi und Olga einander an. Es gab Wahrheiten, die das Fassungsvermögen des menschlichen Verstands und selbst die aberwitzigsten Phantasien überstiegen. Keiner bewegte sich. Keiner sagte etwas.

»So, da bin ich wieder!« Mit aufgesetzter Munterkeit in der Stimme kehrte Alexander von Maybach ins Wohnzimmer zurück. »Ich habe frische Handtücher ins Gästebadezimmer gelegt, für den Fall, dass jemand duschen möchte. Ist ja ein warmer Tag.« Er unterbrach sich und schaute in die Runde. »Ist jemand gestorben?«

»So gut wie.« Willi kratzte sich am Kopf, eine Angewohnheit, die Maja zur Weißglut trieb, jedoch kommentarlos überging. »Jeremy hat sechstausend Euro im Ausguss runtergespült.«

Von der demonstrativen Munterkeit des Hausherrn war nichts mehr zu hören oder zu sehen. Ärgerlich verschränkte er die Arme.

»Jeremy? Der Friseur? Soll das ein Witz sein? Technisch völlig unmöglich. Wie kann man so viele Scheine in den Ausguss spülen?«

Die Frage war wohl eher, wie man so begriffsstutzig sein konnte.

»Nicht Scheine«, stöhnte Maja. »Kokain.«

»Haben Jeremy machen Haare waschen von Lehrerin mit Koks«, schob Olga eine ausführlichere Erklärung nach.

Ihr kleiner Nachhilfeunterricht zeigte Wirkung. Wie ein Sträfling im Gefängnishof begann Alexander von Maybach, hin und her zu laufen. Auf seinen Wangen brannten rote Flecken. Ohne Unterlass murmelte er Unfreundliches vor sich hin.

»Das ist nicht zu fassen. Was für eine schreckliche Bagage. Rausschmeißen sollte ich diese Leute, einfach rausschmeißen.« Er blieb stehen. Fixierte Maja. Ihre Blicke trafen sich. »Was haben Sie nur für einen elenden Saftladen?«, schrie er. »Sie waschen Ihren Kunden die Haare mit Drogen? Haben Sie meine Haare auch damit gewaschen?«

»Alter, komm mal runter«, griff Willi ein, dessen Grinsen zeigte, dass er der Geschichte schon wieder eine komische Seite abgewinnen konnte. »Noch nie von Geldwäsche gehört?«

Maja fand es an der Zeit, dem Gespräch eine neue Wendung zu geben. Sie hegte keinerlei Sympathie für Alexander von Maybachs aufbrausende Art, doch ihr Realitätssinn sagte ihr, dass sie sich erstens mit ihm arrangieren mussten und dass sie zweitens einen Plan brauchten. Einen richtig guten, nein, einen brillanten Plan.

»Lass gut sein, Willi. Das Kind ist in den Brunnen gefallen. Die zweite schlechte Nachricht ist: Die Mafiosi werden inzwischen festgestellt haben, dass ich ihnen nicht gegeben habe, was sie wollten. Hat irgendwer eine Idee, was wir jetzt tun sollten?«

»Ach, schießen Sie sich doch auf den Mond«, brummte Alexander von Maybach.

»Müssen wir essen was erst«, sagte Olga. »Ich kochen für euch. Dann kommt Idee. Leere Bauch, leere Kopf.«

Was konnte dieses Mädchen eigentlich nicht?

Alexander von Maybach wirkte immer noch eingeschnappt, doch er zeigte auf eine offene Küche, die sich an die Lounge anschloss. Eine hypermoderne Hochglanzküche, ganz in Anthrazit gehalten, mit teuren Armaturen und noch teureren Geräten, die alle aussahen, als seien sie noch nie benutzt worden.

»Bitte, der Kühlschrank gehört Ihnen.«

»Mädels, ihr könnt ja ein paar anständige Steaks auf den Kamingrill schmeißen«, grinste Willi. »Hab lange nichts mehr gegessen, was ein Gesicht hat.«

»Woher nimmst du kleiner Rotzbengel dir eigentlich das Recht, dauernd Forderungen zu stellen?«, explodierte Alexander von Maybach von neuem. »Ohne dich und deine Drogengeschichte säßen wir gar nicht hier!« Heftig blitzte er Maja an, die sich gerade aus den Chipskrümeln erhob. »Wie konnten Sie nur so naiv sein, die Drogenprobleme Ihres Sohns zu übersehen? Sind Sie einfach nur naiv oder eine Traumtänzerin?«

Maja hatte mehr als genug von seinen Schimpfkanonaden.

»Ich würde sagen, es entwickelt sich gerade in Richtung Traumtänzerin. Olga, suchst du bitte die Kühltruhe und taust ein bisschen Freundlichkeit für deinen Alexej auf?«

Sie ließ den verdutzten Alexander von Maybach einfach stehen, fasste Olga an der Hand und ging mit ihr zur Küchenzeile. Als Erstes fiel ihr der Kühlschrank auf. Es war fast der gleiche wie Robins – wofür er das Geld für einen gemeinsamen Urlaub verschleudert hatte. Männer. Aus einem gläsernen Geschirrschrank nahm sie ein Glas, drückte auf die richtige Taste und ließ ein paar Eiswürfel hineinregnen. Dann drehte sie sich um.

»Haben Sie Gin? Und Tonic Water?«

»Jetzt betrinkt sie sich auch noch«, seufzte Alexander von Maybach.

Niemand hatte mit Willis Reaktion gerechnet. Kerzengerade richtete er sich auf, bis unter die Haarwurzeln errötet.

»Sie bescheuerte Dummtröte! Mit Ihrer ganzen Asche und Ihrem beknackten Haus und der ganzen Luxusscheiße denken Sie wohl, Sie könnten meine Mum fertigmachen! Ich habe eine Klasse-Mum! Sie ist toll! Dabei hat sie nie einen vernünftigen Mann gehabt, nur total idiotische Rohrkrepierer! Den ganzen Tag schuftet sie, abends putzt sie den Salon und nachts erledigt sie die beschissene Buchhaltung! Alles allein! Leute wie Sie scheißen ihre Kinder mit Geld zu und stecken sie in Internate, aber Mum war immer für mich da!«

Maja fiel das Glas aus der Hand. Ein spitzes Klirren, mittlerweile ein vertrautes Geräusch an diesem Tag, dann trat Stille ein.

Kapitel 14

Als Maja eine Stunde später die Treppe herunterkam, frisch geduscht und mental einigermaßen wiederhergestellt, stand Olga pfeifend in der Küche. Sie schälte Kartoffeln, ganz die zukünftige Hausfrau. Cleveres Mädchen, dachte Maja, sie zeigt ihrem Alexander, was ihn erwartet, wenn er sie in seinen ungemütlichen Schuppen einziehen lässt – eine gutgelaunte, umwerfend attraktive, mindestens zwanzig Jahre jüngere Frau, die auch noch kochen kann. Traumhaft. War es nicht das, was Männer wollten? Auf einmal fühlte sie sich wie eine schlechtgelaunte, unattraktive, mindestens hundert Jahre ältere Frau. Dass sich ihre Kochkünste in Grenzen hielten, machte die Sache auch nicht besser.

»Essen gleich fertig!«, strahlte Olga.

Neugierig schaute Maja ihr über die Schulter.

»Was wird denn das, wenn's fertig ist?«

»Machen ich Steak mit Kartoffel braten und schöne Salat!«

Maja staunte Bauklötze. Bevor sie in den ersten Stock geflohen war, hatte sie sich aus dem Kühlschrank eine Ginflasche und ein Tonic Water geholt. Bei der Gelegenheit waren ihr zwei Dinge aufgefallen: zum einen, dass Alexander von Maybach ebenfalls Gin Tonic mochte, zum anderen, dass seine Essensvorräte übersichtlich genannt werden mussten. Ein abgelaufener Joghurt, ein vertrocknetes Stück Wurst, Ende. Typisch Junggeselle.

»Woher hast du die Steaks?«

»Kühle Truhe«, war die bündige Antwort.

»Und die Kartoffeln?«

Olga bohrte mit der Messerspitze an einer braunen Stelle herum.

»Ich gehen Nachbarn. Alle nett, geben mir auch Zwiebeln, Salat, Tomaten.«

»Moment mal. Einfach so?«

Wieder dieses Strahlen.

»Haben ich gesagt, bin ich neue Freundin von Alexej.«

Aha. Olga verlor wahrlich keine Zeit. Es schmerzte Maja ein wenig, dass die Tochter, die sie nie gehabt und dann doch noch gefunden hatte, sie so bald wieder verlassen würde. Einzig der Gedanke, quasi die Schwiegermutter von Alexander von Maybach zu werden, amüsierte sie ein wenig. Für die Rolle der bösen Schwiegermutter musste sie jedenfalls keine Sekunde üben.

Zischend flogen Kartoffelscheiben in das heiße Fett der Pfanne. Olga band sich ein Geschirrhandtuch um, mit dem sie das Seidentuch und den Jeansrock vor Fettspritzern bewahrte, dann nahm sie sich die Zwiebeln vor, wobei sie Maja einen prüfenden Seitenblick zuwarf.

»Woher haben Shirt?«

»Wie bitte? Ach das.«

Verlegen stopfte Maja das viel zu große Männerhemd in ihre Jeans. Die Verteilung der Räume hatte es mit sich gebracht, dass sie das Schlafzimmer des Hausherrn bekommen hatte. Um nach dem Duschen nicht wieder ihr müffelndes T-Shirt anziehen zu müssen, war sie auf die Idee verfallen, sich ein Hemd aus seinem Schrank zu nehmen. Es reichte ihr fast bis in die Kniekehlen, doch es war gewaschen, gebügelt und roch nach – ihm? Quatsch. Großer Quatsch. Es roch halt nach seinem Kleiderschrank, und der roch nach irgendeinem teuren Rasierwasser.

Von der Küche aus konnte sie durch die ebenerdigen Fenster zur Terrasse hin Alexander von Maybach beobachten. Wie ein toter Käfer lag er in einem Deck-Chair, alle viere von sich gestreckt. Sein rotes Poloshirt hatte er gegen ein hellblaues getauscht. Jetzt entdeckte Maja auch Willi. Seltsam gekrümmt wegen seiner angeknacksten Rippen, saß er draußen auf einer der schauderhaften Metallskulpturen und spielte auf seinem Handy.

»So sehen sie aus, die großen glücklichen Familien, Olga. Papa schläft, Kind spielt, die Frauen kochen.«

Es war sarkastisch gemeint. Genau das hatte sie nie gewollt, diese spießige, konventionelle Familienkiste. Umso irritierter war sie, dass es sich irgendwie angenehm anfühlte, entspannt, vertraut. Das musste ein Ende haben. Sofort, bevor es zur Gewohnheit wurde. Es musste sowieso einiges ein Ende haben.

»Ich habe nachgedacht, Olga. Morgen gehe ich zur Polizei. Diese Nummer ist zu groß für uns.« Maja hob eine herabgefallene Kartoffelschale in perfekter Spiralform auf. »Wir können Willi nicht ewig verstecken, er muss zur Schule gehen, braucht ein geregeltes Leben. Und ich muss mich Montag um einen Glaser kümmern, damit am Dienstag der Betrieb im Salon weitergehen kann. Ich habe nichts anderes. Der Salon ist mein Leben.«

Mit schreckgeweiteten Augen starrte Olga sie an.

»Nein, Maja, du nicht wissen, wie Mafialeute. Mit Polizei kommt große Problem.«

»Das haben wir längst. Ein dickes fettes Problem. Wir sind hier nicht in Odessa. Dies ist ein Rechtsstaat, mit einer unbestechlichen Polizei, mit unabhängigen Richtern. Man wird die Mafiosi finden, verknacken, und Schluss.«

Olga wischte sich eine Träne von der Wange. Da sie gerade die Zwiebeln in Würfel schnitt, achtete Maja nicht weiter darauf, sondern spülte die Tomaten ab. Dafür reichten ihre kulinarischen Kompetenzen so eben. In den Hängeschränken fand sie Geschirr, grässliche schwarze Teller und ebenso grässliche moderne Gläser mit schwarzen Stielen. Morgen schon würde sie wieder von ihrem geliebten Blümchenservice essen, das sie vor Jahren im Internet ersteigert hatte. Ja, morgen würde der Spuk ein Ende haben.

Der Küchentresen war bereits eingedeckt und das Essen fast fertig, als Alexander von Maybach hereinkam, ausgeruht und mit versöhnlichem Lächeln. Über das Hemd, das Maja trug, verlor er kein Wort.

»Ah, die Küchenfeen haben gezaubert!«

Genau das waren die Sprüche, die Maja hasste.

»Nein, Olga hat bei den Nachbarn etwas Essbares eingesammelt wie Sterntaler die Sterne und dann die Arbeit für die Herren der Schöpfung gemacht«, erwiderte sie schnippisch.

»Machen Maja Scherz«, sagte Olga schnell. »Wir glücklich hier.«

Ohne Frage wäre eine gute Mediatorin aus ihr geworden. Maja fiel ein, dass sie noch kein böses Wort von Olga gehört hatte, abgesehen von ihrer anfänglichen Blasiertheit. Sie war ein absolut positiver Mensch. Später, nahm Maja sich vor, würde sie Alexander von Maybach ins Gebet nehmen und ihm sagen, dass er sie gefälligst anständig behandeln solle.

Als Willi nach mehreren Aufforderungen hereingekommen war, setzten sich alle vier auf die unbequemen Barhocker aus Aluminium, die paarweise einander gegenüber am Küchentresen standen. Darüber schwebte eine Halogenlampe, grell genug, um eine Herzoperation auszuleuchten. Gesprochen wurde wenig. Alle nahmen sich furchtbar zusammen. Eine Invasion rosafarbener Kaninchen schien sich ereignet zu haben. Nur kein neuer Streit, nur keine neue Eskalation, schien die unausgesprochene Verabredung zu sein. Dafür schmeckte das Essen vorzüglich. Die Steaks hatten eine knusprige braune Kruste und offenbarten ein zartrosa Inneres, die Bratkartoffeln waren kross und nicht zu fett, den Salat hatte Olga mit einem Dressing veredelt, zu dessen Zutaten der abgelaufene Joghurt gehörte, wie Maja fürchtete. Daher hielt sie sich an das Fleisch und die Kartoffeln.

»Ich glaube, ich hatte noch nie so ein gutes Steak«, ergriff Alexander von Maybach das Wort. »Vielen Dank, Olga.«

Sie bedachte ihn mit einem kurzen Lächeln und aß weiter. Sowohl Olga als auch Willi hatten die Ellenbogen aufgestützt und schaufelten das Essen in Schallgeschwindigkeit in sich hinein, die Köpfe dicht über dem Teller. Dass Olga wenig Gelegenheit gehabt hatte, Tischmanieren zu erlernen, verstand sich von selbst, aber Maja war es plötzlich unangenehm, dass auch Willi derart ungehobelt aß. Vor allem nach dem Loblied auf ihre mütterlichen Qualitäten. Das allerdings hatte er mit Bravour hinbekommen, auf seine Weise zwar, doch mit unvermutet ritterlicher Entschlossenheit. Seltsam, dachte sie, da muss erst ein Pfosten wie Alexander von Maybach daherkommen, damit Willi mir eine Liebeserklärung macht.

»Ich muss euch etwas sagen.« Sie legte das Besteck beiseite. »Seit zwei Tagen ist meine Welt aus den Fugen. Trotzdem«, ihr rechter Zeigefinger zeichnete den Rand ihres schwarzen Tellers nach, »hat das Schlechte auch viel Gutes mit sich gebracht. Ein lausig verpacktes Geschenk mit einem großartigen Inhalt sozusagen: dass wir zusammenhalten wie festgetackert. Ich erhebe mein Glas auf die wunderbare Olga und auf meinen Sohn, der mir alles bedeutet!«

Ihre kleine Rede fand kein ungeteiltes Wohlgefallen. Alexander von Maybach prostete zwar Olga zu, Willi ließ er jedoch links liegen.

»Mein Dank gilt auch unserem Gastgeber«, fuhr Maja pflichtschuldigst fort. Als künftige Pseudo-Schwiegermutter fand sie das angemessen. »Es wird Sie freuen zu hören, dass wir Sie morgen früh verlassen. Also, ich meine, Willi und ich.«

»Verlassen«, wiederholte Alexander von Maybach unbeweglich.

»Ja. Willis Rettung aus dem Krankenhaus musste ich selbst in die Hand nehmen, ab jetzt sind die Hüter des Gesetzes zuständig. Mein Sohn braucht Polizeischutz. Es wäre zu gefährlich, weiter auf eigene Faust Räuber und Gendarm zu spielen.«

Willis Besteck quietschte auf dem Teller, flehend sah er Maja an. »Aber Mum …«

»Meine Entscheidung ist gefallen«, fiel sie ihm ins Wort.

Olga hatte aufgehört zu essen. Ihre Finger mit den feuerroten Nägeln spielten nervös mit dem Messer, ihr Lächeln war verschwunden.

»Ist falsch, ganze, ganze falsch«, flüsterte sie.

Ehe sie jemand zurückhalten konnte, rutschte sie vom Barhocker und lief aus dem Raum. Man hörte die klappernden Absätze ihrer Glitzer-Highheels auf der Treppe zum ersten Stock, heftiges Türenschlagen, dann nur noch das leise Summen des Kühlschranks. Erstaunlicherweise gab Willi keine weiteren Widerworte. Er nahm einfach seinen Teller und setzte sich auf die Kuhfellliege, wo er schweigend weiter an seinem Steak herumsäbelte.

Die Stimmung war ohnehin angespannt, fast bedrückend gewesen, jetzt war sie komplett im Eimer. Maja beschloss, das Geschirr abzuräumen. Während sie die Teller in die Spüle stellte, spürte sie Alexander von Maybachs Blick auf ihrem Nacken.

»Und, alles zu Ihrer Zufriedenheit?« Sie drehte sich zu ihm um. »Ab morgen sind Sie ›die schreckliche Bagage‹ los.«

»Ja, natürlich, alles bestens.« Er trank einen Schluck von dem Rotwein, den er sich eingegossen hatte. »Lassen Sie den Kram einfach stehen. Morgen kommt meine Haushaltshilfe, die kümmert sich darum.«

Das Stahlblau seiner Augen hatte etwas Fahles, seine markanten Züge wirkten wie einbetoniert. Es war Abend geworden. Ein letzter Widerschein der rötlichen Sonne tauchte das Wohnzimmer in einen magischen Dämmer, was die Lichtinsel des Küchentresens umso greller und Alexander von Maybachs Gesicht umso härter wirken ließ. Und irgendwie verlorener. Oft hat er hier nicht gesessen, dachte Maja. Letztlich wirkt die Hütte unbewohnt. Auf einmal spürte sie seine Einsamkeit, und ihr Herz, ihr dummes Herz krampfte sich zusammen. Hinter all dem markigen männlichen Gehabe verbarg sich ein kleiner alleingelassener Junge.

»Tja, dann …«

»Steht Ihnen gut, das Hemd«, sagte er unvermittelt.

Sie sah an sich herunter und bemerkte ein paar Fettflecken auf dem blau-weiß gestreiften Stoff.

»Kriegen Sie Montag sauber zurück. Sofern sich meine Haushaltshilfe morgen blicken lässt und es wäscht.«

Ihr ironischer Tonfall war ihm nicht entgangen.

»Ihre Haushaltshilfe, soso.«

»Ja, mein Butler wird es dann bügeln, und mein Fahrer bringt es Ihnen vorbei. Gute Nacht.« Sie rauschte an ihm vorbei zur Liege, wo Willi das Kunststück vollbrachte, gleichzeitig ein Steak zu essen und Smash Hit zu spielen. »Komm, nach oben, ins Bett.«

Willi schien erleichtert zu sein, dass er nicht länger mit Alexander von Maybach einen Raum teilen und dieselbe Luft atmen musste. Die eine Hand auf die Rippengegend gepresst, mit der anderen sein Smartphone wie eine Infusionsflasche hochhaltend, trottete er voran zur Treppe. Höchste Zeit, dass er wieder nach Hause kommt und die Klamotten wechselt, ging es Maja durch den Kopf, sonst beschweren sich noch die Nachbarn wegen der Geruchsbelästigung. Und dann fiel ihr Olga ein.

»Willi, geh schon mal vor.« Sie machte kehrt. In einem Sicherheitsabstand von etwa zwei Metern blieb sie vor dem Küchentresen stehen. »Ich möchte Ihnen noch etwas sagen. Es ist wichtig.«

Alexander von Maybach angelte sich die Rotweinflasche und füllte sein Glas. Nachdem er ein wenig an dem Wein geschnuppert hatte, nahm er einen Schluck.

»Bin ganz Ohr.«

»Was auch immer Sie mit Olga vorhaben, bitte seien Sie gut zu ihr. Sie ist klug, aber in Bezug auf Männer vielleicht ein wenig naiv.«

Nachdenklich schwenkte er den Wein im Glas hin und her.

»Sie irren sich.«

»Das glaube ich kaum.«

»Ach, stimmt, Sie sind ja die Expertin für glückliche Beziehungen.« Das Glas landete unsanft auf dem Tresen. »Ihr Freund hat Sie verlassen.«

»So lange haben Sie gebraucht, um das herauszufinden?«

»Nein, die Situation im Salon war offensichtlich.«

Sie wollte ihm so viel sagen. Über ein Mädchen, das seine Heimkindheit verarbeiten musste. Über eine liebe Seele, die zwar gern als blonder Vamp auftrat, aber alles andere als erwachsen war. Vielleicht hätte sie ihn sogar gefragt, warum er so einsam und verloren wirkte. Doch er schien die Lust an dem Gespräch verloren zu haben. Der Barhocker schrammte über das Parkett, als er aufstand.

»Kann ich noch etwas für Sie tun, Gnädigste? Ein Eis vielleicht? Essen Frauen mit Liebeskummer nicht immer Eis?«

Blödmann. Musste er ihr denn immer noch einen Spruch reinwürgen, wenn sie längst am Boden lag?

»Hören Sie mal, ich bin nicht auf dem Spielplatz von der Schaukel gefallen, ich habe gerade eine Trennung hinter mir. Sie denken, Sie drücken mir ein Eis in die Hand, und alles ist wieder in Butter?«

»Nein, denke ich nicht. Gute Nacht, Frau Müller.«

Ziemlich baff sah Maja zu, wie er die Lounge durchquerte und auf die Terrasse ging. Selten war sie so schroff abserviert worden. Aber was konnte man von einem eingebildeten Schnösel wie ihm denn erwarten? Umso besser, dass sie nur noch eine Nacht in diesem Haus verbringen würde. Sie zählte schon die Stunden.

Erst als sie oben auf dem Treppenabsatz stand, ging ihr auf, wie pervers es war, dass sie in seinem Schlafzimmer übernachten sollte. Es war ein unterkühlt durchgeplanter Raum, was sonst, mit schwarzgebeizten Lamellenschränken und einer schwarzlackierten Kommode, einem Bett mit grauem Lederkopfpolster und abstrakten schwarz-weißen Grafiken an der Wand. Die einzige persönliche Note bestand aus einem silbern gerahmten Foto, das auf der Kommode stand. Maja hatte es nach dem Duschen eingehend studiert. Es zeigte einen schüchternen kleinen Jungen mit Bürstenschnitt, der auf dem Schoß einer traurig lächelnden Frau im schwarzen Kostüm saß.

Doch all das war es nicht, was Maja störte. In diesem Zimmer zu übernachten war zu – intim. Sie wollte nicht in einem Bett liegen, in dem er gelegen hatte, mit wer weiß welchen gruseligen Frauen, die er wer weiß wo aufgabelte. Nein, sie würde die Bettdecke nehmen und auf dem Boden schlafen. Guter Plan. Sobald Maja im Zimmer angekommen war, setzte sie ihn in die Tat um. Im Halbdunkel einer verchromten sichelförmigen Nachttischleuchte zog sie ihre Sneakers und die Jeans aus, warf die Decke aufs Parkett und ließ sich darauf nieder.

Ah. Endlich. Eine bleierne Müdigkeit überfiel sie, das Gefühl, seit Wochen nicht geschlafen zu haben. Das Schicksal hatte ihr einige Kinnhaken verpasst. Aufstehen und weitermachen, sagte Tante Ruth immer, wer am Ende ist, kann wenigstens noch einmal von vorn anfangen. Doch vorher musste Maja die leeren Akkus aufladen.

Sie war lange eingeschlafen und träumte von furchterregenden Männern mit Dolchtattoos, als ein Geräusch sie weckte. Oder war es eine Stimme? Sie schrak hoch und musste sich eine Zeitlang orientieren, um zu begreifen, wo sie sich befand. Jetzt hörte sie die Stimme ganz deutlich. Eine leise Männerstimme, die ihren Namen rief. Ob das Willi war? Hatte er Schmerzen? Brauchte er einen Arzt? Benommen rappelte sie sich auf und tapste barfuß zur Tür, während sie überlegte, ob Olga noch etwas von dem Aspirin haben könnte, mit dem sie Frau Hase-Johannsens Haarfarbe hingebogen hatte. Armer Willi. Gebrochene Rippen taten verdammt weh.

Als Maja die Tür öffnete, zeichnete sich die Silhouette eines großen breitschultrigen Mannes vor der Flurbeleuchtung ab. Das war nicht Willi.

»Führen Sie eigentlich im Nebenjob Hunde aus?«

Stöhnend sah sie auf ihre Armbanduhr. Halb zwei. Alexander von Maybach und Ärger gehörten zusammen wie Fußpilz und öffentliche Schwimmbäder.

»Ist nicht Ihr Ernst. Haben Sie Schlafstörungen?«

»Der Lieferwagen. *Gut gebellt.* Na, klingelt's? Was machen Sie mit den Hunden? Rollenspiele? Auf dem Rücksitz liegen zwei Spielzeugpistolen.«

»Ach das.« Sie gähnte. »Da kann ich Sie beruhigen. Der Wagen ist geklaut, die Pistolen sind echt und gehören der Russenmafia.«

Im Gegenlicht der Flurlampe konnte sie sein Gesicht nicht erkennen, aber sein pfeifender Atem und die halb erhobenen Arme verhießen nichts Gutes.

»Das heißt, in meiner Garage steht ein gestohlener Wagen mit scharfen Waffen? Sind Sie wahnsinnig?«

Es war mitten in der Nacht. Sie war so müde. Schwer atmend rieb sie sich etwas Schlaf aus den Augen.

»Ich führe halt ein interessantes Leben.«

»Sie sind eine Gefahr für die Menschheit, Frau Müller!«

»Danke, gleichfalls.«

»Warum sagen Sie nicht gleich dito?«

Er war dicht an sie herangetreten, viel zu dicht.

»Also«, fragte Maja matt, »warum sind Sie wirklich gekommen?«

Seine Arme fielen herab, schwankend lehnte er sich an den Türrahmen. Jetzt nahm Maja seinen Rotweinatem wahr. Böser einsamer Mann betankt sich bis zum Gehirnstillstand und steht nachts vor der Tür, weil er jemanden volllabern will, lautete ihre Schnelldiagnose. Als junge Frau hatte sie gekellnert, sie kannte diese aufdringlichen Kandidaten. Doch sie war keine Kellnerin. Und Alexander von Maybach war auch kein Kneipengast, der sich mit ein paar Drinks und zu viel Trinkgeld Aufmerksamkeit erkaufen konnte.

»Machen Sie's kurz, oder lassen Sie's, Herr von Maybach.«

Seine rechte Hand suchte den Türrahmen und hielt sich daran fest. Mit der linken zupfte er an seinem Ohrläppchen herum.

»Na ja, Sie werden morgen verschwinden, und da dachte ich, das heißt, ich wollte Ihnen sagen, dass es schön war, mal Leben im Haus zu haben. Ich habe es für eine große Familie gebaut, aber es kam leider nicht dazu, tja, und außerdem wollte ich sagen, dass es zwischendurch irgendwie … Spaß gemacht hat. Falls Sie also morgen doch noch bleiben wollen …«

Der Typ hatte echt Nerven.

»Nein danke, ich glaube, ich muss mich jetzt dringend von all dem Spaß erholen, den ich mit Ihnen hatte. Gute Nacht.«

Sie wollte ihm die Tür vor der Nase zuschlagen, doch er stellte einen Fuß dazwischen und schob sie wieder auf. Was für eine unmögliche Situation.

»Ich will … ich möchte …«

»Leiser«, fuhr sie ihn halblaut an. »Die Kinder werden sonst wach.«

O Gott, hatte sie das jetzt wirklich gesagt? Die Kinder?

»Ich möchte mich jedenfalls noch einmal in aller Form bei Ihnen entschuldigen«, er sah zur Decke, dann zu seinen Füßen, die ohne Socken in braunen Lederslippern steckten, »falls ich Ihnen irgendwie zu nahe getreten bin.«

Ja, er trat ihr zu nahe. Dauernd. Und jetzt auch körperlich. Wenn Maja nicht instinktiv die Türschwelle verteidigt hätte, wäre sie einen Schritt zurückgewichen.

»Die Betonung liegt ja wohl auf ›noch einmal‹«, erwiderte sie gereizt. »Ist wahnsinnig einschläfernd, dieses Dr.-Jekyll-und-Mr.-Hyde-Gekasper. Mal der Womanizer, dann wieder das Power-Ekel. Hat Ihnen schon mal jemand gesagt, dass Sie eine Riesennervensäge sind? Gute Nacht.«

»Gute Nacht.«

Gefühlt war es ungefähr das zehnte Mal, dass sie einander gute Nacht wünschten. Total kindisch.

»Sie wollten doch wissen, warum ich das schwarze Schaf der Familie bin«, sagte er.

Selbst im Halbdunkel entging ihr nicht, wie er sich anspannte. Mit merkwürdig eckigen Gesten begann er, auf dem glatten Holz des Türrahmens herumzureiben.

»Sie haben mich als Doktor Alexander von Maybach kennengelernt.« Das Sprechen fiel ihm schwer. Er räusperte sich. »Ich hieß nicht immer so.«

»Kunststück. Welches Baby kommt schon mit einem Doktortitel auf die Welt?«

»Bis zu meinem neunten Lebensjahr hieß ich Alexander Meier. Schlicht und einfach Meier. Meine Mutter war alleinerziehend. Sie starb, als ich acht war.«

Die traurig lächelnde Frau auf dem Foto, dem einzigen persönlichen Dekorationsstück in seinem Schlafzimmer. Es war seltsam für Maja, schon im Vorhinein zu wissen, was jetzt kommen würde. Und dass es ihrer eigenen Geschichte so sehr ähnelte.

»Ein Jahr lang tourte ich durch Pflegefamilien. Ich war ein schwieriges Kind, widerspenstig, bockig, schwer erziehbar. Bis Gräfin Hardenberg mich adoptierte. Sie verstand, dass ich ein einsamer, trauriger Junge war. Anfangs zog ich meine übliche Show ab, ich spuckte, ich trat. Doch sie bestrafte mich nicht, wie ich das aus anderen Pflegefamilien kannte. Stattdessen besorgte sie mir einen Kindertherapeuten. Langsam wurde ich ausgeglichener. Ich eckte nicht mehr an, sondern galt als braver Junge.«

»Klingt doch nach einer gelungenen Resozialisierung«, warf Maja ein.

»Warten Sie's ab.« Er atmete einige Male durch. »Das dicke Ende kam mit der Pubertät. Alles kam wieder hoch, ich rastete aus. All die Liebe, das Verständnis – war mir egal. Rauchen, trinken, Gras, Partys, das volle Programm. Meine Adoptivmutter war entsetzt, meine Adoptivschwester Sophie-Charlotte wollte nichts mehr mit mir zu tun haben. Als ich sechzehn war, zog ich aus, in eine WG. Wie ich das Abitur und das Studium geschafft habe – keine Ahnung. Das wilde Leben behielt ich bei. Im großen Stil. Klagen über Klagen. Sachbeschädigung, Beleidigung, Vaterschaftsklagen. So ist es noch bis vor kurzem gewesen.«

»Mir haben Sie auch zwei Klagen angehängt, schon vergessen?«

»Wie bitte? Haben Sie nicht den Brief meines Anwalts bekommen?«

Der Brief. Undeutlich erinnerte sich Maja an das große Kuvert, das ungeöffnet im Salon lag.

»Äh ... ja, doch. Das heißt, nein. Ich hatte Angst, ihn aufzumachen.«

»Ich fass es nicht. Darin wird Ihnen mitgeteilt, dass ich mich entschuldige und beide Klagen zurückziehe.«

»Nein.«

»Doch. Lesen bildet, schon mal gehört?«

Maja war platt. Da hatte sie sich wie verrückt vor den Gerichtsverhandlungen gefürchtet, völlig grundlos, wie sich nun herausstellte.

»Ist die neue Linie«, erklärte er. »Meine Schwester hat sich anlässlich ihrer dritten Hochzeit mit mir ausgesöhnt. Doch sie hat auch eine Bedingung gestellt: Dass ich nichts mehr tue, was dem Namen Maybach schadet. Keine Ausfälligkeiten mehr, kein unkorrektes Verhalten, weder privat noch beruflich. Nicht die geringste Verfehlung darf ich mir zuschulden kommen lassen. Deshalb war ihr so wichtig, dass ich mich öffentlich bei Ihnen entschuldige.«

Zerknirscht senkte er den Kopf. Es war echte Zerknirschung, die Maja rührte, zumal sie selbst rebellische Phasen erlebt hatte. So wie sie es geahnt hatte, war er eine verlorene Seele, aber es war halt keine Tante Ruth da gewesen, die ihn rettete. Plötzlich spürte sie, dass man diesen Mann mögen, vielleicht sogar lieben konnte, und erschrak.

»Entschuldigung angenommen, gute Nacht.«

»Gute Nacht.«

Langsam, aber mit Nachdruck schob Maja die Tür zu und nahm sich vor, sie gut abzuschließen, um weitere nächtliche Ruhestörungen ein für alle Mal zu unterbinden. Doch kurz bevor die Tür ins Schloss fiel, wurde sie wieder aufgestoßen, und was jetzt folgte, kam so überraschend, dass Maja für Sekunden schachmatt gesetzt war.

Sein Arm umfasste ihren Rücken, sacht wurde ihr Körper an seinen gezogen, panisch schaute sie zu ihm hoch, sah selbst im Gegenlicht seine flammenden Augen, ihre Lippen trafen sich wie von selbst, und er hielt sich nicht mit irgendwelchen höflichen Nachfragen auf, sondern eroberte ihren Mund, ungestüm, fordernd, er schmeckte nach Rotwein und Begehren, eine Hand wühlte sich zu Majas Brüsten durch, und er duftete köstlich nach irgendeinem teuren Rasierwasser und küsste sie so wild und vereinnahmend, als wolle er mit seiner Zunge ihren ganzen Körper erkunden.

Erst als der Druck seines Arms ein winziges bisschen nachließ und sein Keuchen eine erste Atempause ankündigte, schubste sie ihn von sich weg.

»Sie, Sie – Spülsteinmatrose!«

»Ich war nicht ich selbst, es tut mir so leid, das war nicht ich, o Gott«, brabbelte er vor sich hin.

Mit letzter Kraft knallte sie die Tür zu und schloss zweimal ab.

Dann stand sie völlig konfus da, mit hängenden Armen, in seinem Hemd, an dem auf einmal zwei Knöpfe fehlten. Was war denn das gewesen?

Denken konnte sie nicht, nur den Sätzen lauschen, die ihr Gehirn, Abteilung spezielle Aufgaben, in einem fort abfeuerte. Ich bin eine erwachsene Frau, ich stecke das weg, das war ein Ausrutscher, er hat getrunken, es überkam ihn einfach, er ist ein penetranter Hirni, das weißt du doch, also vergiss es schleunigst. Aber es gab noch einen anderen Satz, und der gefiel Maja überhaupt nicht: Es war ungeheuer erregend, es hat sich grandios angefühlt, mehr davon! Zum Glück setzte nun ihre Denktätigkeit wieder ein. Die Quintessenz lautete: Nichts wie weg.

Wie ein aufgescheuchtes Kaninchen – die rosafarbenen hatten sich schamhaft zurückgezogen – hüpfte sie durch das halbdunkle Schlafzimmer, streifte die Jeans über, zog die weißen Sneakers an, schnappte sich ihren Rucksack und lief zur Tür. Hechelnd lauschte sie. Von irgendwoher drang perlendes Klaviergeklimper an ihr Ohr. Vermutlich war Alexander von Maybach wieder nach unten gegangen, hatte Musik angestellt und grübelte auf seiner unbequemen Designercouch darüber nach, ob er wirklich so unwiderstehlich war, wie er meinte.

Ohne ein Geräusch zu machen, schlich Maja über den Flur zu dem Zimmer, in dem Willi schlief. Sie drückte die Klinke herunter. Die Tür war unverschlossen. Natürlich schlief Willi keineswegs, sondern saß hellwach auf einem breiten Bett mit schwarzer Lederumrandung. Seine Daumen tanzten über das Display des Handys und zerbrachen Glaskegel.

»Hi, Mum, stress mich nicht, alles okay«, murmelte er, die Augen weiter auf das Handy gerichtet.

»Gar nichts ist okay, wir verschwinden.«

Er sah auf, unwillig, auch ein wenig erstaunt.

»Wieso?«

Sie kniete sich neben das Bett und legte einen Finger an die Lippen.

»Ich sag's mal mit einem deiner dämlichen Motto-T-Shirts: Es gibt viel zu tun, hau'n wir ab.«

Ein Lächeln huschte über sein Gesicht.

»Du findest den Alten auch so scheiße wie ich, oder? Ist echt 'n Lutscher, der Maybach.«

Zum Glück hatte Willi nichts von dem Kuss mitbekommen. Wie auch? Das Gedudel seines Spiels übertönte locker eine hastige Umarmung und ein leidenschaftliches Keuchen. Doch Majas Lippen pulsierten immer noch, ihre Wangen brannten vom unrasierten Kinn eines Mannes, den sie nicht ausstehen konnte und trotzdem irgendwie mochte, und sie hatte einen Rotweingeschmack auf der Zunge. Alexander von Maybach, der Lutscher, das konnte man so stehen lassen.

»Ja, wir sind so was wie die zwei von der Zankstelle.« Maja versuchte zu lachen, es klang ein wenig blechern. »Aber erstens solltest du an deiner Ausdrucksweise arbeiten, zweitens ist es sinnvoll, wenn wir mitten in der Nacht nach Hause fahren. Die Mafiosi suchen dich und werden nicht Ruhe geben, bevor sie das Kokain wiederhaben – das, wie du weißt, in die Kanalisation gerauscht ist. Bestimmt lauern die uns auf, doch die Dunkelheit wird uns schützen. Wir pirschen uns von hinten ran und steigen durchs Kellerfenster ein, dann ahnt kein Mensch, wo du bist. Auch Maybach sagen wir nichts. Wir verdrücken uns einfach.«

Willis Augen leuchteten auf. Es bereitete Maja keinerlei Schwierigkeiten, seine Gedanken zu lesen: Ein nächtliches Abenteuer, konspirative Heimlichkeiten, eventuell Verfolgungsjagden oder sogar Schießereien, ganz so wie in den Kriegsspielen, die er auf dem Computer spielte – dafür war er zu haben. Aufgeregt nickte er, und Maja bestellte mit ihrer Taxi-App einen Wagen. Jetzt mussten sie nur noch unbemerkt entwischen.

»Komm, Willi«, wisperte sie.

»Und dein Feierabendclown? Wenn der uns hört?«

Hm. Alkoholpegel im oberen Bereich, volle Musikberieselung, überlegte Maja, könnte klappen.

»Wir müssen eben ganz, ganz leise sein.«

Als Nächstes weckte sie Olga, die nebenan tief und fest in einem beigefarbenen Lederbett schlief, auf dem Bauch, wie ein Baby.

»Frag nicht, du kommst mit«, bemühte Maja ihre mütterliche Autorität. »Dein Alexej ist heute Nacht rotweinbetrieben und nicht zurechnungsfähig. Wir verlassen das ungastliche Haus.«

Olga war viel zu müde, um sich dieser geballten Entschlossenheit zu widersetzen. Maja nahm die Highheels, und zu dritt schnürten sie bis zur Treppe. Weich plätscherte die Klaviermusik von unten hoch in den ersten Stock.

»Also los«, gab Maja das Kommando.

Schritt für Schritt arbeiteten sie sich die Treppe hinunter. Auf der untersten Stufe spähte Maja ins Wohnzimmer. Wie gehofft, lag Alexander von Maybach auf der Couch, das Gesicht abgewandt, ein neuerlich aufgefülltes Glas Rotwein neben sich auf dem Couchtisch, und starrte in den kalten, dunklen Kamin. Als ob er darauf wartete, dass jemand das Feuer entzündete und ihn endlich in den Arm nahm. Ein Bild des Jammers. Und eine günstige Gelegenheit. Sie gab Willi und Olga ein Zeichen, indem sie den Daumen hob. Unbemerkt glitten sie zur Haustür, öffneten sie und drückten sie lautlos von außen zu. Dann hakten Maja und Olga Willi unter, der heldenhaft jeden Schmerzenslaut vermied, und sie schleppten sich mehr stolpernd als gehend durch den Vorgarten.

Wie Wächter standen die Buchsbäume auf dem geschorenen Rasen, trübe beschienen von einer Straßenlaterne. Aufhalten konnten sie die drei Flüchtenden nicht. Das Taxi wartete schon auf der Straße, und alle drei schlüpften auf den Rücksitz. Als Maja die Adresse nannte, Heckenweg fünfzehn, breitete sich eine Wärmeinsel in ihrer Herzgegend aus. Endlich nach Hause. Dann besann sie sich eines Besseren und bat den Taxifahrer, sie in der Parallelstraße hinter dem Hexenhäuschen abzusetzen. Sie würden sich durch die Gärten anschleichen.

Der Wagen fuhr an. Maja schaute aus dem Fenster und betrachtete die Umrisse der wunderschönen Villen, die sich von der Schwärze des Nachthimmels abhoben. Es sah Alexander von Maybach so was von ähnlich, dass er in diese idyllische Pracht einen herzlosen Würfel geklotzt hatte.

Olga schlief sofort wieder ein, an Majas Schulter gelehnt. Sie sprach leise im Schlaf, jedoch auf Russisch. Wovon sie träumte, blieb ihr Geheimnis.

»Hab ich übrigens ernst gemeint, heute«, sagte Willi nach längerem Schweigen.

»Was denn?«

»Du bist eine tolle Mum.«

Seine Hand kroch tastend auf sie zu, und Maja umschloss sie mit ihren Fingern. Es bedurfte keiner weiteren Worte. Sie waren wieder ein Team, so wie damals, bevor sich Willi in eine pubertäre Großbaustelle verwandelt hatte.

Eine halbe Stunde später stiegen sie im Kirschenweg aus. Maja erklärte der verschlafenen Olga, dass sie sich durch die Gärten an den Mafiosi vorbeischmuggeln würden, was ihr sofort einleuchtete. Ein bisschen schräg war die Aktion dennoch. Als Erstes mussten sie einen Jägerzaun überwinden, dann einen Maschendrahtzaun, was Willi einiges abverlangte. Minutenlang hing er wie ein Klammeräffchen in der Luft, bis er ächzend ein Bein darüberhievte und auf der anderen Seite von Maja und Olga aufgefangen wurde. Geduckt kämpften sie sich weiter durch Buschbohnen und Kartoffelbeete, ängstlich darauf bedacht, nicht auf knackende Zweige zu treten. Die letzte Hürde bestand aus dem morschen Holzzaun, der das Nachbargrundstück von Majas Garten trennte.

»Schaff ich nicht, zu hoch«, stöhnte Willi. »Tun scheiße weh, die Rippen.«

»Denk an deine Ausdrucksweise!«, flüsterte Maja.

Was jetzt? Mit den Augen suchte sie im fahlen Mondlicht die Stelle, an der ihr einige Tage zuvor ein paar lose Latten aufgefallen waren. Da vorn. Vorsichtig rüttelte sie an einem der morschen Bretter und hatte es auch schon in der Hand. Ein zweites und ein drittes Brett mussten dran glauben, dann stiegen sie durch das Loch im Zaun. Eine Latte behielt Maja in der Hand. Man konnte nie wissen.

Der Rest war ein Kinderspiel. Im Gänsemarsch ging es den schmalen Weg entlang, der durch das malerisch verwilderte Gestrüpp zum Haus führte. Das Kellerfenster ließ sich leicht aufschieben. Nacheinander zwängten sie sich hindurch. Während Maja über das Gerümpel des Kellers hinwegstieg, horchte sie auf Geräusche. Täuschte sie sich, oder ging oben jemand durch den Hausflur? Robin konnte es nicht sein, und Tante Ruth schlief im ersten Stockwerk.

Ihre Kehle verengte sich. Fest umklammerte sie die Zaunlatte. Schon des Öfteren war sie durch das Kellerfenster eingestiegen, wenn sie ihren Hausschlüssel vergessen hatte. Jetzt wurde ihr bewusst, dass dies zugleich eine heikle Schwachstelle war. Ein Sicherheitsleck. Was, wenn auch die Mafiosi herausgefunden hatten, wie man unbemerkt ins Haus kam?

»Da ist jemand«, raunte sie Willi und Olga zu. »Ihr bleibt hier unten, ich sehe nach.«

Hatte etwa dieser Wassili beschlossen, drinnen auf Willi zu warten? Gleich würde sie es wissen. Ohne das Licht einzuschalten, erklomm sie die Kellertreppe. Im Erdgeschoss war es stockdunkel. Das Blut pochte in ihren Ohren, ihre Hände wurden eiskalt. Die Zaunlatte wie ein Schwert hochhaltend, schob sie ihre Füße zentimeterweise vorwärts. Und dann hörte sie es. Das Atmen. Ein schnelles Atmen. Krachend fiel ein Regenschirm aus ihrer Sammlung von der Wand. Eine hochgewachsene Gestalt schälte sich aus dem Dunkel. Größer als Robin, größer als Tante Ruth. Ein Riese. Es musste Wassili sein, der da direkt vor ihr stand.

Mit dem Rückenwind der Angst und dem Mut der Verzweiflung ließ Maja die Zaunlatte niedersausen. Ein dumpfer Aufprall, ein Schmerzensschrei. Ha! Erwischt! Sie ließ die Latte fallen und knipste das Licht an. Dann schrie sie ebenfalls auf. Völlig entgeistert blickte sie auf den Mann hinab, der sich vor ihr auf dem Boden krümmte.

»Ist das Ihre Art, einen alten Bekannten willkommen zu heißen?«, stöhnte Freiherr von Besten.

Kapitel 15

»Es tut mir so leid, so leid«, jammerte Maja.

Um eine aufrechte Haltung bemüht, was in Anbetracht seiner Verfassung einem ungeheuren Willensakt gleichkam, thronte Freiherr von Besten auf dem gelb-weiß gestreiften Biedermeiersofa. Vorsichtig legte Maja ein zusammengeknotetes Geschirrhandtuch voller Eiswürfel auf seine geschwollene Stirn. Zum ersten Mal war sie froh, dass Robin einen Kühlschrank angeschafft hatte, der die Dinger auf Knopfdruck ausspuckte.

Neben dem lädierten Freiherrn saß Tante Ruth. In Willis altem Monsterschlafanzug bildete sie einen hübschen Kontrast zur Landlord-Montur des hochwohlgeborenen Gastes. Noch immer trug er helle Bermudashorts, nur das Jackett hatte er ausgezogen, so dass man sein perfekt gestärktes weißes Oberhemd mit dem eingestickten goldenen Monogramm *GvB* bewundern konnte – Gottfried von Besten, wie er verraten hatte.

»Mit Ihnen habe ich nun wirklich nicht gerechnet, warum sind Sie überhaupt hier?«, fragte Maja zerknirscht.

»Ach Kind«, Tante Ruth betrachtete ihre nackten rosalackierten Zehennägel, die in Willis riesigen Flipflops noch zierlicher wirkten, »er hatte durch Herrn von Maybach erfahren, dass ihr alle ausgeflogen wart.«

So viel zum Thema Diskretion.

»Diese Information empfand ich als höchst alarmierend«, erklärte Freiherr von Besten. »Ihre Frau Tante allein zu Hause und die Vorstellung, sie könnte von üblen Kriminellen überfallen werden, das ließ mir keine Ruhe. Ich wollte nach dem Rechten schauen.«

»Ach nee. Und woher hatten Sie meine Adresse?«, erkundigte sich Maja.

Tante Ruth lächelte verschmitzt.

»Es sieht ganz danach aus, als hätte unsere kleine Großfürstin im Hintergrund die Fäden gezogen.«

Olga. Natürlich Olga. Allmählich wurde sie Maja unheimlich.

»Wo ist sie überhaupt?«, fragte Tante Ruth.

»Sie wollte sich gleich wieder hinlegen und schläft jetzt in meinem Bett«, grinste Willi.

Maja drohte ihm mit dem Finger.

»Eins verspreche ich dir: Ihr werdet so was von in getrennten Zimmern schlafen!«

Sie dachte an das kartoffelschälende Hausmütterchen in Highheels und beschloss, Olga bei der nächsten Gelegenheit dezent feministisch durchzuimpfen. So ganz ohne einen Grundkurs in puncto Emanzipation durfte man sie nicht auf eine patriarchalische Pappnase wie Alexander von Maybach loslassen.

»Olga und Herr von Maybach scheinen sich gut zu verstehen«, sagte sie. »Heute Nacht war er indisponiert, aber wer weiß, vielleicht werde ich demnächst wieder alle Hände voll mit Hochzeitsfrisuren zu tun haben.«

Freiherr von Besten gab ein überraschtes »Oh«, dann ein resigniertes »Aha« von sich, Tante Ruth lächelte unergründlich.

»Hey, Olga ist voll in Ordnung!« Willi, der sich vor den fest zugezogenen Gardinen des Fensters niedergelassen hatte, öffnete eine Bierdose. »Ich kapier bloß nicht, warum sie auf dieses bescheuerte Blockflötengesicht abfährt.«

»Auf – wen jetzt genau?«, fragte Freiherr von Besten nach.

»Na, Alexander von Maybach.« Maja zeigte auf die Dose. »Willi, hatten wir nicht eine Abmachung? Keine Drogen, kein Alkohol?«

»Ist 'n Weizensmoothie«, maulte er, stellte die Bierdose aber brav aufs Fensterbrett, ohne daraus zu trinken.

Das Eiswürfelhandtuch mit einer Hand festhaltend, beugte sich Freiherr von Besten vor und klopfte etwas Staub von seinen Bermudashorts. In Majas Hausflur konnte man nicht gerade vom Boden essen, und der bedauerliche Unfall hatte Spuren in Form winziger Wollmäuse auf seiner Hose hinterlassen.

»Wechseln wir doch besser das Thema. Hätten Sie vielleicht die Liebenswürdigkeit, mich in die näheren Umstände Ihrer Kalamitäten einzuweihen? Ihre Frau Tante konnte mir bereits viel Aufschlussreiches mitteilen, doch mich würde interessieren, wie der Status quo ist.«

Das war eindeutig Majas Part. Und keine schmeichelhafte Angelegenheit, denn wer erzählte schon gern, dass der eigene Sohn die Schule schwänzte, gelegentlich kiffte, neuerdings dealte und einem falschen Freund zuliebe Drogenkurierdienste hatte tätigen wollen? Noch unangenehmer war Maja der Teil der Geschichte, in dem es um das weggespülte Kokain ging.

Mit tadellos unerschütterlicher Miene hatte Freiherr von Besten zugehört.

»Sechstausend Euro. Verstehe.«

Tante Ruth hingegen schien zum ersten Mal ihre Gelassenheit zu verlieren. Ihre Zehen in den Flipflops wackelten nervös, ihre Hände spielten am Saum der Schlafanzugjacke.

»Selbst wenn wir dieses Geld auftreiben könnten, wäre die Sache nicht durchgestanden«, analysierte sie die Situation. »Nach wie vor wäre Willi erpressbar.«

»Deshalb will ich ja zur Polizei gehen«, sagte Maja.

»Klasse, dann kommt alles raus, und sie schicken mich ins Heim«, ergänzte Willi düster.

Brütendes Schweigen. Maja starrte geistesabwesend auf die zwei losen Fäden an ihrem Hemd, wo einmal zwei Knöpfe gewesen waren. Freiherr von Besten, der beiläufig seine Beule unter dem Geschirrtuch betastete, unterzog Willi einer längeren Betrachtung.

»Dieser junge Mann hat die Wahl zwischen Pest und Cholera. Man könnte von einer klassischen Zwickmühle sprechen. Ich würde ja gern alles tun, was in meiner Macht steht, um Ihnen zu helfen, frage mich allerdings, wie man eine adäquate Auflösung des Dilemmas bewerkstelligen soll.«

»Es ist halb vier«, gähnte Maja. »Könnten wir diese Debatte beim Frühstück fortsetzen?«

Tatsächlich, es war halb vier. Im selben Moment registrierte sie, dass ein nächtlicher Herrenbesuch den Rahmen freundschaftlicher Besorgnis bei weitem sprengte. Durch die Turbulenzen des Tages und noch mehr durch die Ereignisse der Nacht hatte sie jedes Zeitgefühl verloren. Jetzt erst wurde ihr bewusst, dass Freiherr von Besten mitten in der Nacht Tante Ruth besuchte. Wie lange war er schon hier? Hatte er etwa im Haus geschlafen? Wo genau hatte er geschlafen?

»Dann verabschiede ich mich an dieser Stelle und wünsche einen erholsamen Schlaf«, verkündete er formvollendet und gab Maja den Geschirrtuch-Eisbeutel mit einer Grandezza zurück, als überreiche er ihr einen Sack Juwelen. »Ich denke, dass meine kleine Verletzung folgenlos bleiben wird. Eine Gehirnerschütterung ist es sicherlich nicht.«

»Dafür spricht aber, dass Sie sich übergeben haben.« Majas Schuldbewusstsein meldete sich zurück, als sie die große Beule sah, die sich auf seiner Stirn wölbte. »Wir könnten einen Arzt rufen.«

»Oder Sie übernachten hier«, schlug Tante Ruth vor.

Eine delikate kleine Pause entstand. Maja konnte sich nicht erinnern, jemals ein derartiges Durcheinander erlebt zu haben. Robin war ausgezogen, Olga und Tante Ruth waren eingezogen, dann hatte sie mit Willi und Olga bei Alexander von Maybach Quartier bezogen, nun erforderte ein neuer Hausgast logistische Raffinesse.

»Tante Ruth, du kannst bei mir schlafen, das Bett ist breit genug, Willi geht auf die Couch, und Freiherr vom Feinsten«, sie schlug verlegen eine Hand vor den Mund, »oh, Pardon, Freiherr von Besten bekommt Robins Zimmer. Willkommen in meinem Hexenhaus.«

»Passen Sie bloß auf, die nimmt manchmal 'nen Besen und zischt 'ne Runde durch die Räume«, grinste Willi.

»Nein, nein, besten Dank«, wehrte Freiherr von Besten ab, »ich bevorzuge mein heimisches Bett.«

Nachdem er sein Jackett angezogen hatte, ging er gemessenen Schrittes hinaus. Tante Ruth begleitete ihn zur Tür, Willi erhielt die Anweisung, Robins Zimmer zu beziehen, Maja wankte in ihr Schlafzimmer. Die restliche Nacht verlief bemerkenswert ruhig. Der große Zeiger auf Majas altmodischem Wecker rückte auf die elf zu, als sie am Morgen erwachte. Ihr erster Gedanke galt Willi. Obwohl es Sonntag war, würde sie nun die Polizei anrufen müssen. Willis Sicherheit war oberstes Gebot.

»Guten Morgen, ausgeschlafen?« Tante Ruth saß neben ihr im Bett mit einem aufgeschlagenen Buch auf den Knien. »Du siehst entzückend aus, meine Kleine.«

Maja war sich bewusst, dass ihre Augen verklebt waren und ihr Haar zerzaust vom Kopf abstand. Sie lächelte.

»Wir wissen beide, dass das nicht stimmt, aber nett, dass du es sagst.«

Bevor sie das Buch zuklappte, legte Tante Ruth ein Lesezeichen aus besticktem Leinen hinein. Maja sah gerade noch das Monogramm. *GvB*. Wortlos deutete sie darauf.

»Er war einst meine große Liebe«, erwiderte Tante Ruth auf die Frage, die wie ein Wölkchen aus Zuckerwatte in der Luft schwebte. »Das ist fünfzig Jahre her. Damals hat er sich für eine standesgemäße Frau entschieden. Aber ich möchte nicht darüber sprechen, wenn du erlaubst. Gottfried lässt dich grüßen.«

Sie errötete, auf eine wunderbar unschuldige, verschämte Art. Es war so ignorant zu glauben, dass Menschen ab einem gewissen Alter keine Gefühle mehr hätten, nicht mehr hoffen und schwärmen könnten wie Teenager. Auch Maja war lange diesem Trugschluss erlegen. Doch Tante Ruth wirkte noch geradezu mädchenhaft. Anmutig fielen ihr zwei, drei weißgraue Strähnen in die Stirn, und das Lächeln, das jetzt wie ein Sonnenaufgang ihr Gesicht leuchten ließ, unterschied sich in nichts von dem verliebten Lächeln einer Siebzehnjährigen.

Durch die Vorhänge sickerte helles Licht. Maja stand auf und lugte durch einen Spalt zwischen den Stoffbahnen. Unverändert stand der schwarze Geländewagen vor dem Haus, wie eine Mahnung, dass sie ihr Vorhaben nicht auf die lange Bank schieben durfte. Also nahm sie ihr Handy vom Nachtschrank und wählte den Notruf.

»Ja, bitte?«, meldete sich eine junge Frauenstimme.

»Maja-Maria Müller, Heckenweg fünfzehn. Wir haben hier einen Mann vor dem Haus, der meinen Sohn bedroht. Schicken Sie bitte sofort eine Streife vorbei.«

»Können Sie den Mann beschreiben?«

»Rasierte Glatze, Tattoos – hören Sie, es ist ein bisschen komplizierter. Keine Sache fürs Telefon.«

»Besteht denn akute Gefahr?«, hakte die junge Dame nach.

»Todesgefahr.«

Das Gespräch wurde unterbrochen. Eine Viertelstunde später, Maja hatte gerade Zeit für eine schnelle Dusche und einen ersten Espresso gehabt, klingelte es an der Tür. Zwei uniformierte Polizisten standen davor, mit gezückten Schlagstöcken.

»Da sind wir! Wo ist der Angreifer? Gibt es Opfer?«

Maja bat die beiden ins Wohnzimmer, wo sie frustriert Platz nahmen. Sie hatten mit Action gerechnet, mit einem Mörder, den sie auf frischer Tat ertappten, oder zumindest mit einem gewalttätigen Raubüberfall. Doch alles, was sie sahen, war eine leicht verschlafene

Frau im hellblauen Frotteebademantel, die sich vor ihnen auf den Boden setzte und die Beine kreuzte, sowie ein komatöser Jugendlicher, der ein T-Shirt mit der Aufschrift *Rede ruhig weiter, bis dir was einfällt* trug und seltsam eingeknickt an der Wand lehnte.

»Ist Olga auch da?«, fragte einer der Beamten, ein durchtrainierter jüngerer Mann mit einem Ohrring.

Olga, immer wieder Olga. Offenbar waren die beiden Uniformierten beim nächtlichen Einsatz zwei Tage zuvor dabei gewesen, und Olga hinterließ halt bleibende Eindrücke.

»Nein, sie schläft noch. Also, ich lege mal die Karten offen auf den Tisch. Mein Sohn«, Maja nickte in Willis Richtung, »wird von der russischen Mafia erpresst.«

»Was Sie nicht sagen«, feixte der Mann mit dem Ohrring.

Er glaubte ihr kein Wort, so viel stand fest. Willi sah ja auch rührend harmlos aus, ein blasser, spilleriger Hänfling, der noch grün hinter den Ohren war. Genau deshalb sei er für die Kurierdienste ausersehen worden, versuchte Maja darzulegen. Sie erzählte alles, ließ kein Detail aus und beschönigte nichts. Nachdem sie geendigt hatte, tauschten die beiden Uniformierten einen Blick.

»Haben Sie Beweise für Ihre Story?«, fragte der Polizist mit dem Ohrring.

»Beweise …« Ratlos schaute Maja zu Willi. »Zum Beispiel der Geländewagen vor der Tür.«

»Da steht kein Geländewagen«, kam es postwendend zurück.

Klar, wenn die Polizei auftauchte, verzogen sich diese Typen. Maja ärgerte sich, dass sie kein Foto von dem Wagen gemacht hatte. Es wäre so lachhaft einfach gewesen, mit dem Handy draufzuhalten.

»Und sonst? Reste des Marihuanas? Spuren von Kokain? Unterlagen? Namen?«

»Wassili und Nikolai, mehr weiß ich nicht. Du, Willi?«

Er schüttelte den Kopf. Sonderlich kooperativ wirkte er nicht, und Maja spürte immer deutlicher, dass man ihr die Geschichte nicht abnahm. Schon während sie sie zum Besten gegeben und sich selbst zugehört hatte, war ihr das alles immer unwahrscheinlicher vorgekommen. Die Beamten standen auf.

»Wir gehen dann mal«, sagte der ältere der beiden, der sein strähniges Haar zu einem Zöpfchen im Nacken gezwirbelt hatte.

»Was tun Sie denn jetzt?« Maja schnellte hoch. »Willi ist in Gefahr!«

»Also, wenn Sie denken, dass er auf Staatskosten mit der Streife zur Schule gefahren wird, muss ich Sie enttäuschen. Ich empfehle Ihnen, morgen mit Ihrem Jungen bei der Wache vorzusprechen und eine Selbstanzeige wegen Handels mit Drogen aufzugeben. Im Laufe der Woche kann dann ein Phantomzeichner Bilder von diesen, nun ja – ominösen Russen anfertigen.«

Unfassbar. Eine Selbstanzeige? Der Schuss war voll nach hinten losgegangen. Willis vorwurfsvolles Gesicht signalisierte ihr, dass nun genau das eingetroffen war, was er befürchtet hatte: Die Mafiosi hatten einen weiteren Grund, ihn zu drangsalieren, die Polizei würde ihn in die Zange nehmen, gewährte ihm jedoch keinen Deut Unterstützung. Dies war eine Kleinstadt, es gab kein Drogendezernat mit gewieften Spezialkräften. Brutale Mafiosi kannten die Polizisten vermutlich nur aus schlechten Krimis.

Trotzdem. Maja knetete ihre Hände, sie war kurz davor zu entgleisen. Doch sie wusste, dass sie ihre Lage nur verschlimmerte, wenn sie jetzt die Beherrschung verlor. Hallo, rosa Kaninchen.

»Sie haben mir also nicht mehr zu bieten, meine Herren?«

»Selbstverständlich nehmen wir Ihren Verdacht ernst und gehen jeder Spur nach.«

Es klang auswendig gelernt. Die Polizisten trollten sich. Während sie die Stufen der Veranda hinuntergingen, hörte Maja, wie sie sich mit gedämpften Stimmen unterhielten.

»Ich hatte schon interessantere Gespräche mit meinem Kopfkissen«, witzelte der Ältere, worauf der Jüngere mit dem Ohrring lachte.

»Hat die keinen Friseur, dem sie den Unsinn erzählen kann?«

Eine Minute später war der Streifenwagen weg und Maja am Ende. Zermürbt schlurfte sie in die Küche. Tante Ruth schreckte gerade Eier ab, auf dem roten Kunststofftisch hatte sie fürs Frühstück gedeckt. Es gab nicht nur Marmelade, Honig, Schinken, verschiedene Sorten Käse und frischen Obstsalat, sie hatte auch Mozzarella mit Tomaten und Basilikum vorbereitet, dazu gedünstete Zucchini mit Pinienkernen und gebratene Auberginen in Tomatensauce, bestreut mit Schafskäsewürfeln. Aus dem Toaster sprangen zwei duftende hellbraune Scheiben Weißbrot. Ein Brunch wie gemalt. Also hatte sie am Vortag den Laden um die Ecke ausfindig gemacht. Auf Tante Ruth konnte man sich in jeder Lebenslage verlassen.

»Und?« Sie stellte die Eier auf den Tisch. »Wie lief es mit den Polizisten?«

Wenige Worte von Maja genügten, um helle Empörung auszulösen. Tante Ruth riss das Packpapier ab, mit dem das Fenster verklebt war.

»Das eingeworfene Küchenfenster? Die Schaufensterscheibe im Salon? Ist das nicht Beweis genug?« Sie massierte ihre Stirn. »Der Verstand ist wie ein Fallschirm: Er funktioniert nur, wenn man ihn öffnet. Und diese Herren hatten eindeutig ein dickes Brett vor dem Kopf.«

Kapitel 16

Der Sonntag verstrich in angespannter Untätigkeit. Alle behaupteten je nach Generation, entweder sich auszuruhen, abzuhängen oder zu chillen. Letztlich wusste jeder, dass dies ein Ding der Unmöglichkeit war. Die Idylle des Hexenhäuschens mit seinem verwunschenen Garten trog. Jederzeit konnte das Unheil über sie alle hereinbrechen, daran gemahnte der schwarze Geländewagen vor dem Haus, der wieder zurückgekehrt war.

Tante Ruth saß mit ihrem Buch auf der Veranda und warf hin und wieder wachsame Blicke auf die Straße. Manchmal winkte sie Wassili zu, der in seinem Geländewagen mittlerweile zu wohnen schien. Olga gab an, einen Beauty Day einzulegen, was bedeutete, dass sie stundenlang badete, in der Küche ihre Finger- und Fußnägel lackierte und dann vor dem Flurspiegel versuchte, Fundstücke aus Majas Kleiderschrank sexy umzustylen. Willi hielt sich ohne Schwierigkeiten an das Ausgeh- und Gartenverbot, das aus Sicherheitsgründen über ihn verhängt worden war. Er bevorzugte es ohnehin, in seinem komplett abgedunkelten Zimmer online seine Lieblingsgames mit Freaks aus Honolulu und Shanghai zu spielen.

Maja kramte herum, ohne wirklich etwas zu erledigen. Was sie auch anfing, sei es die Buchhaltung für den Salon, das Aussortieren abgelaufener Lebensmittel oder das Jäten des Blumenbeets im Vorgarten, stets ließ die Konzentration rasch nach, und ihr unruhiger Geist wandte sich der nächsten Ablenkung zu. Jetzt hatte sie sich den Keller vorgenommen, ein Chaos aus wild durcheinandergewürfeltem Gerümpel. In ihrem Kopf sah es ähnlich konfus aus. Zu ihrem Groll auf die ignoranten Polizisten gesellte sich die Angst um Willi, außerdem war da noch der Kuss von Alexander von Maybach. Was hatte er sich bloß dabei gedacht? Dachten Männer überhaupt nach? Oder setzte ihre Denktätigkeit erst aus, wenn ihre Hormone Salsa tanzten? Wie sollte sie sein widersprüchliches Verhalten deuten? Diesen Wechsel von verbalen Gefechten zu körperlichen Annäherungsversuchen?

Fragen über Fragen, die ihr überreiztes Hirn unter Hochspannung hielten. Deshalb war ihr einziger Gedanke, als Jeremy anrief: kalt erwischt.

»Schatzi, ich warte auf dich! Heute ist die Friseurmeisterschaft! Jetzt sag bitte nicht, du hast das vergessen!«

Die Friseurmeisterschaft. Die alljährliche Leistungsschau der besten Haarkünstler der Region. Wie vom Blitz getroffen umklammerte Maja das Handy. Im Jahr zuvor hatte sie den zweiten Preis gemacht, und in diesem Jahr wollte sie erneut beweisen, dass Können nicht davon abhing, ob ein Salon besonders chic oder die Kundschaft besonders illuster war. So weit der Plan. Stattdessen stopfte sie in diesem Moment verstaubtes altes Spielzeug von Willi in eine große Tüte – ferngesteuerte Autos, die schon lange nicht mehr funktionierten, Laserschwerter, die nie richtig geleuchtet hatten, Schachteln voller zerfledderter Yu-Gi-Oh-Karten. Allesamt Relikte aus Willis Kinderjahren.

»Ähm … Wann geht es denn los, Jeremy?«

»Vor fünf Minuten. Du hast es also vergessen. Ich fass es nicht!«

Und sie stand verschwitzt und verdreckt im Keller.

»Bin gleich da! Halte sie hin! Erzähl ihnen was über unsere Bioprodukte, oder was immer dir einfällt!«

Maja ließ die Tüte fallen, die sie immer noch in der linken Hand hielt, und rannte die Kellerstiege hoch. Duschen, umziehen, zurechtmachen, lossausen, das würde mindestens – zu lange dauern. Atemlos kam sie oben an und wäre fast mit einem breiten Männerrücken in einem hellen Leinenjackett zusammengestoßen. Der Rücken drehte sich um.

»Warum sind Sie denn hier? War die Hölle schon voll?«, keuchte Maja und versuchte, mit einer grimmigen Miene zu überspielen, dass sie wie ein Teenager errötete. »Raus aus meinem Haus! Sofort!«

»Ich liebe diese schöne Phase in Beziehungen, bevor man anfängt, sich zu hassen«, lächelte Alexander von Maybach. »Aber eigentlich bin ich wegen Olga gekommen. Ich mache mir ein bisschen Sorgen wegen all der Probleme mit der Russenmafia.«

»Wissen Sie was?«, fauchte Maja. »Es gibt Menschen wie mich, die haben Probleme, und es gibt Menschen wie Sie, die sind das Problem.«

»Momentan haben Sie vor allem ein Hygieneproblem, würde ich sagen.«

Genüsslich betrachtete er ihr wirres Haar, ihr schmutziges T-Shirt, ihr verschwitztes Gesicht. Majas Atem ging flach, ihr Herz klopfte, und da waren sie wieder, die widerstreitenden Gefühle.

»Sie sind doch«, verwirrt suchte sie nach einem passenden Ausdruck, »die totale Wurst!«

Im selben Moment merkte sie, dass sie sich sprachlich in etwa auf Willis Niveau befand. Egal. Es gab Wichtigeres. Eilig schob sie sich an ihm vorbei und lief durch den Flur nach vorn auf die Veranda, wo Tante Ruth versonnen in einem Korbstuhl saß, das aufgeschlagene Buch in den Händen, ohne darin zu lesen.

»Wo ist Olga? Ich brauche sie für die Friseurmeisterschaft! Man muss sein eigenes Modell mitbringen!«

»Dieser Maybach wollte sie abholen und zum Essen ausführen«, erwiderte Tante Ruth. »Hat er jedenfalls gesagt. Er ist ja wie ausgewechselt – richtig charmant. Was soll man davon halten?«

»Der beste Trick des Teufels ist es, so zu tun, als existiere er gar nicht«, schnaubte Maja. »Aus dem Rendezvous wird nichts. Olga ist das perfekte Modell, um zu zeigen, wie man eine positive Typveränderung hinbekommt.«

»Sie muss sich halt entscheiden, was ihr wichtiger ist, du oder dieser Maybach.« Tante Ruth blätterte die Seiten ihres Buches wie ein Daumenkino auf. »Frag sie. Bestimmt findest du sie im Bad.«

Für diese Prognose musste man kein Hellseher sein. Als Maja im ersten Stock an die Badezimmertür hämmerte – an Alexander von Maybach war sie wortlos vorbeigelaufen –, hörte sie die gewohnt laute Musik herausdröhnen.

»Olga! Bitte komm raus!«, rief sie. »Es geht um alles! Um Leben und Tod!«

Die Tür öffnete sich. Olgas Beauty Day befand sich offenbar kurz vor dem Höhepunkt. Ihr Kopf war von Lockenwicklern übersät, auf ihrem Gesicht pappte eine grünliche Crememaske. Das linke Augenlid hatte sie mit einem Kranz aus künstlichen Wimpern verschönert.

»Was sagen? Wer tot?«

»Bitte«, Maja drängelte sich an ihr vorbei ins Bad und zog schon ihre Jeans aus. »Du musst mir helfen. Heute habe ich die Chance, einen Preis bei der Friseurmeisterschaft zu ergattern. Dafür brauche ich ein Modell. Ich brauche dich!«

»Ist Problem, weil Alexej …«

Maja wirbelte herum.

»Ich flehe dich an, verschieb das Date. Der kommt wieder. Aber diese Meisterschaft findet nur einmal im Jahr statt. Verstehst du?«

»Ich verstehen«, kam es zögernd zurück.

»Okay. Dann zieh dir bitte etwas an, ich dusche schnell.«

Es gab keine Zeit zu verlieren. Maja legte ihre Wäsche ab und stieg in die Duschkabine, während Olga vor dem Spiegel auch das rechte Augenlid mit künstlichen Wimpern beklebte. Kurz darauf fiel die Tür hinter ihr zu. Drei Minuten voller Wasserstrahl, mehr gönnte Maja sich nicht. Tropfnass sprang sie aus der Dusche und rubbelte sich mit einem frischen Badehandtuch ab. Hüpfend schlüpfte sie in ihren Slip, als die Tür wieder aufging.

»Oh, Pardon.« Alexander von Maybach erstarrte. »Das war nicht ...«

Eine Lähmung des Sprachzentrums suchte Maja heim. Deshalb versuchte sie, durch bloße Gedankenkonzentration einen Kugelblitz zu erzeugen, der Alexander von Maybach in ein Häufchen Restmüll verwandelte. Diese Methode hatte allerdings einen entscheidenden Nachteil: Es passierte nichts, außer dass er sie, halb nackt, wie sie war, einmal von oben bis unten musterte und dann mit erhobenen Händen langsam rückwärtsging, bis er auf dem Flur stand.

Mit dem Fuß trat Maja die Tür zu. Sie musste sich einfach abreagieren, sonst wäre sie geplatzt. Anschließend trat sie noch ein paarmal dagegen, bis der absplitternde Lack sie zur Besinnung brachte. Gott, wie peinlich. Wie peinlich, peinlich, peinlich. Aber was stromerte dieser unverschämte Kerl auch im ersten Stock herum? Wie konnte er nur so frech sein, so aufdringlich?

Nachdem sie das Badehandtuch fest unter ihren Achseln verknotet hatte, wagte sie einen Blick auf den Flur. Mit unnachahmlichem Desinteresse lehnte der Eindringling an der Wand und schaute auf sein Handy. In diesem Moment kam Olga aus Majas Schlafzimmer. Es war unglaublich. Da ihr Majas schlichte Klamotten missfielen, hatte sie ein spitzenverziertes schwarzes Nachthemd mit Spaghettiträgern durch einen breiten schwarzen Lackgürtel zum Cocktailkleid umfunktioniert. Dazu trug sie Accessoires aus Majas Flohmarktausbeute – mehrere falsche Perlenketten, eine nachgedunkelte Silberkette mit Medaillon und ein Halsband aus schwarzglänzenden Jettsteinen, ein Schmuckstück aus den zwanziger Jahren des vergangenen Jahrhunderts.

Maja konnte nur staunen. Bei jedem anderen hätte dieses Outfit nach einer skurrilen Vogelscheuche ausgesehen, doch so, wie Olga sich darin bewegte, wirkte es wie der geniale Einfall eines berühmten, wenn auch etwas durchgeknallten Designers. Mit ihren inzwischen ausgekämmten blonden Locken und dem Lingerie-Look erinnerte sie an die frühe Madonna.

Alexander von Maybach hob den Kopf und pfiff anerkennend durch die Zähne.

»Wow«, sagte er nur.

Maja zog das Handtuch fester.

»Hätte ich mir ja denken können, dass Sie auf schwarze Wäsche stehen.«

Lächelnd drehte er sich zu ihr um, auf eine Art, dass sie sich immer noch halb nackt fühlte, trotz des Frotteehandtuchs, das sie vorsichtshalber mit beiden Händen festhielt.

»Ich liebe schwarze Wäsche«, beteuerte er, »solange ich sie nicht selbst tragen muss.«

Wie überaus witzig. Maja bemühte sich um einen arroganten Tonfall, als sie das Wort an ihn richtete.

»Sie sind eine unerwünschte Person in diesem Haus. Also machen Sie, dass Sie rauskommen. Wenn ich Sie zitieren dürfte: Womit wir dann endlich von der unliebsamen Gegenwart Ihres dösigen Getöses befreit wären.«

Das waren so ziemlich genau die Worte, mit denen er sie anlässlich der Trauung seiner Schwester beleidigt hatte. Und das war ihm bewusst, wie Maja seinem plötzlich verzerrten Gesicht entnahm. Zufrieden mit ihrer Retourkutsche, schaute sie an ihm vorbei.

»Also, Olga, ich ziehe mich an, und dann ab durch die Mitte.«

Während sie in ihrem Schlafzimmer eine schwarze Jeans und eine weiße Bluse aus dem Schrank holte, errötete sie erneut. Für eine fast Vierzigjährige, die ein Kind zur Welt gebracht und als Alleinerziehende natürlich nie genug Zeit für Sport, Waxing oder ähnlichen Luxus fand, hatte sie einen bemerkenswerten Körper, aber im Gegensatz zu Olga nicht den jugendlichen Traumbody, den man ohne weiteres einem Wildfremden präsentierte. Schon gar nicht in einem Blümchenslip. Es würde lange dauern, bis sie diese Szene aus ihrem Gedächtnis gelöscht haben würde. Warum gab es keine Delete-Taste für peinliche Momente?

Die Zeit rannte. Was sollte sie nur anziehen? Ihre übliche burschikose Uniform? Oder etwas Feminineres? Der abgeschnittene Jeansrock stach ihr ins Auge. Sie wühlte in ihrem Kleiderschrank und förderte eine längst vergessene hübsche Bluse in einem zarten Apricotton zutage, ärmellos, mit einer feinen Rüsche an der Knopfleiste. Warum nicht? Und warum nicht ihre nudefarbenen Highheels sowie eine verspielte Kette mit rosa Perlen dazu kombinieren? Ein flüchtiger Blick in den Spiegel sagte ihr, dass ihr ein wenig Weiblichkeit gut zu Gesicht stehen würde.

Im Nu war sie fix und fertig angezogen. In ihrem Rucksack lagen noch ein paar Beutel mit Pflanzenfarben, alles andere, was sie benötigte, in ihrem Friseurkoffer. Es würde ein spektakuläres Umstyling werden, von Billigblond auf Edelgesträhnt, von Barbie auf Lady. Ihr Meisterstück. Im Hochgefühl dieses Plans spurtete Maja trotz ihrer ungewohnt hohen Absätze über den Flur des ersten Stockwerks. Aus Willis Zimmer hörte sie das Knattern und Prasseln eines Ballerspiels. Als sie zu ihm hineinschaute, fand sie ihn mit starrem Blick auf den Computermonitor vor, einen Controller in den Händen.

»Hi Mum.«

»Ciao, ich bin am Abend wieder zurück, rühr dich nicht vom Fleck. Und mach mal ein bisschen Ordnung, ja? Staubwischen könnte auch nicht schaden, sonst kriegst du demnächst einen Oscar in der Kategorie Schmutzfilm.«

»Ja, Mum«, antwortete er deutlich freundlicher als sonst.

Obwohl sie unter immensem Zeitdruck stand, ging Maja zu ihm und strich ihm durchs Haar.

»Es ist in Ordnung, wenn du spielst, aber von Zeit zu Zeit lohnt sich ein Blick auf die Realität.«

»Realität?« Er sah kurz auf. »Schick mal ’nen Link.«

Maja gab ihm einen Kuss auf die Stirn, dann warf sie die Tür zu und lief die Treppe hinunter. Gleichzeitig aktivierte sie ihre Taxi-App, obwohl die Taxikosten der letzten Tage ihr Budget längst gesprengt hatten. Nur dieses eine Mal noch, nahm sie sich vor, dann ist Schluss. Fünfundzwanzig Minuten Wartezeit zeigte das Display an. Sie seufzte tief. Langsam, aber unaufhörlich begann ihre Zuversicht zu schwinden. Mit dem Fahrrad würde sie es nicht mehr schaffen. Schon gar nicht in Begleitung von Olga, die jetzt auf ihren Stilettoabsätzen von der Veranda gestöckelt kam.

»Maja, Alexej fahren uns. Ist nette Mann.«

Wie oft hatte Olga das eigentlich schon betont? Und bedeutete »nett« für sie dasselbe wie für andere Leute? Allmählich zweifelte Maja daran. Aber wenn er sie tatsächlich zur Stadthalle brachte, löste es ihr Zeitproblem und schonte das Portemonnaie. Maja kämpfte mit sich, mit ihrem gekränkten Stolz, besser gesagt. Die Vorstellung, dass sie kostbare Minuten gewann, wenn sie einwilligte, gab den Ausschlag. Die Friseurmeisterschaft war enorm wichtig für sie, da musste man Abstriche machen.

»Geht klar, Olga, dann schnell jetzt. Ich werde dir die Frisur deines Lebens stylen. Typgerecht. Altersgerecht. Du wirst es lieben!«

Sie kniff skeptisch die Lider zusammen.

»Was wollen du machen?«

»Deine natürliche Schönheit zum Strahlen bringen!«

Alexander von Maybach hatte auf der Veranda gewartet. Einen Augenblick lang meinte Maja, ein belustigtes Glitzern in seinen Augen wahrzunehmen, dann schäkerte er weiter mit Tante Ruth, die ihn arglos anlächelte. Ja, dieser Maybach konnte charmant sein, und Tante Ruth schien ihn zu mögen, so wie ihre Augen lächelten. Als sie Maja sah, stand sie auf.

»Kind, kann ich mir dein Fahrrad ausleihen? Ich würde gern in meine Pension fahren und ein paar Sachen holen.«

»Natürlich. Aber lass Willi bitte nicht zu lange allein.«

Um zu verdeutlichen, was sie meinte, zeigte Maja auf den schwarzen Geländewagen, aus dessen Seitenfenster graue Wölkchen aufstiegen. Dieser Wassili rauchte nicht nur wie ein Schlot, sondern wie ein ganzes Kohlekraftwerk.

»Es wird nicht lange dauern«, beteuerte Tante Ruth. »Und damit wir sichergehen können, werde ich Wassili sagen, dass ich Willi suchen gehe. Dann heftet er sich an meine Fersen, und das Haus wird uninteressant für ihn. Also ganz, ganz viel Glück!«

Maja ließ sich von ihr umarmen, so fest, wie man Kinder an sich drückte, die sich nachts vor Monstern fürchteten, dann lief sie durch den üppig blühenden Vorgarten zur Straße. Olga und Alexander von Maybach waren schon vorgegangen. Sie bildeten ein hübsches Paar, wie sie da in der Sonne neben dem Cabrio standen, er in einem hellen Leinenanzug, eine schnittige Pilotensonnenbrille in das kurze Haar geschoben, sie mit ihrem sexy schwarzen Nichts aus Spitze. Irritiert stellte Maja fest, dass er mittlerweile ziemlich sympathisch wirkte und viel entspannter, wenn man ihn jetzt sah, lässig an seinen silbernen Schlitten gelehnt, eine Hand in der Hosentasche, die andere auf das heruntergelassene Verdeck des Wagens gelegt.

»In die Stadthalle, bitte«, sagte sie, »und danke schön, dass Sie uns fahren.«

Bevor er irgendwelche Sitzplatzverteilungen vornehmen konnte, schleuderte sie ihren Friseurkoffer auf den Rücksitz und flankte hinterher, ohne den Wagenschlag zu öffnen. Guter Sprung. Sportlich war sie immer gewesen, und das tägliche Fahrradfahren tat sein Übriges. Olga nahm vorn Platz, Alexander von Maybach glitt auf den Fahrersitz und stellte den Rückspiegel in eine Position, in der er Maja beobachten konnte.

»Haben Sie einen hartnäckigen Verehrer?«, fragte er nach hinten. »Eigenwilliger Typ, der Herr im Geländewagen.«

»Ach, das ist nur ein schwerbewaffneter Mafioso, der Willi auflauert«, erwiderte Maja so cool wie möglich. Ihre Augen trafen sich im Rückspiegel, und Majas Herz vollführte einen Hüpfer, der sie ein wenig aus der Fassung brachte. »Übrigens sind wir schon viel zu spät dran. Könnten Sie Ihre gräfliche Karosse in Bewegung setzen?«

Schweigend startete er den Motor und brauste los. Sofort zerzauste der Fahrtwind Majas vom Duschen feuchtes Haar, was ihre Laune nicht gerade hob. Ein zerrupftes Gewurschtel auf dem Kopf war extrem unangebracht, wenn man einen öffentlichen Auftritt als Friseurin hatte. Sie tröstete sich mit dem Sprichwort, der Schuster habe die schlechtesten Schuhe. Stur sah sie nach links in die vorbeifliegenden Vorgärten, um bloß nicht dem stahlblauen Augenpaar im Rückspiegel zu begegnen. Ob er noch an den Kuss dachte? Oder hatte er dieses eigenartige Erlebnis einfach verdrängt? Doch selbst wenn, den Anblick der fast unbekleideten Maja-Maria Müller hatte er bestimmt noch nicht vergessen. Auf einmal lag ihr das Frühstück wie ein Stein im Magen.

Olga ahnte nichts von Majas Gefühlschaos. Unbefangen plapperte sie drauflos, erzählte von brandneuen Lippenstiftfarben und pinkfarbenen Sandaletten mit Plateausohlen, auf die sie seit Monaten sparte.

»Ist wunderschöne Sand-Dallette«, schwärmte sie. »Machen kleine, kleine Fuß und schöne Gang von Frau.«

»Liebste Olga, dem kann ich nur zustimmen«, grinste Alexander von Maybach. »Aber es gibt Frauen, die mit einem natürlichen Sexappeal geboren werden, und die könnten auch in Gummistiefeln herumschlurfen und würden immer noch gut dabei aussehen.«

Wie war das denn nun wieder gemeint? Unwillkürlich schaute Maja hinunter zu ihren Highheels, Größe neununddreißig. Über die Wirkung ihrer Füße hatte sie noch nie nachgedacht, genauso wenig wie über ihren Gang. Konzentrier dich, rief sie sich innerlich zur Ordnung. Gleich musst du deine Fähigkeiten unter Beweis stellen!

Sie war aufgeregter, als sie zugegeben hätte. Die Friseurmeisterschaft bedeutete eine besondere Herausforderung, weil Maja die undankbare Rolle des hässlichen Entleins in einem Geschwader eleganter Schwäne spielte. Neun der zehn teilnehmenden Friseure besaßen überirdisch edel designte, teure Salons. Die Veranstalter setzten auf bekannte Namen und medienwirksame Kunden aus der Kleinstadtprominenz. Nur einer Unterschriftenaktion ihres selbsternannten Fanclubs hatte Maja zu verdanken, dass sie schon zum zweiten Mal mit von der Partie war – dank der sogenannten Wild Card. Falls sie einen Preis errang, dann auch für Bernd, Helena, Viktor und Frau Kampeter, die wieder tagelang die gesamte Nachbarschaft abgeklappert hatten, um genügend Unterschriften einzusammeln.

Endlich bremste Alexander von Maybach vor der Stadthalle. Wehende Banner verkündeten den *Golden Hairstyle Summit*. Der inzwischen verwaiste rote Teppich, auf dem die Ehrengäste zum Eingang flaniert waren, wurde von buntfarbigen Blumengestecken gesäumt. Darüber ragte ein zweistöckiger Betonklotz auf, eine Bausünde der siebziger Jahre, die neben einem Restaurant mit dem Gemütlichkeitsfaktor einer Tankstelle auch einen großen Festsaal beherbergte. Die Räder des Wagens waren kaum zum Stehen gekommen, als Maja auch schon heraussprang. Hektisch riss sie Friseurkoffer und Rucksack vom Rücksitz, zog ihre Pumps aus und joggte barfuß am roten Teppich vorbei zum Hintereingang.

»Hey, Maja, warten!«, rief Olga ihr hinterher, die auf ihren Highheels nicht annähernd Schritt halten konnte.

Es war halb vier, bereits um drei Uhr hatte das Event begonnen. Ungeduldig mit dem freien Arm rudernd, wartete Maja auf ihr Modell. Umso mehr rührte es sie, dass Olga ebenfalls ihre Highheels auszog und barfuß angerannt kam. Zu zweit liefen sie am Pförtner vorbei, hasteten ein Treppenhaus hoch und erreichten atemlos den Backstagebereich. Von der Bühne wehte schmissige Swingmusik herüber, eine seidenweiche Männerstimme sang »That's Amore«. Na, wenn das kein gutes Omen ist, dachte Maja.

Sie betraten einen engen Raum, der einer Rumpelkammer glich, voller Kleiderständer, geöffneter Koffer und Regale mit jedem erdenklichen Krimskrams. Neun junge hübsche Frauen saßen dicht gedrängt vor einem wandfüllenden Schminkspiegel. Lauter Profimodels, wie unschwer zu erkennen war: dezent geschminkt, modisch stilsicher in fließende Stoffe gekleidet, makellos und superdünn. Zunächst war Maja erleichtert, weil das Schaufrisieren noch nicht begonnen hatte. Dann aber wurde ihr klar, dass diese Models eine harte Konkurrenz darstellten. Neben ihnen wirkte Olga wie eine Zeitreisende aus den achtziger Jahren, so provozierend kurvig und schrill verpackt, wie sie hier antrat. Entsprechend abfällige Blicke erntete sie.

»Bitte alle Damen zur Bühne«, ertönte in diesem Moment eine gepresste Lautsprecherstimme.

Träge erhoben sich die Models und schritten wie Königinnen an Maja und Olga vorbei, im vollen Bewusstsein ihrer Überlegenheit. Maja schnappte bissige Kommentare wie »Landeier« und »lächerlich« auf. Gar nicht hinhören, bloß nicht beirren lassen, wir sind die Coolsten, schärfte sie sich ein, doch ihr Herzrasen und die schweißnasse Bluse, die an ihrem Rücken klebte, erzählten etwas anderes. Hastig zog sie ihre Pumps an und hauchte Olga einen Kuss auf die Wange.

»Toi, toi, toi, das wird dein großer Auftritt!«

Die Musik brach ab, Applaus brandete auf. Eine aufgekratzte Moderatorenstimme bedankte sich bei Tony Henderson, dem begnadeten Sänger, der die große Ära von Dean Martin und Frank

Sinatra so wunderbar zum Leben erwecke. Mit ausgebreiteten Armen, ein umwerfendes Lächeln auf den Lippen, drängte sich jetzt ein gutaussehender Mann an den wartenden Models vorbei in den Backstagebereich. Er zwinkerte Maja übermütig zu, bevor er erneut die Bühne betrat, um weiteren Applaus einzuheimsen.

»Hat schöne Mann gemacht klappern mit Augen für dich«, flüsterte Olga ergriffen, während sie in ihre Glitzer-Highheels schlüpfte.

Ja, auch Maja hatte es bemerkt. Die vage Erotik seines Lächelns war ihr durch und durch gegangen, ihr flatternder Herzschlag hatte für eine Sekunde ausgesetzt, und sie hatte sofort geahnt, wie sich eine Umarmung durch diese einladend ausgebreiteten Arme anfühlen könnte. Vorsichtig testete sie, ob sie ihre Beine noch bewegen konnte.

»Ach, der flirtet wahllos in der Gegend herum, das gehört bei Bühnenstars zum Beruf«, flüsterte sie zurück.

Das entsprach nicht ganz ihrer Wahrnehmung, jedoch ihrem Realitätssinn. Maja verfügte über ein gesundes Selbstbewusstsein, war sich aber völlig darüber im Klaren, dass ein derart attraktiver Mann die hübschesten und heißesten Frauen haben konnte. Nur ein paar Sekunden lang hatte sie seinen Anblick in sich aufgenommen, die muskulöse Gestalt, den perfekt sitzenden Smoking, das leicht gewellte, fast schwarze Haar, das er nostalgisch zurückgekämmt trug, die ebenmäßigen und doch männlichen Züge seines Gesichts. Diese wenigen Sekunden hatten gereicht, um ihn in eine unerreichbare Liga einzuordnen. Unerreichbar für sie.

Die Moderatorenstimme kündigte nun das große Schaufrisieren an, und schon kehrte der Sänger zurück, immer noch strahlend, immer noch mit einem verheißungsvollen Funkeln im Blick. Seine Augen suchten Majas Augen. Für einen köstlichen Moment verschmolzen sie miteinander, dann stakste Maja mit steifen Schritten hinter den Models her, die vom Moderator auf die Bühne gebeten wurden.

Der große Saal war bis auf den letzten Platz gefüllt. Als sich Majas geblendete Augen an die Scheinwerfer gewöhnt hatten, erkannte sie in der zweiten Reihe den harten Kern des Salons *Haare gut, alles gut*. Bernd salutierte scherzhaft, Helena winkte, Frau Kampeter schwenkte ihre Handtasche, Viktor hob Zeige- und Mittelfinger gespreizt zum Siegeszeichen hoch. Auf der Bühnenfläche, die mit Trauben goldener Luftballons geschmückt war, hatte man zehn Friseurstühle nebeneinander aufgebaut. Darüber hingen Leinwände, auf die Großaufnahmen des Bühnengeschehens projiziert wurden, dahinter saß das Orchester, das den Auftritt des Sängers begleitet hatte.

Ein Moderator in einem hellblauen Anzug stellte soeben die einzelnen Teilnehmer des Wettbewerbs vor. Ganz rechts stand Jeremy, in roten Lederleggins und einer schwarzen Frackjacke über einem schwarzen Netzhemd. Höchst eigenwillig, so wie Jeremy nun mal war. Als er Maja entdeckte, rollte er mit den Augen. Schnell huschte sie zu ihm, und im selben Augenblick las der Moderator ihren Namen vor.

»Maja-Maria Müller, Salon *Haare gut, alles gut*, ist auf die Wild Card gesetzt, meine Damen und Herren. Eine Außenseiterposition, wie wir alle wissen, aber im vergangenen Jahr hat sie die Silbermedaille abgeräumt. Lassen wir uns also überraschen, was sie uns heute bietet. Auf jeden Fall hat sie ein höchst sehenswertes Frisurenmodell mitgebracht.«

Olga, die anmutig auf den Friseurstuhl sank und dabei viel Bein und Dekolleté zeigte, erhielt einen Extraapplaus, allerdings auch Pfiffe und Gelächter. Zappelig trat Maja von einem Fuß auf den anderen. Sie hatte sich an Olgas schräges Styling gewöhnt, doch hier, auf der Bühne, war es absolut fehl am Platz, wie sie jetzt merkte. Zu verrückt, zu überspannt, zu ausgefallen. Und bei weitem zu sexy. Nachtwäsche gehörte ins Bett, nicht ins grelle Scheinwerferlicht, es sei denn, eine erotische Darbietung stand bevor.

Trotzdem ärgerten Maja die Pfiffe. Wie konnte man nur so spießig sein? Und so taktlos, Olga zu verunsichern?

»Meine Damen und Herren, die anderen Friseure habe ich ja bereits interviewt, jetzt fehlt nur noch ein Statement von Frau Müller«, sagte der Moderator. Lächelnd schritt er die Bühne ab, blieb vor Maja stehen und hielt ihr ein Mikrofon vor die Nase. »Was ist Ihr Konzept? Worin besteht Ihre Ambition? Wie würden Sie den aktuellen Sommertrend beschreiben?«

Oha. Große Worte lagen ihr überhaupt nicht. Verschreckt blinzelte sie in die hellen Lampen.

»Tja, also, ich … ich habe Olga mitgebracht, sie ist seit neuestem …«

»Ausziehen!«, schrie jemand aus dem Publikum dazwischen.

Wieder hagelte es Pfiffe, es wurde unruhig im Saal. Maja verstummte. Verzweifelt sah sie zu Jeremy, der mit verschränkten Armen hinter ihr stand und hilflos die Achseln hob. In der zweiten Reihe schoss jemand von seinem Platz hoch. Es war Viktor. Mit zwei Fingern erzeugte er einen gellenden Pfiff. Nervös ruckelte er an seiner Brille.

»Stopp! Sofort aufhören!« Seine Stimme überschlug sich. »Der neue Sommertrend ist Intelligenz! Die trägt man übrigens im Hirn! Also lasst Olga in Frieden!«

Bernd fing an zu klatschen, andere Zuschauer fielen in den Applaus ein, untermalt von Gejohle und Pfiffen. Doch Majas kleine Truppe schien entschlossen, das gesamte Publikum für Olga und Maja zu gewinnen. »Haa-re gut, al-les gut!«, skandierten die vier, und auf einmal brüllte es der gesamte Saal: »Haa-re gut, al-les gut! Haa-re gut, al-les gut!«

»Herrschaften!«, krähte der Moderator, der einige Zeit gebraucht hatte, um seine Fassung wiederzuerlangen, »Ruhe jetzt! Ruhe!«

Langsam ebbte der Tumult ab. Untätig standen die anderen Friseure hinter ihren Models, sichtlich verstimmt wegen der Aufmerksamkeit, die man Maja und Olga entgegenbrachte. Der Druck, der auf Maja lastete, verstärkte sich. Für ihre Konkurrenten war es unerträglich, dass diese unbedeutende kleine Friseurin und ihr eigenwillig gestyltes Modell im Mittelpunkt des Interesses standen.

»Es ist so weit! Hiermit gebe ich den Startschuss für den großen Contest des Golden Hairstyle Summit!«, verkündete der Moderator. »Meine sehr verehrten Damen und Herren, eine Stunde lang können Sie den besten Vertretern der Friseurkunst über die Schulter schauen. Viel Vergnügen!«

Das Orchester spielte einen Tusch, und Majas Anspannung entlud sich in wilder Hektik. Mit fliegenden Fingern holte sie die Beutel mit den Pflanzenfarben aus ihrem Rucksack, während Jeremy Kämme, Bürsten, Klammern und Alufolie aus ihrem Friseurkoffer nahm.

»Vergiss die ganzen Spinner hier, du hast es drauf«, raunte er ihr zu.

»Was du machen?«, erkundigte sich Olga flüsternd.

»Das schönste Blond deines Lebens, das deine authentische Schönheit unterstreicht«, erwiderte Maja. »Vertrau mir einfach.«

Die folgende Stunde verging mit konzentrierter Arbeit. Untermalt von Swingklassikern des Orchesters, legten die Friseure los. Launig plaudernd ging der Moderator vom einen zum anderen und kommentierte das Geschehen. Er war sich für keinen Kalauer zu schade, um sein Publikum bei Laune zu halten. Besonders gern verweilte er bei Maja, Olga und Jeremy. Sie waren das gefundene Fressen für ihn.

»Herrschaften, hier können wir alle noch was lernen. Olga ist der lebende Beweis dafür, dass es kein Problem gibt, das man nicht mit einer neuen Frisur lösen könnte. Aber Vorsicht – gegen Pechsträhnen sind auch Friseure machtlos!«

Maja versuchte, ihn zu ignorieren. Mit geübten Bewegungen

teilte sie Olgas platinblondes Haar ab, trug verschiedene Farbnuancen von Hellbeige bis Dunkelblond auf und verpackte die einzelnen Strähnen in Alufolie. Jeremy erwies sich wieder einmal als großartiger Teamplayer. Er hatte so lange Hand in Hand mit Maja gearbeitet, dass er jeden ihrer Schritte im Voraus ahnte und ihr immer genau das anreichte, was sie gerade brauchte, mal einen Kamm, dann eine Bürste, einen Pinsel oder ein Stück Alufolie. Nach etwa vierzig Minuten rollte er ein fahrbares Waschbecken heran. Gemeinsam spülten sie die Farbe aus. Maja frottierte das Haar, und schon im nassen Zustand war zu sehen, dass diese Strähnen alles übertrafen, was ihr jemals gelungen war. Falls sie sich nicht täuschte. Aber reichte das für einen Preis?

Während sie Olgas ausgefranste Spitzen um drei Zentimeter kürzte, damit eine schnurgerade Linie entstand, registrierte sie aus dem Augenwinkel die bösen Seitenblicke der anderen Friseure und erschauerte. Sie war die gnadenlose Außenseiterin.

»Wir haben noch zwanzig Minuten«, wisperte Jeremy.

Majas Aufregung steigerte sich. Zu zweit begannen sie, das Haar zu föhnen. Noch fünfzehn Minuten, noch zehn. Würde es ein magischer Moment werden? Oder ein Desaster? Noch fünf Minuten. Was würde Olga zu ihrem neuen Look sagen? Sie sah nicht, was auf ihrem Kopf passierte, da es keine Spiegel gab, nur die Leinwände hoch oben über der Bühne, auf denen das Publikum in Großaufnahmen verfolgen konnte, was die Friseure gerade taten. Noch eine Minute.

»Uuuund – vorbei!«, rief der Moderator. »Ich bitte alle Teilnehmer zurückzutreten. Eine unabhängige Jury wird nun das Urteil fällen. Wer ist der Gewinner des Golden Hairstyle Summit?«

Die Frisurenmodelle erhoben sich. Völlige Stille trat ein. Maja ließ den Föhn sinken und tauschte einen Blick mit Jeremy. Dann schaute sie zur Seite, zum Backstagebereich, wo Tony Henderson an einem Lautsprecherturm lehnte. Er stand einige Meter entfernt, doch sie war ziemlich sicher, dass er ihr zulächelte. Seltsam. Das konnte doch nicht sein. Irritiert wandte sie den Blick ab und begutachtete die Frisurenmodelle. Ihre Konkurrenten hatten wahre Wunderwerke erschaffen. Freche Pixieschnitte mit fransigen Akzenten, sanft gewellte kinnkurze Bobs, komplizierte Flechtfrisuren, kunstvolle Hochsteckgebilde.

Olga hingegen glänzte durch Purismus. Glatt und seidig, in feinen dunkelblonden Nuancen changierend, umspielte das Haar ihr Gesicht, das Maja während der Einwirkzeit der Farbe kosmetisch abgerüstet hatte. Der dicke schwarze Lidstrich war verschwunden, die grellrote Lippenstiftfarbe einem braunrosa schimmernden Gloss gewichen. Maja hatte einen Mittelscheitel gezogen, um Olgas ovale Gesichtsform mit den hohen Wangenknochen hervortreten zu lassen. Ohne Lockenwickler und Toupieren reichte das glatte Haar jetzt bis zu den Schulterblättern, der perfekte schlichte Rahmen für ein perfektes jugendliches Gesicht. Sleek Chic nannte man diesen Frisurenstil, und er stand besonders jungen Frauen wie Olga, deren grüne Augen nun viel intensiver leuchteten, weil nichts mehr von ihnen ablenkte.

Maja war hochzufrieden mit ihrem Werk. Doch nur Kenner würden es zu schätzen wissen, weil es auf den ersten Blick unspektakulär wirkte. Sie hatte nicht aufgetrumpft, sondern war nach der Devise »weniger ist mehr« verfahren. Und dies war eine Show, bei der es um bühnenwirksame Effekte ging. Wer würde das Rennen machen?

Die fünfköpfige Jury, die am Bühnenrand auf einem Podest thronte, steckte flüsternd die Köpfe zusammen. Maja erkannte einen Redakteur der lokalen Tageszeitung und eine Beautyjournalistin, die auch im vergangenen Jahr dabei gewesen war. Ihre Anspannung wuchs ins Unerträgliche. Schließlich erhob sich die Journalistin, die ihr rotes Haar zu einem strengen Knoten frisiert trug.

»Die Jury verkündet das Urteil!«, rief der Moderator und eilte zu ihr, um ihr das Mikrofon zu geben. »Nun, wer ist der Gewinner?«

»Wir haben mehrere Kriterien beachtet«, erwiderte die Frau ruhig. »Zum einen den Trendaspekt, zum anderen die Gesamterscheinung und drittens den Faktor der Typveränderung. Deshalb haben wir uns entschieden, den diesjährigen ersten Preis an …«

Alle Friseure reckten die Köpfe.

»… Maja-Maria Müller zu vergeben.«

Das Orchester begann zu spielen, Konfetti regnete vom Bühnenhimmel, das Publikum applaudierte frenetisch, und Maja hörte auf zu atmen. Den ersten Preis? War das eine Halluzination? Träumte sie?

»Schatzi!«, schrie Jeremy und hob sie hoch. »Du hast es geschafft!«

Strahlend drehte sich Olga zu ihnen um. Dann fiel ihr Blick auf die Leinwand, wo ein Standfoto ihres neuen Looks zu sehen war, umkränzt von goldenen Lorbeeren. Ihre Augen weiteten sich vor Entsetzen.

»Was du haben getan?«

»Ich … ich wollte, dass du eine, eine perfekte, typgerechte Frisur bekommst, die besser zu dir passt als das platinblonde Playboystyling«, beteuerte Maja.

»Tja, blonder wird's nicht«, sagte Jeremy.

»Nein!«, schrie Olga aus Leibeskräften. »Nein! Hast du machen hässlich mich, hast du zerstören Olga! Ich hassen diese Haare!«

Fluchend und schluchzend rannte sie von der Bühne, und Maja beschlich ein so grauenvolles Gefühl, als habe sie soeben jemanden ermordet.

Kapitel 17

Es gab Siege, die von Niederlagen kaum zu unterscheiden waren. Diese Erfahrung machte Maja zum ersten Mal, und sie litt Höllenqualen. Unaufhörlich drängten Leute auf die Bühne, fremde Menschen beglückwünschten sie, umarmten sie, schüttelten ihr die Hand, doch sie konnte nicht das aufgelöste Gesicht von Olga vergessen, die Panik in ihrem Blick, das abgrundtiefe Entsetzen darüber, was Maja ihr angetan hatte.

Dabei hatte es Maja doch nur gut gemeint. Mit ihrer Barbie-Aufmachung würde Olga niemals ernst genommen werden. Die neue Frisur war das Ticket für ein Leben, in dem man ihr Achtung entgegenbrachte, statt sie als bloßes Sexobjekt zu betrachten. So hatte es sich Maja jedenfalls überlegt. Doch nun stand sie vor den Trümmern dieser gerade erst begonnenen Freundschaft. Die Tochter, die sie nie hatte, war weg, und es hatte wenig Sinn, ihr nachzulaufen. Der Vertrauensbruch war zu eklatant. So etwas konnte man nicht durch ein paar tröstende oder erklärende Worte wiedergutmachen.

All das schoss Maja voller Verzweiflung durch den Kopf, während sie den größten Triumph ihrer bescheidenen Friseurkarriere hätte feiern können. Auch die Viererbande hatte es inzwischen auf die Bühne geschafft. Maja musste nur in die betretenen Mienen schauen, um zu wissen, dass Bernd, Helena, Viktor und Frau Kampeter genauso empfanden wie sie. Dies war kein Triumph. Dies war ein Sieg, der mit einem Verrat erkauft worden war. Mit einem unwissentlichen Verrat, wohlgemerkt, doch das kam aufs Gleiche raus.

»Wo ist sie denn hin?«, fragte Bernd bekümmert.

Zur Feier des Tages hatte er sich in einen viel zu engen braunen Cordanzug gequetscht und eine schiefe rote Fliege zum Karohemd umgebunden. Frau Kampeter, im großgeblümten Kleid, das dezent nach Lavendel duftete, schüttelte in einem fort den Kopf. Kraftlos hing ihr Arm mit der großen Handtasche herab.

»Hoffentlich tut sie sich nichts an.«

Helena, die einen weißen Hosenanzug trug, konnte nicht sprechen, legte nur eine Hand auf Majas Schulter und streichelte sie begütigend. Viktor, wie immer im Studentenoutfit mit dunkelblauem Pullover, setzte seine Brille ab.

»Eine Frisur ist ein Stück Identität.« Schwer atmend presste er seine Lippen zusammen. »Das hätten wir wissen müssen.«

Er sagte »wir«, doch Maja wusste, dass es nur eine Schuldige für Olgas öffentlichen Nervenzusammenbruch gab: sie selbst. Aber mit seiner ersten Aussage hatte Viktor recht. Es mochte Leute geben, die Haare für eine belanglose Nebensache hielten und nicht verstanden, warum man so viel Aufhebens darum machte. Doch vor allem bei Frauen wirkten Haare in der Tat identitätsstiftend. Ein bad hair day konnte einem alles vermasseln, eine verschnittene Frisur Weltuntergangsstimmung auslösen, und Haarausfall kam einem Super-GAU gleich. Mit jeder Strähne, die Maja dunkel gefärbt hatte, war ein Schatten mehr auf Olgas Gemüt gefallen, mit jedem Zentimeter, um den sie das Haar gekürzt hatte, war ein Stück von Olgas harterkämpftem Selbstbewusstsein zu Boden gefallen.

»Ich habe sie gesucht, aber nirgendwo gefunden!«, rief Jeremy, der atemlos angelaufen kam. »Ans Handy geht sie auch nicht!«

»Frau Müller, darf ich Sie und Ihren Mitarbeiter zu einem kleinen Umtrunk einladen?«, fragte der Moderator, der nun ebenfalls zu ihnen trat. »Auch Herr Henderson legt großen Wert darauf, dass Sie dabei sind.«

Maja hatte überhaupt keine Lust auf irgendetwas. Abwehrend

hob sie die Hände, doch Jeremy gab ihr einen Stups in den Rücken.

»Süße, wir gehen mit. Olga muss sich erst einmal beruhigen. Morgen reden wir mit ihr. Dann wird sie begreifen, dass du ihr einen Riesengefallen getan hast. Schließlich hat sie es auf diesen Maybach abgesehen, und in seinen Kreisen kann sie mit ihrem Pornostyle nichts reißen. Du hast sie veredelt, du hast es allen gezeigt. Jetzt knick nicht ein. Komm schon!«

»Ja, geh mit, du hast alle beeindruckt und begeistert, dies ist dein Abend«, raunte Helena ihr zu.

Die drei anderen vom harten Kern nickten heftig. Jeremy nahm Maja die Entscheidung ab. Ihren Rucksack über die Schulter geworfen und den fertiggepackten Friseurkoffer in der rechten Hand, schob er sie mit der linken vor sich her zum Backstagebereich. Dort hatten sich bereits die Mitwirkenden versammelt. Auf der Ablagefläche neben dem Schminkspiegel standen Sektflaschen und Gläser, die anderen Friseure diskutierten erregt die Entscheidung der Jury, die Models umringten Tony Henderson, der lässig plaudernd Autogramme gab. Neben ihm stand Sophie-Charlotte von Gernsheim, in einem eleganten silbergrauen Etuikleid mit vorteilhaften Raffungen, eine schlichte, feingliedrige Platinkette schmückte ihren Hals. Mit erhobenen Armen lief sie zu Maja.

»Frau Müller, Sie waren unglaublich! Ich muss sagen, mir stockte der Atem, als Sie Olga verwandelt haben. Sie wird sich an ihre stilvolle Frisur gewöhnen, glauben Sie mir. Und schauen Sie mal, meine sitzt immer noch!«

Maja war viel zu benommen, um sich über die Gratulation zu freuen.

»Und Sie meinen wirklich, Olga kann sich mit dem neuen Look anfreunden?«

»Aber sicher.« Sophie-Charlotte von Gernsheim spähte zur Tür und winkte Olaf, den Fahrer, zu sich heran. »Sie suchen Olga. Fahren Sie die Straßen rund um die Stadthalle ab, suchen Sie überall, bis Sie sie gefunden haben. Ich möchte nicht, dass sie in diesem Zustand allein ist.«

»Mach ich gern«, strahlte er.

»Und nun zu Ihnen, Frau Müller«, fuhr die Fürstin fort. »Mein Bruder schwärmt ja in den höchsten Tönen von Ihnen. Auf seine Weise, versteht sich, aber ich kenne Alex. Der trägt seine Gefühle nicht nach außen.«

»Gefühle?« Maja musste sich beherrschen, um nicht die Augen zu verdrehen. »Ich würde sagen, dass Olga mehr seinem Frauentyp entspricht.«

»Wenn Sie sich da mal nicht irren. Schmuseweiche Weibchen gab es genug in seinem Leben. Er mag Frauen auf Augenhöhe, die ihn herausfordern, ihm die Stirn bieten können.«

Maja dachte an den Kuss. An sein Lächeln. An den Mann, mit dem sie notorisch aneinandergeriet. Lauter Widersprüche, die sich nicht auflösen ließen.

»Jetzt müssen Sie unbedingt Tony Henderson kennenlernen«, sagte die Fürstin. »Ein großartiger Künstler. Er hat ja bereits auf meinem Hochzeitsball gesungen, den Sie leider verpasst haben. Aber es gibt immer eine zweite Chance.«

Sie ging zu dem Sänger, unterbrach sein Gespräch mit einem überirdisch schönen Model und zeigte in Majas Richtung. Als er sie sah, hielt er inne. Eine Mischung aus Freude und Schalkhaftigkeit malte sich in seinem Gesicht. Dann ließ er die junge Frau einfach stehen und bahnte sich einen Weg zu Maja.

»Herzlichen Glückwunsch, das war eine phantastische Performance. Tut mir leid, dass Ihr Modell anderer Meinung war. Für mich sind Sie der Star des Abends!«

Oha. Dieser Blick, diese Ausstrahlung, dieses umwerfende Lächeln. Und diese herzliche, direkte Art, als ob sie sich schon ewig kennen würden. Umso beschämter fühlte sich Maja, dass er Zeuge ihres Verrats geworden war.

»Olga ist nicht einfach irgendein Frisurenmodell«, erwiderte sie leise. »Sie ist eine Freundin, eine zarte Seele mit einer schwierigen Vergangenheit. Für sie war der hochblonde Look ein Schutzpanzer, hinter dem sie ihre Verletzungen verbergen konnte. Das habe ich viel zu spät begriffen und ihr diesen Schutz genommen.«

Verblüfft hörte der Sänger zu. Dann holte er zwei Gläser Sekt und drückte eines Maja in die Hand. Er beugte sich dicht zu ihr vor.

»Wissen Sie was? Auf Veranstaltungen wie diesen treffe ich normalerweise nur oberflächliche Leute, ohne Durchblick, ohne Feingefühl. Sie sind anders. Das ehrt Sie, und es wäre wiederum mir eine Ehre, wenn ich mit Ihnen anstoßen dürfte.«

Trösten konnte er Maja damit nicht, aber es tat gut, seine warmen Worte zu hören. Mit einem feinen Pling trafen ihre Gläser aufeinander. Erschöpft nahm Maja einen Schluck von dem Sekt. Er war warm und schmeckte gummibärchensüß, aber das Prickeln auf ihrer Zunge weckte sie ein wenig aus ihrer hilflosen Erstarrung. Sie konnte sogar die bösen Blicke der anderen Friseure aushalten. Freuen konnte sie sich aber immer noch nicht.

»Wir sollten woanders hingehen«, sagte er weich. »It's easy to remember, but so hard to forget – kennen Sie das Lied von Dean Martin? Vielleicht gelingt es mir, Sie bei einem Abendessen ein wenig aufzuheitern, damit Sie das Unangenehme vergessen und wir uns an das Angenehme erinnern können. Was halten Sie davon?«

»Ja, ich … ich kenne das … das Lied«, stammelte Maja.

Seelenverwandt, wir sind seelenverwandt, durchfuhr es sie. Gleichzeitig wurde ihr bewusst, dass soeben der gefeierte Sänger Tony Henderson höchstpersönlich eine Einladung ausgesprochen hatte. An sie, Maja-Maria Müller, die in seiner privilegierten Glamourwelt in etwa so bedeutend war wie eine Fliege an der Wand.

Dennoch spürte sie Tränen aufsteigen. Es war zu schrecklich, Olga unglücklich zu wissen.

»Sehr nett, Ihre Einladung«, schniefte sie. »Aber ich glaube, mein Zusammenreißverschluss klemmt.«

Er schaute sie an, und sie hatte das beunruhigende Gefühl, dass er ihr mitten ins Herz sah, wo mindestens ein Chaos wie in ihrem vollgerümpelten Keller herrschte.

»Wenn Sie heulen wollen, heulen Sie eben. Hauptsache, Sie geben mir keinen Korb.«

Was war das denn für ein Heiliger? Männer wollten doch immer nur gutgelaunte Frauen ohne negatives Gefühlsgedöns. Unschlüssig wischte sie sich über die nassen Augen.

»Ich bin nicht sicher …«

»Und ich esse am liebsten italienisch.« Er leckte sich lächelnd die Lippen, was seine weißen, ebenmäßigen Zähne zum Vorschein brachte. »Gibt es in dieser Stadt ein Ristorante, in dem man eine anständige Pasta bekommt?«

»Die Trattoria Sorrentina«, antwortete Maja mechanisch.

»Perfekt.«

Immer noch lächelnd nahm er ihr das Glas aus der Hand und gab es zusammen mit seinem eigenen dem konsternierten Moderator, der sich gerade anschickte, zu ihnen zu stoßen.

»Wir gehen. Könnten Sie uns ein Taxi besorgen?«

»Was? Ernsthaft?« Ungläubig betrachtete der Moderator die halbvollen Gläser, dann Majas verweinte Augen und schließlich den Sänger. »Aber der Umtrunk! Und die Fotos für die Presse!«

»Sie können gern ein Foto von der Siegerin und mir machen.« Tony Henderson legte einen Arm um Maja. »Bitte sehr.«

Ein Fotograf flitzte heran, gefolgt von einem zweiten, ein Gedränge entstand, ein Blitzlichtgewitter setzte ein, und Maja stand einfach nur da, eine verwirrte, abgekämpfte Frau in einer Flut des Wahnsinns.

»Das reicht!«, rief der Sänger. »Vielen Dank und bis zum nächsten Mal!«

Um das empörte Gemurmel ringsum scherte er sich nicht im mindesten. Offene Feindseligkeit schlug Maja entgegen. Man schien sich einig zu sein, dass der Sieg des Friseurwettbewerbs mehr als genug für eine wie sie war, aber dass sie nun auch noch den Stargast entführte, ging zu weit. Das Aschenputtel und der Prinz. Die unscheinbare Frau in Jeans und der elegante Promi. Einfach unerhört. Nur Jeremy hörte gar nicht mehr auf zu grinsen. Bevor sie entwischen konnten, zupfte er Maja am Ärmel ihrer Bluse und gab ihr den Rucksack.

»Viel Spaß«, flüsterte er. »Entspann dich, vergiss mal alle Probleme, genieße deinen Erfolg mit diesem Knaller von Mann. Und denk dran, Schatzi: Allein schlafen ist Bettverschwendung.«

Maja wollte etwas erwidern, doch Tony Henderson zog sie schon mit sich fort, durch das Gewühl der indignierten Gäste und zum Treppenhaus. Dort nahm er ihre Hand, und gemeinsam stiegen sie die Stufen hinab. Es tat so gut. Maja spürte nicht einmal ihre Blasen an den Füßen, die ihre ungewohnt hohen Schuhe hinterlassen hatten.

»Mann, bin ich froh, dass wir all diese Leute los sind«, bekannte er. »Ich habe nichts gegen sie, aber ich kann diese Dünkelhaftigkeit nicht ausstehen. Keiner von denen hat Ihnen den Sieg gegönnt. Nur die vier Fans, die Ihnen gratuliert haben. Oder war das Ihre Familie?«

»In gewisser Weise schon.« Maja spürte staunend, wie viel Sicherheit ihr die Berührung seiner Hand gab. Ein kleiner Glücksschauer überlief sie. »Das ist meine Salonfamilie.«

»Ihre Salonfamilie? Erzählen Sie mehr.«

Ein Mann, der sich für mich und meine Welt interessiert, dachte sie überrascht. Sonst reden Männer doch nur über sich selbst und geben an, dass sich die Balken biegen. Tony Henderson hatte das offenbar nicht nötig. Er hörte sogar mit größter Aufmerksamkeit zu, während Maja nun ihren skurrilen kleinen Kosmos erklärte, das in Jahren gewachsene Miteinander, die Freundschaften, die sich ergeben hatten, das wunderbare Nestgefühl. Im Taxi redete sie weiter, und sie saßen längst in der Trattoria und ließen sich einen Aperol Sprizz schmecken, als er sie zum ersten Mal unterbrach.

»Maja, du – ich darf doch du sagen? Du hast dir etwas aufgebaut, wofür man dich nur bewundern kann. Trotzdem habe ich den Eindruck, dass dich etwas bedrückt. Ist es nur wegen dieser Olga, oder ist da noch mehr?«

Ihr Erstaunen wich absoluter Fassungslosigkeit. Ja, dieser Mann sah mitten in ihr Herz. Sollte sie sich ihm offenbaren? Ihm den Schlamassel gestehen, in dem sie steckte? Doch dann besiegte ihre Erfahrung mit Männern ihren irrsinnigen Impuls, sich diesem besonderen Exemplar von Mann anzuvertrauen. Nein, sie würde ihm nichts verraten. Damit würde sie ihn nur in die Flucht treiben.

»Ah, la bella Signorina!« Antonio, der Wirt, der bisher in der Küche geblieben war, begrüßte Maja und musterte neugierig ihren Begleiter. »Und heute mit einer interessanten Begleitung! Ich kann den Lammrücken mit Rosmarin empfehlen, vorher vielleicht eine Pasta mit Kaninchenragout?«

Damit löste er eine Assoziationskette bei Maja aus. Das Kaninchen. Das rosa Kaninchen. Tante Ruth. Sie sah auf die Uhr. Es war inzwischen sechs Uhr, und irgendetwas sagte ihr, dass sie nachfragen sollte, wie es zu Hause aussah. Ob Olga möglicherweise dort war und Trost bei Tante Ruth suchte. Ob es Willi gutging. Ob der Mafioso noch vor der Tür stand. Sie erhob sich.

»Entschuldigung, ich gehe mal eben telefonieren.«

Sobald sie vor dem Lokal stand, zog sie ihr Handy aus dem Jeansrock. Als sie das Display aktivierte, leuchteten unzählige Zeilen auf, die verpasste Anrufe signalisierten. Von Jeremy und von Tante Ruth. Maja musste lächeln. Bestimmt hatte Jeremy ihr die gute Nachricht vom Sieg überbracht, und dann hatte Tante Ruth sie anrufen und ihr gratulieren wollen. Wie süß. Frohgemut tippte sie auf Tante Ruths Nummer.

»Kind, bist du es?« Die Stimme ihrer Tante klang gehetzt. »Wo bist du?«

»In der Trattoria Sorrentina. Stell dir vor …«

»Maja, bitte komm sofort her. Willi ist entführt worden.«

Kapitel 18

Maja war ein gesetzestreuer Mensch, und selbstverständlich respektierte sie fremdes Eigentum. Doch jetzt brannten ihr alle Sicherungen durch. Vor der Trattoria lehnte ein Fahrrad, dessen Besitzer so unvorsichtig gewesen war, es ungesichert abzustellen. Ohne lange zu überlegen, schleuderte sie ihre Highheels von sich, bestieg das Rad und raste davon. Selbst dass sie den wahrscheinlich weltbesten Klassemann sitzenließ, den sie jemals getroffen hatte, spielte jetzt keine Rolle.

Es war ein gutes Stück Wegs bis zu ihrem Hexenhäuschen, aber niemals hätte sie es ausgehalten, untätig auf dem Rücksitz eines Taxis auszuharren. Mit aller Kraft trat sie in die Pedale, überfuhr rote Ampeln, klingelte Fußgänger beiseite und bremste auch nicht ab, wenn Schlaglöcher ein langsameres Tempo nahelegten. Willi. Willi! Sie schrie seinen Namen heraus, während Ströme von Tränen über ihre Wangen liefen, mein Kind, o Gott, bitte lass Willi nichts passiert sein!

Ein entgegenkommender Lastwagen, der aus einer Nebenstraße einbog, hupte sie an, doch auch jetzt verringerte Maja keineswegs ihr Tempo, sondern sauste halsbrecherisch zwischen dem Lastwagen und einem Transporter hindurch, den sie bei der Gelegenheit überholte. Sie spannte alle Muskeln an, den Lenker krampfhaft umklammernd, nahm Schleichwege durch Parks und zwischen Häusern hindurch, fuhr aus der falschen Richtung in eine Einbahnstraße hinein und hatte nur einen Gedanken: Du bist schuld! Wärst du doch bloß nicht zu dieser Friseurmeisterschaft gegangen! Hättest du dich doch bloß nicht von diesem Mann zum Essen einladen lassen! Wärst du doch bloß zu Hause geblieben und hättest auf Willi aufgepasst! Jetzt ist es zu spät.

Mehr tot als lebendig warf sie eine Viertelstunde später das Fahrrad gegen den Zaun und hastete durch den Vorgarten zum Haus. Ein Blick zurück sagte ihr, dass der Geländewagen verschwunden war. Ein Blick nach vorn zeigte die eingetretene Haustür. Schief hing sie in den Angeln, ein Dokument der Brutalität, die hier gewütet hatte. Zitternd rannte sie in die Küche, wo Tante Ruth mit versteinerter Miene am Tisch saß, in einem blauen Kleid, das mit hellgelben Zitronen bedruckt war.

»Wie konnte das geschehen? Wann waren die da? Hast du sie gesehen? Haben sie Bedingungen gestellt?«, schrie Maja.

Unendliche selbstquälerische Trauer lag auf Tante Ruths Gesicht, als sie schwerfällig aufstand. Sie schien um Jahre gealtert zu sein, ihre gebräunte Haut wirkte auf einmal grau.

»Es ist meine Schuld. Ich hätte hierbleiben müssen, statt die Sachen aus der Pension zu holen. Dabei habe ich Wassili vom Haus weglocken können. Leider habe ich nicht damit gerechnet, dass seine Komplizen in der Nähe sein könnten. Doch so mussten sie nur abpassen, wann ich wegfahre, und konnten hier eindringen. Dabei war ich sicher, dass ihnen Willis Anwesenheit verborgen geblieben war.«

Maja stützte sich am ganzen Körper bebend auf dem Tisch ab.

»Haben die Nachbarn was gesehen? Großer Gott, Tante Ruth, es muss doch irgendeinen Hinweis geben, wohin die Willi gebracht haben und was die von uns wollen!«

»Nein, nichts.«

»Und die Polizei?«

»Ist unterwegs.« Lange schaute Tante Ruth aus dem leeren Fensterrahmen nach draußen in den Garten, der so unfassbar friedlich in der Abendsonne dalag. »Olga sagt, dass die Mafia vermutlich ein Exempel statuieren will. Natürlich hat sie es etwas anders formuliert, aber es geht darum, dass diese Kriminellen nicht dulden, dass jemand abspringen will. Sie wollen nicht nur das entgangene Geld, sie wollen ihre uneingeschränkte Macht demonstrieren.«

»Olga – war hier?«

Seufzend brach Tante Ruth eine gezackte Scherbe aus dem Fensterrahmen und warf sie in den Abfalleimer. Eine hilflose Geste. Als ob man damit etwas Ordnung in dem Wirrwarr aus Panik und Angst schaffen könnte.

»Ja, dieser Olaf hat sie hergebracht und auch gleich wieder mitgenommen. Sie war untröstlich wegen ihrer Haare. Sie hat sich verabschiedet, Maja. Olga glaubt, dass wir sie nicht akzeptieren, so wie sie ist, dass wir sie nie akzeptiert haben.«

Erst Willi, jetzt auch noch Olga. Maja taumelte, als hätte sie einen Rippenstoß bekommen, und ließ sich auf einen Küchenhocker fallen. Ihr Sohn entführt, die Tochter ihres Herzens für immer verloren, das war mehr, als sie ertrug. In diesem Moment klingelte es, Schritte trappelten auf dem Flur, und zwei Polizisten erschienen in der offenen Küchentür. Es waren dieselben, die am Morgen vorbeigekommen waren.

»Schönen guten Abend. Wie können wir helfen?«

Maja sprang auf.

»Helfen, ha«, äffte sie den einstudiert freundlichen Tonfall nach. »Sie hätten mein Kind beschützen müssen! So funktioniert das nämlich normalerweise!«

»Ruhig Blut, junge Frau.« Der ältere Polizist, der mit dem Zöpfchen, hob beschwichtigend die Hände. Er hätte sich genauso gut *Ja, ist denn heute Kindergeburtstag?* auf die Stirn schreiben können. »Bestimmt handelt es sich nur um ein Missverständnis, und Ihr Sohn taucht bald wieder auf. Trotzdem sind wir in Alarmbereitschaft. Ihre Tante hat schon telefonisch die Daten für eine Vermisstenmeldung durchgegeben. Wir tun alles, was wir können.«

»Und genau das ist zu wenig – das, was Sie können«, zischte

Maja. »Oder, besser gesagt, das, was Sie können *wollen*. Habe ich Ihnen heute Morgen nicht haarklein auseinandergesetzt, was hier los ist? Habe ich nicht die Russenmafia erwähnt und die Tatsache, dass sie hinter meinem Sohn her ist?«

»Doch, doch, haben Sie.« Verlegen setzte der jüngere Polizist mit dem Ohrring seine Dienstmütze ab und betrachtete sie, als sähe er sie zum ersten Mal. »Aber vor zwei Tagen gab es hier schon mal einen falschen Alarm, falls Sie sich erinnern.«

»Das betraf nur meinen … meinen Exfreund. Der Anlass war ein anderer: Mein Sohn wurde vorgestern zusammengeschlagen. Krankenhausreif.«

Der ältere Polizist zog einen Mundwinkel herab.

»Ja, von eifersüchtigen Kumpels, und so krankenhausreif, dass er heute schon wieder zu Hause sein und entführt werden konnte. Außerdem ist Ihr Sohn selbst ein Krimineller, weil er mit Drogen dealt.«

Maja öffnete den Mund, sie wollte losschreien, mehr ging jetzt nicht, sie wollte ihre Angst, ihre Wut, ihren Frust herausschreien, doch Tante Ruth legte einen Finger an die Lippen und übernahm das Gespräch. Die Sache mit den rosa Kaninchen hatte sie wirklich drauf.

»Meine Herren, wenn ich das richtig interpretiere, sind Sie also immer noch nicht davon überzeugt, dass unser Willi ernsthaft in Gefahr …«

Ein klirrendes Geräusch im Wohnzimmer, gefolgt von einem knatternden Brummen, ließ sie verstummen. Maja überkam schreckliche Übelkeit. Tapfer kämpfte sie gegen ihren kollabierenden Magen an und lief hinter Tante Ruth und den Polizisten her ins Wohnzimmer. Wieder ein Stein, wieder eine zerbrochene Scheibe. Die dritte Warnung. Die letzte.

»Ich will auf der Stelle Ihren Chef sprechen!«, tobte sie.

Der jüngere Polizist zuckte mit den Schultern.

»Es ist Sonntag. Der Chef hat Wochenende.«

Eine unglaubliche Veränderung ging mit Tante Ruth vor. Mit durchgedrücktem Rücken näherte sie sich dem Polizisten, ihn unverwandt fixierend. Auf einmal wirkte sie größer als sonst und fast furchterregend.

»Wenn Sie Probleme brauchen – ich bin für Sie da.« Sie brachte sogar ein winziges polarkaltes Lächeln zustande. »Denn ich verspreche Ihnen, dass Sie Ihres Lebens nicht mehr froh werden, wenn Sie nicht unverzüglich alle Hebel in Bewegung setzen, um Willi zu finden. Großfahndung, Suchtrupps, Straßensperren, alles, was nötig ist. Ihr bisheriges Verhalten ist ein Skandal. Das Wochenende ist beendet. Holen Sie mir sofort Ihren Chef ans Telefon.«

Sie hatte mit einer kalten Autorität gesprochen, die den Polizisten förmlich schrumpfen ließ. Nervös spielte er an seinem Ohrring, dann holte er sein Handy heraus und telefonierte halblaut. Schon nach wenigen Sätzen hielt er es Tante Ruth hin.

»Mein Chef. Er will Sie sprechen.«

Energisch griff sie danach.

»Hier Ruth Minnemann. Also? Was sagen Sie zu diesem Fall serieller Unfähigkeit?« Einige Sekunden lauschte sie. »Ja, in Lebensgefahr. Wie ich heute von einer Freundin erfuhr, hat die russische Mafia die schlechte Angewohnheit, ihren Opfern …«

Sie schaute kurz zu Maja und ging hinaus auf den Flur, wo sie in gedämpftem Ton weitersprach, weil sie ihrer Nichte offensichtlich die Details ersparen wollte. Leider hatte sie damit erst recht Majas schlimmste Phantasien geweckt. Weinend brach sie auf dem Sofa zusammen.

»Ein Glas Wasser?«, fragte der ältere Polizist teilnahmsvoll.

»Ja, mitten in Ihr Gesicht«, schluchzte Maja.

Minuten vergingen. Tante Ruth telefonierte immer noch. Maja meinte nun auch, den Namen Olga aus dem gedämpften Gemurmel herauszuhören. War Olga etwa auch gefährdet? Verübelten ihr die Mafiosi etwas? Ihr Eintreten für Willi vielleicht?

Von draußen ertönte Sirenengeheul. Wagentüren klappten auf und zu, und als Maja aus dem Fenster schaute, sah sie nicht weniger als vier Streifenwagen und zwei Grüne Minnas vor dem Haus stehen. Polizisten schwärmten aus, einige in Uniform, andere in dunklen Tarnanzügen und schusssicheren Westen, Schnellfeuergewehre im Anschlag. Ein Mann in Jeans und Lederjacke kam ins Wohnzimmer gerannt.

»Spurensicherung«, keuchte er. »Wo ist der Stein?«

Maja zeigte darauf. Er lag in einem Scherbenhaufen mitten auf ihrem schönsten Kelim, einem besonders alten und kostbaren Stück in pastelligem Braungold, das sie günstig im Internet ersteigert hatte. Jetzt erst fiel Maja auf, dass der Stein eine ungewöhnliche Form besaß. Von der Seite betrachtet, ähnelte er einem großen Tropfen. Einem Blutstropfen? So wie jenen eintätowierten Blutstropfen, die den Tod eines Menschen symbolisierten?

Der Mann streifte weiße Gummihandschuhe über und ließ den Stein in einen durchsichtigen Plastikbeutel plumpsen.

»Wo ist Ihr Sohn entführt worden? In seinem Zimmer?«

Maja nickte.

»Dann zeigen Sie es mir bitte.«

»Hier entlang.«

Auf wackeligen Beinen ging sie voran in den ersten Stock. Die Tür zu Willis Zimmer stand offen, dahinter herrschte unfassbares Chaos. Das war nichts Ungewöhnliches, denn sooft Maja ihren Sohn auch zum Aufräumen und Putzen ermahnt hatte, meist waren diese Aufforderungen folgenlos geblieben. Sichtlich angewidert stieg der Beamte über Berge von DVDs, Videospielen und leeren Chipstüten hinweg. Das Bett war ungemacht, T-Shirts und Jeans lagen in Knäueln darauf, gekrönt von einer löcherigen Socke. Es roch penetrant ungelüftet.

»Pubertät«, sagte Maja entschuldigend.

Der Herr von der Spurensicherung schien keine Kinder im Teenageralter zu kennen, geschweige denn, selbst welche zu haben. Ungehalten hob er eine Augenbraue.

»Was für ein Saustall. Wenn ich hier anfange, bin ich morgen noch nicht fertig. Na ja. Was soll's.«

Während er das Fenster untersuchte, das verschlossen und unversehrt war, betrachtete Maja das heillose Durcheinander. Schuldbewusst musste sie sich eingestehen, dass sie seit Wochen nicht mehr Willis Zimmer inspiziert hatte. Hätte sie sich dazu aufgerafft, dann wäre ihr so einiges früher aufgefallen. Die kleine Pfeife zum Beispiel, aus der er vermutlich manchmal Marihuana geraucht hatte. Die vollgekritzelten Zettel, auf denen Strichmännchen an einem Galgen hingen. *Es läuft knallhart da draußen, anders als in deiner beknackten Bambiwelt,* hatte er gesagt. Wohl wahr. Entgangen war ihr auch der Stapel Briefe unter seinem Bett. Acht Kuverts zählte sie, allesamt von Willis Schule.

»Nichts anfassen!«, herrschte der Beamte sie an. »Sie vernichten Spuren!«

Nein, ich wandle auf den Spuren meiner Nachlässigkeit, hätte Maja am liebsten geantwortet. Ich habe zu lange weggeschaut. Ich dachte, die Pubertät erledigt sich irgendwann von selbst. Was für ein furchtbarer Irrtum. Ihr stockte das Blut in den Adern, als sie in dem müffelnden Klamottenhaufen Willis Handy entdeckte. Es war ihre letzte Hoffnung gewesen – dass Willi es mitgenommen hatte und man ihn eventuell orten konnte.

»Nichts anfassen, habe ich gesagt!«, brüllte der Beamte.

Doch Maja hatte das Handy schon in den Fingern und tippte die WhatsApp-Nachrichtenliste an. Olala, Fancy, Dodo, Spast, Fatty, Helo, Cokc. Lauter Namen, die ihr nichts sagten. Oder? Sie scrollte noch einmal zurück. Ganz oben stand der Name Olala. Wer konnte das sein? Die letzte Nachricht, die Willi von dieser rätselhaften Person bekommen hatte, lautete: *Du rennen weg. Kommen böse Männer. Machen schnell!*

Olala, bedeutete das etwa Olga? Ja, unzweifelhaft war sie es gewesen, die diese Nachricht geschrieben hatte. Und Willi hatte auch eine Antwort begonnen, aber nicht abgeschickt: *Scheiße, die sind schon da. Bestimmt bringen die mich in die La.* Hier brach die Nachricht ab. In die La? Wo oder was war die La? Und woher hatte Olga von der geplanten Entführung gewusst? War sie in ein Komplott verstrickt? Oder schwebte sie selbst in größter Gefahr?

»Hier.« Der Mann hielt Maja einen gebogenen Zahn hin, der wie ein Haifischzahn aussah. »Schon mal gesehen?«

Die Typen auf dem Zaun. Schlagartig stand Maja wieder die Szene vor Augen, als Willi bedroht worden war. Einer der beiden Männer hatte eine Kette mit solchen Zähnen über seinem Schlangentattoo getragen.

»Der ist von einem der Mafiosi!«, rief sie aufgeregt. »Er trägt eine Kette mit Haifischzähnen!«

»Ach ja, die Story mit der Russenmafia. Hab ich schon von meinen Kollegen gehört.«

Wieder dieser herablassende Tonfall. Es war zum Verzweifeln. Aber Maja fühlte sich viel zu müde, um zu streiten.

»Machen Sie Ihren Job, und machen Sie ihn gut«, presste sie zwischen zusammengebissenen Zähnen hervor. »Bestimmt finden Sie DNA-Spuren an dem Zahn.«

»Von einem Hai.«

»Nein, von Ihrer Großmutter. Herrgott, so eine Kette schubbert doch direkt auf der Haut! Da ist es wahrscheinlich, dass Hautschüppchen daran kleben! Sagen Sie mal, muss ich Ihnen jetzt etwa Ihren Beruf erklären?«

Entnervt hockte sie sich auf den Boden, das Handy steckte sie unauffällig ein. Später würde sie es noch einmal genauer untersuchen. Wenn solche Ignoranten von Polizisten sich damit beschäftigen, konnte schließlich nichts Erhellendes dabei herauskommen. Ganz wohl war ihr allerdings nicht. Zum einen bedeutete ein Handy die intimste Intimzone eines Jugendlichen, und Maja gehörte nicht zu den Müttern, die ihren Kindern gern hinterherspionierten. Zum anderen unterschlug sie mögliches Beweismaterial. Maja beruhigte sich damit, dass sie es immer noch der Polizei übergeben konnte, wenn sie Willis Nachrichten der letzten Tage gecheckt hatte. Dann zog sie die Knie ans Kinn und fing an zu beten.

Lieber Gott, die müssen Willi finden, bitte hilf, dass sie ihn ganz, ganz schnell finden. Außer beten konnte sie nichts tun, das war das Schlimmste. Zur Untätigkeit verdammt, konnte sie nur zusehen, wie der Beamte Willis Zimmer auseinandernahm, mit einem Pinsel Fingerabdrücke sicherte und allerlei Gegenstände in seinen Plastikbeuteln verschwinden ließ. Auch einen Joint, den er vorwurfsvoll und mit spitzen Fingern hochhielt, bevor er ihn einpackte.

»Ich hatte keine Ahnung«, flüsterte Maja.

»Das sagen Eltern immer«, kam es bissig zurück.

Aus dem Erdgeschoss drang eine vertraute Stimme an ihr Ohr. Ächzend erhob sie sich und ging langsam die Treppe hinunter. Jeder Schritt tat weh, sie spürte schon, wie sich der Muskelkater von der rasanten Fahrradtour ankündigte. Totenblass stand Jeremy im Flur, mit einer riesigen Pralinenschachtel.

»Ich wollte dir zu deinem Sieg gratulieren. Aber das ist jetzt wohl nicht der richtige Zeitpunkt. Tante Ruth hat mir gerade erzählt, was passiert ist.«

Mit einem Schluchzer stürzte sich Maja in seine Arme.

»Mein Fels in der Brandung. Gut, dass du da bist.«

»Ich wette, das sagst du zu jedem einigermaßen gutaussehenden Mann«, witzelte er, doch in seiner Stimme lag tiefe Bestürzung. »Wenn ich irgendetwas tun kann, sag es mir.«

»Bleib einfach noch ein bisschen«, wimmerte Maja.

»Natürlich, kein Problem.« Er streichelte ihre zuckenden Schultern. »Wie lief es eigentlich mit Tony Henderson? Alle haben sich aufgeregt, weil du mit ihm abgezogen bist.«

»Er ist toll, supertoll sogar, aber versteh bitte, dass ich im Moment keinen Kopf für so was habe.«

»Hm, ja. Versteh ich. Trotzdem – er war ja total geflasht von dir. Wie heißt es noch so schön? Die Männer haben zwar das Feuer erfunden, aber die Frauen wissen, wie man damit spielt. Hut ab, Maja. Hast kräftig gezündelt.«

Zwei Polizisten gingen an ihnen vorbei und inspizierten den Flur. Stirnrunzelnd betrachteten sie Majas Regenschirmsammlung und rissen dann einen Schirm nach dem anderen von der Wand wie Pflaumen vom Baum.

»Oh, bitte, Vorsicht!« Maja konnte es kaum aushalten, dass diese mürben alten Stücke durch grobe Männerhände gingen. »Das sind Raritäten!«

»Wir gehen besser in die Küche«, befand Jeremy.

Maja fügte sich ohne Widerspruch. Im Grunde gab es in jedem Zimmer Dinge, die nur sie berühren durfte, alte Porzellanfiguren, bemalte Vasen, verschnörkelte Bilderrahmen. Doch sie sah ein, dass jeder Hinweis wichtig sein konnte und dass sie deshalb besser nicht hinschaute, wenn ihre Sammlerstücke von Wildfremden angefasst wurden. In der Küche empfing Tante Ruth die beiden mit einer Schüssel Salat. Sie hatte eine Schürze vor ihr Zitronenkleid gebunden und auch schon den Tisch gedeckt. Sogar Stoffservietten lagen neben den geblümten Tellern.

»Wir müssen etwas essen«, erwiderte sie auf Majas fragenden Blick. »Es hat wenig Sinn, wenn wir die Nahrungsaufnahme verweigern, davon kommt Willi nicht wieder zurück. Außerdem kommen einem beim Essen immer die besten Ideen. Also setzt euch.«

Jeremy spähte durch das scheibenlose Fenster nach draußen.

»Wahnsinn. Die graben alles um. Hatte Willi etwa eine Cannabisplantage?«

Auch Maja sah jetzt nach draußen. Es war einiges los im Garten. Etwa zehn Beamte durchsuchten die Beete und Büsche, dahinter hing die gesamte Nachbarschaft über dem Zaun, erfreut, einem ausgefallenen Spektakel beizuwohnen.

»Wo ist Olga?«, rief der Rentner, der Maja gegenüberwohnte.

Sie zog es vor, sich seinem sensationslüsternen Blick zu entziehen, und nahm am Tisch Platz. Aber Olga war das richtige Stichwort gewesen. Hastig erzählte sie von den beiden WhatsApp-Nachrichten.

»Laaaa«, wiederholte Jeremy gedehnt. »Was sollte das werden? Lastwagen? Oder Laube? Eine Gartenlaube vielleicht?«

Auch Tante Ruth dachte angestrengt nach, allerdings ohne Ergebnis. Schweigend verteilte sie den Salat, eine südliche Kreation mit Rucola, Kirschtomaten, schwarzen Oliven, roter Paprika und Mozzarellawürfeln. Appetitlos stocherte Maja darin herum. Auch wenn es vernünftig war, etwas zu essen, brachte sie keinen Bissen hinunter. Wer hatte schon Hunger, wenn das eigene Kind entführt worden war? Nun fiel ihr auch noch Olgas Blätterteigbeutezug bei der Hochzeitsparty ein. Olga hatte immer Hunger. Und Maja vermisste sie fast so sehr wie Willi.

»Ich habe mit Freiherr von Besten telefoniert«, sagte Tante Ruth nach einer längeren Pause, in der man nur die Stimmen der Beamten und die Geräusche der Hausdurchsuchung gehört hatte. »Er ist bereit, uns die sechstausend Euro zu leihen.«

»Sechstausend Euro?«, fragte Jeremy verständnislos.

»So viel ist das Kokain wert, mit dem du Willis Lehrerin die Haare gewaschen hast«, klärte Maja ihn auf.

»Ich … habe …?« Er räusperte sich. »Heiliges Kanonenrohr!«

»Und jetzt will die Russenmafia das Geld zurück«, fügte Maja an. »Willi sollte das Zeug jemandem übergeben, hat aber kalte Füße bekommen und das Kokain im Salon versteckt. Allerdings nicht gut genug, wie man sieht.«

Jeremy zog seine Frackjacke aus, die er immer noch getragen hatte, und fächelte sich mit seiner Serviette Luft zu.

»Kann man hier auf den Schreck was Anständiges zu trinken bekommen?«

Während Maja eine Flasche Prosecco aus dem Kühlschrank holte, legte Tante Ruth ihr Besteck beiseite. Auch sie hatte kaum etwas gegessen.

»Angenommen, ich gehe auf Gottfrieds Angebot ein, so bleibt ein hohes Risiko. Eine Geldübergabe schließt ein, dass die Polizei nicht involviert ist. Und ob die Mafiosi Willi dann tatsächlich freilassen, wissen wir auch nicht.«

»Weil sie an ihm ein Exempel statuieren wollen«, hauchte Maja.

»Völlig richtig, mein Kind.«

Wie ein Ertrinkender griff Jeremy zu dem Glas, das Maja ihm reichte, und kippte fast die Hälfte des Proseccos in sich hinein. Sie ließ sich wieder auf ihrem Stuhl nieder, einem Hochlehner aus der Biedermeierzeit.

»Entweder verlassen wir uns auf die Polizei, die bisher im Dunkeln tappt und Willi voraussichtlich nicht finden wird, oder wir lassen uns auf eine riskante Geldübergabe ein, bei der wir alle hopsgehen können.« Maja schickte ein kleines Lächeln zu ihrer Tante. »Wir haben also die Wahl zwischen Pest und Cholera, wie Freiherr vom Feinsten sagen würde.«

»Es sieht ganz danach aus«, bestätigte Tante Ruth. Aufstöhnend rieb sie sich die Stirn. »Es ist noch nicht sonderlich spät, aber wir sollten schlafen gehen, damit wir morgen fit sind. Und vorher sollten wir meditieren.«

Jeremy verschluckte sich an seinem Sekt.

»Meditieren?«, prustete er. »Ich sag immer: Wer meditiert, hat kein Geld, sich zu betrinken.«

»Man meditiert nicht, um zu vergessen, sondern um einen kristallklaren Kopf zu bekommen«, wurde er von Tante Ruth belehrt. »Und den brauchen wir, bevor wir eine Entscheidung treffen. Sie sind herzlich eingeladen, es zu probieren, Jeremy.«

»Ooookaaaay …«

»Ich hole den Zettel, er steckt noch in meiner Jeans!«, rief Maja.

Tante Ruth hielt sie zurück.

»Das brauchst du nicht, meine Kleine. Ich kenne das Mantra auswendig. Sprecht mir einfach nach und verbeugt euch. Und denkt dabei an Willi. Es sollten die Worte sein, die ihm jetzt Kraft geben.«

Alle drei nahmen sie Aufstellung vor dem geschnitzten Küchenschrank, Tante Ruth und Maja mit feierlichen Gesichtern, Jeremy mit einem schiefen Grinsen.

»Möge ich in meinem Herzen wohnen«, begann Tante Ruth zu sprechen. »Möge ich sicher und geborgen sein. Möge ich Heilung und Frieden finden. Möge ich glücklich sein.«

Sie verbeugten sich. Beim zweiten Durchgang murmelte Jeremy schon mit, beim dritten sagten sie das Mantra im Chor auf. Als sie beim gefühlt zwanzigsten angekommen waren, schaute der Herr von der Spurensicherung in die Küche.

»Ich wäre dann mal – o Gott. Ist das hier eine Sekte?«

»Sekte kommt von Sekt, schon gewusst?«, antwortete Jeremy salbungsvoll und zeigte auf den Prosecco. »Die Flasche ist noch fast voll. Ein Schlückchen vielleicht?«

Schnelle Schritte. Stille. Noch nie hatte ein Gast so fluchtartig Majas Haus verlassen.

Kapitel 19

Es war kurz nach sechs Uhr morgens, als Maja aus unruhigen Träumen erwachte. Benommen stellte sie den Wecker zurück auf den Nachttisch. Stunde um Stunde hatte sie sich schlaflos auf dem Laken herumgewälzt, dann waren die Alpträume über sie hergefallen, die schlimmsten ihres Lebens. Willi in einem dunklen Verlies, Willi in einem Käfig, Willi gefesselt auf einer Pritsche. Und sie in unüberwindbarer Entfernung, die Arme flehentlich ausgestreckt, den Mund zu einem Schrei geöffnet, der unhörbar blieb.

»Guten Morgen, meine Kleine«, Tante Ruth schaute von ihrer Seite des Betts zu ihr herüber, »wie geht es dir?«

»Ich bin völlig zerschlagen. Diese Alpträume …«

Liebevoll breitete Tante Ruth die Bettdecke über ihr aus.

»Bleib noch ein bisschen liegen, ja? Solche Träume haben auch ihr Gutes. Damit verarbeitest du deine Ängste.«

»Musst du eigentlich immer was Positives in allem sehen?«, fragte Maja verzweifelt. »Willi ist in der Hand brutaler Mafiosi! Jetzt erzähl mir nicht, dass das positiv ist. Oder eins von diesen Geschenken des Schicksals!«

»Nein, ich will nichts schönreden. Aber Angst ist ein schlechter Ratgeber, deshalb ist es besser, man lebt sie im Schlaf aus.« In ihrem Monsterschlafanzug glitt Tante Ruth vom Bett und ging zur Tür. »Ich koche Kaffee. Meinst du, dass Jeremy schon wach ist?«

Jetzt fiel es Maja wieder ein. Richtig, Jeremy nächtigte in Robins Zimmer. Ihr Haus entwickelte sich allmählich zu einer Pension für Durchreisende.

»Wenn nicht, weck ihn einfach. Wir sollten so früh wie möglich in den Salon fahren. Die Scheibe muss repariert werden, mit etwas Glück erreichen wir einen Glaser, der im Laufe des Tages kommt.«

Die winzigen Fältchen um Tante Ruths Augen kräuselten sich zu einem Lächeln.

»Kaum zu glauben, aber es gibt in dieser Stadt einen Glasbruchnotdienst, der auch am Wochenende Aufträge entgegennimmt. Ich habe ihn bereits gestern angerufen. Um acht Uhr wird ein Glaser zur Stelle sein.«

Damit machte sie sich auf den Weg zur Küche. Gab es irgendetwas, das Tante Ruth aus der Ruhe brachte? Gab es irgendein Problem, für das sie nicht mindestens eine Lösung parat hatte? Maja dachte noch darüber nach, als ihr Handy mit einem Glöckchenton eine eingegangene Nachricht signalisierte.

Habe von Willis Entführung erfahren. Bin hochbesorgt. Lassen Sie mich wissen, wenn ich etwas tun kann. AvM

Völlig perplex starrte Maja auf die Nachricht. Das konnte doch nicht sein. Ausgerechnet Alexander von Maybach bot ihr seine Hilfe an? Woher kam sein Sinneswandel? Seltsam, seit er ihr seine Geschichte erzählt hatte, spürte Maja, wie ihre anfängliche Abneigung schwand. Er war aufbrausend, ja, und er provozierte gern, dennoch sah sie jetzt auch den kleinen Jungen in ihm, der um Anerkennung kämpfte.

Seufzend stand Maja auf und schnürte zum Badezimmer. Es war bedrückend still im Haus. Kein Geknatter, keine Musikbeschallung aus Willis Zimmer, keine Olga, die bei Technoklängen mit dem hiesigen Heimat- und Verschönerungsverein wetteiferte. Nur das entfernte Zischen der Kaffeemaschine war zu hören. Ich will sie zurück, alle beide, dachte Maja verzweifelt. Ich will Olga und Willi zurück, fröhlich, nervig, unversehrt, koste es, was es wolle.

»Morgen, Schatzi.« Wie ein Gespenst kam Jeremy über den Flur geschlurft, in einem schwarzen XXL-T-Shirt von Willi mit dem

Aufdruck *Realität ist was für Leute, die zu doof fürs Internet sind.* »Träume ich, oder riecht es hier nach Kaffee?«

»Wenn du mich als Erste ins Badezimmer lässt, bekommst du einen doppelten Espresso.«

»Wow. Bestechung hast du also auch drauf.«

»Jahrelange Übung als Mutter.« Maja versuchte ein Lachen, doch es blieb ihr im Halse stecken. »Was meinst du, Jeremy? Geldübergabe oder Polizei?«

Er strich über sein unrasiertes Kinn, und Maja musste an ein anderes stoppeliges Kinn denken, das ihre Haut wundgerieben hatte. AvM.

»Ehrlich gesagt, bin ich überfragt«, erwiderte Jeremy. »Mit den Gepflogenheiten der Russenmafia kenne ich mich nicht aus. Vielleicht fällt mir nach einer Basisdosis Koffein was ein.«

Aber auch als er sich nach zwei doppelten Espresso und einem längeren Badezimmeraufenthalt zu Maja und Tante Ruth an den Küchentisch setzte, wirkte er genauso ratlos wie vorher. Bekümmert betrachtete er die leeren Tassen und die unberührte Schale voller Croissants. Niemand wollte frühstücken, sogar Tante Ruth hatte keinen Appetit. Ein kühler Windhauch strich durch das glaslose Fenster. Die Sonne hatte sich davongestohlen, dunkelgraue Wolken zogen auf. Fröstelnd knöpfte Maja ihre schwarze Strickjacke zu.

»Tante Ruth, hast du wenigstens Kontakt mit Olga?«

»Na ja, Wackelkontakt. Ich habe ein paarmal versucht, sie anzurufen, und sie hat mir eine Nachricht geschrieben, dass sie weg ist.«

Nicht gerade ein Trostpflaster auf Majas offene Wunde. Sie rührte eine Weile in ihrer leeren Tasse herum, dann warf sie den Löffel auf die Untertasse.

»Lasst uns in den Salon fahren. Ich halte es hier nicht aus.«

Tante Ruths Miene hellte sich ein wenig auf. Sie holte eine Papiertüte aus dem Küchenschrank, in die sie die Croissants stopfte.

»Freiherr von Besten ist schon unterwegs. Er hat sich erboten, unseren Kutscher zu spielen.«

»Sieh an.« Maja zwinkerte ihr schwach zu. »Zumindest das scheint mehr als ein Wackelkontakt zu sein. Und? Meinst du, dass wir sein Geld annehmen sollten?«

»Er hat es jedenfalls dabei.«

Fünf Minuten später verließen sie das Haus. Maja lehnte die demolierte Tür an, um keine weiteren Einbrecher anzulocken, dann stapfte sie auf das Gartentor zu. Davor hielt ein Oldtimer, ein flaschengrüner uralter Jaguar. Das sah Freiherr von Besten ähnlich. Altern mit Stil, schien seine Devise zu sein. Er begrüßte Tante Ruth mit scheuen Wangenküsschen, Jeremy und Maja schüttelte er die Hand.

»Scharfe Schüssel«, sagte Jeremy anerkennend. »Fährt die auch, oder müssen wir schieben?«

Freiherr von Besten, der ein kariertes Sportsakko und eine senfgelbe Baumwollhose zu seinem rosa Hemd trug, eine gewagte Kombination, öffnete den hinteren Wagenschlag.

»Ich halte sie mit Gebeten und gutem Zureden am Laufen, bis der TÜV uns scheidet. Bitte sehr.«

Maja und Jeremy nahmen hinten Platz, Tante Ruth neben ihrem Freiherrn. Die beigefarbenen Ledersitze waren brüchig, und es roch durchdringend nach Benzin, aber Maja war froh, dass sie nicht aufs Fahrrad steigen musste. Plötzlich fiel ihr etwas ein.

»Halt, bevor Sie losfahren, habe ich eine Bitte. Könnten wir das Fahrrad neben dem Zaun mitnehmen und vor die Trattoria Sorrentina stellen? Ich habe es gestern …«

»Geklaut?«, fragte Jeremy.

»Ausgeliehen.«

Maja sprang schon aus dem Wagen, und Freiherr von Besten half ihr, das Fahrrad im Kofferraum zu verstauen. Es passte nicht ganz hinein, und so dauerte die Aktion etwas länger, weil der offene Kofferraumdeckel mit einem Stück Schnur festgebunden werden musste.

»Auf ein Wort«, raunte Freiherr von Besten, während er umständlicher als nötig die Schnur verknotete. »Ich bin strikt dagegen, dass Ihre Frau Tante diese Geldübergabe tätigt. Dennoch habe ich mir erlaubt, die entsprechende Summe mit mir zu führen, um ihrem Wunsch zu entsprechen. Falls es zu der Übergabe kommt – kann ich davon ausgehen, dass Ruth, also Frau Minnemann, nicht allein in die Höhle des Löwen gehen wird?«

»Versprochen und nicht gebrochen«, versicherte Maja.

»Da fällt mir ein Stein vom Herzen.«

Er liebt sie, durchzuckte es Maja. Er liebt sie ohne Wenn und Aber, denn er unterstützt sie, obwohl er ihre Pläne nicht gutheißt, und ist krank vor Sorge. Wann gab es jemals einen Mann, der mich so unterstützt hätte? That's Amore. Wie eine ferne süße Melodie kehrte die Erinnerung an Tony Henderson zurück, an den Augenblick ihres Kennenlernens, an seine Hand, die die ihre gehalten hatte, an sein aufrichtiges Interesse an ihrem Leben. Und sie? War kopflos weggerannt, mit guten Gründen zwar, aber ohne sich zu verabschieden und ohne ihm eine Nummer zu hinterlassen. Vermutlich eine der ganz seltenen großen Chancen, die nie wiederkehrten.

»Gehe ich recht in der Annahme, dass Sie an ihn denken?«, fragte Freiherr von Besten mit gerade so viel Zartgefühl, wie es seine untadelige, immer leicht distanzierte Art zuließ.

»Ja.« Im selben Moment wurde Maja klar, dass er von Tony Henderson ja gar nichts wissen konnte. »Nein. Das heißt – von wem sprechen Sie?«

»Von Graf Maybach natürlich.«

Ziemlich baff starrte Maja das Gewirr der verknoteten Schnur an. Ahnte Freiherr von Besten, dass sie inzwischen weit mehr in ihm sah als einen arroganten Provokateur?

»Wie kommen Sie denn darauf?«, fragte sie heiser.

»Oh, verzeihen Sie, ich wollte Ihnen nicht zu nahe treten. Nun, dann werden wir mal schauen, ob der Jaguar seine Krallen ausfährt.«

Er schaute sie an, mit einem Blick, als könne er mit Leichtigkeit ihre ambivalenten Gefühle erraten. Darüber sann sie immer noch nach, als der Jaguar mit einem effektvollen kleinen Knall aus dem Auspuff vor ihrem Salon hielt. Wie angekündigt, hatte Jeremy die Scheibe mit Brettern vernagelt. Es war das einzig Vernünftige gewesen, und doch sah es fürchterlich aus. Als würde der Salon nie wieder öffnen, sondern demnächst einem Supermarkt oder einem Schnellimbiss weichen müssen.

Freiherr von Besten bestand darauf, so lange zu bleiben, bis der Glaser kam. Und so landeten sie unweigerlich alle in der Warteecke, wo sie bei weiteren Strömen von Kaffee über die Risiken der Geldübergabe diskutierten. Immer wieder checkte Maja ihr Handy, ob sie möglicherweise den erlösenden Anruf der Polizei verpasst hatte. Nach einer halben Stunde rief sie auf der Wache an.

»Gibt es etwas Neues im Fall Willi Müller? Haben die Entführer sich gemeldet?«

Zum Glück hatte sie einen Beamten erwischt, der sie an der Stimme erkannte.

»Sind Sie es, Frau Müller? Eigentlich dürfen wir nämlich keine telefonischen Auskünfte geben.«

»Eigentlich hätten Sie diese Entführung verhindern müssen«, sagte Maja seufzend. »Also? Irgendwelche Neuigkeiten?«

»Der derzeitige Stand der Ermittlungen lässt keinerlei weiterführende Erkenntnisse zu«, tönte es gestelzt zurück. »Wir melden uns.«

Enttäuscht und wütend beendete Maja das Gespräch. Ganz deutlich sah sie den Beamten vor sich, wie er an irgendeinem verkramten Schreibtisch saß, seine Stulle auspackte und zur Tagesordnung überging. Nein, aus dieser Richtung war nichts zu erwarten. Nichts und niente, wie Tante Ruth immer sagte.

»Wir machen es«, verkündete sie wild entschlossen. Drei Köpfe wandten sich ihr zu. »Die Geldübergabe. Wir müssen nur noch herausfinden, wie wir die Entführer kontaktieren können.«

Nachdenklich sah sie hoch zum Kronleuchter, der ihr matt zublinzelte. Es war das erste Dekorationsstück gewesen, als sie damals ihren Salon einrichtete. Eigenhändig hatte sie den Leuchter vom Flohmarkt angeschleppt und jeden einzelnen Kristall des Gehänges auf Hochglanz poliert.

»Olga.« Tante Ruths Hände wanderten fahrig über die Zitronen auf ihrem Kleid. »Ich rufe Olga an.«

Wie befürchtet, sprang nur die Mailbox an. Tante Ruth sprach ihre Bitte ins Handy, dann warteten sie bang. Jeremy bohrte seinen Zeigefinger in eine der Maschen seines Netzhemds.

»Vielleicht ist sie längst in Odessa.«

»Oder in Moskau«, warf Tante Ruth ein.

Maja raufte sich die Haare.

»Oder in Las Vegas.«

Ein Lastwagen, der vor dem Salon hielt, setzte der nervtötenden Grübelei ein Ende. Ein untersetzter Mann in einem blauen Overall sprang heraus und öffnete die hintere Tür des Lastwagens. Ein zweiter Mann in Blau kam hinzu, beide trugen sie dicke Lederhandschuhe. Es hatte zu regnen begonnen. Vorsichtig holten sie einen großen, flachen Karton von der rutschigen ausgefahrenen Ladefläche.

»Die Scheibe!«, frohlockte Maja, erleichtert, dass es wenigstens an einer Stelle vorwärtsging.

Jeremy machte sich daran, die nur flüchtig angenagelten Bretter wegzureißen, assistiert vom Freiherrn, der die Bretter nach hinten trug. Draußen stand mittlerweile Bernd im strömenden Regen, in einem verfilzten weinroten Wollpullover, und navigierte die Handwerker mit den ausladenden Bewegungen eines Fluglotsen zum Salon. Was nicht nötig gewesen wäre, da der Lastwagen direkt davor hielt, aber Bernd mit einem Gefühl enormer Wichtigkeit erfüllte. Selbst an ruhigen Nachmittagen mit meterweit klaffenden Parklücken ließ er es sich nicht nehmen, ahnungslose Autofahrer lautstark einzuweisen. Deshalb wirkte er äußerst erbost, als er einem silbernen Cabrio weichen musste, das ihn weghupte.

»Dumpfbackenalarm«, grummelte Jeremy.

Maja beobachtete, wie Alexander von Maybach ausstieg. Es wurmte sie, dass sie keinerlei Feindseligkeit mehr spürte. Dennoch wollte sie sich nicht so einfach umgarnen lassen.

»Sie können gleich wieder gehen«, rief sie ihm entgegen, nachdem sie die Tür aufgeschlossen und geöffnet hatte. »Hier gibt es nichts für Sie zu tun.«

Ihre eisige Begrüßung schien ihn nicht abzuschrecken. Im Gegenteil. Er lächelte sogar erfreut, was sie fuchsteufelswild machte. So wie die Tatsache, dass er mit seinen triefenden Schuhen in ihren Salon latschte. So benahmen sich Männer, die an Heerscharen von Haushälterinnen und Putzfrauen gewöhnt waren.

»Ich bin wegen Willi hier, nicht Ihretwegen. Aber immer sportlich unterwegs, die Frau Müller. Schade nur, dass Ihre Lieblingssportarten Vorwerfen und Nachtragen sind.«

»Sind sie wegen Willi gekommen?«, wiederholte Maja verblüfft.

»Ja. Ob Sie es nun wollen oder nicht, ich bin für Sie da.«

Als wäre er im Salon zu Hause, spazierte er zu Tante Ruth, die leichenblass auf der Wartecouch saß und ihre Hände knetete. Alexander von Maybach blieb nicht der einzige Besucher. Helena, die beim nahen Bäcker Brötchen geholt hatte, erkundigte sich nach dem Stand der Dinge, Frau Kampeter, wie immer mit Handtasche und Schirm, gab vor, nach dem Rechten sehen zu müssen. Auch Bernd ließ von seiner Navigatoraufgabe ab und kam klatschnass herein. Hinter ihm tauchten zwei uniformierte Polizisten auf.

»Wir wurden abgestellt, um den Salon zu bewachen«, erklärte einer von ihnen Maja. »Nur, damit Sie Bescheid wissen – wir beschützen Sie nicht nur, wir behalten Sie auch im Auge. Drogenverdacht und so. Wenn uns auch nur die geringste Unstimmigkeit auffällt, die auf kriminelle Handlungen hindeuten könnte, wird es sehr unangenehm für Sie.«

»Ist es schon.« Maja hob das Kinn. »Bitte postieren Sie sich draußen auf dem Bürgersteig. Der Salon ist wegen Überfüllung geschlossen.«

»Wie Sie wollen.«

Beleidigt und mit übertrieben zackigen Schritten zogen die beiden Uniformierten ab. Nun hatten die Glaser ihren Auftritt. Mit kleinen Hämmern entfernten sie Scherbenreste vom Fensterrahmen, danach trugen sie eine klebrige Masse auf. Wie durch ein Wunder entpuppten sich einige Anwesende als Glasereifachleute. Nur übelmeinende Menschen hätten sie als besserwisserisch bezeichnet. Vor allem Jeremy und Bernd sowie Freiherr von Besten und Frau Kampeter sparten nicht mit wertvollen Tipps, bis einem der Handwerker der Kragen platzte.

»Wir machen das nicht zum ersten Mal! Ruhe am Bau, sonst können Sie die Scheibe selber einsetzen!«

Die Kommentare hörten nicht etwa auf, wurden aber immerhin im Flüsterton fortgesetzt. Währenddessen schaute Maja immer wieder verzweifelt zur Uhr. Sagte man nicht, dass die ersten vierundzwanzig Stunden nach einer Entführung zählten? Und dass die Überlebenswahrscheinlichkeit des Opfers danach rapide sank? Vermutlich war Willi am Vortag zwischen fünf und sechs Uhr nachmittags in die Hände seiner Verfolger gefallen, das ließ sich durch Tante Ruths zeitweilige Abwesenheit rekonstruieren. Inzwischen ging es auf neun Uhr morgens zu. Sechzehn Stunden waren vergangen, rechnete Maja aus. Also blieben nur noch acht Stunden, um Willi zu finden und zu befreien.

Acht Stunden, angesichts der angespannten Lage war das so viel wie nichts. Es gab keinerlei Hinweise darauf, wo die Mafiosi sich versteckten. Eine ganze Stadt und das Umland zu durchkämmen, hätte Tage gedauert. Wobei es durchaus sein konnte, dass Willi auf dem Rücksitz eines Kleintransporters längst die russische Grenze passiert hatte.

»Achtung! Schluss mit dem Gequatsche jetzt!«, brüllten die beiden Glaser, die draußen die Scheibe aus ihrer Verpackung geschält hatten. »Wir setzen das Fenster ein!«

Ächzend hoben sie die schwere Glasscheibe an. Just bevor sie sie dem Fensterrahmen näherten, schlüpfte eine junge Frau durch das Loch. Sie setzten die Scheibe wieder ab und starrten ihr hinterher. In einer Leggins, die in allen Regenbogenfarben schillerte, eine Jeansjacke über ein schwindelerregend weit ausgeschnittenes pinkfarbenes Paillettentop geworfen, stöckelte das Wesen in den Salon. Auf Glitzer-Highheels. Das Haar verbarg sie unter einer Strickmütze aus goldfarbenem Lurex.

»Barbie ist wieder da«, grinste Jeremy, der sich als Erster fing.

Fluchend hoben die Glaser erneut die Scheibe an. Und wieder drängelte sich jemand durch. Eine nicht mehr ganz junge, eher knochige als schlanke blonde Frau, die ein grünseidenes Jäckchen mit Nerzbesatz zu einem weitschwingenden grünseidenen Glockenrock trug.

»Verdammt, wann kann man hier mal in Ruhe arbeiten?«, schrie einer der Glaser erbittert.

»Fürstin!«, rief Freiherr von Besten. »Und das ist – o mein Gott, Großfürstin Olga!«

Sie war es wirklich. Mit einem Ruck zog Olga die Mütze vom Kopf. Perfekt gesträhntes glattes Blondhaar kam darunter zum Vorschein. Maja schluckte. Schon wieder kamen ihr die Tränen. Die verloren geglaubte Tochter war zurück. Sie wollte Olga umarmen, doch die schob Maja steif von sich.

»Ich nur kommen, weil Willi mögen. Ich helfen mit Mafia, dann weg für immer.«

»Wenn uns jemand helfen kann, dann unsere Olga!«, jubelte Bernd. »Sie hat magische Kräfte!«

Sophie-Charlotte von Gernsheim entnahm ihrer Handtasche eine Puderdose und überprüfte den Sitz ihres Make-ups.

»Ja, sie kann Geld im Handumdrehen in Kassenbons verwandeln, das grenzt an Zauberei. Ich dachte ja, ich bin die Shoppingqueen, aber Olga bestand darauf, nach dem Frühstück einkaufen zu gehen. Was sie binnen zehn Minuten in einem Ein-Euro-Shop abräumt, stellt alles in den Schatten. Leggins, Top, Mütze, c'est ça.«

»Sie war bei Ihnen?«, fragte Maja völlig verdattert, zeitgleich rief Alexander von Maybach: »Sie war bei dir?«

»Sie ist ein kluges Mädchen«, antwortete Fürstin Gernsheim. Sie bedachte ihren Bruder mit einem seltsamen Blick. »Olaf hat sie gefunden und bei mir abgeliefert. Bei mir war sie an der richtigen Adresse, nämlich in Sicherheit.«

Maja begriff das alles nicht ganz.

»Und die Flitterwochen?«

Die Fürstin machte eine wegwerfende Handbewegung.

»Der Gatte, den ich hatte, war ein Reinfall. Schon die Hochzeitsnacht – eine einzige Katastrophe. Aber ich freue mich bereits auf meine vierte Hochzeit, vorausgesetzt, Sie stehen mir für die Brautfrisur zur Verfügung.«

Ungeduldig hatte Olga zugehört. Trotz des bräunlichen Glitzerpuders auf den Wangen wirkte sie blass und erschöpft.

»Müssen machen schnelle, schnelle. Haben ich gesagt Polizisten, sollen gehen an Straßenecke. Gleich kommen Sergej. Ist Chef von Mafia in diese Stadt. Wollen reden mit Maja. Ist böse, böse Mann, wollen Willi …«, sie vollführte die bekannte Geste vor der Kehle, »aber ich sagen, müssen erste kommen in Salon.«

Maja hatte sich kaum von dieser Ankündigung erholt und die

Glaser hatten kaum die Fensterscheibe ein weiteres Mal angehoben, als ein neuer Gast durch die Scheibe drängte. Diesmal fluchten die Handwerker nicht. Ohne die Scheibe abzusetzen, machten sie dem vierschrötigen Mann Platz, der sich langsam zu seiner vollen Größe aufrichtete. Knapp zwei Meter mochten es sein. Er trug einen teuren weißen Anzug, dessen lichte Eleganz von der furchteinflößenden Physiognomie seines Trägers Lügen gestraft wurde. In dem breiten, unnatürlich gebräunten Gesicht funkelten stechende Augen, die Lippen waren zu einem Strich verzerrt, die Augenbrauen finster zusammengezogen.

Das Klischee eines Mafioso. Leider die lebende Bestätigung des Klischees. Alle Anwesenden erhoben sich unwillkürlich. Die Gefahr, die von diesem Sergej ausging, war mit Händen zu greifen, und uralte Fluchtinstinkte führten dazu, dass niemand entspannt sitzen bleiben konnte.

»Ah, Olga, mein Vögelchen, du bist also schon vor mir da«, säuselte er mit falscher Freundlichkeit.

»Ich nur sagen gute Tag«, beteuerte sie, und Maja spürte die Angst, die Olga erzittern ließ.

»Ich bin Maja-Maria Müller.« Sie trat einen Schritt vor. »Wir gehen in die Teeküche. Kommen Sie.«

Maja ging vor, Olga, der Mafioso, Freiherr von Besten und Alexander von Maybach folgten ihr. Zu fünft drängelten sie sich in den winzigen Raum. Nachdem Maja die Tür geschlossen hatte, drehte sie sich um.

»Sie haben meinen Sohn in Ihrer Gewalt?«

Der Mafiaboss lachte dröhnend.

»Gewalt, ich bitte Sie. Willi ist meiner Firma freiwillig beigetreten. Er hat sich auch gut gemacht, doch vor kurzem ließ seine Motivation nach. Weiß der Teufel, warum. Und da ich mich immer gut um meine Mitarbeiter kümmere, habe ich ihn einbestellt, um an seiner Motivation zu arbeiten.«

Wie diese Mitarbeiterfortbildung in Sachen Motivation gestaltet wurde, malte sich Maja lieber nicht aus. Sonst wäre sie mit gesenktem Kopf auf diesen Koloss zugerannt. Nimm dich zusammen. Denk an das rosa Kaninchen. An tausend rosa Kaninchen.

»Was genau wollen Sie von mir? Das Geld für das verlorengegangene Kokain können Sie haben. Sechstausend Euro in bar, in nicht nummerierten Scheinen.«

Das Detail mit den nicht nummerierten Scheinen hatte sie sich spontan ausgedacht, weil es irgendwie besser klang. Ein kurzer Blick zum Freiherrn von Besten sagte ihr allerdings, dass dies nicht unbedingt der Wahrheit entsprach. Egal. Herausfordernd schob sie die Unterlippe vor.

»Und? Deal?«

»Machen schnelle, schnelle«, flehte Olga. »Gleich kommen Polizisten zurück.«

Der Mafiaboss schnippte sie mit zwei Fingern beiseite.

»Selbstverständlich nehme ich das Geld, es gehört mir ohnehin. Ich übergebe Ihnen auch Willi. Doch nur unter der Bedingung, dass er weiterhin in meiner Firma beschäftigt bleibt. Als Unterpfand unserer Abmachung nehme ich Olga mit. Weigert Willi sich, für mich zu arbeiten, dann ist Olga ...«

Die gleiche Geste, die gleiche grausige Bedeutung. Maja hielt den Atem an. Nur Alexander von Maybach besaß den Mut, vielleicht auch den Leichtsinn, dagegen zu protestieren.

»Es gibt keine Abmachung! Für wen halten Sie sich?«

»Damit ist das Gespräch beendet«, sagte der Mafioso.

Er öffnete die Tür und schritt rasch in den Salon zurück. Nach einer Schrecksekunde liefen Maja und die anderen ihm nach.

»Sie bleiben hier!«, schrie Alexander von Maybach. »Oder ich vergesse mich! Sie können doch diese junge Frau nicht einfach einsacken wie eine Tüte Bonbons!«

Damit hatte er den Bogen überspannt. Seelenruhig zog Sergej eine Pistole aus seinem Jackett und entsicherte sie.

»Sie ist weniger wert als eine Tüte Bonbons.« Er richtete die Waffe zunächst auf Alexander von Maybach, dann auf Olga. »Nur eine kleine Schlampe, mit dem Vorteil, dass sie bei mir gewisse Sympathien erzeugt hat.«

»Neiiin!«, schrie Bernd. »Nicht meine Ooooolgaaa!«

Wie eine Kanonenkugel schoss er auf den verdutzten Sergej zu. Dann ging alles irrwitzig schnell. Ein Gerangel entstand, das der kleine, beleibte Bernd binnen Sekunden verlor, das jedoch ausreichte, um Sergej die Beherrschung zu rauben. Er gab dem zu Boden Gegangenen einen Tritt, verlor selbst das Gleichgewicht, ein Schuss löste sich, und während Bernd stöhnend zur Couch rollte, ertönte ein feines Knistern wie von raschelndem Papier, das sich zu einem reißenden Geräusch steigerte, bis mit unbeschreiblichem Getöse der Kronleuchter herabsauste – direkt auf den Kopf des Mafioso.

Es wurde so still im Salon, dass man eine herabschwebende Haarsträhne hätte hören können. Sergej rührte sich nicht. Reglos lag er unter Hunderten von Kristallelementen. Die Glaser ließen die Scheibe fallen. Klirrend zersprang sie in tausend Stücke.

»Wir haben nichts gesehen!«, rief der eine. »Wir kommen auch nicht wieder!«, der zweite. Es dauerte keine Minute, und sie waren samt ihrem Lastwagen Geschichte.

»Kinder, ich kann nicht mehr«, stöhnte Jeremy. Er setzte sich einfach neben den Kristallhaufen. »Jetzt seid ihr dran.«

»Schnelle, schnelle«, japste Olga. »Sonst Polizisten sehen alles.«

In Majas Gehirn war die Hölle los. Das Areal für spezielle Aufgaben glühte. Nachdem sie alle herumfliegenden Gedanken eingesammelt und strukturiert hatte, stieg sie auf einen der Friseurstühle.

»Von Sergej haben wir nichts mehr zu befürchten. Aber Willi ist noch in der Gewalt seiner Kompagnons, und die dürfen nicht erfahren, was sich hier abgespielt hat. Erschwerend kommt hinzu: Die Polizei betrachtet uns als halbe Kriminelle. Nie im Leben glauben die uns, dass es ein Unfall war. Ich meine, wir sind uns doch einig, dass dies ein bedauerlicher Unfall war, oder?«

Beifälliges Nicken.

»Also? Irgendwelche Vorschläge?«

Kapitel 20

Gemessen am üblichen Diskussionsaufkommen im Salon *Haare gut, alles gut*, ging der Findungsprozess bemerkenswert rasch vonstatten. Sofort verworfen wurde Bernds Idee, den Leichnam in Salzsäure aufzulösen, was wegen des Zeitaufwands sowie in Ermangelung von Salzsäure und geeigneten Gefäßen von vornherein zum Scheitern verurteilt war. Auch Frau Kampeters schockierender Vorschlag, den toten Mafioso zu zersägen und die Einzelteile unauffällig zum nächsten Müllcontainer zu tragen, fand wenig Gegenliebe.

Alexander von Maybach und seine Schwester beteiligten sich erst gar nicht an der Debatte. Sie erklärten rundheraus, mit solchen Problemen hätten sie sich noch nie befasst und keinesfalls vor, es jetzt oder in Zukunft zu tun. Freiherr von Besten schloss sich seinen Vorrednern an. Auch Tante Ruth winkte ab. Sie fühle sich mehr für besonnenes Abwägen im Allgemeinen, nicht aber für die Leichenbeseitigung im Besonderen zuständig.

Jeremy, der sich inzwischen zweimal übergeben hatte, schied als Ideengeber aus, Helena musste sich plötzlich sehr dringend um vermutlich imaginäre Patienten kümmern, und Viktor glänzte durch Abwesenheit, er hatte die Ereignisse nach Studentenart komplett verschlafen. Nun schauten alle Olga an.

»Was?«, fragte sie. »Was ihr alle gucken mich? Ihr denken, Olga jeden Tag machen weg Leichen in Odessa?«

Dem einen oder anderen Gesicht nach zu urteilen, entsprach das durchaus den Vermutungen. An dieser Stelle beschloss Maja, das Verfahren abzukürzen. Sie sah nach draußen in den prasselnden Regen.

»Okay. Wir müssen uns sputen. Erstens müssen wir schleunigst Willi befreien, zweitens schaut gleich wieder das Auge des Gesetzes durch das Loch in der Scheibe. Und was sieht es?« Kunstpause. »Einen Herrn, der ausnahmsweise am freien Montag bedient wird, weil er ein allseits beliebter Stammkunde ist: Sergej.«

»Hat der Mensch Töne!«, rief Frau Kampeter. »Er war hier Kunde?«

Maja überließ es den anderen passiv Mitwirkenden, Frau Kampeter über den tieferen Sinn ihrer Worte aufzuklären.

»Herr von Maybach und Jeremy, ich brauche euch jetzt. Eure Muskelkraft, um konkret zu sein. Wir werden Sergej auf einen Friseurstuhl setzen. Vorher braucht er eine kosmetische Reinigung, denn Blutflecken würden uns nicht sonderlich stehen und die Polizisten auf gewagte Gedanken bringen.«

Murrend fügten sich die beiden Angesprochenen in ihr Schicksal. Jeremy und AvM, was für ein schräges Team, dachte Maja, als sie zu dritt neben dem zertrümmerten Kronleuchter knieten und begannen, die Einzelteile aufzusammeln. Nach und nach legten sie die sterblichen Überreste des Mafiachefs frei. Ein erstaunter, fast beglückter Ausdruck lag auf seinen starren Zügen, als habe er bis zuletzt geglaubt, es seien Diamanten, die auf ihn herabregneten.

»Wissen Sie eigentlich, dass Sie eine tolle Frau sind?«, raunte Alexander von Maybach auf einmal. »Sie sind unerschrocken, patent, schlagfertig und ziemlich sexy.«

Maja stutzte. Er sah sie direkt an, und ihr wurde heiß.

»Wer, ich? Definieren Sie bitte mal sexy und ziemlich. Aus Ihrem Mund kann das kein Kompliment sein.«

»Doch, das war ein Kompliment.«

Majas Körpertemperatur stieg gefühlt noch einmal um etwa zehn Grad an. Der Wolf frisst Kreide, damit seine Schwester denkt, alles sei in Ordnung, versuchte sie, sich zu beruhigen. Beunruhigend wirkte nur, dass er eine schauspielerische Glanzleistung erbrachte, falls es so war. Die gewohnte spöttische Härte in seinem Gesicht war verflogen, sein Lächeln hatte etwas Offenes, Gewinnendes.

»Brauchen ich Sonnenöl«, sagte Olga.

Jeremy tippte sich an die fahle Stirn, auf der Schweißtropfen glitzerten.

»Wofür brauchst du Sonnenöl? Damit der Regen besser abperlen kann?«

»Irgendeine Öl. Babyöl, Sonnenöl, Öl von Olive. Machen sauber Sergej.«

Aus der Warteecke, von wo die übrigen Gäste des Salons in respektvollem Abstand das Schauspiel beobachteten, löste sich Bernds untersetzte Gestalt. Auf seiner linken Wange zeigte sich eine tiefrote Schramme, ansonsten schien er unversehrt zu sein.

»Ich habe Babyöl in meinem Kiosk. Brauchst du auch Ketchup?«

»Her damit«, erwiderte Jeremy. »Falls wir Blutflecken übersehen, können wir immer noch sagen, jemand hätte seine Pommes im Salon gegessen und mit Ketchup rumgeschmiert.«

Bernd strahlte ihn an. Solche Ausreden gefielen ihm.

»Ich laufe los! Bin gleich wieder da!«

Ja, es war Teamarbeit, die den Erfolg des Salons *Haare gut, alles gut* ausmachte. Zehn Minuten später thronte der baumlange Sergej auf einem der Friseurstühle. Die von Blut gereinigten Kopfwunden bedeckte üppiger Schaum, das rotgesprenkelte Jackett ein Frisierumhang. Nur wenn man sehr genau hinschaute, fiel auf, dass er keine Hose trug. Sie hatte so viel abbekommen, dass Jeremy sie ihm kurzerhand ausgezogen hatte. Nun ragten nackte, stachelige Waden unter dem Umhang hervor. Aber es war Sommer, da bildeten kurze Hosen keine Ausnahme, und die Schuhe glänzten dank Bernds Babyöl so gut geputzt, dass es eine Freude war.

Der Regen hatte aufgehört, ein erster Sonnenstrahl kämpfte sich durch die Wolken und fiel in den Salon. Das machte eine kurze Hose umso plausibler. Perfektes Timing, dachte Maja, als es an der gläsernen Eingangstür klopfte, das haben wir punktgenau hinbekommen. Sie drehte sich um, in Erwartung der beiden Beamten. Doch es war kein Polizist, der mit seinen Fingerknöcheln an die Scheibe pochte.

»Hey, das ist ja dein heißblütiger Verehrer!«, rief Jeremy.

In der Warteecke wurde es ruhig, alle starrten zur Tür. Auch Alexander von Maybach sah jetzt dorthin, Maja spürte es, ohne hinzuschauen. Ihre Augen aber verschmolzen mit den Augen von Tony Henderson, der tropfnass vor dem Salon stand, in hellen Hosen und einem umwerfend lässigen weißen Sweatshirt. Strähnig hing ihm das feuchte dunkle Haar in die Stirn, eine nahezu verboten erotische Frisur, wie Maja fand.

Wie auf rosa Wattebällchen lief sie zur Tür und öffnete sie. Das elektronische Gebimmel hörte sie nicht. Nur die sonore Stimme, mit der dieser begnadete Künstler sein Publikum betörte.

»Maja. Ich hatte so sehr gehofft, dich hier anzutreffen.« Ohne Federlesens nahm er sie in die Arme und strich ihr übers Haar. »Es ist ja Montag, da haben alle Friseursalons geschlossen, doch ich wusste noch den Namen, der Moderator hatte ihn ja erwähnt, und ich dachte mir: Wenn ein Salon *Haare gut, alles gut* heißt, finde ich Maja wieder. Auch am Montag. Nur eine Frage: Warum bist du gestern Abend weggelaufen?«

Oha. Er ahnte ja nicht, in welch dunklen Abgrund er blickte.

»Das ist eine lange Geschichte, und denk bitte nicht, das sei eine abgedroschene Formel.« Maja seufzte. »Die Geschichte ist wirklich lang. Und ehrlich gesagt, würde ich dich lieber später treffen. Ich habe einen … einen …«, sie wies hinter sich, »… Kunden.«

»Muss ja ein ganz besonderer Kunde sein, wenn er heute kommen darf. Wer ist es denn? Ein Politiker, ein Schauspieler oder sonst jemand, den ich kennen könnte?«

Zu Majas größter Verwirrung machte Tony Henderson Anstalten, sich den geheimnisvollen Herrn näher anzusehen. Olga stand hinter ihm und massierte manisch in dem Schaum herum, der sich langsam rötlich färbte.

»Nehmen wir rosa Shampoo!«, behauptete sie. »Ist gut für wachsen Haare auf Kopf.«

»Anderswo wäre das auch kaum hilfreich«, grinste Jeremy.

Mit ungeahnt tänzerischen Bewegungen schob sich nun Alexander von Maybach zwischen Tony Henderson und den leblosen Sergej.

»Ich glaube, Sie sollten jetzt gehen, Maja hat wirklich viel zu tun.«

Die beiden Männer fixierten einander. Ein weiterer Urinstinkt, mindestens so mächtig wie der Fluchtinstinkt, bewirkte, dass sie einander im Bruchteil einer Sekunde als Konkurrenten erkannten. Wie Kampfhähne standen sie voreinander, die Brust herausgedrückt, die Schultern gestrafft, den Kopf gereckt.

»Ach ja?« Tony Henderson übte sich in schneidender Überheblichkeit. »Sind Sie etwa auch so ein Spezialkunde mit Sonderwünschen und Extrabehandlung?«

»Was nehmen Sie sich heraus? Wer sind Sie überhaupt?«

Ein zartes Klirren verriet, dass jemand durch die kaputte Fensterscheibe gestiegen war und nun auf die zerbrochene neue Scheibe sowie auf die Überbleibsel des Kronleuchters trat. Zwei Jemands. Es waren die Polizisten. Auf ihren Uniformjacken klebten Krümel. Vermutlich hatten sie den Regenschauer in der Bäckerei abgewartet und sich die Zeit mit belegten Brötchen vertrieben. Einer der beiden trat hervor, wobei er die rechte Hand auf sein Pistolenhalfter legte.

»Was ist hier los? Ein Streit zwischen Kriminellen? Die Papiere bitte! Würde mich nicht wundern, wenn Sie die gesuchten Mafiosi wären.«

»Also wirklich.« Der berühmte Sänger schnappte nach Luft. »Ich bin Tony Henderson! Erst gestern hatte ich einen gefeierten Auftritt in der Stadthalle!«

»Und ich bin Elvis Presley«, brummte der Polizist. »Die Papiere, aber dalli!«

Maja las in Tonys Augen, was ihm durch den Kopf ging: Nur kein Skandal. Es blieb immer was hängen. Wenn erst einmal der Verdacht im Raum stand, er könne Kontakte zur Unterwelt, gar zu Mafiosi haben – und sei er noch so sehr aus der Luft gegriffen –, war es um seine Karriere geschehen. Und nun tat Tony Henderson ihr den größten Gefallen, den sie sich nur wünschen konnte: Er floh. Als Frau hätte sie enttäuscht sein müssen, doch als Mutter jubilierte sie, da sie nun freie Bahn für Willi hatte. Flugs riss Tony die Eingangstür auf und rannte mit einem hinreißenden Spurt auf die Straße. Sofort stürmten die Polizisten hinterher, und es stand in den Sternen, wann sie ihn einholen würden.

Damit war Maja die polizeiliche Überwachung fürs Erste los, und die jäh hochschießende Hoffnung auf ein baldiges Wiedersehen mit Willi verlieh ihr Flügel. Zwar spielte auch Angst in diesen Energieschub hinein, das verstärkte ihre fast hysterische Euphorie jedoch nur noch.

»Das ist unsere Chance!«, rief sie. »Los jetzt! Wir packen Sergej ein und gehen Willi suchen!«

»Wo denn?«, fragte Jeremy.

»Das besprechen wir unterwegs. Freiherr von Besten, Herr von Maybach, bitte stellen Sie Ihre Wagen zur Verfügung. Wir haben«, sie zählte innerlich nach, »zehn, na ja, das Cabrio, neun Plätze. Tante Ruth, du kommst mit, Olga auch, Jeremy sowieso …«

»Ich, warum ich?«, protestierte er.

»Grips und Humor, deshalb. Noch drei Plätze. Wer will?« Bernd versteckte sich hinter Frau Kampeter, Sophie-Charlotte von Gernsheim interessierte sich plötzlich brennend für ihren Schminkspiegel. »Auch gut. Ohnehin müssen wir einen Platz für unseren lieben

Stammkunden Sergej frei halten. Somit wären wir sieben. Die glorreichen Sieben.«

»An Ihnen ist aber auch ein Feldwebel verlorengegangen«, beschwerte sich Alexander von Maybach. »Sie können mich doch nicht einfach rumkommandieren. Obwohl«, er grinste, »eigentlich gefallen Sie mir so schon wieder.«

Maja überhörte seinen frechen kleinen Kommentar.

»Wir beide fahren vor und nehmen Olga mit. Tante Ruth, du hältst dich an Freiherr von Besten, Jeremy begleitet euch. Denn euch dreien obliegt die schöne Pflicht, unseren schweigsamen Freund auf den Rücksitz zu packen. Anschnallen bitte nicht vergessen.«

»Sie sind wirklich wunderbar verrückt«, sagte Alexander von Maybach.

»Ist das jetzt auch wieder ein Kompliment?«, flötete sie.

Ihr Herz klopfte so schnell, als wolle es sich selbst überholen. Willi, wir kommen. Gleich sind wir da. Mum haut dich raus. Ich habe keine Waffe, aber ich nehme Haarspray mit. Und das Handy von Sergej. Wäre doch gelacht, wenn wir in dem Ding keinen Hinweis fänden, wo diese Typen dich festhalten!

Wie ein Zirkuslöwe durch den Flammenring sprang sie durch das Loch in der Scheibe, in jeder Hand eine große Haarspraydose. Olga und Alexander von Maybach zuckelten langsam hinterher. Ansteckend war Majas Euphorie anscheinend nicht, doch das machte ihr nichts aus. Hauptsache, sie konnte endlich die Dinge selbst in die Hand nehmen. Die bange Zeit des Wartens war vorbei. Willi. Sie unterdrückte einen Schluchzer. Halte durch, Willi.

Das Verdeck des Cabrios war wegen des morgendlichen Regens zugeklappt. Dieses Mal saß Maja vorn, neben Alexander von Maybach, der schon den Wagen anließ. Olga lagerte quer auf dem Rücksitz, die schillernden Legginsbeine überkreuzt, als posiere sie für einen Kalender.

»Wohin?«, erkundigte er sich.

Maja erschrak fast, so liebevoll lächelte er sie an und so selbstverständlich war er bereit, ihr zu helfen.

»Erst mal weg, dann immer geradeaus!«

»Ich geb's ins Navi ein.« Seine Stimme vibrierte beunruhigend flirtig. »Lassen Sie mich rechtzeitig wissen, wenn Sie Ihre Reisepläne ändern, Gnädigste.«

Endlich gab er Gas. Wurde aber auch Zeit. Maja wandte sich nach hinten, während sie Willis Handy aus ihrer Jeanstasche holte.

»Du hast Willi gewarnt, das weiß ich, Olga. Er wollte dir antworten. *Bestimmt bringen die mich zur La,* hat er geschrieben, weiter ist er nicht gekommen. Was könnte das sein? La?«

Olga hatte wieder ihre Mütze aufgesetzt. Um ihre Mundwinkel zuckte es, und Maja meinte schon, sie lache. Dann aber sah sie die Tränen auf dem geschminkten Gesicht. Ihre Hand suchte Olgas. Gott, sie war wirklich noch ein halbes Kind.

»Ich habe dich verletzt«, begann Maja zögernd. »Aber ich mache es wieder gut. Du kannst so blond sein, wie du willst, kannst dich so schrill anziehen, wie du willst, denken, was du willst, fühlen, was du willst. Ich mag dich, Olga, so wie du bist. Du bist toll.«

Abweisend schaute Olga zur Seite. Sie fuhren durch eine belebte Einkaufsstraße, Reklameschilder zogen vorbei, Menschen mit Plastiktüten drängten sich auf dem Bürgersteig.

»Du nur sagen, weil wollen Willi zurück.«

»Nein.« Maja presste das Händchen mit den feuerroten Krallen, ein Widerspruch, der zu Olga gehörte wie die Glitzer-Highheels. »Du bist wie eine Tochter für mich. Hätte ich dir sonst so viele Ausrutscher verziehen? Hätte ich dich sonst bei mir zu Hause aufgenommen?«

Alexander von Maybach klappte die Sonnenblende herunter und warf Maja einen schnellen Seitenblick zu.

»Wo Sie gerade dabei sind – würden Sie mir meinen Ausrutscher auch verzeihen?«

Es fehlte nicht viel, und sie hätte ihn gleich noch einmal geküsst. Doch sie fand es besser, ihn noch ein bisschen zappeln zu lassen.

»Zu Ihnen kommen wir später. Jetzt geht es um Olga.«

Sie drehte sich wieder nach hinten.

»Es ist mein voller Ernst. Ich habe dich in mein Herz geschlossen. Und wenn du mir nicht glaubst, sag ich dir noch etwas: Wenn du möchtest, adoptiere ich dich.«

Es war ein spontaner Vorschlag, doch er fühlte sich absolut richtig an. Olga riss die Augen auf.

»Du mich adoptieren? Du meine Mamotschka?«

»Wahrscheinlich bin ich eine lausige Mutter, sonst würde Willi jetzt nicht bis zum Hals in Schwierigkeiten stecken, aber – ja, ich möchte dich adoptieren.«

Olga atmete tief ein. Ihre geklebten Wimpern flatterten wie ein aufgescheuchter Vogelschwarm, und an jeder einzelnen Wimper hing eine schimmernde Träne.

»Möchte ich auch adoptieren Maja.«

»Vielleicht sollten Sie das gute Kind erst einmal über die Grundzüge des Adoptionsrechts in Kenntnis setzen«, bemerkte Alexander von Maybach. »Wo fahren wir denn nun eigentlich hin? Da vorn kommt eine Kreuzung. Rechts oder links, Frau Müller?«

»La heißen Lagerhalle«, antwortete Olga heiser. »Ist Lagerhalle von Spedition. Sergej da alle machen Geschäfte.«

Maja strahlte sie dankbar an.

»Und wie heißt die Spedition?«

»Nicht genau wissen. So wie Blume. Blume …«

»Blumenthal!«, rief Alexander von Maybach. »Henrik Blumenthal, Internationale Spedition. Henrik war mal ein Kunde von mir. Ist es das?«

»Jaja, Blume Tal«, bestätigte Olga.

Maja ließ ihre Hand nicht los.

»Du musst nicht mit hineingehen. Es kann ziemlich gefährlich werden, zu gefährlich für dich. Ich bin Willis Mutter, mir ist es gleichgültig, ob mir etwas passiert. Aber du …«

»Bin ich Willis Schwester. Ich helfen. Ich sprechen mit Männer.«

Mit einer Vollbremsung hielt Alexander von Maybach an. Seine Finger tanzten in etwa so schnell über das Handydisplay wie Willis.

»Hab die Adresse gegoogelt! Seerosenweg zwanzig. Ich schicke eine Nachricht an Freiherr von Besten.«

Heckenweg, Kirschenweg, Seerosenweg. Willis Gefängnis befand sich in unmittelbarer Nähe des Hexenhäuschens. Diese Entdeckung drehte Maja den Magen um. Sich hin und her windend, schaute sie zu, wie Alexander von Maybach den Straßennamen auch ins Navi eingab.

»Wir brauchen kein Navi. Ich kenne die besten Schleichwege.«

»Sie vertrauen nicht mal dem Navi? Allmählich verstehe ich, warum Willi Sie einen Kontrollfreak genannt hat!«

Wenn Männer sagten, was sie wollten, hielt man sie für entscheidungsfreudig. Bei Frauen hagelte es Bezeichnungen wie Kontrollfreak. Maja wusste mittlerweile, dass er nur mit ihr spielte, doch Kontra geben musste sie ihm.

»Warum nicht gleich Zicke, Emanze, Mannweib? Aussteigen. Ich fahre.«

»Wie bitte?«

»Das war syntaktisch einwandfreies und akzentfreies Deutsch. Aussteigen! Natürlich dürfen Sie weiter mitfahren, aber nur auf dem Beifahrersitz.«

Er murmelte etwas, das Maja gar nicht so genau wissen wollte, doch zu ihrem Erstaunen stieg er tatsächlich aus, umrundete den Wagen und öffnete die Beifahrertür.

»So, Lady, Sie dürfen aussteigen. Dann zeigen Sie mal, was Sie können.«

Das ließ sich Maja nicht zweimal sagen. Blitzschnell rückte sie auf den Fahrersitz. Ausgetrickst. Mit offenem Mund stand Alexander von Maybach da und betrachtete die geöffnete Tür.

»Ist meine Mamotschka immer machen schnelle, schnelle«, lachte Olga.

»Hilfe! Allein unter Frauen!« In komisch gespielter Hilflosigkeit wirbelte er die Arme in die Luft. »Retten Sie mich!«

»Schon geschehen – nicht gemerkt?«, fiel Maja ihm ins Wort.

Der Rest der Fahrt gestaltete sich zunehmend einsilbiger. Je näher das Ziel rückte, desto verspannter sahen alle aus den Fenstern. Maja hielt Ausschau nach dem schwarzen Geländewagen und der Harley-Davidson, Alexander von Maybach zeigte auf jeden männlichen Fußgänger zwischen siebzehn und siebzig. Olga kroch auf dem Rücksitz immer mehr in sich hinein und zog die Wollmütze tief ins Gesicht, während sie nach draußen spähte.

Majas Knie zitterten, als sie in den Seerosenweg einbog. Schlagring, Klappmesser, Pistole. Sie wusste, dass die Mafiosi nicht zögern würden, von ihren Waffen Gebrauch zu machen. Und sie hatte nichts weiter dabei als zwei lächerliche Haarspraydosen. Bei der Nummer sechzehn stoppte sie den Wagen.

»Ich habe nachgedacht. Wir haben Sergejs Handy. Also könnten wir seinen Komplizen eine Nachricht schicken, die sie in die Irre führt.«

»Lassen Sie mal sehen.« Alexander von Maybach streckte eine Hand aus, und sie legte das Handy hinein. Das Display ließ sich ohne Passwort aktivieren.

»Das ist Kyrillisch! Was für ein Buchstabensalat!«

»Geben mir Handy von Sergej«, ertönte eine piepsige Stimme vom Rücksitz. »Ich schreiben Nachricht.«

Es war ein heikler Moment. Alle drei spürten es. Wenn Olga jetzt die Kontaktaufnahme übernahm, hatte sie die Fäden in der Hand. Was sie schrieb, konnten weder Maja noch Alexander von Maybach kontrollieren. Ob es Verrat oder Rettung bedeutete. Ob Willi die Freiheit erhielt oder ein Laufbursche der Mafia blieb.

Maja und er wechselten einen Blick und nickten unmerklich. Damit besiegelten sie einen unausgesprochenen Pakt. Der einzige Inhalt dieses Pakts bestand darin, dass sie Olga vertrauten und ihr gleichzeitig das eigene Leben anvertrauten. Und das Leben von Willi.

Kapitel 21

Innerhalb weniger Tage fand sich Maja nun schon zum zweiten Mal in einem Film wieder, dessen Drehbuch sie nicht kannte. Zu dritt, aber mit einigem Abstand, schlenderten sie auf die Lagerhalle zu, ein billig hochgezogener Bau mit verrosteten, windschiefen Metallwänden. Auf dem ungepflasterten Platz davor glitzerten Pfützen im Sonnenlicht, Unkraut wucherte überall, durchmischt mit Müll. Ein wahrer Schandfleck in dieser Gegend. Unzählige Male war Maja schon daran vorbeigefahren und hatte sich über das verwahrloste Grundstück gewundert.

Die Spedition existierte schon lange nicht mehr. Beim Nachbarschaftsplausch am Gartenzaun hielt sich das Gerücht, das städtische Baudezernat weigere sich dennoch hartnäckig, das Gelände als Baugrund für Eigenheime freizugeben. Warum, darüber rätselte man vergebens. Aber wenn dies ein Mafianest war, musste man davon ausgehen, dass es mächtige Verbündete in den obersten Etagen der Verwaltung gab.

Dieser Aspekt kümmerte Maja freilich wenig. Hier ging es um Willi. Nur um ihn. Warum sich aber Alexander von Maybach einer unbekannten Gefahr aussetzte, interessierte sie schon wesentlich mehr. Wollte er ihr etwas beweisen? Den starken Helden spielen? Sie mit Mut beeindrucken? Bereits im Salon hatte er sich durch Mut hervorgetan, als er Sergej Paroli bot. Aber was auch immer ihn antrieb – er war für sie da.

Plötzlich blieb Olga abrupt stehen.

»Haben ich hören etwas, ihr nicht? Einen Knall?«

Eine Schießerei? Maja gefror das Blut in den Adern. Kamen sie zu spät? Hatte man Willi schon geopfert, um jedem potenziellen Aussteiger eindringlich vor Augen zu führen, was Abtrünnigen blühte? Sie umklammerte die Haarspraydosen, ein völlig sinnfreier Reflex. Schlauer wäre es gewesen, dem Einsatzkommando, das ihren Garten umgepflügt hatte, die eine oder andere kugelsichere Weste abzuschwatzen. Wäre, hätte, könnte. Für solche Überlegungen war es nun zu spät.

Als sich ein Arm um ihre Schulter legte, zuckte sie zusammen. Im nächsten Moment sah sie in das Gesicht von Alexander von Maybach.

»Herr im Himmel, Sie haben mich erschreckt!«, schimpfte sie halblaut los, obwohl sich die Berührung ziemlich gut anfühlte.

»Müssen leise sein«, wisperte Olga. »Da stehen schwarze Geländewagen.«

Jetzt entdeckte auch Maja das inzwischen vertraute Gefährt, das neben zwei krummen Apfelbäumchen und einem überfüllten Müllcontainer parkte. Nur Wassili und seine Rauchwölkchen fehlten.

»Was hast du denen geschrieben, Olga? Nur, damit ich ungefähr weiß, wie ich mich verhalten muss.«

Nervös verschob Olga ihre Lurexmütze.

»Du machen nix und reden nix. Nur holen Willi. Ich bleiben da.«

»So haben wir nicht gewettet!«, regte Maja sich auf. »Ich verlasse diese Müllkippe nicht ohne dich!«

Olga atmete schwer. Lauernd sah sie zu dem Geländewagen und suchte mit den Augen das umliegende Gestrüpp ab. Die Zweige warfen tiefschwarze Schlagschatten, kein Vogel sang. Es war eine verrufene Stelle. Unheimlich, wie verflucht.

»Sind andere Menschen, Mafia. Du nicht verstehen. Geben nix umsonst. Wollen haben welche dafür.«

»Fassen wir zusammen«, sagte Alexander von Maybach mit mühsam gewahrter Beherrschung. »Wir bekommen Willi, und dafür nehmen sie dich? Als was? Musst du dann Drogen schmuggeln? Oder verkaufen?«

Trotzig biss sich Olga auf die dunkelroten Lippen. Auf der Stelle vergaß Maja ihren Streit mit Alexander von Maybach. Sie war so wach und klar wie noch nie. Das weit ausgeschnittene Paillettentop. Die aufreizende Aufmachung. Olga bot sich diesen Teufeln als Prostituierte an. Was für eine grauenvolle Vorstellung. Ob es das erste Mal war? Hatte Olga schon in Odessa entwürdigende Dienste am Kunden verrichten müssen?

Majas Stimme versagte fast, als sie Olga am Arm packte.

»Zwingen Sie dich, deinen Körper zu verkaufen, damit Willi freikommt?«

Unwillig riss Olga sich los. Trotz ihrer Highheels legte sie ein hohes Tempo vor, als sie jetzt zum Geländewagen rannte. Alexander von Maybach war wie vor den Kopf geschlagen. Seine Nasenflügel bebten, seine Kiefer mahlten.

»Großer Gott, das ist Olgas Plan? Das horizontale Gewerbe? Als Sexsklavin der Russenmafia?«

»Es mag ihr Plan sein, aber das lassen wir nicht zu. Los, hinter ihr her!«

Über Pfützen und Unrat springend, sprinteten sie zu dem Geländewagen. Dahinter erstreckte sich eine riesige Brache voller Autowracks. Manche qualmten, es roch nach verbrannten Reifen.

»Vorsicht!« Maja stoppte Alexander von Maybach mit einem ausgestreckten Arm. »Da sind sie!«

Mittlerweile hatten sie Sicht auf die Längsseite der Lagerhalle. Vor dem verfallenen Eingang, mitten im Unkraut, saßen auf ausrangierten Gartenstühlen wohlbekannte Gestalten. Zwei rauchten, der dritte Mann, in dem Maja den gewalttätigen Hünen erkannte, setzte eine Bierflasche an. Und auf einem verrosteten Container, der prallen Sonne ausgesetzt, hockte Willi. Wie klein er wirkte. Wie schmächtig. Olga stand unter ihm und rief ihm etwas zu. Er schüttelte den Kopf.

Maja konnte nicht länger warten. Sie lief einfach los. Kein Plan, keine Taktik, nur ihre überwältigenden Muttergefühle trieben sie vorwärts. Sie stolperte, fiel auf die Knie, rappelte sich wieder auf und verschnaufte nicht eher, bis sie neben dem Container stand.

»Willi! Ich bin da!«

»Hi, Mum«, kam es kläglich von oben.

»Wie schön. Die ganze Familie ist erschienen«, knurrte Wassili.

Nikolai spielte mit seinem Klappmesser. Immer wieder ließ er es auf- und zuschnappen.

»Schade um das Kerlchen. Er war ganz gelehrig. Aber ihr könnt ihn haben, der Kleine ist unzuverlässig. Olga ist ganz anders. Nicht wahr, Olga?«

Sie nickte, und in ihren Augen lag jetzt weder Angst noch Trauer, nur noch Resignation. Es war das Gesicht eines Mädchens, das für kurze Zeit die Freiheit geschnuppert hatte und nun zurück in den Knast ging. In eine Hölle der Demütigungen.

»Wir nehmen Olga und Willi mit«, erklärte Alexander von Maybach mit fester Stimme. »Keine Diskussion.«

»Doch, wir diskutieren.« Der Hüne warf die Flasche von sich. »Ich diskutiere mit meinem Messer. Auch meine Pistole ist immer ein gutes Argument. Und Sie? Was haben Sie zu bieten?«

»Geld.« Alexander von Maybach nestelte ein dickes Kuvert aus seinem Sakko. »Sechstausend. Das ist mir der Spaß wert.«

Also kam das Geld gar nicht von Freiherr von Besten, sondern von ihm. Maja schluckte. Dieser Mann war wild entschlossen, ihr zu helfen. Und Tante Ruth hatte geschwindelt, weil sie genau wusste, dass Maja niemals geliehenes Geld von ihm akzeptiert hätte. Doch jetzt gab es keine Alternative. Misstrauisch beäugten die drei Mafiosi den prallgefüllten Umschlag.

»Das Geld wollte doch unser Boss bei Ihnen abholen«, stieß der Hüne hervor. »Sergej. Wo ist er? Olga? Sag es mir!«

Mit gesenktem Kopf ließ sie seine Worte über sich ergehen. Unbarmherzig brannte die Sonne auf das Gelände. Der Müllgestank war betäubend, Fliegen kreisten um die verschwitzten Gesichter. Maja fühlte eine Ohnmacht nahen. Ihr war schwindelig und übel. Der Hüne zog seine Pistole.

»Ich frage das letzte Mal. Wo ist Sergej?«

Ein Motorengeräusch summte mit den Fliegen um die Wette und schwoll stetig an, begleitet von knallenden Fehlzündungen. Durch Pfützen und Schlaglöcher holpernd, näherte sich ein flaschengrüner Jaguar. Selbst für einen Geländewagen wäre dies ein ungeeignetes Terrain gewesen, für einen Oldtimer konnte es leicht das Aus durch Achsenbruch bedeuten. Freiherr von Besten schien das nicht im Geringsten zu stören. Stoischen Blicks, unbeeindruckt von den harten Stößen, lenkte er seinen Wagen über die Brache, beschrieb eine kleine Kurve und blieb im Abstand von zwei Metern quer zu seinem Publikum stehen. Neben ihm sah Maja das versteinerte Gesicht von Tante Ruth. Im Fond saßen ein sehr toter Sergej und ein quicklebendiger Jeremy, der hektisch winkte.

»Da ist Ihr Boss.« Maja deutete auf den Wagen. »Er ist in Eile. Noch heute will er nach … nach …«

»… Odessa fliegen«, kam Alexander von Maybach ihr zu Hilfe. »Er will Olga persönlich einem geeigneten Etablissement übergeben. Hat halt eine Schwäche für das Mädel.«

»Und da sie schon einmal ausgebüxt ist – ich sag nur: Amalfi! –, will er sich auch persönlich davon überzeugen, dass sie gut weggesperrt wird.«

Sie schauten einander an. Jetzt waren sie Komplizen. Gemeinsam hatten sie eine faustdicke Lüge verkauft, und gar nicht mal so schlecht.

In diesem Moment stieg Tante Ruth aus dem Wagen. Ihre Wangen waren gerötet, doch auf ihrem Gesicht lag das unerschütterliche Lächeln eines Buddhas. In der rechten Hand trug sie eine Wodkaflasche. Der Himmel wusste, wie sie die organisiert hatte.

»Meine Herren, Sergej ist gekommen, um Olga abzuholen. Er bedankt sich mit einem Schluck zu trinken.«

»Warum sagt Sergej uns das nicht selbst?« Der magerste Typ von den dreien, unverkennbar Wassili, stand auf und trat den Stuhl beiseite, in dem er gesessen hatte. »Wieso hängt er da wie blöde in der Klapperkiste rum?«

»Herrgott, er schläft!« Alexander von Maybach hieb mit beiden Armen die Luft vor sich in Stücke. »Wollen Sie Ihren Boss wecken? Also, ich hätte keine Lust dazu. Dem sitzt die Pistole locker. Er hat sogar heute im Salon einen Typen abgeknallt. Einfach so.«

»Bei der Friseuse«, grinste Wassili.

»Friseurin«, sagten Maja und Alexander von Maybach wie aus einem Mund.

»Bitte sehr, mit schönen Grüßen von Sergej«, lächelte Tante Ruth und übergab Wassili die Wodkaflasche.

Ohne Hast ging sie zum Wagen zurück. Sie nahm neben Freiherr von Besten Platz, dem sie etwas ins Ohr zu flüstern schien. Eine atemlose Pause entstand. Auf einmal legte Olga die Hand ans Ohr und schaute zu dem Jaguar.

»Was sagst du, Onkel Sergej?«

Durch die geschlossenen Scheiben hörte man dumpf gemurmelte Silben. Sergej hob den Arm. Ein mausetoter Mann winkte Olga zu sich heran. Kaskaden rasch gesprochener, konsonantenreicher Silben entschlüpften ihren tiefroten Lippen, während sie ein paar Schritte zum Wagen hin wagte. Sergej, oder wer auch immer sein Bauchredner war, antwortete prompt.

Selbst Maja verstand das Wort, das er unablässig und mit zunehmender Lautstärke wiederholte: »Dawai, dawai!« Komm schon, mach schneller, beeil dich, hieß das.

Mit einem Ausdruck größten Bedauerns hob Olga die Hände und redete Russisch auf die drei Mafiosi ein. Sie umarmte jeden Einzelnen, bevor sie auf ihren Highheels zum Jaguar wankte, ohne sich auch nur einmal umzudrehen. Die hintere Seitentür öffnete sich. Sergej neigte sich gefährlich tief hinaus, doch Olga schob ihn ungerührt zurück und setzte sich neben ihn. Knallend fiel die Tür zu. So unbeweglich, wie er angefahren gekommen war, startete Freiherr von Besten den Motor. In einem ausladenden Bogen beschrieb der Wagen einen Halbkreis und tuckerte holpernd davon.

»Ach, Alexej, Dummbatz, du hast vergessen, Onkel Sergej das Geld zu geben.« Maja versetzte Alexander von Maybach einen leichten Rippenstoß mit dem Ellenbogen. »Wir laufen hinterher! Das schaffen wir! Willi, komm!«

»Tja – Frauen«, stöhnte Alexander von Maybach und ergriff Majas Hand. »Wir müssen los.«

»Do swidanija und do sawtra!«, rief sie.

Mit einem Raubtiersprung landete nun endlich auch noch Willi zu ihren Füßen. Er hinkte ein wenig, als er sich stolpernd aufrichtete.

»Hey, Mum. Du bist die Beste.«

Flink lief er voran. Maja und Alexander von Maybach funkelten einander an, bevor sie Hand in Hand losrannten. Erst als sie die Straße erreicht hatten, blieben sie stehen.

»Wer hat Ihnen eigentlich erlaubt, meine Hand zu halten?«, keuchte sie.

»Die Frau, die ich gleich küssen werde.«

»Shit«, fluchte Willi, der sich hechelnd die Seiten hielt. »Voll pervers, echt jetzt. So was will doch kein normaler Mensch sehen!«

Epilog

Es war ein bisschen wie zu Schülerzeiten. Küssen im Auto, mit vorsichtigen Blicken zum Haus, immer auf der Hut, dass bloß niemand die jungen Verliebten entdeckte. Ein wenig anders verhielt es sich allerdings schon. Von *jungen* Verliebten konnte keine Rede sein, und sie fürchteten auch nicht sittenstrenge Eltern, sondern den Spott der Kinder.

»Komm, lass uns reingehen«, seufzte Maja.

»Noch eine Minute. Das mit dem Küssen haben wir echt drauf.«

»Ja, wir sollten damit auf Tournee gehen. Vielleicht braucht Tony Henderson noch eine Vorgruppe.«

Alexander verzog das Gesicht.

»Erinnere mich bloß nicht an den. Ich bin fast wahnsinnig geworden, als er dich in den Arm nahm, und das in deinem eigenen Salon.«

»Nicht alle Männer sind so zudringlich wie du«, erwiderte sie.

Die Lippen schmollend gewölbt, ließ er von ihr ab. Seine Hände umfassten das Lenkrad.

»Und du willst wirklich nicht mit zu mir kommen?«

Maja schaute über den Vorgarten zum Haus. Mittlerweile hatte die Dunkelheit eingesetzt. Alle Fenster des Hexenhäuschens waren erleuchtet, wie ein Adventskalender, der hinter jedem verheißungsvollen hellen Rechteck eine Überraschung bereithielt. Eine neue Erfahrung. Eine wunderbare Erfahrung, auch wenn hämmernder Techno die Idylle ein klein wenig beeinträchtigte.

»Magst du Techno?«

Er lächelte.

»Nee, ich höre lieber Musik.«

»Dito.«

Das Codewort. Ein längerer, sehr leidenschaftlicher Kuss schloss sich an, der Maja nahezu erschütterte. Auch eine neue Erfahrung. Sie war fast vierzig und hatte manchen Mann geküsst, doch Alexander berauschte sie. Er fegte sie von den Füßen, obwohl sie saß. Als sie wieder zu Atem kam, fuhr sie ihm durchs Haar. Damit hatte alles angefangen, mit seinem Haar.

»Besser, du gewöhnst dich daran. Zimmerlautstärke bedeutet für Willi, dass sein Technozeug in allen Zimmern zu hören ist. Für Olga genauso.«

»Nicht so schnell.« Ein irritierter Blick. »Du willst doch wohl nicht etwa, dass ich bei dir einziehe? Wir kennen uns erst drei Tage.«

»Vier. Aber ich dachte mehr an eine spontane Einladung.«

Seine Hand glitt unter ihr T-Shirt.

»Wenn du mir rechtzeitig Bescheid gesagt hättest, könnte ich auch spontan sein.«

»Schuft!«

Sie schob seine Hand weg. Es war ein Spiel. Von Anfang an hatten sie gespielt. Waren umeinander herumgeschlichen, hatten sich angefaucht wie hungrige Tiger und immer wieder den Moment genossen, in dem sie ihre Pranken ineinander verkrallen konnten. Einige Minuten schauten sie beide geradeaus, ohne etwas zu sehen. Seine Finger suchten eine Taste auf dem Armaturenbrett. Surrend faltete sich das Verdeck zurück, und sie schauten hoch zum Sternenhimmel. Herrje, wie kitschig, dachte Maja. Und wie schön. Spätestens ab vierzig sollte man Kitsch einfach nur hemmungslos genießen. So wie Schülerromantik und verstohlene Küsse im Auto.

»Zwei Dinge muss ich noch wissen«, sagte sie. »Erstens …«

»Ist dir aufgefallen, dass du oft erstens und zweitens sagst?«, unterbrach er sie.

»Ich denke sogar erstens, zweitens.« Sie lachte. »Also noch mal von vorn. Erstens möchte ich wissen, was dein Flirt mit Olga sollte. Zweitens … habe ich vergessen.«

Er stellte das Autoradio an. Einen Klassiksender. Perlende Klavierläufe sickerten aus den Boxen, und Maja musste an das kalte, ungemütliche Haus denken, in dem er wohnte.

»Was ist nun mit Olga? Warst du in sie verliebt?«, fragte sie nach einer Weile.

»Ach was. Reiner Zufall, dass ich sie am Straßenrand aufgabelte. Doch dann erzählte sie von dir. Dass du eine tolle Frau seist. Nur leider einsam, schwierige Beziehung, Probleme mit dem Sohn, was weiß ich. Und dass wir großartig zusammenpassen würden.«

Maja blieb das Herz stehen.

»Olga hat – sie hat dich mit mir verkuppelt?«

Ein kleines verschmitztes Grinsen.

»Es war ihre Idee, so zu tun, als ob da was zwischen uns läuft. Damit ich Gelegenheit hatte, dich zu sehen.«

Maja war bewusst gewesen, dass sie Olga anfangs unterschätzt hatte. Wie sehr, ging ihr erst jetzt auf. Nicht nur Tante Ruth verstand sich auf das Fach des Schutzengels.

Sie küsste Alexander, nur ganz zart, wie gehaucht.

»Ich muss da sofort rein. Ich möchte mich bei Olga bedanken. Und ich weiß auch schon, wie.«

Eine Stunde später versammelte sich die gesamte Familie im Wohnzimmer. Auch Alexander, der größte Mühe hatte, sich nach seinem Eiswürfelhaus an einen Trödelladen zu gewöhnen, wo in jeder Ecke ein Sammlerstück um Beachtung heischte. Willi daddelte auf seinem Handy, Tante Ruth saß lächelnd mit Freiherr von Besten auf dem Biedermeiersofa.

»Darf ich eine Erklärung abgeben?« Freiherr von Besten erhob sich feierlich. »Möglicherweise sind Sie bereits mit meiner Philosophie vertraut, dass die Geschenke des Lebens nicht immer als solche erkennbar sind. In meinem, in unserem Fall, liebe Ruth, habe ich fünfzig Jahre lang gewartet, bis ich es öffnete.«

»Na ja, du hast aber damals schon ein bisschen an der Schleife gezupft«, lachte sie.

»Wie auch immer«, er hüstelte, »es ist das schönste Geschenk, das ich jemals bekommen habe.«

»Sei ehrlich, die Verpackung ist schon ein bisschen zerknittert«, wandte Tante Ruth ein.

»Es wäre verfehlt, hier uncharmante Begriffe zu verwenden. Wundervoll gereift trifft es besser. Für mich bist du die schönste Frau der Welt.«

Galant verbeugte er sich vor ihr, und Maja wusste, dass er kein wohlfeiles Kompliment gemacht hatte. Tante Ruth sah wirklich wunderschön aus, weil ihr Gesicht ihre wunderschöne Seele widerspiegelte. Es war ein gütiges, feines Gesicht mit klugen Augen und einem herzenswarmen Lächeln. Nun gut, der Pixieschnitt würde es noch besser zur Geltung bringen, aber Tante Ruths Aura leuchtete auch so.

»Wir werden herausfinden, wie wir dieses Geschenk würdigen«, schloss Freiherr von Besten seine kleine Rede. »Und es ist mir eine Ehre, bereits jetzt Frau Müller meinen tiefsten Dank auszusprechen, weil ihr Erscheinen auf der Hochzeit alles ins Rollen gebracht hat.«

Maja erhob sich ebenfalls.

»Willkommen in meiner Familie. Und bitte sagen Sie doch Maja.«

»Sehr gern. Womit ich zu unserer reizenden Olga kommen möchte. Wie sich herausgestellt hat, ist sie tatsächlich eine Nachfahrin des Adelsgeschlechts, das Fürst Gregor Orlow, der Liebhaber der Zarin, einst begründete.« Er verneigte sich lächelnd. »Meine Verehrung, Fürstin!«

»Ich doch immer sagen«, murrte sie.

»Auch ich verfüge über Grundkenntnisse des Russischen«, erklärte Freiherr von Besten. »Es war Ruths Idee, dass ich mich als Bauchredner für diesen Sergej betätigte. Womit ihr der Dank für unsere wundersame Rettung gebührt.«

Alle klatschten Beifall.

»Und wann ich kommen dran?«, fragte Olga.

Mit der gezierten Anmut einer Prinzessin thronte sie auf einem hohen, mit gelbem Chintz bezogenen Sessel. Ihr Paillettentop gleißte und blinkte, ihr tiefroter Kussmund glänzte verführerisch, um ihren Kopf hatte sie ein Handtuch geschlungen. Jetzt stellte sich die Frage, ob es einer der berühmten magischen Momente werden würde. Eine volle Stunde hatte Maja gebraucht, nach allen Regeln der konventionellen Friseurkunst. Eine Spannung wie vor der weihnachtlichen Bescherung lag in der Luft. Maja hatte Lampenfieber. Es steigerte sich ins Unerträgliche, als jetzt noch ein weiteres Familienmitglied ins Wohnzimmer spaziert kam: Jeremy.

»Hallöchen! Stören wir?«

»Ja, du störst gewaltig, Schatzi!« Maja warf ihm eine Kusshand zu. »Setz dich. Aber seit wann sprichst du von dir im Plural?«

Jeremy funkelte sie übermütig an.

»Weil wir zu zweit sind. Auf dem Flur wartet jemand, der dir sehr am Herzen liegt. Bestimmt freust du dich, ihn wiederzusehen.«

Er drehte sich um. Winkte jemanden herein. Maja schwankte leicht. Sein umwerfendstes Lächeln auf den Lippen, erschien Tony Henderson hinter Jeremy. In einem violetten Seiden-T-Shirt mit glitzerndem Drachenaufdruck, das Haar leicht wirr und doch so gutaussehend und glamourös, dass es auf der Stelle ein bisschen heller im Wohnzimmer wurde.

»Tony«, murmelte Maja.

»Also, Ihr Erscheinen müssten Sie uns jetzt aber mal näher erläutern«, sagte Alexander.

»Tony ist ein bisschen schüchtern«, grinste Jeremy.

»Und deshalb bringen Sie ihn hierher?«, fragte Alexander konsterniert. »Damit er Maja wiedersehen kann?«

»Auch.« Jeremys Grinsen verwandelte sich in ein ziemlich rätselhaftes Strahlen. »Aber eigentlich war Maja der Postillon d'Amour.«

Während er die ratlosen Gesichter genoss, begann Tante Ruth zu lachen. So vergnügt und entspannt, dass Maja zu ihr herumfuhr.

»Was ist so überaus lustig daran?«

»Ach Kind, ich glaube, diese beiden Herren haben soeben zueinandergefunden.«

»W-wie bitte?«

»Ist machen schöne Augen Jeremy und Tony«, erklärte Olga mit selbstverständlicher Nonchalance. »Du nicht wissen, Maja? Manchmal kommen Liebe Männer mit Männer.«

Jeremy legte einen Arm um Tonys Schulter.

»Er hat nicht gewagt, mich anzusprechen. Deshalb wollte er dich kennenlernen, Maja. Du warst ihm sehr sympathisch, und er hatte vor, dich ein wenig über mich auszufragen. Zum Beispiel, ob ich auf Männer oder Frauen stehe.«

Das Leben war verrückt. Und die Liebe noch viel verrückter.

»Ich habe auf ihn gewartet, nachdem ich der Polizei entwischt war«, erzählte Tony Henderson. »Den ganzen langen Tag. Gott sei Dank kam Jeremy noch einmal zurück in den Salon, um nach dem Rechten zu sehen, weil ihr so fluchtartig aufbrechen musstet. Er wollte das Loch in der Fensterscheibe abdichten.«

»Ja, selbst eine kaputte Fensterscheibe kann sich als ein wundervolles Geschenk entpuppen«, bemerkte Tante Ruth lächelnd.

Jeremy und Tony nahmen dicht nebeneinander auf dem Kelim Platz, und Maja spähte vollkommen entgeistert durch das winzige Loch im meterdicken Brett, das sie vor dem Kopf gehabt hatte. Na klar. Welcher Heteromann interessierte sich denn schon so brennend für die Probleme und Gefühle einer Frau, fragte sogar nach und hörte geduldig zu?

»Wann endlich sehen neue Frisur? Haben so lange gewartet!«, beschwerte sich Olga.

Ach, richtig. Maja musste sich innerlich sammeln, bevor sie dort weitermachen konnte, wo Jeremy die feierliche Enthüllung unterbrochen hatte. Und schon wieder kam ein neuer Gast zur Tür herein.

»Entschuldigung, Olga meinte, ich dürfte vorbeikommen«, sagte Olaf, der statt seines dunklen Anzugs Jeans und ein weißes Hemd trug. »Oder störe ich?«

Seine Augen suchten Olga, die ihm verführerisch zulächelte.

»Du hinsetzen, Süßer meine.«

Maja stöhnte auf. Gab es eigentlich irgendetwas, was sie jemals mitbekam? Sie holte tief Luft.

»Alexander, könntest du bitte den Flurspiegel hereinbringen?«

Bereitwillig erhob er sich von einem Hocker mit Gobelinmuster und kehrte demonstrativ stöhnend mit einem großen schnörkelverzierten Monstrum zurück, das er vor Olga auf den Boden stellte.

»Möge die Überraschung gelingen«, murmelte Maja andächtig.

Wie ein Zauberkünstler lüpfte sie das Handtuch.

Olga beugte sich vor. Kniff die Lider zusammen. Fing an zu lächeln. Dann schoss sie vom Sessel hoch und umarmte Maja mit einem Überschwang, der sie beide fast zu Fall brachte.

»Blond!«, jubelte sie. »Bin ich wieder richtig blond! Du haben machen Olga wunderschön!«

Alle applaudierten. O ja, Maja war über ihre sämtlichen Schatten gesprungen und hatte Olga wieder zurückverwandelt. Erneut schaute Olga in den Spiegel. Plötzlich erstarb ihr Lächeln. Eine kleine Falte erschien an ihrer Nasenwurzel. Mit den Fingern strich sie sich über den Scheitel.

»Hast du vergessen eins, zwei, drei, vier Streifen dunkel!«

Maja nahm sie in die Arme.

»Das ist Superplatin mit vier winzigen dunklen Strähnchen, die ich dringelassen habe! So viel Stil muss sein! Blonder wird's nicht!«

LESEPROBE

KRISTIN HANNAH
Die Nachtigall
Zwei Schwestern. Die eine kämpft für die Freiheit. Die andere für die Liebe.
ROMAN
RL

EINS

9. April 1995

AN DER KÜSTE VON OREGON

Wenn ich in meinem langen Leben eines gelernt habe, dann ist es Folgendes: In der Liebe finden wir heraus, wer wir sein wollen; im Krieg finden wir heraus, wer wir sind. Heutzutage wollen die jungen Leute alles über jeden wissen. Sie denken, über ein Problem zu reden wäre schon die Lösung. Ich stamme aus einer schweigsameren Generation. Wir haben verstanden, welchen Wert das Vergessen hat, wie verlockend es ist, sich neu zu erfinden.

In letzter Zeit allerdings ertappe ich mich dabei, wie ich an den Krieg denke und an meine Vergangenheit, an die Menschen, die ich verloren habe.

Verloren.

Das klingt, als hätte ich meine Liebsten irgendwo verlegt; sie vielleicht an einem Ort zurückgelassen, an den sie nicht gehören, und mich dann abgewendet, zu verwirrt, um wieder zu ihnen zurückzufinden.

Aber sie sind nicht verloren. Und auch nicht an einem besseren Ort. Sie sind tot. Heute, wo ich das Ende meines Lebens vor mir sehe, weiß ich, dass sich Trauer ebenso wie Reue tief in uns verankert und für immer ein Teil von uns bleibt.

Ich bin in den Monaten seit dem Tod meines Mannes und meiner Diagnose sehr gealtert. Meine Haut erinnert an knittriges Wachspapier, das jemand zum Wiedergebrauch glattstreichen wollte. Meine Augen lassen mich häufig im Stich – bei Dunkelheit, im Licht von Autoscheinwerfern oder wenn es regnet. Diese neue Unzuverlässigkeit meiner Sehkraft ist nervtötend. Vielleicht schaue ich deshalb in die Vergangenheit zurück. Die Vergangenheit besitzt eine Klarheit, die ich in der Gegenwart nicht mehr erkennen kann.

Ich stelle mir gern vor, dass ich Frieden finde, wenn ich gestorben bin, dass ich all die Menschen wiedersehe, die ich geliebt und verloren habe. Dass mir zumindest verziehen wird.

Aber ich weiß es besser.

Mein Haus, das von dem Holzbaron, der es vor mehr als hundert Jahren erbaute, *The Peaks* getauft wurde, steht zum Verkauf, und ich bereite meinen Umzug vor, wie mein Sohn es für richtig hält.

Er versucht, sich um mich zu kümmern, mir zu zeigen, wie sehr er mich liebt in dieser schweren Zeit, und deshalb lasse ich mir seine übertriebene Fürsorge gefallen. Was kümmert es mich, wo ich sterbe? Denn darum geht es im Grunde. Es spielt keine Rolle mehr, wo ich wohne. Ich packe das Strandleben von Oregon, zu dem ich mich vor beinahe fünfzig Jahren hier niedergelassen habe, in Kartons. Es gibt nicht viel, was ich mitnehmen will. Doch eine Sache unbedingt.

Ich greife nach dem von der Decke hängenden Griff, mit dem die Speichertreppe heruntergezogen wird. Die Stufen falten sich von der Decke wie der Arm eines Gentlemans, der die Hand ausstreckt.

Die leichte Treppe schwankt unter meinen Füßen, als ich in den Speicher hinaufsteige, in dem es nach Staub und Schimmel riecht. Über mir hängt eine einsame Glühbirne. Ich ziehe an der Schnur.

Es sieht aus wie im Frachtraum eines alten Dampfers. Die Wände sind mit breiten Holzplanken verkleidet, Spinnweben schimmern silbrig in den Winkeln und hängen in Strähnen von den Fugen zwischen den Planken herunter. Das Dach ist so steil, dass ich nur in der Mitte des Raums aufrecht stehen kann.

Ich sehe den Schaukelstuhl, in dem ich saß, als meine Enkel klein waren, dann ein altes Kinderbettchen und ein zerschlissenes Schaukelpferd auf rostigen Federn und den Stuhl, den meine Tochter gerade neu lackierte, als sie von ihrer Krankheit erfuhr. An der Wand stehen mit *Weihnachten*, *Thanksgiving*, *Ostern*, *Halloween*, *Geschirr* oder *Sportsachen* beschriftete Kartons. Darin sind Dinge, die ich nicht mehr oft benutze, von denen ich mich aber dennoch nicht trennen kann. Mir einzugestehen, dass ich zu Weihnachten keinen Baum schmücken werde, ist für mich wie aufzugeben, und im Loslassen war ich noch nie gut. Hinten in der Ecke steht, was ich suche: ein alter, mit Aufklebern gespickter Überseekoffer.

Mit einiger Anstrengung zerre ich den schweren Koffer in die Mitte des Speichers, direkt unter die Glühbirne. Ich hocke mich daneben, habe jedoch prompt solche Schmerzen in den Knien, dass ich mich auf den Hintern gleiten lasse.

Zum ersten Mal seit dreißig Jahren hebe ich den Deckel des Koffers. Der obere Einsatz ist voller Andenken an die Zeit, in der meine Kinder klein waren. Winzige Schuhe, Handabdrücke auf Tonscheiben, Buntstiftzeichnungen, die von Strichmännchen und lächelnden Sonnen bevölkert werden, Schulzeugnisse, Fotos von Tanzvorführungen.

Ich hebe den Einsatz aus dem Koffer und stelle ihn neben mir ab.

Die Erinnerungsstücke auf dem Boden des Koffers liegen wild durcheinander: mehrere abgegriffene ledergebundene Tagebücher; ein Stapel alter Postkarten, der mit einem blauen Satinband zusammengebunden ist; ein Karton mit einer eingedrückten Ecke; eine Reihe schmaler Gedichtbändchen von Julien Rossignol und ein Schuhkarton mit Hunderten Schwarzweißfotos.

Ganz oben liegt ein vergilbtes Stück Papier.

Meine Finger zittern, als ich es in die Hand nehme. Es ist eine *carte d'identité*, ein Ausweis aus dem Krieg. Das Bild im Passfotoformat. Eine junge Frau. *Juliette Gervaise.*

»Mom?«

Ich höre meinen Sohn auf der knarrenden Holztreppe, Schritte, die mit meinem Herzschlag übereinstimmen. Hat er schon vorher nach mir gerufen?

»Mom? Du solltest nicht hier oben sein. Mist. Die Stufen sind wacklig.« Er kommt zu mir. »Ein Sturz und …«

Ich berühre sein Hosenbein, schüttle langsam den Kopf. Ich kann den Blick nicht heben. »Nicht«, ist alles, was ich sagen kann.

Er geht in die Hocke, setzt sich zu mir. Ich rieche sein Aftershave, dezent und würzig, und auch eine Spur Rauch. Er hat heimlich draußen eine Zigarette geraucht, eine Gewohnheit, die er vor Jahrzehnten aufgegeben und nach meiner Diagnose vor kurzem wieder angenommen hat. Es besteht kein Grund, meine Missbilligung zu äußern. Er ist Arzt. Er weiß es selbst.

Instinktiv will ich den Ausweis in den Koffer zurückwerfen und den Deckel zuklappen, ihn wieder verstecken. Wie ich es mein Leben lang getan habe.

Doch jetzt sterbe ich. Vielleicht nicht schnell, aber auch nicht gerade langsam, und ich sehe mich gezwungen, auf mein Leben zurückzuschauen.

»Mom, du weinst ja.«

»Wirklich?«

Ich will ihm die Wahrheit sagen, aber ich kann es nicht. Es macht mich verlegen, und es beschämt mich, dieses Versagen. In meinem Alter sollte ich mich vor nichts mehr fürchten – und ganz bestimmt nicht vor meiner eigenen Vergangenheit.

Ich sage nur: »Ich will diesen Koffer mitnehmen.«

»Der ist zu groß. Ich packe die Sachen, die du haben willst, in eine kleinere Schachtel.«

Ich lächle bei seinem Versuch, mich zu kontrollieren. »Ich liebe dich, und ich bin wieder krank. Aus diesen Gründen habe ich mich von dir bevormunden lassen, aber noch bin ich nicht tot. Ich will diesen Koffer mitnehmen.«

»Wozu sollen dir denn die Sachen nützen, die da drin sind? Das sind doch nur unsere Zeichnungen und solches Zeug.«

Wenn ich ihm die Wahrheit längst erzählt oder wenigstens mehr getanzt, getrunken und gesungen hätte, wäre er vielleicht imstande gewesen, *mich* zu sehen statt einer verlässlichen, normalen Mutter. Er liebt eine Version von mir, die nicht vollständig ist. Ich dachte immer, das wäre es, was ich wollte: geliebt und bewundert zu werden. Doch jetzt denke ich, dass ich in Wahrheit richtig gekannt werden will.

»Betrachte es als meinen letzten Willen.«

Ich sehe ihm an, dass er sagen will, ich solle nicht so reden, aber er befürchtet, seine Stimme könnte schwanken. Er räuspert sich. »Du hast es schon zweimal geschafft. Du schaffst es wieder.«

Wir wissen beide, dass das nicht stimmt. Ich bin zittrig und schwach. Ohne medizinische Hilfe kann ich weder essen noch schlafen. »Natürlich schaffe ich es.«

»Ich will doch nur, dass du gut aufgehoben bist.«

Ich lächle. Amerikaner können dermaßen naiv sein.

Früher habe ich seinen Optimismus geteilt. Ich habe gedacht, die Welt sei ein sicherer Ort. Aber das ist schon sehr lange her.

»Wer ist Juliette Gervaise?«, fragt Julien, und es versetzt mir einen kleinen Schock, ihn diesen Namen aussprechen zu hören.

Ich schließe die Augen, und in der Dunkelheit, die nach Schimmel und längst vergangenem Leben riecht, schweifen meine Gedanken zurück in einem weiten Bogen, der über Jahre und Kontinente hinwegreicht. Gegen meinen Willen – oder vielleicht ihm zufolge, wer kann das wissen? – erinnere ich mich.

ZWEI

In ganz Europa gehen die Lichter aus,
wir alle werden sie zu unseren Lebzeiten
nie wieder leuchten sehen.
SIR EDWARD GREY ZUM ERSTEN WELTKRIEG

August 1939
FRANKREICH

Vianne Mauriac trat aus ihrer kühlen Küche in den Vorgarten. An diesem schönen Sommermorgen im Loiretal stand alles in Blüte. Weiße Bettlaken flatterten in der Brise, und üppig blühende Kletterrosen entlang der Steinmauer, die ihr Grundstück vor Blicken von der Straße verbarg, boten einen fröhlichen Anblick. Geschäftige Bienen summten zwischen den Blüten, und von weit her hörte Vianne das pochende Stampfen eines Zuges und dann das bezaubernde Lachen eines kleinen Mädchens.

Sophie.

Vianne lächelte. Ihre achtjährige Tochter rannte vermutlich durchs Haus und scheuchte ihren Vater herum, während sie sich für das Samstagspicknick fertig machten.

»Deine Tochter ist ein Tyrann«, sagte Antoine, der an der Tür aufgetaucht war.

Er kam zu ihr, sein pomadisiertes Haar glänzte schwarz in der Sonne. Am Morgen hatte er an seinen Möbeln gearbeitet – einen Stuhl abgeschmirgelt, dessen Oberfläche schon so glatt war wie Satin –, und eine zarte Schicht Holzstaub lag auf seinem Gesicht und seinen Schultern. Er war ein großer Mann, hochgewachsen und breitschultrig, mit kräftigen Gesichtszügen und so starkem Bartwuchs, dass er sich zweimal am Tag rasieren musste.

Er legte seinen Arm um sie und zog sie an sich. »Ich liebe dich, Vianne.«

»Ich liebe dich auch.«

Das war das Fundament ihres Daseins. Sie liebte alles an diesem Mann. Sein Lächeln, die Art, wie er im Schlaf murmelte, nach einem Niesen lachte oder unter der Dusche Opernarien sang.

Sie hatte sich fünfzehn Jahre zuvor in ihn verliebt, auf dem Schulhof, noch bevor sie überhaupt wusste, was Liebe war. Das erste Mal hatte sie in jeder Hinsicht mit ihm erlebt: den ersten Kuss, die erste Liebe, die erste Liebesnacht. Vor ihm war sie ein mageres, linkisches, unsicheres Mädchen gewesen, das zum Stottern neigte, wenn es eingeschüchtert war, was sehr oft vorkam.

Ein mutterloses Mädchen.

Du bist jetzt erwachsen, hatte der Vater zu Vianne gesagt, als er nach dem Tod ihrer Mutter mit ihr auf dieses Haus zugegangen war. Sie war vierzehn Jahre alt gewesen, die Augen vom Weinen verquollen, ihre Trauer unermesslich. Unversehens hatte sich dieses Haus vom Sommerhaus der Familie in eine Art Gefängnis verwandelt. Maman war weniger als zwei Wochen tot, als Papa seine Rolle als Vater aufgab. Bei ihrer Ankunft hier hatte er nicht ihre Hand gehalten oder ihr seine Hand auf die Schulter gelegt, er hatte ihr nicht einmal ein Taschentuch gegeben, mit dem sie sich die Tränen von den Wangen wischen konnte.

Aber ich bin doch noch ein Mädchen, hatte sie gesagt.

Jetzt nicht mehr.

Sie hatte zu ihrer jüngeren Schwester hinuntergesehen, Isabelle, die mit vier Jahren immer noch am Daumen lutschte und nichts von dem ganzen Geschehen begriff. Isabelle fragte in einem fort, wann Maman nach Hause käme.

Als die Tür geöffnet wurde, hatten sie eine große, dürre Frau vor sich, mit einer Nase wie ein Zapfhahn und Augen, die so klein und dunkel waren wie Rosinen.

Sind das die Mädchen?, hatte die Frau gefragt.

Ihr Vater nickte.

Sie werden keine Schwierigkeiten machen.

Es war so schnell gegangen. Vianne hatte es gar nicht richtig verstanden. Ihr Vater gab die Töchter ab wie einen Beutel Schmutzwäsche und ließ sie mit einer Fremden zurück. Der Altersunterschied zwischen den Schwestern war so groß, als kämen sie aus unterschiedlichen Familien. Vianne hatte Isabelle trösten wollen – jedenfalls hatte sie das vorgehabt –, aber ihre Trauer war so übermächtig, dass sie sich um niemand anders sorgen konnte, erst recht nicht um ein so eigensinniges und ungeduldiges und lautes Kind wie Isabelle. Vianne erinnerte sich noch gut an die ersten Tage damals in diesem Haus. Isabelle schrie immerzu, und Madame versohlte ihr den Hintern. Vianne hatte ihre Schwester angefleht, immer wieder gesagt: *Mon Dieu, Isabelle, hör auf zu kreischen. Tu einfach, was sie sagt.* Doch selbst mit vier Jahren war Isabelle nicht zu bändigen.

All das hatte Vianne ans Ende ihrer Kräfte gebracht – die Trauer um ihre Mutter, der Schmerz, von ihrem Vater verlassen worden zu sein, der plötzliche Wechsel ihrer Lebensumstände und Isabelles gefühlsbeladene, hilfsbedürftige Einsamkeit.

Es war Antoine, der Vianne rettete. In diesem ersten Sommer nach dem Tod ihrer Mutter wurden die beiden unzertrennlich. Mit ihm fand Vianne einen Ausweg. Kaum sechzehn, war sie schwanger, mit siebzehn war sie verheiratet und die Herrin von Le Jardin. Zwei Monate später hatte sie eine Fehlgeburt und verlor sich eine Zeitlang. Man konnte es nicht anders nennen. Sie verkroch sich in ihren Kummer, spann sich in einen Kokon ein, außerstande, sich um irgendetwas oder irgendjemanden zu kümmern – und ganz bestimmt nicht um eine bedürftige, jammernde kleine Schwester.

Aber das waren alte Geschichten. Nicht die Art Erinnerungen, die sie an einem so wunderschönen Tag haben wollte.

Sie lehnte sich an ihren Mann, während ihre Tochter auf sie zurannte und verkündete: »Ich bin fertig. Lasst uns losgehen.«

»Nun«, sagte Antoine grinsend, »die Prinzessin ist bereit, also müssen wir uns in Bewegung setzen.«

Vianne ging lächelnd ins Haus zurück und nahm ihren Hut von dem Haken neben der Tür. Mit ihrem rotblonden Haar, der zarten Porzellanhaut und Augen, die so blau waren wie das Meer, hatte sie sich schon immer vor der Sonne geschützt. Bis sie den breitrandigen Strohhut aufgesetzt und ihre Spitzenhandschuhe und den Picknickkorb zusammengesucht hatte, waren Sophie und Antoine schon vor dem Tor.

Vianne ging zu ihnen auf die unbefestigte Landstraße hinaus, die an ihrem Haus vorbeiführte. Sie war kaum breit genug für ein Auto. Dahinter erstreckten sich weite Heuwiesen, hier und da von grünen Flecken durchsetzt, auf denen roter Klatschmohn und blaue Kornblumen wuchsen. Zwischen den Wiesen lagen kleine Wäldchen. In diesem Abschnitt des Loiretals wurde mehr Grünfutter als Wein angebaut. Obwohl nur knapp zwei Zugstunden von Paris entfernt, befand man sich in einer vollkommen anderen Welt. Nur wenige Touristen verirrten sich hierher, nicht einmal im Sommer.

Gelegentlich rumpelte ein Auto vorbei, ein Radfahrer oder ein Ochsenkarren, meist aber war die Straße verlassen. Sie wohnten etwa anderthalb Kilometer von Carriveau entfernt, einem Städtchen mit weniger als tausend Einwohnern, das vor allem als Station der Pilger auf den Spuren Jeanne d'Arcs Bedeutung hatte. Hier gab es keine Industrie und wenig Arbeit – bis auf die paar Stellen auf dem Flugplatz, der den ganzen Stolz Carriveaus bildete. Es war der einzige Flugplatz in weitem Umkreis.

In der Stadt wanden sich enge Pflasterstraßen zwischen uralten Kalksteinhäusern hindurch, die krumm und schief aneinanderlehnten. Mörtel bröckelte aus den Mauern, Efeu verdeckte den Verfall, der zwar nicht zu sehen, doch überall zu spüren war. Das Städtchen war über Hunderte von Jahren aus krummen Straßen, schiefen Treppen und verwinkelten Sackgassen zusammengeschustert worden. Bunte Farben belebten das Dunkel des Mauerwerks: Rote Markisen leuchteten über schwarzen Metallgestängen, Geranien in Tontöpfen über schmiedeeisernen Balkongeländern. Überall zog etwas den Blick an: das Schaufenster mit pastellfarbenen *macarons*, grob geflochtene Weidenkörbe voller Käse, Schinken und *saucissons*, Stiegen mit schimmernden Tomaten, Auberginen und Gurken. Die Cafés waren an diesem Sonnentag gut besucht. Männer saßen um Metalltischchen, tranken Kaffee, rauchten selbstgedrehte braune Zigaretten und diskutierten lautstark.

Ein typischer Tag in Carriveau. Monsieur LaChoa fegte die Straße vor seinem Bistro, Madame Clonet putzte das Fenster ihres Schuhladens, und ein paar halbwüchsige Jungen schlenderten Schulter an Schulter durch die Stadt, kickten ab und zu Unrat von der Straße und reichten sich untereinander eine Zigarette weiter.

Hinter der Stadt bogen Vianne, Antoine und Sophie Richtung Fluss ab. An einer flachen grasbewachsenen Stelle am Ufer stellte Vianne ihren Korb ab und breitete im Schatten eines Kastanienbaums eine Decke aus. Sie nahm eine knusprige Baguette aus dem Korb, eine Ecke üppigen Doppelrahmkäse, zwei Äpfel, ein paar Scheiben hauchdünnen *jambon de Bayonne* und eine Flasche 36er Bollinger. Sie schenkte ihrem Mann ein Glas Champagner ein, setzte sich neben ihn und sah Sophie dabei zu, wie sie auf der Wiese spielte.

Die Zeit verging in der behaglichen Trägheit eines warmen Sonnentages. Sie unterhielten sich, lachten und genossen ihr Picknick. Erst spät am Nachmittag, als Sophie mit ihrer Angelrute am Flussufer saß und Antoine einen Gänseblümchenkranz für sie flocht, sagte er: »Hitler wird uns bald allesamt in seinen Krieg hineinziehen.«

Krieg.

Die Leute konnten über nichts anderes reden in diesen Tagen, und Vianne wollte es nicht hören. Ganz besonders nicht an diesem schönen Sommertag.

Sie beschattete die Augen mit der Hand und schaute zu ihrer Tochter hinüber. Jenseits des Flusses lag das mit viel Sorgfalt bestellte grüne Tal der Loire. Es gab keine Zäune, keine Begrenzungen, nur kilometerweit wogende grüne Felder, Baumgruppen und hier und da ein Bauernhaus oder eine Scheune. Winzige weiße Blütenblätter schwebten durch die Luft wie Baumwollflöckchen.

Sie stand auf und klatschte in die Hände. »Komm, Sophie. Es ist Zeit, nach Hause zu gehen.«

»Du kannst das nicht ignorieren, Vianne.«

»Ich will mich nicht mit diesem Problem beschäftigen. Warum auch? Wir haben schließlich dich, damit du uns beschützt.«

Lächelnd – vielleicht etwas zu strahlend – packte sie alles in den Picknickkorb, rief ihre Familie zu sich und führte sie zurück zur Landstraße.

In weniger als einer halben Stunde waren sie zurück am massiven Holztor von Le Jardin, dem Landhaus, das sich seit dreihundert Jahren im Besitz ihrer Familie befand. Die Mauern des zweistöckigen Hauses waren in einem Dutzend Grautönen verwittert, und Fenster mit blauen Läden gingen auf einen Obstgarten hinaus. Efeu wuchs an den beiden Kaminen hinauf und bedeckte die Ziegel weiter unten. Es waren nur noch sieben Morgen des ursprünglichen Grundbesitzes übrig. Die anderen zweihundert waren während der letzten zwei Jahrhunderte verkauft worden, als das Vermögen der Familie schrumpfte. Sieben Morgen waren viel für Vianne. Sie konnte sich nicht vorstellen, mehr Land zu brauchen.

Vianne schloss die Haustür hinter ihnen. In der Küche hingen Töpfe und Pfannen aus Kupfer und Gusseisen an einer Eisenstange über dem Herd. Lavendel- und Rosmarinbüschel baumelten zum Trocknen von einem der Deckenbalken herab. In der enormen Kupferspüle hätte man einen Hund baden können.

Der Wandverputz im Haus blätterte an einigen Stellen ab, so dass man die Farbe früherer Anstriche sehen konnte. Die Wohnzimmereinrichtung war eine Mischung aus unterschiedlichsten Stilen – ein mit Gobelinstoff bezogenes Sofa, Aubusson-Teppiche, antikes Chinaporzellan, Chintz- und Toile-Stoffe. Einige der Gemälde an den Wänden waren hervorragend, möglicherweise sogar bedeutend, andere wiederum ohne jeden künstlerischen Wert. Alles strahlte den durcheinandergewürfelten planlosen Eindruck einstigen Reichtums und überkommener Geschmacksvorlieben aus – ein wenig schäbig, aber gemütlich.

Im Salon blieb Vianne stehen und schaute durch die verglasten Sprossentüren in den Garten hinter dem Haus, in dem Antoine dabei war, Sophie auf der Schaukel anzustoßen, die er für sie gebaut hatte.

Behutsam hängte Vianne ihren Hut an den Haken neben der Tür, holte ihre Schürze und band sie um. Während Antoine draußen mit Sophie spielte, wickelte sie eine Schweinelende in dicke Speckstreifen, die sie mit einem Faden festband, und briet sie in heißem Öl an. Während das Fleisch im Ofen garte, bereitete sie die übrige Mahlzeit vor. Um acht Uhr, genau zur rechten Zeit, rief sie zum Essen und musste unwillkürlich über die lauten Schritte, die lebhafte Unterhaltung und das Kreischen der Stuhlbeine auf dem Boden lächeln, als sie sich zu Tisch setzten.

Sophie saß mit ihrem Gänseblümchenkranz, den ihr Antoine am Fluss geflochten hatte, am Kopfende der Tafel.

Vianne stellte die Servierplatte auf den Tisch. Köstlicher Geruch stieg auf – gebratenes Schweinefleisch, knuspriger Speck und glasierte Äpfel in einer gehaltvollen Weinsauce lagen in einem Bett aus gebräunten Kartoffeln. Daneben stand eine Schüssel mit frischen Erbsen, die in Butter schwammen und mit Estragon aus dem Garten gewürzt waren. Und natürlich war auch die Baguette auf dem Tisch, die Vianne gebacken hatte.

Wie immer plapperte Sophie während des gesamten Essens. Was das anging, war sie wie ihre Tante Isabelle – ein Mädchen, das nicht still sein konnte. Erst als sie beim Dessert angelangt waren – *îles flottantes*, Inseln aus Eischnee, die in einer üppigen *crème anglaise* schwammen –, stellte sich um den Tisch befriedigtes Schweigen ein.

»So«, sagte Vianne schließlich und schob ihren halbleeren Dessertteller von sich, »es wird Zeit für den Abwasch.«

»O Maman«, jammerte Sophie.

»Kein Gemecker«, sagte Antoine, »dafür bist du zu groß.«

Vianne und Sophie gingen wie jeden Abend in die Küche, nahmen ihre üblichen Plätze ein – Vianne an der tiefen Kupferspüle, Sophie an der gemauerten Ablauffläche – und begannen die Teller zu spülen und abzutrocknen. Vianne roch den süßen, scharfen Geruch von Antoines abendlicher Zigarette, der durchs Haus wehte.

»Papa hat heute über keine einzige meiner Geschichten gelacht«, sagte Sophie, als Vianne die Teller in das Holzregal an der Wand zurückräumte. »Er hat irgendwas.«

»Kein einziges Lachen. Tja, das ist wirklich besorgniserregend.«

»Er macht sich Sorgen über den Krieg.«

Der Krieg. Schon wieder.

Vianne scheuchte ihre Tochter aus der Küche. Oben, in Sophies Schlafzimmer, setzte sich Vianne auf das Bett und hörte dem Geplauder ihrer Tochter zu, während diese ihren Pyjama anzog, sich die Zähne putzte und sich schlafen legte.

Vianne beugte sich vor, um ihr einen Gutenachtkuss zu geben.

»Ich fürchte mich«, sagte Sophie. »Wird es Krieg geben?«

»Hab keine Angst«, sagte Vianne. »Papa wird uns beschützen.« Doch noch während sie die Worte aussprach, erinnerte sie sich an einen anderen Moment, in dem ihre eigene Maman gesagt hatte: *Hab keine Angst.*

Damals, als ihr eigener Vater in den Krieg gezogen war.

Sophie wirkte nicht überzeugt. »Aber …«

»Kein Aber. Es gibt nichts, worum du dir Sorgen machen musst. Und jetzt schlaf.«

Sie küsste ihre Tochter noch einmal und ließ ihre Lippen einen kurzen Moment auf der Wange des kleinen Mädchens ruhen.

Dann ging sie die Treppe hinunter und wandte sich zum Garten hinter dem Haus. Draußen war es schwül, die Luft von Jasminduft erfüllt. Sie entdeckte Antoine auf einem der eisernen Caféhausstühle, die Beine ausgestreckt, den Oberkörper unbequem zur Seite geneigt.

Sie trat zu ihm und legte ihm die Hand auf die Schulter. Er stieß einen Schwall Rauch aus und nahm einen weiteren langen Zug an seiner Zigarette. Dann sah er zu ihr auf. Im Licht des Mondes wirkte sein Gesicht blass und verschattet. Er griff in seine Westentasche und zog ein Papier heraus. »Ich bin einberufen worden, Vianne. Gemeinsam mit den meisten Männern zwischen achtzehn und fünfunddreißig.«

»Einberufen? Aber … wir haben keinen Krieg. Ich …«

»Ich muss mich am Dienstag melden.«

»Aber … aber … du bist Postbote.«

Er sah sie an, und plötzlich konnte sie nicht mehr atmen.

»Jetzt bin ich Soldat, so wie es aussieht.«